阿拉伯现代文学与神秘主义

李琛 著

华文出版社
SINO-CULTURE PRESS

序

黄宝生[①]

中国读者最熟悉的阿拉伯文学作品是《一千零一夜》(又译《天方夜谭》),现代作品是纪伯伦的散文诗。近二十年来,国内阿拉伯文学翻译介绍的范围已大大扩展,取得前所未有的成绩。而翻译介绍要以研究为基础。翻译介绍的质量和水平与研究的深度和广度密切相关。

李琛同志长期从事阿拉伯现当代文学研究工作,以研究为主,兼及翻译。她是《东方现代文学史》(1994)中阿拉伯当代文学部分的撰稿者。早在埃及作家马哈福兹获得1988年度诺贝尔文学奖之前,她就已经注意到这位作家,写过多篇评论文章。在研究实践中,她深感要透彻理解阿拉伯现代文学,除了要熟悉阿拉伯现代社会政治经济外,还必须深入了解伊斯兰教文化传统。为此,她对伊斯兰教,尤其是苏菲主义,切切实实下了一番功夫。有这样的研究经历和学术准备,最终产生《阿拉伯现代文学与神秘主义》这样一部著作,可谓顺理成章。

神秘主义是当前国内学者关注的一个研究领域。东方神秘主义这个概念原本是西方学者提出的。在一些西方学者眼中,东方宗教和文化传

[①] 黄宝生,中国社会科学院外国文学研究所所长,《世界文学》主编,研究员。中国外国文学学会会长,中国翻译工作者协会常务理事,中国作家协会会员。

统中富有神秘主义。而这种神秘主义蕴含的哲学智慧与西方的科学主义具有互补作用,有助于治疗日益严重的物质主义弊病。中国在现代化进程中,必然会遇到西方现代社会经历和面对的种种难题和危机。因此,国内一些学者以神秘主义为研究课题,也是顺应社会现实的理论需要。

神秘主义是人类原始思维的重要特征,主要是运用类比、联想、比喻、沉思、想象和直觉探索宇宙和人的奥秘。宗教是原始思维的产物,因而成为神秘主义的重要载体。世界宗教多种多样,各自所含神秘主义的程度和表现形态不一,但有一个共同的核心内容是追求"人神合一"。这个"神"可以是基督教的"上帝",伊斯兰教的"安拉",印度奥义书的"梵",印度教的"大神",中国道家的"道"和儒家的"天"。

在"人神合一"这个大命题中,包含有丰富的社会和思想内容。正因为如此,宗教和神话虽然同是原始思维的产物,但宗教更贴近人类社会生活,生命力远远大于神话。而且,神秘主义与诗性思维相通。宗教和神话是文学的母胎。在文学发展的漫长历史中,其主题和题材或显或隐接受宗教和神话的影响,而艺术表现手法更是与神秘主义一脉相承。

我目前正在主持印度史诗《摩诃婆罗多》的翻译和研究工作。《摩诃婆罗多》中含有一部著名的宗教哲学诗《薄伽梵歌》。它是最早译成英文的印度古代梵语作品,也是西方学者论述东方神秘主义时经常引证的一部典籍。《薄伽梵歌》自诞生以来,直至今日仍是印度最流行的一部宗教经典。几乎每年都有新的译本或注本问世。我在这次翻译《薄伽梵歌》时,特别留心考察这部作品何以具有这种超越时空的思想魅力。

我的初步体会是,我们今日阅读《薄伽梵歌》,可以不必拘泥于它的哲学唯心主义和宗教有神论。我们可以将宗教和神话读作隐喻。黑天(毗湿奴大神的化身)作为"至高原人"(又译"至高神我")或"至高的梵"代表宇宙精神(内在规律),而"至高原人"的"原质"(又译"自性")代表宇宙万象。宇宙包括自然和社会。人是宇宙中的一分子。人在宇宙中行动,行动受"自我"(或译"灵魂",也就是精神或思想)指导,而必须符合客观规律,这便是"梵我同一"。《薄伽梵歌》中倡导的业瑜伽、智瑜伽和信瑜伽，代表实践、认识和信仰，属于人类普遍的生存方式。人应该认识世界，尊重客观规律，无私无畏地履行职责，从事行动，奉献社会。人做到这样，便是圆满实现人生，达到"人神合一"的境界。换言之，这是人从必然走向自由、从束缚走向解脱的境界。

东方神秘主义是一宗丰富的文化遗产。但要清理这宗遗产，取其精华，去其糟粕，也是一项艰巨、复杂而细致的工作。国内对神秘主义及其与文学关系的研究还处在起步阶段。如果我们不想满足于泛泛的理论探讨，就应该对东方各地区的神秘主义遗产进行深入的"个案"研究。正是在这个意义上，我认为李琛同志的这部著作是国内这一研究领域的"先驱"之作，为我们开了一个好头。

前　言

　　自从事研究阿拉伯文学之初，我一直思考研究的目的何在和如何研究的问题。从某种意义上说，本书是我多年思考的结果，也是我多年研究后，对上述问题做出的答复。

　　阿拉伯文学是一种地区文学。这个地区之广，横亘大西洋至红海之滨，包括北非和西亚阿拉伯半岛的22个国家和地区。从历史的纵向上看，这个地区孕育了古代尼罗河的法老文化、两河流域的巴比伦文化、地中海的腓尼基文化，以及7世纪以后的伊斯兰文化和现代的阿拉伯各国文化。近代，这一具有悠久灿烂古代文化的地区，和中国一样遭受了西方列强的蹂躏，落后于时代的发展。19世纪末至20世纪几经奋斗，从最初的复兴、艰苦的反对帝国主义、反对殖民主义、争取民族解放和国家独立的斗争，走上曲折的现代化之路。阿拉伯文学也随着现代的复兴、民族的解放和国家的独立，焕发了青春，有了长足的发展。30年代至50年代出现了一批享誉世界的大作家。从整体上看，阿拉伯文学正在走向成熟，还没有达到应有的辉煌。同时，受欧洲中心主义的影响，阿拉伯文学至今还处在被埋没的状态，未被世人真正了解。

　　面对这一状况，对这种又古老又新兴的文学，我们应该从何处切入，采用什么方法去揭开它的面纱，展现它真实的面目？我的研究工作是从国别（伊拉克、埃及）文学开始的，继而研究重点作家。在阅读众多大家的作品及对他们作品的评论中，"苏菲"一词常常映入眼帘，引起我的注意。当初，我只知道苏菲是一种宗教教派。1984年我有机会去开罗进修一年，其间，我着意搜集有关的资料，了解其内涵，并在此后的论文中有所涉及，做了初步探讨。我发现，从古至今，从信奉多神教到一神教的漫长过程中，宗教意识早已渗透到阿拉伯人的血液之中，渗透到阿拉伯文学作品的字里行间。可是，评论家却常常绕开宗教讨论阿拉伯的作品，读来总让人感到隔着一层，似割断了历史和文化。这似乎与埃及或阿拉伯国家的政治及意识形态有关，也与阿拉伯民族虚无主义的作怪不无关系。

　　在开罗期间，我亲身感受了那里的宗教氛围。我曾有意识地和伊斯兰色彩浓重的女大学生交往，请她们到我的住处，看她们祈祷，了解她们的思想情感。意外的是，这种交往竟使我受到监视，多亏一位埃及友好人士的帮助，在不动声色中为我解围。我常常注意观察周围百姓的言谈举止，我看到宗教深深活在普通百姓的心里，表露于生活的方方面面：侯赛因清真寺里那些痛哭流涕的无助又无言的哭诉和栽娜卜清真寺里虔诚的祈祷；拥挤的公共汽车上坐着的穿长袍戴面纱的女学生，她们会为站着的乘客抱着提袋；她们也会在校园里逼你表态，强迫你信仰伊斯兰。我还接触了不少非常现代化的大学教授，有的甚至曾是左派或共产党员，他们骨子里都有着古埃及和伊斯兰的情结。实际生活中的埃及人，谁也没有脱离历史和文化，在他们身上都能找到文化的积淀，尽管有些宗教内容已演变为民俗或生活方式。

　　由此，我认识到，若我们对阿拉伯文学的评论和研究反映不出它所熔铸的民族的文化精神，便无法揭示阿拉伯民族文学的本质和内在的神韵。

　　阿拉伯文学是世界文学的组成部分，它不是领导潮流的文学，20世纪阿拉伯实现了复兴和繁荣，当代阿拉伯文学色彩纷呈，其成就超出了常人的想象。在研究这个又古老又新兴的文学时，如何揭示其独特性，颇让我费了一番思考。文学是人学，是人类的心灵史、精神史。谈阿拉伯文学就离不开宗教对文学和作家的影响。离开了渗透到阿拉伯人血液中的宗教信仰，就无法讨论阿拉伯古代的多神教或一神教文化以及伊斯兰教文化在现当代传承。传承不仅仅是艺术形式或手法，更重要的是熔铸其中的人文精神，它才是文学的本质和灵魂。每个民族对其人文精神的独特表现，便体现出了那个民族文学的个性。

我在写《东方现代文学史》阿拉伯当代部分时，已经考虑到了这个因素。但是，那个时期的认识还不够深刻，感性的成分还没有完全上升到理性和规律性认识的高度。它是在我研究了神秘主义，深入到阿拉伯作家的精神世界，对他们做了细致的微观研究之后才达到的。

1992年文学史完成之后，我有几个题目可以作，如"马哈福兹研究"、"阿拉伯当代文学"（在文学史基础上扩大）、"60年代作家研究"等。可是，"阿拉伯文学的苏菲现象"这个题目强烈地吸引着我，让我放不下。我渴望去揭开这个谜。在此之前，我已开始酝酿、搜集、阅读有关资料，一点点地了解苏菲神秘主义。我参加了中国社会科学院世界宗教研究所伊斯兰室的几个课题的研究，啃下了一本苏菲哲学，出了一些学习性的成果，如《评哈拉智的人神说》《当代伊斯兰教》中的伊斯兰宗教与文化一章，《伊斯兰教辞典》中阿拉伯苏菲人物的词条等。之后，我又不断完善自己的知识结构，阅读世界三大宗教的经典，对儒家、道家的学说，以及古希腊和西方的哲学，反复进行了比较。这些努力使我的认识逐步提高，渐渐达到融会贯通，从神秘主义这个人类共通的精神文化现象上去分析阿拉伯文学的苏菲现象。我一直期望在研究中揭示阿拉伯文学的特性，这回终于找到了门路。

伊斯兰苏菲主义不仅是宇宙观和本体论，它实质上也是一种人学。苏菲主义认为，人与神无须中介，就能够达到完全的交融、合一。从这种意义上说，人人平等。为了达到人主合一，人所进行的刻苦修炼是人心灵净化和道德提升的过程，也是人摆脱一切束缚，实现人的彻底解放和心灵自由的必由之路。它与其他宗教的神秘主义是殊途同归的。

神秘主义所领悟的宇宙真理、生命的统一、万物有灵等自然规律，以及理性的和直觉的思维与认知方式之间的互补等等，正为当代科学的新发现不断证实。神秘主义，这人类有史以来共通的精神现象，包容了宗教、哲学、文学和科学。文学中的神秘主义既是神秘主义的体，也是神秘主义的用，它显示了世界文学的共性，也揭示出各民族文学的个性。

我这个研究课题于1995年下半年作为中国社科院外国文学所重点立项，以本书《阿拉伯现代文学与神秘主义》为其成果形式。本书共分十章。第一章"东西方的神秘主义"（导论）是从神秘主义的界定及分类、神秘在哪里、伊斯兰的神秘主义——苏菲派、神秘主义与现代科学四个方面介绍、论述神秘主义，指出它是探究精神生命和宇宙生命的学问，表现为一种心灵的饥渴，同时它也是一种生命的体验和认知方式。我力图从国内外的研究论著和宗教经典中，消除历代对神秘主义的误解，还其本来面目，揭示其实质。并且以物理学及生物学的最新发现来说明它并非是迷信，而是以人们并不熟悉或误解了的认知方式——直觉感悟了悟真理。神秘主义认为，人必须通过自身的运作，净化心灵，于清醒或睡梦中完全地控制住自己的心念，静极生觉，了悟真理和验证真理。"定"是神秘主义修炼与文艺家灵感产生的必要条件，按佛家的说法定法是共法，是世间法。神秘主义所追求的最高目标是超世间法，是大乘的"普度众生"的菩萨法。

导论之后，我选择了黎巴嫩、埃及、突尼斯、伊拉克、利比亚等5个阿拉伯国家的9位具有代表性的诗人、作家、戏剧家。按出生年代顺序排列，分别予以介绍和评述，以便展示20世纪的阿拉伯文人如何在社会发展的不同阶段，继承、发扬民族文化的精华，去其糟粕，为国家的繁荣富强而辛勤耕耘的赤子之心。每章分析一位作家何以对神秘主义发生兴趣，如何把神秘主义视为人类最终获得彻底解放的唯一途径。他们或青睐于苏菲神秘主义所验证的辩证法，或视苏菲为伊斯兰精神的代表，或视其为一种美好人生境界来弘扬；或以苏菲的观念和灵修体验作为一种艺术手法来进行创新，构建阿拉伯现代民族文学的模式。

第二章"负有先知使命的纪伯伦"和第三章"舍赫鲁布的隐士作家努

埃曼",是论述两位黎巴嫩的诗人、作家的神秘主义倾向。他们两位不是穆斯林,而是信仰不同教派的基督教徒,前者是马龙教派,后者是天主教派。我分别从纪伯伦先知使命的形成和努埃曼神秘主义的由来对他们的生平、背景做了分别介绍。然后分析其思想或哲学主张、比较他们各自的思想与神秘主义的异同,揭示每个人神秘主义倾向的特点。对纪伯伦,我将他的作品和他的书信相互印证,剖析他对人与上帝关系的认识,对爱、美与智慧的关注,如何在生活中悟道,并把他获得的智慧与众人分享,从而揭示出他作品的东方精神和他心灵的意向。对努埃曼,我则侧重于分析他的哲学思想和他对运动规律及人净化的重视,探讨了这些思想如何以艺术的形式在《麻子日记》《相会》《米尔达德书》《最后一天》中表现出来。

第四章"以《均衡论》为指导的思想修士哈基姆",讨论的是有阿拉伯戏剧之父美称的埃及剧作家哈基姆的《均衡论》和其中的苏菲因素,以及体现这一思想的《洞中人》《山鲁佐德》《贤明的苏莱曼》三部哲理剧。哈基姆的这一理论在他生前并没有得到应有的重视。到20世纪末,人类面对自己一手造成的种种危机,才显出哈基姆思想的深刻。他的伟大不在于揭示了什么新鲜的东西,而在于他从对人们司空见惯而又被忽略的事实的分析中,重申了那些被视为"老生常谈"的真理——宇宙的运动和均衡规律,指出人思维的误区和极端。他对人类还未走向成熟的认识是值得认真思考的。他说,"尽管人类已经取得重大的科技进步,但人类依然处于儿童期……人类只有走出儿童期才能进入不再破坏、懂得建设的阶段。"他的一些预见也已被科学的进步所证实。

第五章"艺术再现苏菲人学的马斯阿迪"涉及的是突尼斯文化名人、作家、思想家马哈茂德·马斯阿迪。他虽出生成长于法国殖民者占领下的突尼斯,接受了法国的高等教育,但是他父亲关于做人的谆谆教导和阿拉伯语言给予他的启示,使他对阿拉伯的传统有着极为深刻的理解。他一生堂堂正正做人,自觉地为弘扬东方人的生存智慧和精神追求而不懈努力,为处于困境的祖国提供新的思路。第一节"深厚的伊斯兰文化的造诣",分析了他的学养和人格。其他三节,分析了他的哲理剧《坝》对人创造性的阐释,小说《艾布·胡莱赖如是说》高扬的人的追求精神,《遗忘的产生》揭示的东方人的生存智慧。三部哲理性的作品集中再现了他对伊斯兰人学的精辟见解。

第六章"弘扬积极人生的马哈福兹"是我对马哈福兹的再研究。我在马哈福兹获诺贝尔文学奖之前,写过3篇散论概括他的创作。对他所弘扬的积极人生,由于文章篇幅有限而没能深入展开,总觉言犹未尽。在这一章里,我结合许多新的材料,从马哈福兹的宗教观和信仰的角度,分析他作品中的苏菲倾向,以及作为一代埃及文化名人对伊斯兰精神的理解和弘扬。拨开笼罩在他的作品上的薄雾,袒露出他文学的实质。

第七章"点染生命意义的白雅梯"和第八章"以神秘主义阐释诗艺的沙布尔",研究了阿拉伯两位当代著名诗人白雅梯和沙布尔。诗人白雅梯是20世纪60年代经由俄文翻译介绍到中国的伊拉克当代诗人,有《流亡诗集》在中国问世。因政治原因,他大半生在国外流亡,两次被剥夺国籍。把一个革命诗人与苏菲神秘主义联系起来,看似荒唐,然而那就是生活,就是生活的辩证法。这一章分析了白雅梯盗火者的人格,他如何从死亡中学习生活,在诗歌中表达了对生活和生命的热爱,于困苦中从苏菲思想汲取精神的营养,使他继续战斗下去。他坚信苏菲是精神的源泉,在这一观念中隐含着生命更新和延伸的理论以及人思维和认知的方式。

埃及诗人沙布尔是一位出色的歌手。他的诗作以极其敏感的笔触描绘世界的无爱和人性的堕落,歌颂人为追求心灵的自由和彻底的解放而做出的牺牲。他以伊斯兰神秘主义来解释诗歌的创作,与法国美学家雅克·马利坦关于诗歌的创造性直觉的神秘主义诗论有共通之处。我在"诗歌创作的神秘主义阐释"一节比较了他们神秘主义诗论的异同,指出文学、宗教和哲学何以在创造性的直觉感悟和对精神、生命的探索上融为一体。

第九章"运用苏菲神话的法格海",探讨的是利比亚当代作家易卜拉欣·法格海的小说创作中的神秘主义。他是从撒哈拉沙漠的边陲小镇走出的作家。在联合国科教文组织遣派下到开罗上大学。贝都因人的传统,伊斯兰苏菲在穷人中的传播都对他产生了深刻的影响。阿拉伯《一千零一夜》和《苏菲灵修的故事》启发了他的灵感。起初,他在写实的作品中描绘了普通百姓心中的苏菲印记和理想追求,而后在他三部曲的创作之中又将苏菲作为理想的象征和实现理想的途径,甚至将苏菲观念作为一种艺术手法运用其中,生动地再现了利比亚人在东西方价值观念的碰撞中的两难境地,以及他对社会现实的把握和见识。

第十章"重构苏菲文化的黑托尼",研究了阿拉伯20世纪60年代作家中的佼佼者埃及作家杰马勒·黑托尼的创作思想和创新实践。黑托尼是纳赛尔民族民主革命运动的获益者,又是它的阶下囚。他的平民出身和他对民族工艺美术和建筑的热爱,以及对阿拉伯文化的深刻理解,使他清醒地意识到阿拉伯文化断裂的严重性。他把本民族和世界文化遗产视为人类共同的文化财富,从这个高度。潜心研究法老文化和伊斯兰文化,钟情于那朦胧费解,但又更接近艺术家经验的、给人启示的苏菲文学。于是他的文学创作便成为他弥合文化断裂的具体体现。这一章用一小节说明他弥合断裂文化传统的愿望如何生成,另外三个小节分析他的《显灵书》《都市之广》《冥冥中的呼唤》三部长篇作品,剖析作家如何将苏菲的生死观、时空观以及灵修体验既作为作品的意境,又作为一种艺术手法,两者融合形成一种既古老又具时代感的文学作品,展现了他独特的东方视角。

吸引我选择这样9位作家的是他们的创新精神,各具特色的艺术世界以及其中所包含的阿拉伯固有的灵魂。而这阿拉伯民族固有的灵魂经由他们的艺术创作是那么鲜活地展现在面前。阿拉伯的作家都从神秘主义的宇宙观和本体论的角度再现了人与神或人与宇宙自然的关系,阐释人之渴望的缘由以及人修炼的必要;重申了人之自由和彻底解放的含义,它不是依据个人爱好的为所欲为,而是摆脱一切物质的和精神的奴役,获得明察一切事物的辨别力和应对人生的智慧。如此,人才能从必然王国走向自由王国；同时还把人生的最高目的解释为对宇宙规律及其目的的理解。提高人的等级，以便与神合一，像神一样具有创造性的品质，像神一样去创造生活和创造生命，使大地变为乐园。

这些作家的作品好似一服清醒剂，驱散人头脑中虚幻的阻隔，显出世界与人生的本来面目：人原本是平等的，人来到这个世界后才有了差别，这差别都是人为造成的，是违反人性的；这个物质世界本是有限的，二元互补的。然而，世人总是肯定一面而排斥另一面。从一个极端走向另一个极端，总是不能保持两者的均衡与和谐；这世界上的人已经习惯于事物的颠倒，把虚妄当真实，把"强者"的逻辑视为天经地义，把宽容和仁慈视为软弱可欺。

从古至今，宗教、哲学、科学和文学都探求宇宙万有和人生性命的形而上的本体，追求宇宙人生最高的目的。每个时代、每个民族都对精神和心灵的自由有着普遍的渴求，这绝非个别现象。随着社会的进步，科技的发展，人类片面地强调物质和理性，排斥精神和直觉的感悟，造成人性的堕落及社会的失衡。20世纪各国的有识之士对此早有察觉，从各自不同领域向世人呼吁：

"我们切莫忘记，任凭知识知技巧并不能给人类的生活带来幸福和尊严。人类完全有理由把高尚的道德标准和价值观的宣道：置于客观真理的发现者之上。在我看来，释迦牟尼、摩西和耶稣对人类所做的贡献，远远超过那些才智之士所取得的一切成就。

如果人类要保持自己的尊严，要维护生存的安全以及生活的乐趣，那就应该竭尽全力保卫这些圣人所给予我们的一切，并使之发扬光大。"（科学家爱因斯坦）

"由于有了科学技术，人类才联合起来作恶，而不是行善。人们学会了相互残杀的技术，却没有学会需要在世界范围内进行合作的本领。"（哲学家罗素）

"我不认为（科学和宗教）两者相互矛盾，它们的关系是相互补足的而不是对抗的。科学和宗教各自的本质决定它们活动在人类精神的不同领域。科学在知识领域，研究我们感觉到的现实。至于宗教则属于信仰范畴，任何时代都有信教和不信教的科学家。"（1966年诺贝尔物理学奖得主阿·卡斯特莱尔）

"愚昧并不为科学、技术、现代性、进步等等让路。恰恰相反，它正随着进步一道成长。我们面临的不是无知，而是麻木无感觉。那些纯理性的观念被大众传媒增值，从而造成巨大力量，将碾碎一切感性，进而取消人类文明的特质。"（捷克作家米兰·昆德拉）

与此同时，还有一些知名人士通过个人生活的体验表明，这个世界所追求的并非真正的幸福，他们从佛禅和中国的《易经》中看到了人类的希望。存在主义哲学家萨特在垂暮之年说："生活给了我想要的东西（指常人最渴望的爱情和事业上的成功）。同时它又让我认识到这没多大意思。不过你有什么办法？"哲学家海德格尔晚年偶读铃木的禅学著作，叹道："如果我对铃木的了解不差，他在书中所说的，也正是我这一辈子在自己的论著中所要表达的东西。"当代心理学家荣格曾盛赞他的朋友理查·威廉翻译中国《易经》的伟大贡献，称"他把中国精神的生命胚芽接种到我们身上，能够对我们的世界观造成一种根本的改变"。他"在欧洲的土壤中植出柔嫩的新苗，给我们以新的生命直觉和生命意义，使我们远离欧洲人意志的紧张与骄横"。他的工作"大大澄清和确证了我在努力缓解欧洲人的精神痛苦时所一直寻找、追求、思考和致力的许多东西。以清楚的语言从它身上，听见那些我曾隐约地从欧洲人的无意识中猜测到的东西"。他称赞《易经》是"这种文化（指中国文化是已经存活了数千年的精神之根，中国人总的思维方式的最纯粹的表现。在西方，这种思维从赫拉克利特的时代就不见之于哲学史了，它仅仅作为一种微弱的回响再现于莱布尼茨"。

其实，西方有识之士认识到的问题，东方的有识之士也已明白。西方有识之士所发现的东方的精神宝藏，西方曾经拥有过，不过被他们自己抛弃了。而西方人的这一举动后来又被东方人重演着。可见，黎巴嫩作家努埃曼的呼吁是非常有代表性的。有着深厚民族文化造诣，并受过西方文化洗礼的阿拉伯作家,对此都有深刻的认识。他们懂得"东方拥有的这种精神财富是金钱与物质无法比拟的",因而懂得珍惜它,懂得如何在面对时代的挑战时,对他们的精神财富做出现代的阐释,以推动民族和社会的进步。而不是被时代潮流冲昏头脑,失去独立思考的能力,祸国殃民。这些阿拉伯作家称得上是伟大的作家和思想家,他们为人民提供了营养丰富的精神食粮,功德无量。

目录

第一章　东西方的神秘主义 / 001

　　一、神秘主义的界定及分类 / 001

　　二、神秘在哪里 / 009

　　三、伊斯兰的神秘主义——苏菲派 / 018

　　四、神秘主义与现代科学 / 029

第二章　负有先知使命的纪伯伦 / 037

　　一、先知使命的形成 / 038

　　二、人与上帝 / 047

　　三、爱、美与智慧 / 054

　　四、纪伯伦的神秘主义：自然、静默与自知 / 063

第三章　舍赫鲁布的隐士作家努埃曼 / 070

　　一、努埃曼神秘主义的由来 / 070

　　二、努埃曼的神秘主义哲学 / 076

　　三、努埃曼的神秘主义小说 / 084

第四章　以《均衡论》为指导的思想修士哈基姆 / 097

一、哈基姆的三部哲理剧 / 099
　　二、哈基姆的《均衡论》/ 109
　　三、哈基姆哲学思想的苏菲因素 / 116

第五章　艺术再现苏菲人学的马斯阿迪 / 125
　　一、深厚的伊斯兰文化造诣 / 126
　　二、《坝》对人创造性的阐释 / 128
　　三、《艾布·胡莱赖如是说》高扬人的追求精神 / 133
　　四、《遗忘的产生》中东方人的生存智慧 / 140

第六章　弘扬积极人生的马哈福兹 / 147
　　一、信仰与安拉 / 148
　　二、救赎与入世 / 156
　　三、无我利他与人主合一 / 162
　　四、马哈福兹苏菲倾向的特点 / 167

第七章　点染生命意义的白雅梯 / 173
　　一、"盗火者"人格的确立 / 174
　　二、从死亡中学习生活 / 182
　　三、我的爱大于我 / 190
　　四、寻找理性的苏菲 / 198

第八章　以神秘主义阐释诗艺的沙布尔 / 207
　　一、人与诗歌 / 208
　　二、诗歌创作的神秘主义阐释 / 214
　　三、话语与救世 / 227

第九章　运用苏菲神话的法格海 / 234
　　一、沙漠边陲小镇走出的作家 / 235
　　二、苏菲神话：理想世界的象征 / 241
　　三、苏菲修炼：实现理想的途径 / 247

第十章　重构苏菲文化的黑托尼 / 258
　　一、弥合文化断裂的愿望 / 259

二、《显灵书》与苏菲的生死观 / 262

三、《都市之广》与苏菲的时空观 / 267

四、《冥冥中的呼唤》与苏菲的灵修 / 271

后　记 / 281

主要参考书目 / 283

第一章　东西方的神秘主义

神秘主义是探究人的精神生命和宇宙生命的学问。它表现为一种心灵的饥渴，也可以说是一种生命的体验和认知方式。它与宗教信仰有着紧密的联系。东西方的宗教中都包含着神秘的内容，出现过各种神秘主义的教派。而宗教中的神秘主义，又与各民族自古存在的神秘教或神秘修炼有着或隐或显的关联。各宗教中的神秘主义都是相通的。只是在历史的沿革中，不同时代、不同民族、不同教派对其基本思想的解释和表述各有千秋。历史上，神秘主义常常被斥为异端邪说、迷信和反科学而遭禁止或冷落，对现代中国人来说尤其显得陌生。为此，设专章做一概括的介绍，以作本书论述的铺垫。

一、神秘主义的界定及分类

首先从中外权威的或专业辞典和论著中看神秘主义的定义是什么。

我国《辞海》（1979）中的这个条目说："神秘主义是宗教唯心主义的一种世界观。主张人和神或唯自然界之间的直接交往，并能从这种交往关系中领悟到宇宙的'秘密'。"《简明社会科学词典》（1982）中的定义是"泛指不从科学考察和逻辑推理，而是从不可言传的秘密途径得出结论的信仰或学说。"《简明哲学百科词典》（1990）中的这个词条指出神秘主义是"宗教唯心主义的世界观",认为"人同神或超自然力之间能够进行直接的精神交往,人借助这种交往就能领悟到世界的秘密","现代西方的神秘主义认为,通过科学只能认识事物的表面,通过心灵直接钻到事物的核心里去,才能认识事物的本质"。《中国大百科全书·宗教卷》没有神秘主义的解释,而把神秘主义等同于苏菲主义。事实上,只有伊斯兰学者才将苏菲主义泛指一切神秘主义,西方学者只在谈伊斯兰神秘主义时用苏菲主义,谈其他宗教时并不用它。

《不列颠百科全书》(中文版)中的这个条目解释非常详尽,首先指出神秘主义是"研究某种隐秘生活的科学","是融修行术与秘传知识为一体的一门学科,是上升到最高水平的个人宗教",是"过有深度的生活,人既然是多层次现实的交会点,就绝不会是单维的";它的目标是"与神融为一体";神秘主义的修行是通过"涤欲、洁志、彻悟和神人交融",达到"返回人的本源,防止人神进一步相疏"。同时也指出"20世纪许多科学家(包括物理学家、生物学家、古生物学家)都抱有明显的神秘主义"。"靠药物进行神秘主义修行的做法所得到的幻象,与真正神秘主义经验不能混同。"

《牛津基督教会词典》(1958)中把神秘主义定义为"一般说来是通过个人的宗教体验,在现世生活中获得的一种关于上帝的直接认识。它主要是一种祈祷状态,并容许有各种不同的程度,从短暂而罕见的神的'触摸'直到在所谓'神秘主义婚姻'中实际上与上帝的永久结合"[①]。《牛津英语辞典》中对它下了几个定义,中心定义是"信仰通过出神的沉思而与神性结合的可能性"。神秘家是"一个人,他是基督徒或非基督徒,他通过沉思或放弃自我以求达到与神结合或者消融于神中"。该辞典指出,"在敌视的观点看来,神秘主义意味着自我欺骗或思想混乱;因为这个词常常用来指可归咎于邪恶性质的任何宗教[②]。

宗教学家安德希尔在《实践的神秘主义》(1942)一书中明确表示,

---

① 见《牛津基督教会词典》,转引自杰·帕林德尔《世界宗教中的神秘主义》,今日中国出版社,1992,第193页。
② 同上书,第6、12页。

神秘主义是一种科学和技艺；一种真实的人生过程；代表人类意识的最高形式。"神秘主义指的是与真如（reality）相结合的技艺。神秘主义者就是一个或多或少达到那种境地的人，或者是一个有志于而且相信能达到那个境地的人"。"总括地说，我认为神秘主义即是人性冀望与超越一切的终极真理完全结合的一种行为表现——不论该终极真理被置于何种神学诠释的框架之内。此种冀望，往往盘踞在伟大的神秘主义者全部的意识范畴里；主宰了他们的生命，而且在所谓的'神秘结合'状态里达到目标。不论这个目标是基督的上帝，或者泛神论的宇宙之灵，或者哲学上的绝对真理，此种冀望以及此种行为——只要它是一种真实的生命过程，而不是知性的揣摩——神秘主义的探讨范围，我深信此种行为代表人类精神意识最高的发展方向"[①]神学家阿奎那认为，神秘主义是通过体验而认识上帝的，"啊！我体验和看到了耶和华是善良的"。《教会学教义》的作者卡那·巴特则抨击神秘主义是"深奥的无论"。

心理学家威廉·詹姆士在他的《宗教经验面面观》（1961）中也是从人类的意识状态来分析界定神秘主义的。他认为在人类的"正常清醒的意识"或"理智的意识"之外，还存在各种意识状态，其中"神秘主义的意识状态"对于探究宇宙的全部真相而言，是不可或缺的。而这种状态属于"知识的意识状态"。"神秘主义的状态虽然跟感觉的心理状态极相似，但是对于经历过神秘主义意识状态的人而言，它也是知识的意识状态。它能深入到一般理智的推论式的方法所不能达到的真理。它是灵光、启示，充满意义，极为重要。虽然不能言诠，事后它往往停留在当事人心中。成为权威"[②]

美国罗伯特·M.塞尔茨教授在《犹太的思想》（1980）中谈到犹太神秘主义，称"神秘主义是灵魂和神的直接和即时的交流"。神秘主义者"对最高实在的认识和体验是通过一种与一般的感知和理性思想不同的洞察力，一种只有经过坚忍不拔的自身修炼以后才具有的超智识的洞察力获

---

① 高承恩：《慧知与恩典——两种方式的终极关怀》，载《文学与宗教》，辅仁大学外语学院，1987，第141—185页。
② 同上。

得的"。他指出，东方和西方的主要宗教都产生了神秘主义的某种形式，在这种形式中，"个人达到了一种没有痛苦和焦虑，出神入化，个人和最高实在能直接交流，甚至合为一体的境界"。他引用20世纪犹太神秘主义学者格朔姆·肖洛姆的话说明，神秘主义在正式宗教中出现的时间"是在人和上帝——有限和无限——之间的鸿沟产生之后"。[1]

南怀瑾在《道家、密宗与东方神秘学》(1985)[2]中对神秘学的性质说得极为明确。他指出神秘学是讲究精神生命和宇宙生命的学问，有其科学精神。他说："积累古今中外几千年的文化，由宗教到哲学。由哲学而到科学的今天，人类智识的范畴，可以远上太空，细入无间，仍然还不能明白切身生命的奥秘，并未寻求到宇宙生命奥秘的结论。从这个角度看来。可以说，芸芸众生仍然在无知无识地过着莫名其妙的人生。所以，东西方的文化中，自古相传迄今，似宗教非宗教，似哲学非哲学，亦宗教亦哲学，同时也有它自己的科学精神作用的神秘学，照样屹立不动。仍然被人们乐于接受，乐于追求。""神秘学所讲究的，虽然还没有离开人体和自然物理的关系，但是它是讲究精神生命的学问，它在追求精神生命和宇宙生命综合的究竟。""在悠久历史的东方古国，如中国、印度、埃及，都是神秘学的古老泉源。"从以上的定义和论述。我们可以知道神秘主义是一种研究隐秘生活的科学，讲究精神生命和宇宙生命的综合学问。它强调直觉，是一种真实的和自我的生命体验。它的目标是人与最高的实在或神的直接交流，最终融合为一。

但是，这些词典都没有交代神秘主义的由来。英国牛津大学比较宗教学教授杰·帕林德尔在《世界宗教中的神秘主义》中指出："神秘主义"一词源于古希腊的神秘宗教崇拜。它认为这个名词可能源于"谬恩"，意为"闭上嘴和眼"，或是"立誓保持沉默者"，即"被引导进入神秘教者"。[3]

---

[1] 罗伯特·M.塞尔茨：《犹太的思想》，上海三联书店，1994，第425—435页。
[2] 南怀瑾：《道家、密宗与东方神秘学》，北京燕山出版社，1992，第2—3页。
[3] 见《牛津基督教会词典》，转引自杰·帕林德尔：《世界宗教中的神秘主义》，今日中国出版社，1992，第7页。

《犹太的思想》的作者塞尔茨则认为,"许多与神秘主义有关的词汇都源于古希腊文,一个神秘主义者最初是一个被吸收进一种神秘的希腊宗教崇拜形式或神秘的宗教的人(神秘 mystic 一词源于古希腊文的动词,意思是紧闭双唇)"。据罗素的《西方哲学史》[①]第一篇前苏格拉底哲学家的介绍,古希腊确有奥尔弗斯神秘教。它源于巴库斯崇拜,是一个苦行的教派,追求与神合而为一的沉醉。他们相信以这种方式可以获得普通方法不能得到的神秘知识。这种神秘的成分随着毕达哥拉斯一起进入到希腊哲学里来,毕达哥拉斯就是奥尔弗斯教的一个改革家,正如奥尔弗斯是巴库斯教的一个改革家一样。《苏格拉底种种》一书作者泰勒认为,苏格拉底的死因就与这个秘密社团的联系分不开。

类似于希腊神秘教的神秘崇拜或神秘修炼也存在于其他民族和国家。在印度有对克里希纳神的崇拜以及禅定的修行传统。乔达摩就是经由传统的苦修和禅定觉悟成佛。中东的古犹太地区存在着亚森的神秘团体。据语言学家兼考古学家艾·柏·斯杰可利博士研究确信,耶稣基督曾是当时极受人尊敬的古犹太亚森修行团体的一员,承袭该团体秘传的灵修传统。他在《亚森耶稣》一文中说明亚森团体曾居住在死海,种有亚森生命之树。据英国米歇尔·库克的《穆罕默德》一书所说,"穆罕默德每年都有去麦加郊外的希拉山隐居潜修一个月的习惯。这种隐居看来原是异教时代的一种宗教习俗。""一天晚上,正当他按照这种习俗在山上隐居潜修时,天使伽伯利在梦中造访,并命令他读"。[②]

在中国,从孔子、老子、庄子、列子等伟大的思想家的典籍中也都可以找到有关静坐冥思和修炼及其体验的记载。庄子的"堕肢体、黜聪明,离形去知,同于大同"的"坐忘","虚者"的"心斋","以神遇而不以目视,官知止而神欲行"的"养生",即是他所指的混沌式之修炼术,并把获得万物之本真视为最高境界的"天乐"。儒家的"大学之道"讲的是"内明之学","所谓修身,在正其心"也是这个意思。

---

① 罗素:《西方哲学史》,上卷,商务印书馆,1980,第40—47页。
② 米歇尔·库克:《穆罕默德》,中国社会科学出版社,1990,第23页。

神秘主义的共同目标是合一。各民族和宗教对合一的说法和解释不尽相同，有"人主合一""神人合一""梵我合一""天人合一"种种说法。人的合一对象为神、上帝、主、安拉、梵、佛、天、道、宇宙之灵、最高实在等等。合一双方以及彼此的关系也有不同的解释。犹太教、基督教、伊斯兰教的合一，神与人是主从的关系，是神性降入人性，人性提升为神性，是一个由上至下再向上的过程。基督教强调耶稣在合一中的中介作用。伊斯兰苏菲则否认这种中介，强调人与神的直接交流。婆罗门教视"梵"为宇宙本源，《薄伽梵歌》则把宇宙总体视为"自我"。人是万有的分体，"汝即彼"双方是平等的，本是一回事。犹太神秘主义的经典《塔木德》上说，"你们是神，你们众人都是至高的子孙。"

释迦牟尼佛说，人的现有生命是人原始生命的第三重投影。而这原始的真生命被后人冠以各种不同的称谓："哲学上称为真如；逻辑性、科学性的称呼为第一义谛、胜义谛；宗教的称呼为真如来、佛。中国后来把它翻译为本性。"（南怀瑾语）佛教主张"众生都是佛"，"佛在心"，众生与佛都是平等的。找到般若道体这宇宙万有的本源才能认识自己生命的真实。

中国的"天人合一"是指人与自然的和谐统一，也指天道与人道的和谐统一。老子的"道"既指天地万物的自然，又指自然中固定不易的法则的自然，即道法自然，原来如此，顺其自然的意思。

神秘主义的经验是以追求合一、融合为中心，但修行的具体方法各有不同。据《简明大不列颠百科全书》介绍，神秘主义"通常可按不同类型区分，如温和和极端、外向和内向、有神和无神。另有一种著名的分类法，即根据知、意、情三种功能划分的印度分类法"。杰·帕林德尔就是根据合一对象的不同把神秘主义分为自然论的神秘主义、泛神论的神秘主义和有神论的神秘主义三种。他在《世界宗教中的神秘主义》中分别详细论述了各类神秘主义。在该书的第二部分"神秘主义的一元论"（第17—84页）中谈到自然神秘主义和泛神论的神秘主义。他说，"神秘体验不仅是普遍的而且是人宗教本性中固有的，而且常常被宣称为受到了可见世界——自然——的启发。在现代,这种自然神秘主义相当多,许多现代人都有过这种因自然环境或自然条件所唤起的升扬或出神的体验"。"世俗人也会有某种精神的领悟,在这种意义上神秘主义被称为自然的。它仿佛是人类共有的。是人性的一部分"。与此同时,他引用了大量的资料加以论证。《出神的宗教》(1971)的作者刘易斯认为,神秘力量是思想的,也是试验的实在。《遥远与久远》(1918)的作者赫德森触及"万物有灵论"。他认为"关于一切可见事物中的灵智的感觉和理解,始终存在于我们许多人之中,特别留存于在乡村环境中生活和成长的人中间。这种启示性心灵的能力或本能仿佛是宗教本质特性的,它是自然崇拜的根源"。《出神》(1961)的作者拉基斯写道,这种感觉不一定是宗教的或是有神论的。她调查研究得出的结论是,城市和工业环境会对人的精神造成影响。人的天性在自然环境中比起人为的压抑性环境中发育得更好。杰弗里斯在他的《我心灵的故事》中说,"自然当中根本没有神,自然神秘论者的体验属于那些仅仅寻求与大地和天空沟通的人"。由此,杰·帕林德尔认为,自然神秘论者与多神教信仰一样,"他们顶礼的不是日轮和天空,而是内在的精神。他们是对物质对象后面的力量怀有敬畏感。所以,大部分自然神秘论者都在寻求与那'以高尚思想的喜悦激荡我心灵的存在'的沟通。这是一种可以认为与神结合而同一的交流"。在自然论神秘主义中,作者主要提及了诗人华兹华斯和布莱克,引用他们的名句说明其中的自然神秘主义。

在谈及印度的一元论神秘主义(或称为泛神论神秘主义)时。他指出《奥义书》中梵与自我等同又相互区别,并时常相互替换。《歌者奥义》说"此整个宇宙皆梵,人当静定思索。我等万有皆依彼而生,依彼而动且消解复归于彼,彼诚含容世界万有;彼无言且无虑……彼梵为我心中之灵魂。若我离此身即消融于彼"。但是,他认为佛陀则不信仰某种最高的神的存在。佛教所追求的最高目标是涅槃。而涅槃仅仅是"欲望的清凉、宁静、健康、不生不灭的永恒状态和体验。""行动的目的不是否定或压抑自我而是为领悟它并不真实的存在"。

关于中国的道，杰·帕林德尔认为中国有他们各自持续了许多世纪的神秘主义传统。孔子是位中国式的苏格拉底。道指天道，是理性的，但又指自然宇宙秩序。孔子和孟子并非宗教创始人，他们都"主张天道与人道最初的和谐"。"儒家的信念是神秘主义的"。道家致力揭破表层意识以达到纯粹的意识。洞见事物的内在真实，寻求返回到"朴"的单纯状态。《道德经》和《庄子》关心的是虚静无为。"老子教人以'抱一'"之法，"一"（统一性）即规定且制约所有万物的道。《道德经》在许多方面透露出道可以经过神秘的直观而被认知"。

帕德林尔的有神论的神秘主义是依着神和人的关系和地位分为两类。印度的《薄伽梵歌》属于一元神论的神秘主义。克里希纳被等同于一切种类的存在的头目。它是万有的灵魂，一切光中的太阳。在"数千太阳的灿烂光辉"中，所有的神出现在那最高存在者的形态中。他是比梵本身还伟大的第一神，永恒不灭的上帝。有神论的同一强调爱，首先是人对神的爱，然后是神对人的爱。而一元神论的同一则取消爱所必需的主客关系。

有神论的神秘主义包括犹太教的神秘主义（葛巴拉派和哈西德派）、基督教的神秘主义、正统的伊斯兰苏菲教派以及《摩衍那》和《薄伽梵歌》的印度教。他们都拒绝，"汝即彼"或"我即上帝"意义上的与神的同一，坚持交融结合与同一的区别。他们认为神秘主义的合一并不意味着与神的同一，在体验中可以感觉到某一种不可分的合一，但这"是一种原初的、前传记的合一"。他们总能意识到造物主和被造物之间的区别和差距。后者是被结合到前者之中的。

二、神秘在哪里

所谓神秘是指使人捉摸不透的或高深莫测的东西或事物。神秘主义的神秘首先表现在它的信仰之上。其次，它的秘密也包含在超常的认知方式（包括功修方法、直觉体验）之上。神秘主义最大的秘密就是信仰人具有神性，"汝即彼""众生是佛""佛在心""我即安拉""上帝在你心里"，人需向内求"密在汝边"，找到它就得到一切。这一信仰不是隐蔽的而是公开的秘密，完全可以从经典上得知。然而。人类很难相信它，理解它，甚至知道了也不去修炼，修炼了也不一定能证道，找不到它。正如释迦牟尼佛悟道后所说，"奇哉！一切众生皆具如来智慧德相，只因妄想执着，不能证得。""止！止！吾法妙难思。"这话的意思是,他悟到的理不可思议，无法表达。所以，它对人来说是最大的秘密。

1. 功修方法的神秘

（1）直觉的参悟

不论有神论还是无神论的神秘主义都强调个人直觉的重要作用。直觉是指未经充分逻辑推理，以已经获得的知识和积累的经验为依据的认识能力。神秘主义者认为，直觉是从内在自性的源头自然生发出来的永恒流泉。在智性的力量无法引导人的时候，只有直觉能引导人走向正知正见。这种能力不是通过学习或依靠意识的逻辑推理活动获得的，它是天赋的，是与生俱来的，人在出生后需经过开发训练，使自己处于完全的虚静状态下才能获得那原在的知识和经验，即"静极便觉"。个人直觉的了悟，至今还无法用科学的方法进行检测，完全是自知、心知，因而难于令人理解和信服。

（2）明师的指导

有神论的神秘主义都突出导师必不可少的作用。求道者是借着明师的力量获得知识和体验的。公元 2 世纪基督教作家亚历山大的克雷芒，在他记述《圣经奥秘》一书中，把基督称为"奥秘的导师"，是他将皈依的教徒引入这些奥秘之中。基督徒凭着已获得的教义，进而寻求"那伟大的奥秘"。其他神学家也谈到过圣礼是秘迹 (misteria)，洗礼是秘事 (mystiken)，圣餐奥秘的司仪神父是"引入神秘者"(mistagogues)。克雷芒把教徒寻求的合一称为伟大的奥秘，而各种礼仪都与这神秘有关。还有一种说法认为，真正的基督徒指耶稣在世时跟随耶稣的人。因为他们接受的是在世明师的指引，属于真传。

在印度，导师被称为古鲁。锡克教的古鲁那纳克生为神圣，甚至在他小时候已显出圣人的品格。佛教禅宗中的"传心印""传灯"也是说有一个神秘或微妙的传授。《法华经》就是佛子的印心体会。伊斯兰教也十分崇敬真传弟子，他们得到了穆罕默德的真传，在传道和解释《古兰经》方面做出很大贡献。他们的人品也是极高的。欧麦尔之子阿卜杜拉专心收集和解释圣训，但十分谨慎不随意。他置哈里发的王位于不顾，不与人争，不参与党派之争和反阿里的战争。伊斯兰苏菲神秘主义也有导师的制度，教徒必须得导师的亲授秘传，后来由此建立了各种教团。总之，神秘主义教派的导师都严格要求弟子，关注他们见证功夫和见地的进步。

(3) 向内求

向内求是各类神秘主义的共同特征之一。向内求为的是返本还原。各宗教和教派的解释大同小异。基督教称上帝在心里，"天堂在你心里"，得到它就得到了一切。《圣经》上说："那信我的人有活水的河流要从他心中涌流出来。"约翰福音中，耶稣对腓利说："我在父亲的生命里，父亲在我的生命里，你不信吗？我对你说的话不是出于我自己，而是在我生命里的父亲亲自做他的工作。"大乘佛教认为，心外求法都属外道，法在心中。佛说"制心一处，无事不办"。《金刚经》有说"应如是住。如是降服其心"。修行者要自醒自悟，找出自己心中的自性之佛。也就是，心即佛，佛即心。道家的修道也是为了返回根本，追求生命最初之源头。回头去，走到生命之源，回归生命的根本。道教祖师吕纯阳在《百字铭》中所说的

"养气忘言守，降心为不为"，与禅宗常说的"还我本来面目"是一回事。伊斯兰教也主张复归、返本还原。《古兰经》有说"他们确信自己必定见主，必定归主"（2∶46）。圣训有说："凡人认得自己，便认得造化的安拉。"

（4）打坐静修

神秘主义都主张静修。打坐冥想是最基本的修定方法，是神秘主义修行的共法。不论出家遁世还是在家修行，地点可以有所不同。如修道院、寺院、禅院、禅房、净室、山洞、枯井等，都为了静修打坐。神秘主义者认为，打坐是一种意识很清醒的睡觉。借着静坐，真正的喜悦才会扩展到永恒的空灵之中。闭上眼睛，收敛感官的感觉，为了睁开内在的眼睛。也有一种说法认为。打坐的时候，明师的力量会叫醒修道者的灵魂，并带它到光和智慧的世界去。

佛陀早年就是遵照正法和戒律修习梵行，学习凭借自己的直觉进入和住于正法。他多次拜师，修行12年，最后在菩提树下睹明星而悟道成佛。佛家认为，打坐是修定，是练习身心向学佛路上的准备工作，以达到戒定慧，实现无我相、人相、众生相、寿者相。常乐我净。《圆觉经》有说："求菩萨道人三期者，非彼所闻一切境界，终不可取。"就是说，修道者看到的一切幻相，听到的一切声音，都不能执着，否则就是着相，如《金刚经》所说"凡所有相皆是虚幻，若见诸相非相，即见如来"。《圆觉经》还说："若诸众生修奢摩他，先取至静，不起思念，静极便觉，如是初静，从于一身至一世界，亦复如是。"如何先取至静，不起思念，然后达到静极便觉，"净极光通达"，这些都不可说了，需要个人独自去体会。静到极点，智慧开了，便悟道了。那光就是自性之光、智慧之光。

而道家也主张"致虚静，守静笃……物芸芸各复归其根。归根曰静，是为复命"，"孰能浊以清之徐清，孰能安以动之徐生"，就是讲由浊到静，由静到清的修道前的三个阶段。儒家《大学》中的"知止而后有定，定而后能静，静而后能安，安而后能虑，虑而后能得"，讲的是同一道理。基督教修道院中的修士就是以避世的苦修来涤罪、净化自我，进而获得启示和合一的。

打坐静修的时间，三大宗教也有相似的说法。他们都主张在夜间修炼，最佳时间则说法不一。佛家称子时为"活子时"；基督教称夜间最后 3 个小时为"灵药时间"。据 J. S. 美兰德《基督生命》中所说，此时生命之泉在流动，由它而来的琼浆能使人精力恢复和提高意识。那时人听到神声音的呼唤，于是所有忧虑和烦恼都会消失。《古兰经》也要求穆斯林为他们的主通宵叩头、祈祷。但是，佛家也有一种说法认为，证道之人不能囿于时空。《华严经合论》有说"无边刹境，自他不离于毫端，十世古今，始终不移于当念"。何时何地都宜修行，关键是心诚、心清静。

(5) 忘我和出神的方法

出神的目的是达到忘我。出神的方法各个教派有其独特的方式。伊斯兰苏菲的赞念和舞蹈的确与众不同。不论个人或集体的修习都是以跪拜和赞念为主要形式。《古兰经》说，"夜里，你应当以小部分时间向他叩头，以大部分时间赞颂他"(76：26)。苏菲派的个人修习可以不出声、静修；而集体的修习在一些教团里则是大声地赞念或热烈的旋转舞。赞念词主要是"除安拉外，绝无应受崇拜的"等清真言或者是更为简短的呼唤。赞念时，教徒围成一圈，或站或坐或跪坐，齐声或分部地大声赞念，并配合呼吸吐纳以及头和身体有节奏地左右摇摆，直至陶醉其中而达到忘我的地步。苏菲派还把音乐舞蹈引入赞念之中。安萨里认为，音乐比诵读经文更容易使人达到出神的状态。胡杰韦利在《神秘的启示》中也肯定音乐是获得崇高灵魂和良好心理状态的灵丹妙药。毛拉鲁米把音乐舞蹈引入毛拉维教团。由修士与毛拉共同的进餐而演变成为一种教团仪式，教徒伴着音乐跳起围着轴心旋转的舞蹈。在如醉如痴的旋转中，他们渐渐达到忘我出神的境地。这种舞蹈后来传至印度，并且流传成为埃及等阿拉伯国家的民间舞。

(6) 手印、咒语和观想

佛教密宗修炼所采取的手印、咒语和观想，称为身密、声密和意密。南怀瑾在《道家、密宗与东方神秘学》中指出，密宗的《大日经》与《华严经》所说的基本原理是相通的，都认为人类本自具备超越于宇宙万有的自性本能，根本上具备无比的纯真、至善、至美的万有功能。大宇宙与人体的小宇宙是相通的。人的双手，对外与法界佛性（宇宙本能的功能）相通，对内则与五脏六腑相通。密宗结成的"手印"可以和法界中已成就的诸佛菩萨的身密相互感应，增加速成的效果，同时自己也就等同诸佛菩萨的神通功能。

应该说，密宗的"声密"（口密）并非始于密宗。早在印度婆罗门教及其他原始宗教中就有咒语。咒语的修习方法是利用特别的音符，震荡身体内部的气脉，开发生命潜能，启发神通和高度的智慧。六字大明咒"嗡、嘛、呢、叭、咪、吽"的单音，"构成一个自然的旋律，犹如天籁与地籁的悠扬肃穆，听了使人自然进入清净空灵的境界"。据说这每一个字的深远内涵都能解释成一部书。佛教的咒语以《般若波罗密多心经》中的般若波罗密多咒最具代表性，"揭谛，揭谛，波罗揭谛，波罗僧揭谛菩提萨婆诃"这句话的力量是无形的。还有一种说法认为，不论单音咒还是多音咒或人名咒，都须经导师的亲传才有力量。

密宗的"意密"是以佛教的唯识学为基础的。它直接运用"转识成智"的原理，引发"意识"潜能的无比功能，转变世俗的习染而达到超然物外的境界。由"意识"一念专注而做的"观想"慢慢转变了人固有的习气，渐渐进入自我超越现实的精神世界。

2. 直觉体验的神秘

个人直觉体验是神秘主义者所共有的。神秘主义者认为，有些东西是超越智性范畴的。待到智性的力量不能引导我们时，只有直觉能指引方向。直觉是从内在自性的源头自然生发出来的永恒流泉，很自然地开启了智慧。只有直接的体验才能进入真正知识的源头。他们还认为，《奥义书》并非一般人或知识分子所能了解，只有靠直觉的认知（intuitive knowledge）才能了解。这种神秘大致体现在以下三个方面。

（1）直觉体验的不可言说

这种不可言说有信仰、达到的境界和获得的智慧等几个方面的意思。

〔瑞士〕H. 奥特在《不可言说的言说》①中指出，"不可说的是人在其真实、其在的深层里所遭遇的那种真实"。这真实已不是一种模糊的或是单调的"存在的秘密"，也不是形而上的纯命题。因为人在对象征的体验中，实际经验了解了人存在的两个层次——可以说的层次和不可说（基本处境）的层次。信仰者面对两难的处境：存在一个被称为"上帝"的在者，但它又不是尘世之内的存在物。为了解释这不可说，奥特引用了犹太的神秘诗人P. 策兰的诗，"总是那一株、那株杨树／在思想之边缘"，"过去，现在，将来／我们都是／那无之玫瑰／无所属之玫瑰／开放着"。他说，这"开放的无"指的是人，是我们。我们的生命来自无，走向无。但这无不是空，而是充盈。他认为，有理由把"充盈的无"称为"创造性的空穴"。

佛家也有"玄妙之门的不可说"的说法。《金刚经》有讲："说法者。无法可说。是名说法。"就是说妙法本来不可说，不可思议，说出来就走样了。他们所说的"空"也不是无一物的空，是"即空即有，即有即空"的意思。道家的道，其实也有不可说的意思，因为道本无形。道本无名，"吾不知其名。字之曰道。""道之为物，惟恍为惚。惚兮恍兮，其中有象；恍兮惚兮，其中有物"。老子所说的道，里面有光明的境界，似乎有个东西。其实是个若虚若实的境界。这与佛家的说法没什么区别。

神秘主义者在修炼中可以体验到那个"象"和"物"。正如佛家所说的，在那个境界里体验到"常乐清净"和"法喜充满"。而这种体验一般是不好宣扬的，以免引起他人的忌妒和本主的傲慢。他们在修炼中所顿悟到的或者渐悟到的真理（获得的智慧），同样也是不可说的。其一，说出来会走样，禅宗的"教外别传，不立文字"就是这个原因。其二，他们领悟到的世界之秘密常常不为政权和神权所容。基督教神秘主义的诺斯替教派，其主要教理是相信内在之光和光的体验，在欧洲就被视为"异端"。密宗的木纳祖师和禅宗的达摩祖师都是饮鸩而亡。伊斯兰苏菲派著名人物哈拉智因"我即安拉"的极端言论而被处以磔刑。另一位苏菲大

---

① H. 奥特：《不可言说的言说》，三联书店，1994，第44、70页。

师苏哈拉瓦迪，则因其思辨的照明学说而遭宗教学者的忌妒和敌视，被萨拉丁处死。神秘主义者认为，这些大师是因缘已到，获得了智慧的解脱。他们为救世而牺牲个人，承担世人的业，很难为一般人所理解。

(2) 光和音的神秘

光和音是神秘主义者的真实体验。光和音被认为是一种振动力，它能去除无形的粗糙沉重的振动力。这超世界的光是内在力量的外显。这就是为什么在基督、佛和一些圣人的画像头顶都有光环围绕。在三大宗教的经典里，有关的论述是十分相像的。《圣经》中说，"天主是光，在他内没有一点黑暗……如果我们在光中行走，如同他在光中一样，我们就彼此相通，它圣子耶稣的血就会洗净我们的各种罪过"。(若望一书：1) 在默示录第22章中，那天使指示了一条生命之水的河流，光亮犹如水晶。上帝的仆人"不再有黑夜了，他们不需要灯光，也不需要日光，因为上主天主要光照他们"。耶稣出生后天使来到牧人那里报喜，"上主的光环照耀着他们，他们便非常害怕"。"如果你的眼睛变成一个的话，你的整个身体变得很光亮"。这里的一只眼睛指的就是智慧眼。

佛教称阿弥陀佛为"无量光""佛光常照"。《楞严经》中说，"静极光通达，寂照含虚空；欲来观世间，犹如梦中事"。这种光属自性之光，修炼到圆满清净的极点时，内在之光就自然透露出来。它寂然不动，包含朗照十方世界所有的虚空。"十信"中的回向心和戒心住，就是指真光寂照并能生起一种妙力，使真光和佛力的慈光像两面镜子一样，光明互相映照。心光绵密返还，获得佛的常凝无上妙净之力。"十地"中的发光地和焰慧地也是指内心清净，自性光明发生和圆满的境界。

在伊斯兰教中，光是安拉的99种属性之一。《古兰经》的光明章说："安拉是天地的光明，他的光明像一座灯台，那座灯台上有一盏明灯，那盏明灯在一个玻璃罩里，那个玻璃罩仿佛一颗灿烂的明星，用吉祥的橄榄油燃着那盏明灯；它不是东方的，也不是西方的，它的油，即使没有点火也几乎发光——光上加光——安拉引导他所意欲者走向他的光明。"(24:35) 苏菲派把这安拉之光称为圣光、真光、余光和"穆罕默德之光"。

由此衍生出苏菲的"神光论"及"照明学说"。这派学说认为，人的灵魂早已具有了神光之余光，也称信仰之光或"内光"，它是人得以信仰安拉并返回安拉的依据。人需《古兰经》以及"外光"的指引或开发出原有先天的"内光"，以便返回安拉。安萨里在神光论的重要著作《光龛》中说："安拉是天地之光"，这光分为可见的外光、理智的内光、神圣的先知灵魂之光和光之光。光之光是"本源之光"，"其他光是借光"，一切都是他的光，他就是一切。各种光色也代表了人精神的五个等级。[①]

神秘主义者认为声音也是一种光，万物都是从声音创生出来的。《圣经》中的约翰福音有说："宇宙被造以前，道已经存在。道与上帝同在；道是上帝。在太初，道就与上帝同在。上帝借着他创造万有；在整个创造过程中，没有一个不是借着他造的。道就是生命的根源，这生命把光赐给人类。光照射黑暗，黑暗从来没有胜过光"。这个道字即英文的Word，也有人将这个词译为音，太初有音。据一份源于基督逝世后第三世纪的阿拉姆文经文《亚森和平福音》，经文中将Word翻译为"音流"，"太初有音流，此音流与上帝同在，此音流就是上帝"。《圣经》中多次提到这神圣音流，如《启示录十四》里提到"我听见有声音从天上来，好像大瀑布的吼声，也像雷声。我所听见的声音又像竖琴师弹奏的琴声"。

《楞严经》中记述了25位实地修持的方法，然后文殊菩萨在佛前做总结。他认为观音法门最妙，是静观音流的法门。因为，人具有自性能闻的功能，是超越身心之外的。如能闻听到这音流，便可归返自性的真实。"此方真教体，清净在音闻；欲取三摩地，实以闻中人。离苦得解脱，良哉观世音"。"妙音观世音，梵音海潮音；救世悉安宁，出世获常住"。释迦牟尼佛表示同意，并说："大众即阿难。旋汝倒闻机，反闻闻自性，性成无上道，圆通实如是。此是微尘佛，一路涅槃门，过去诸如佛，斯门已成就。"在《法华经》也提到"梵音海潮音，胜比世界音"。

关于声音，老子曾提到过"大音希声"。吕纯阳在《百字铭》中也说到，

---

① 安萨里：《光龛》，民族出版社，开罗，1964，第59—60页。

"坐听无弦曲,明通造化机"。庄子也谈及了与"天籁之音"沟通的事,要听之以心,听只以气,耳目内通,外于心知。

(3) 神通的秘密

神通是神秘主义者在修炼过程中自然而然所获得的力量。它是自动的自然的。有神论者视它为一种神的恩典;无神论者认为这是修炼所开发出来的人的潜在功能。《圣经》中记载着许多耶稣的神通奇迹,如点水为酒、为瘫子治病、在水面上行走等。佛教经典中对神通的解释最为详细。据《佛陀和原始佛教思想》①中讲,巴利语三藏提到的神通有六种:神变通、天耳通、他心通、宿命通、天眼通和漏尽通。前五种称为"世间神通",可一身多变,上天入地,行走水上;能听到看到凡人不能听到看到的声音和景象;洞悉他人和生物之心;记得前世和预知他人命运。漏尽通被称为"出世间神通",即不再轮回,一世解脱。然而佛陀反对滥用神通,看到施展神通的缺陷,对此感到忧虑、厌烦和羞耻。现世一些明师也反对施展神通,认为用之不当会破坏自然秩序,打破自然平衡,甚至为别有用心之人所利用。对修道者来说,神通不是究竟。

伊斯兰教也有神通一说。穆罕默德于传道初期的升宵传说是最具代表性的伊斯兰神秘体验。先知穆罕默德一夜之间从麦加到耶路撒冷,遨游了七重天后顺利返回麦加。由此,耶路撒冷变为伊斯兰的三大圣地之一。这一经历在历史上成为伊斯兰教传播胜利的征兆。苏菲派的导师也都具有神通。阿拉伯有一本专门记述先知、圣徒和苏菲大师各种神奇体验的书,名为《圣徒凯拉玛特集成》②。凯拉玛特(Karamat)为阿拉伯文凯拉玛的复数,原意为慷慨、尊严,指安拉慷慨赋予的,后引申指超常的事物,即奇迹、神通。书中所描绘的基本上属于佛家的"世间神通"。该书作者优素福·伊斯玛仪·纳巴哈尼在前言中指出:"凯拉玛特显示了安拉的慷慨。有神通的人因此而更加畏惧安拉,在他面前更加顺从。若以此炫耀

---

① 郭良宜:《佛陀和原始佛教思想》,中国社会科学出版社,1997,第175—177页。
② 优素福·伊斯玛依·纳巴哈尼:《圣徒凯拉玛特集成》,文化书局,贝鲁特,1988。

则背离修炼的目的，阻碍揭示的进程和知识的等级，甚至神通会被废掉。他们不应为神通高兴，而应为获得安拉的恩典而高兴。"

神秘主义者基本上都强调行动和实践，重视见证的功夫，而避免玄学的思辨。他们认为真正的知识不在书本，而在于理悟后的体证和行持。真正能走上这条路的人毕竟是少数。达摩始祖早就有预言说"至吾灭后二百年，衣至不传。法周沙界，明道者多。行道者少，说道者多，通理者少"。若世上真有许多人明道通理，并能在日常生活中时时处处于定中，系心一缘，为而不为，那绝对是世界之大幸。

三、伊斯兰的神秘主义——苏菲派

苏菲派 (at-Tasawwuf) 苏菲主义 (as-Sufiyyah) 是伊斯兰的神秘主义教派。它不仅指伊斯兰的神秘主义，也泛指一切神秘主义、个人及教派。伊斯兰苏菲派所包含的内容非常庞杂，涉及了信仰、礼仪、道德、等级、状态、起源和历史发展、苏菲哲学、重要人物等，每一部分都可以作为一个专题来研究。这里，我只想从苏菲作为"一种心灵的饥渴""通向真知和幸福之路""代表了伊斯兰的精神"的角度，对其精神实质做一简要介绍。

苏菲学者对它的由来说法并不统一，主要有外来影响说和阿拉伯本土说两种。最初由于原始资料的不足，两种说法都带有推测的成分。影响说主要考虑到当时存在的犹太教、基督教与先知、《古兰经》的联系，以及考虑到希腊哲学对苏菲哲学思想的影响。持这种观点的多为东方学者。但随着研究的深入和对伊斯兰苏菲精神实质的揭示，以马逊和尼克尔松为代表的东方学者认识到苏菲的产生并不那么简单，它是由多种因素促成的，其中伊斯兰自身的因素起了关键的作用。"任何一种宗教的环境都会使那些虔诚思考的人接受苏菲的精神。苏菲并不受历史久远、语言或民族的局限。它是一种人类的精神现象，不可能限制在物质的范畴内"（马逊语)。"判断伊斯兰苏菲派是外来移植的,不能被接受"(尼克尔松语)。①

20世纪后半叶,阿拉伯学者对苏菲的研究有了长足的进步。他们从大量苏菲著作以及《古兰经》和先知的生平事迹中肯定:苏菲不是显学,而是"有关心灵的内学",它是"一种心灵的饥渴","苏菲代表了宗教的实质"。据此可以说,只要有人的地方都会出现这种神秘的追求,无须外来植入就能出现。三大宗教产生之前,每个民族都存在着神秘仪式或神秘修炼就是证明。当然,神秘主义哲学发展又当别论,外来因素于不同时期参与了神秘主义学说的发展。

伊斯兰教产生之前,阿拉伯半岛就有原始巫术和卜士,以及精灵、女神、古老神灵安拉的崇拜等。与此同时,还存在着一些被称为"哈尼夫"(真诚者)的人们。他们厌倦外在仪式和拜物教,声称追随"易卜拉欣的宗教",坚持苦修隐修。易卜拉欣为《古兰经》提到的六大使者之一,也是那将长子献祭最终形成伊斯兰宰牲节的先知。据说,他从宇宙日月星辰的运转中了悟造物主的存在,而放弃多神,信奉一神。后期《古兰经》经文称他为崇信正教的哈尼夫和信仰安拉的穆斯林。先知穆罕默德沿袭了当时修道(或苦修、隐修 az-Zuhd)的习惯,在山洞里得到启示。《古兰经》经文说:"你们的朋友,既不迷误,又未迷信,也未随私欲而言。这只是他所受的启示,教授他的,是那强健的、有力的,使他达到全美的。他在东方的最高处,然后他渐渐接近而降低,他相距两张弓的长度,或更近一些。他把他所应启示的启示给他的仆人,他的心没有否认他所见的。难道你们要为他所见的而与他争论吗?他确已见他二次下降……"(53∶2—13)。当然,这一切并不排斥穆罕默德随商队从叙利亚返回时曾遇到基督教隐士贝希拉,并受到他的启发。

阿拉伯学者认为,伊斯兰苏菲派是由阿拉伯的修道或苦修发展而来的。先知穆罕穆德是鼓励修道的,他本人代表了修道的最高理想。因此,苏菲学者对作为一个源头的先知的生活和言论给予了极大的关注。他们

---

① 尤罕纳·古美尔:《伊本·法里德》,天主教出版社,贝鲁特,1955,第7—8页。

引证很多先知的言论，如穆罕默德曾说："避开尘世使你爱安拉，避开手中的财产使你爱人。""你们若遇到来人避开尘世和逻辑，接近他吧，他带来了智慧。"尘世的平静已退去，只留下了烦恼。今天死亡是每一位穆斯林的宝贝。"与此同时，他们也引证圣门弟子艾布·伯克尔、奥斯曼、阿里、欧麦尔的言论，说明这些人也和他一样鼓励修行。艾布·伯克尔曾说，"谁品尝到一点儿纯粹的智慧，心中就只有安拉，在人群中感到孤独"。阿里也曾说，"修道就是不理会食人间烟火的人是诚信还是不信"。伊斯白哈尼在《圣徒的珍宝》中介绍过一个名为"凉棚宿客"（Jama'at as-Suffah）的团体。他们睡在清真寺的凉棚下，不贪财不心疼失去钱财，也不把"念主"当作交易，只关注结果。这个团体受到先知的礼遇。穆罕默德身边的人如艾布·胡莱赖、鲁依斯·萨格非的儿子、欧麦尔的女儿，都是这团体的成员。

《纯伊斯兰苏菲派》的作者马哈茂德·穆努费引用了先知穆罕默德的话来印证他的修行品德：阿里曾问先知有关他的状态和律法，他答道："知识是我的资本，理性是我宗教的本源，爱是我的基础，尊严是我的渡船，念主是我的挚友，坚信安拉是我的宝藏，认知是我的武器，忍耐是我的衣袍，满足是我的战利品，不足是我的骄傲，苦修是我的职业，虔信是我的力量，顺从安拉是我的本分，精进是我的道德和祈祷中的喜悦。"①据巴达维的《伊斯兰苏菲史：从起始至伊历2世纪》的记载：先知当年过着清贫的生活。他本可以从战利品中得到足够的衣服和食物，但他坚持修行的原则——守贫。他吃的食物只有椰枣、水或大麦饼。他常常把衣服、食品分给朋友和需要的人，自己忍饥挨饿，甚至连续几天不进食。他说过："安拉喜欢诚信贫穷清廉养家的仆人。""诚信的穷人比富人早半天，即五百年进入乐园。"②

阿拉伯学者认为，伊斯兰修道的源头是《古兰经》和先知的表率。

---

① 马哈茂德·穆努费：《纯伊斯兰苏菲派》，复兴出版社，开罗，1979，第36页。
② 阿卜杜·拉赫曼·巴达维：《伊斯兰苏菲史：从起始到伊历2世纪》，科威特出版公司，1978，第107—113页。

《古兰经》以及先知及弟子守贫、虔信、心中只有安拉的修道生活，为伊斯兰的修道播撒了种子，而伊斯兰修道者的修道又为苏菲派播撒了种子。历史学家伊本·赫勒敦（1332—1406）在《历史绪论》中也证实了这一观点，他说"苏菲的本源是专注于崇拜，一心在安拉，弃绝现世的浮华和一般人所接受的享乐、金钱和名誉，避开人群独自跪拜。这在圣门弟子和先贤中非常普遍。伊历2世纪之后，接受现世的风气传播开来，人们都趋向俗世。于是，专注崇拜的人，就被称为苏菲派。"①

伊斯兰苏菲学者早就对伊斯兰修道下过定义：苏莱曼·达拉尼（？—830）说："修道即摈弃一切远离安拉的事物。"拉齐（？—872）说："修道的真实有三个特点：无为之为、无欲之说和无首之尊。"祝奈德（？—910）说："修道就是缩小尘世，抹去它在心中的痕迹。"卡塔尼（？—934）"除了伊拉克人、沙姆人、麦地那人外，只有库法人在远离尘事和心浮气躁、劝说道德上是不会走样的。"希布里（？—945）说"修道就是不关心除安拉以外的一切"②。伊斯兰的修道者坚信《古兰经》所说"除安拉外，绝无应受崇拜的"，"今世的生活，只是虚幻的享受"，"他们确信自己必定见主，必定归主"，"你们要像他创造你们的时候那样返本还原"。他们把认主见主作为修炼的目的，相信经文"我是隐藏之宝，我喜人认我。我造化人，只为认我"，"凡人认得自己，便认得造化之安拉"。伊本·赫勒敦正是基于上述的事实，得出如下结论，"苏菲是源于伊斯兰教义的合法的学问之一。"

那么，"苏菲"一词因何而得呢？对此众说纷纭。阿拉伯学者从语言学的角度否定了苏菲源于"纯洁 sfaa""凉棚 as-Suffah""前列 as-Saff""苏法部落 as-Siffan""一种植物 as-Sufanah"等说法。③至于比鲁尼的希腊哲学说，则认为"苏菲"一词来源于意为智慧或爱智的希腊词

---

① 马哈茂德·穆努费：《纯伊斯兰苏菲派》，复兴出版社，开罗，1979，第81页。
② 此处原文出自库萨伊里《使命》一书，转引自焦达·纳斯尔：《伊本·法里德——苏菲诗艺研究》，安德鲁斯出版社，贝鲁特，1972，第10—11页。
③ 见马逊、穆斯塔法·拉兹格：《苏菲派》，马逊部分第25—26页，拉兹格部分第56—62页，黎巴嫩图书出版社，贝鲁特，1984。

"sufus、theosophie"。《伊斯兰的精神生活》的作者穆罕默德·穆斯塔法·侯勒米反驳比鲁尼的说法，认为这一观点"混淆了苏菲作为一种修行、精进、体验和见证的行为，与理性、推理和逻辑哲学在认识上的区别"。① 东西方的学者一致认同的是，苏菲源于羊毛（as-Sūf）这个词，它是以当时修道者所穿的白色羊毛衣袍而得名的。关于这个词出现的时间大致有三种说法：一说出现于伊斯兰前，一说在迁徙前，一说在圣门弟子和追随者的时代之后。根据伊斯兰学者关于苏菲是由伊斯兰修道演化而来的意见。第三种说法更为可靠，大约在8世纪中叶。他们先在库法和巴士拉两地聚集形成小团体，然后在巴格达发展形成气候，造成影响。

　　从历代伊斯兰大师和学者给出的苏菲定义中，可以看到伊斯兰苏菲与其他宗教中的神秘主义没有本质上的区别。巴沙尔·本·哈里斯说"苏菲指为安拉净心的人"；班达尔·本·侯赛因说"苏菲指为自己选择实在，并与之和解，为它修理自己，绝不以任何借口对它装腔作势，勉强自己的人"；阿里·鲁兹巴迪说"苏菲是为纯洁而穿羊毛衣，为爱而品尝苦涩的人。他们视尘世如荒漠，只行穆斯塔法之道"；马鲁夫·凯尔黑（？—816）说"苏菲教徒是得到真理，因宇宙万有而失望的人"；白舍尔·哈非（？—841）说"苏菲教徒是净心的人"；艾比·图拉卜·纳赫舍比（？—859）说"苏菲不会惹事，并以此净化一切"；哈达德（？—869）说"苏菲派非常有教养"；赛赫勒·图斯塔里（818—896）说"苏菲除净烦恼，专注思考，近主离人群，视金子如泥土"；艾比·哈桑·努里（？—908）说"苏菲描绘无中的宇宙以及有中的献身"。"苏菲主义是自由、恩惠、去除做作和大度"；赫拉兹（？—909）说"苏菲教徒是为安拉净化他的心灵，使其心灵充满光明，并因念主而得到快乐的人"。祝奈德（？—910）曾从不同方面介绍苏菲，有十多种说法，如："苏菲是使你离你而死，并使你复活于他中"，"苏菲是与众人一起赞念，在爱中静听，并与同修一起行持"。"苏菲派净心直至不再感到自我的软弱、离开自然的道德、泯没人性和不屈从人的冲

---

① 见穆罕默德·穆斯塔法·侯勒米：《伊斯兰的精神生活》，开罗埃及总署，1984，第105—109页。

动,使神性降下得到真知,永远从善劝善、忠于真理并服从先知的律法";鲁维姆(?—910)说"苏菲的三大特点是守贫、献身、利他和放弃对抗及好处","安拉赋予他的知识只能用慧眼识别,因为那是启示的产物";哈拉智(858—922)说"苏菲好似大地,扔进一切丑陋,给出一切美好"。艾布·穆罕默德·哈利里(?—923)说"苏菲派不是礼仪和学问,而是道德。若是礼仪,则需勤勉;若是学问则需学习。苏菲派继承了安拉的道德,神性的道德无法通过学问和礼仪来接受"。艾哈迈德·穆罕默德·杰利里(?—923)说"苏菲是进入逊尼所有道德,离开一切低级道德的人";希伯利(851—945)说"苏菲教徒是与安拉同坐,没有忧伤的人","苏菲远离人群,与真理相连"。苏哈拉瓦迪(1154—1191)说"苏菲是一个集合词,包括守贫,为主而割断俗世,不断冥思等意思,缺一不可"。还有位佚名的苏菲说,苏菲教徒就是"不拥有,也不被拥有的人"。①

总之,伊斯兰苏菲派的目的是忘我、寂灭、与主合一而获得真知。它包括修炼、精进、体验和见证的全过程,最终达到一种心灵的自由。它首先强调守贫和爱的重要意义,视其为修炼必不可少的条件。苏菲教徒把守贫和自尊的结果作为苏菲修炼的起点。放不下人间的享乐,忍受不了人间的悲苦,就谈不上净心,它是修炼所必需的。比斯塔米(?—874)曾问开拓认主精神之路的左农·米斯里(约796—860)如何得到认主的知识。米斯里回答说:"以空肚皮和赤身露体"。祝奈德的导师和舅父塞里·赛格推(?—869)是这样介绍苏菲派的,他说"苏菲是吃病人之食,睡沉溺者之觉,说愚人的蠢话,摈弃财产清高地当穷人的人"。也就是努里所说"苏菲是抛开一切个人幸福的人"。正如苏哈拉瓦迪在《知识的赠品》中所说的,"苏菲教徒知道,经常净化心灵的杂质,便可以此感到时常需要安拉,心里有安拉,安拉才能驻于心中"。"从这个意义上说,

---

① 此处引言源于卡拉巴基的《介绍苏菲派》、塞拉知的《苏菲的闪光》,转引自《伊斯兰的精神生活》第10—112页、《苏菲史》第15—19页、《伊本·法里德》第14—18页、阿·哈·马哈茂德《沙兹里——苏菲派》第426—436页,知识出版社,开罗,1985。

守贫是达到苏菲的一条路"。哈桑·巴士里（642—728）关于"人间悲苦是善的催化剂"的说法也从另一个方面道出苏菲守贫的原因。①

爱在苏菲教徒眼里是"近主之路"，爱的目的即是与主合一。爱在不问派别的苏菲眼里有着不同的地位。逊尼派苏菲将畏主和爱主等同，而非遵法派苏菲则强调爱是近主的唯一途径，甚至把爱当成宗教。最早提出神爱思想的是女神秘主义者拉比尔·阿达维娅（约735—801）。她的名言是："若我因惧怕你的火而崇拜你，你用火狱之火烧死我。若为得到乐园而崇拜你，你就剥夺它。若我为爱你而崇拜你，你别剥夺我见你的权力。""主啊，把火给你的敌人，乐园给你的爱人，至于我只要你。"伊斯兰殉道者哈拉智则说"安拉本身就是爱"。他在《塔辛书》中把爱提到存在的最高形式和原因的高度。"赞美的主在自身中看见自我，爱上自我，进而赞美自我。于是，在不可描绘不可限定的爱中自我显现。这种爱是存在的最高形式和存在的原因。"②

苏菲大师们有关爱的言论很多。祝奈德认为"爱是心灵的意向"。卡拉巴基（？—990）谈及这种心灵意向时说，"心灵倾向安拉和属于安拉的一切，自然而然，毫无做作"。赛赫勒·图斯塔里（818—896）解释说，"爱安拉的人活得快活，不爱的人无快乐可言"。这是因为爱者为被爱者返回的一切（不论好的坏的）而感到快乐。爱者的目的是近主，常驻其中。若与主割断联系，生活就失去意义。比斯塔米（？—874）也说"爱更多地独立于自我，较少地抱怨爱人"。阿卜杜拉·古勒希说"爱的真谛是你愿为你所爱献出一切，不留下什么"。希伯利说"我称爱为爱，因为爱抹去心中的一切，只剩下被爱"。欧麦尔·本·哈塔布转述穆罕默德的话说，"出于安拉之精神而不是出于亲情或金钱而相爱的人们，他们是站在光台之上，脸上放光，不畏不悲"。"安拉的圣徒不担心他们。他们没有忧愁"。

---

① 见穆罕默德·穆斯塔法·侯勒米：《伊斯兰的精神生活》，开罗埃及总署，1984，第100—102页。
② 《塔辛书》全名为《永恒的塔辛及有关安拉独一教义宣教中正误之混淆》。转引自艾哈迈德·爱敏：《阿拉伯—伊斯兰文化史》，近午时期，卷二，阿拉伯图书出版社，1962，第72页。

安萨里（1017—1092）在《宗教学科的复兴》中指出："主对崇敬者的爱执掌他或隐或显的事务，秘密和公开的事。主是他的策划者，赋予他自己的品德，单独相处时以低语的快乐给他慰藉，揭开他与知识之间的屏障。先知说：'若安拉喜爱崇拜者，就使之成为崇拜者心中的劝诫者和抑制者，命令他或禁止他。'崇拜者应认真祈祷，完全归顺于主：'若主要他好，会让他窥见自己的缺点。'"①

苏菲的修炼说到底是为了炼心。这里的"心"不是指心脏，而是与佛经上讲的心是一个意思，指人身体里面那个能思想、能感觉的有生命的作用，人称之为心。修行就是修正自己的行为，从内在起心动念的心行，到外在的行为。比斯塔米曾对他女人说："我处理过各种事务，唯独处理自己的心最难。其他事都比它容易。""我招呼我的心，它不听话，我扔下它，径自朝向安拉。"②苏菲大师留下的著作，大多是分析近主、见主合一过程中心灵的状态和变化，也可以说是有关见证过程的描述。炼心的过程是十分艰难的，从左农·米斯里的著述中可见一斑：

"安拉的崇拜者竖起罪恶树，用忏悔的泪水浇灌它，收获悔恨和悲伤之果。他们不疯而狂，不聋不傻而呆。其中有人善辩，有人是安拉与使者的知者。饮下清醇之酒，练就了忍耐的功夫，心儿驻于安拉的王国，思绪徜徉于神力所及之地。在悔过的华盖下求得安逸。居于罪恶的表面，让自己焦躁不安，沿着虔诚的阶梯向虔修的高处攀登。在饱尝弃世之苦和软化卧榻的坚硬之后，得到获救之爱及平和之柄。他们任灵魂在至高中驰骋，翱翔于恩赐的牧场。在生活的海洋中，填平不安的坑道，跨过爱欲的桥，在知的涅槃中汲取智慧的流泉。驾给予之舟，乘获救之风，停泊在平静的大海上，最后到达恬静的牧场，找到高贵自尊的矿床。"③

有"伊斯兰权威"之称的安萨里（1017—1092）曾这样描绘他个人的

---

① 转引自马哈茂德丁·舍利夫：《〈古兰经〉中的爱》，新月出版社，贝鲁特，1983，第92页。
② 见阿卜杜·拉赫曼·巴达维：《苏菲的沙塔哈特》，附录《比斯塔米的品格》，科威特出版社，1978，第187页。
③ 见尤罕纳·古美尔：《伊本·法里德》，天主教出版社，贝鲁特，1955，第11—12页。

修炼:"割断心儿与世界的联系,远离骄慢,代之以永恒和爱主的实质。只有在远离名利,避开一切事务和一切联系,使心儿达到一切存在和不存在的等同状态。""在一隅空乏其心,把崇拜局限于功课和等级,静心安坐,集中注意,一心赞念。开始要坚持口头赞念,不仅口念还要心念,边念边悟。直至口不出声,心仍在念,成为习惯。持之以恒,即便不想安拉一词,其抽象意义仍长存心中。只有不间断纯粹的默念,并不再有意为之时,就能等到对圣徒所显现的东西出现。那是些显现在圣徒面前的景象。安拉圣徒的等级是无限的。""这种苏菲的修法要求你单方面地涤罪、净化和空。然后是准备和等待而已。""一旦心儿因认罪而净化,学会顺从,安拉的意愿经由法版反射至心上,心地便发光。这就是众所周知的神秘的学问。"①

苏菲的炼心只不过是个过程,最终是要见主和认主,"探寻安拉照亮知者心灵,遮蔽叛逆者灵魂的光芒"和"神性的秘密"。而这神性的秘密苏菲称之为的"内学知识"。安萨里在《宗教学科的复兴》里引用伴随过穆罕默德的辅士艾布·胡莱赖(?—678)的话证明内学是安拉给予的心中的知识。他说:"有两种知识,说出来的知识是安拉创造的证据;心里的知识是有益的知识。""谁按他所知道的去做,安拉给予他所不知的知识。"《纯伊斯兰苏菲派》的作者在书中引了一段哈桑转述的圣训:"先知穆罕默德曾说,我向天使吉卜利勒询问过内学。他说,安拉说那是我和我的爱人之间的秘密。我把它置于爱人心中。"伊本·盖仪姆(?—1355)在他的《行者的等级》里说,苏菲的知识"是建立在意志之上的。意志是其基础和全部建筑。它包括意志判断的细节,属于心灵的活动。为此,称它为内学"。②伊斯兰学者认为,相对于内学的仪制之学(指显学)是肢体的操作,如净化、祈祷、布施、斋戒、朝觐等。隐秘之学(即内学)是心灵的操作,如相信、确信、坚信、忠诚、认知、信赖、爱、满足、归顺、

---

① 转引自苏莱曼·杜尼亚勘校的安萨里:《哲学的贫困》,初版前言,知识出版社,开罗,1958,第56页。

② 马逊·穆斯塔法·拉兹格:《苏菲派》,黎巴嫩出版社,贝鲁特,1984,第66—67页。

靠托、接近、渴望等阶段和状态，直至寂灭和永存。《伊斯兰的精神生活》的作者认为，苏菲的内学包括管束（muraqabat）、清算（muhasabat）、冥想（riyadayat）、精进（mujahadat）、状态（ahwal）和阶段（maqamat）。

当修道者寂灭于安拉之中，感受到神性的降临，真理突然显现在眼前，揭示出他与安拉的最大秘密。狂喜使他不由自主地喊叫，道出神的秘密——我即你。这一举动被称为沙塔哈（shatah or shatahat）。它是苏菲的秘密，也是伊斯兰神秘主义所独有的东西。阿拉伯文"沙塔哈"一词的原意为动、活动、举动，是静的反义词。沙拉智·图希（？—988）在他的《苏菲派的圣光之书》中说："沙塔哈是在安拉的召唤下，爱从矿床溢出，舌头将其译成语言。""它是一种奇怪的表达，描绘爱力的溢出汹涌澎湃，淹没一切。"哈拉智也说，它是"用你应该去做的发掘出你一直追求的原在的神的真理"①。这就是说人性寂灭，除神性外别无永存，因为神性本是原在。

由此，《苏菲的沙塔哈特》的作者巴达维认为，爱中的秘密是沙塔哈产生的最突出的因素。合一中，爱与被爱之间的低语所道出的秘密是直接的原因。爱的推动力是合一的强烈渴望。渴望令爱似一支火炬越烧越旺，从主涌出的光亮充满被爱的灵魂，照亮神圣的世界，令他窥见隐匿中的真理。合一意味着趋向完美，爱与被爱在本质和事实上都成为一。指向一就是指向另一个，指因所指的不存在而消失。那里只有一个的，即一切的一切。合一见证了绝对一的存在，一切都在这一中。这与将两者比喻为"玫瑰花上的露水与玫瑰""水和水杯""水和奶"的神性降入人性或根本否认造物主的泛神论是不同的。不论合一还是降入，沙塔哈都能产生其中，其层次与合一的层次相适应。苏菲的沙塔哈表达出一切宗教都是"一"，都源于安拉，无分别。修道者在合一中迷恋着所揭示的真理，喜出望外。从主涌出的真理，强大到战胜修道者，使其忘记自己的感觉。这时，强大的涌出才能揭示美的属性。这揭示以影像或呼唤的形式出现。

---

① 阿卜杜·拉赫曼·巴达维：《苏菲的沙塔哈特》，科威特出版社，1978，第9页。

它令双方交换角色，被爱以爱的口吻讲出秘密。这位置或角色的交换标志着合，等级的达到。①

11世纪，安萨里在掌握了经院神学和哲学，并任教于尼采米亚大学后，曾经历过一场精神危机。他先从读苏菲大师法尔玛基、穆哈西比、祝奈德、希布利的著作开始他的苏菲历程。他得到了通过学习和听课所能得到的有关苏菲道路的一切知识。然后，他才明白苏菲教徒最独特的东西不是通过学习能得到的，而必须通过品味、状态、更改属性来得到。伊历488年，他经历了近6个月的内心挣扎终于决定抛弃已有的一切，离开巴格达去到大马士革。按苏菲长老的指示，认真进行内心的修炼，寻找虚静之后的东西，最终找到了他追求的幸福。安萨里下面的一席话道出他经过怀疑和探索，走进苏菲后对苏菲的清醒认识："……虚静中，无法计数和探究的事物被揭示。它得益于前定。我清醒地认识到苏菲是行安拉之道的人。他们的行为最好，道路最正，道德最美……他们内外的动静都取自先知之光。大地上，在先知之光后。再无光照耀……他们于清醒中观看到天使和先知之灵，听到他们的声音，从他们那里获得好处。从见证中提高等级，直至无法言说的程度。""还有许多我未提及的但领悟到的善，你不能问。"②

12世纪前，伊斯兰苏菲经历了隐修、守贫、遁世的崇拜之路（7—8世纪）和内学的知识之路（9—10世纪）。然后进入体验之路和精神之路的第三阶段。安萨里在第三阶段根据亲身体验号召人们回到正信的宗教信仰，走上正知幸福之路。最终使逊尼派穆斯林接受了苏菲，把当时被斥为"不信"的苏菲变为在13—14世纪获得发展，享有很高地位的教派。然而之后的衰落，是与苏菲背离了它的根本和传统有直接的关系。他们把修炼变成技艺混饭吃，从注重修养变得仰人鼻息，从抽象变琐碎。对此，伊本·焦齐（1116—1201）分析说："苏菲是始于苦修的道路。之后教徒用听和舞蹈使其降格。苦修时期求后世的人加入；之后求现世的人从中找到快乐和游戏。"于是，"苏菲变成精神的滑稽戏，其中包括太多的撕

---

① 阿卜杜·拉赫曼·巴达维：《苏菲的沙塔哈特》，科威特出版社，1978，第17—23页。
② 安萨里：《摆脱谬误》，萨巴赫出版社，大马士革，1992，第57—68页。

破衣服、喊叫和昏迷"。①

穆罕默德·法里德·沃志迪在其《百科辞典》中对苏菲派做了较为全面客观的概括:"苏菲派是一种教派或学问。目的是净化心灵,将灵魂提升到神圣境界,忠于造物主,心中只有安拉。它是古老的教派。人类几千年以来就认识到,在这身体的皮囊后存在着精神的秘密,在宇宙现象之后存在着神的秘密。这个派别产生在阿拉伯或非阿拉伯国家已有几千年的时间。"②

四、神秘主义与现代科学

神秘主义属形而上的学问。从各民族哲学发展史中可以知道,哲学的发展始终在形而上和形而下中摇摆,此消彼长,彼消此长,共同推进哲学的不断前进,加深了人类对于宇宙万物和自我的认识。两者缺一不可。否则难以实现动态的平衡,若总是趋向一端便会打破平衡造成麻烦。现代科学一向排斥唯心主义,把它视为迷信胡说。其实哪一位科学家、文艺家的创造发明不是在运用创造性直觉,而这创造性直觉就是看不见摸不着的。但它客观存在着,人类对它有着唯物的和唯心的两种解释。同样的道理,神秘主义者通过虚静和沉思所体验到的宇宙的基本统一或人主合一,也是靠人的这种直觉。不同的是:科学家和文艺家的创造成果是看得见的东西;神秘主义者的体验是看不见的,无法用科学仪器检测。它甚至是超前的、超世界的,有其不可说性或称为"天机不可泄露"的一面。这种超前的认识透露出来有其危险性,它曾导致了一些神秘家惨遭不幸,也会为别有用心的人利用它的不可说来蛊惑人心,制造混乱,从中渔利。

然而,神秘主义所体悟到的宇宙规律和法则并非胡言乱语,而是经由直觉思维方式所认知的真理,已渐渐为迅速发展的现代科学所验证。为此,这里设一节从现代前沿科学的最新发现证明神秘主义所具有的科学性。

---

① 尤罕纳·古美尔:《伊本·法里德》,天主教出版社,贝鲁特,1955,第27页。
② 马哈茂德·穆努费:《纯伊斯兰苏菲派》,复兴出版社,1979,第82页。

首先要提到的是《现代物理学与东方神秘主义》(1984) 一书。它是由灌耕编译，四川人民出版社在"未来丛书"里出版的一部很有特色的科学读物，是根据 F.卡普拉的《物理学之道》编译而来。知名学者卡普拉在采访著名的物理学家之后，将他对东方文化的粗线条的理解与现代物理学的基本概念、基本思想进行了比较，得出"现代物理学的主要理论所导致的世界观，与东方神秘主义有着内在的统一和完美的协调"的结论。神秘主义所意识到的整个宇宙的统一，物理学家从研究物质世界进而探索事物本质时也越来越意识到事物与事物之间的这种统一性。同样的结论由不同的论证方法得出，一个从内部世界出发，另一个则从外部世界出发。"两种观点的统一肯定了古代印度的智慧。外部的尽终实在梵，与内部的实在我是一码事。""我把科学和神秘主义看成是人类精神的互补体现，一种是理性的能力，一种是直觉的能力。""两者对于人都是需要的。因此我们需要的并不是一种综合，而是在神秘主义的直觉和科学分析之间的一种动态的交替相互作用。"两者"只有相互补充才能更完整地理解世界"。

卡普拉在书中指出的现代物理学与东方神秘主义的共通之处表现在以下几个方面。

(1) 宇宙神秘的统一性 (均衡性或平衡性)

他认为，东方世界观的最重要的特点或本质，就是认识到所有事物和事物的统一性及其相互的关系，世界上所有现象的经验只是基本统一体的表现。所有的事物被看成是一种整体中相互依赖、不可分割的部分，是同一终极实在的不同表现。东方神秘主义主要的目标是通过沉思、集中注意、平静思想来重新调节头脑。沉思旨在平衡、宁静的精神状态中体验宇宙的基本统一。他指出，宇宙的基本统一性不但是神秘主义体验的主要特征，而且也是现代物理学最重要的发现之一。这在原子的层次上是明显的。并且越来越深入到物质的内部，并进入到亚原子粒子的领域。物理学家在粒子碰撞的过程中发现，一个粒子构成了联结在准备区域 A 和测量区域 B 的过程的中介系统。它的存在意味着粒子不是孤立的实体。量子理论哥本哈根解释的发展人玻尔说："孤立的物质粒子只是一种抽象，它的性质只有通过和其他系统的相互作用才能定义，才能进行观察。"

接着，卡普拉又指出：量子力学迫使我们认识到，宇宙并不是物体的集合，而是统一体中各部分间相互关系的复杂网络。而这网络正如印度教中，梵把"宇宙网络编织成统一整体的丝线，是一切存在的基础"，"华严经的核心就是把世界描绘成相互关系的网络，所有事物都以一种无限的方式相互作用"。东方神秘主义也把这普遍的交织关系包括在观察人及其意识之内。甚至认为人不能靠观察获取知识，只能靠自己参与进去。在深刻的沉思中观察者与被观察者直接的区别也消失了。在原子物理学中，科学家同样无法扮演独立客观的观察者的角色，而是卷入到所观察的世界中去，影响到被观察物体的性质。

(2) 时空的渗透性

卡普拉首先说明神秘主义的时空观，然后与相对论的发现做一比较。东方神秘主义者把空间和时间的概念与特定的意识状态联系在一起。他们可以通过沉思而超越通常的状态，从而认识到空间和时间的概念并不是终极的真理。《华严经》就一再强调"空间和时间的相互渗透"。由他们神秘主义的经验所导致的空间和时间概念的深化，在许多方面与以相对论为代表的物理学中许多概念是类似的。相对论证明所有的测量，包括空间和时间都失去了绝对的意义。在相对论物理学中，时间加到三维空间的坐标上成为第四维。这样一来，进行变换后的每一维坐标都和原来坐标中各维有关系。于是时间和空间便成为不可分割的，他们相互联系而形成四维的时—空连续区域。于是，时空的不可分割也成为相对论物理学的特点。在相对论中，不可分的时空在重力的作用下会引起时空的弯曲。曲率引起的歧变影响空间关系和时间间隔。在天体物理学中，时空的弯曲解释了黑洞现象，它周围时空的严重弯曲阻止天体的光到达地球，因而影响了时间。此外，东方神秘主义者认为他们在超越了时间的同时也超越了因果的世界。这就是说他们从时间中解放出来。卡普拉认为"对于相对论物理学来讲也可以说是这样的"。

(3) 动态的宇宙

卡普拉认为，运动、流变和变化不仅是东方神秘主义者传统的特点，也是所有神秘主义者世界观的基本宗旨。他们强调当宇宙运动、震动和跳动时，只能用动态的方法去把握。自然界不是处于静态的平衡，而是处于动态的平衡中。印度哲学和中国关于道的概念都认为，宇宙固有的一种动态原则就是"自然的秩序"。印度宇宙的舞神——湿婆是动态宇宙最完美的人格化。湿婆通过他的舞蹈维持这世界上的多种多样现象，通过使多样事物沉浸在他的旋律中和使它们参与舞蹈而把它们统一起来。卡普拉指出：按照量子理论，粒子也就是波。大部分物质性粒子被限制在分子、原子和核的结构里。粒子对限制的反映是运动。按照量子理论，物质永远不会静止，而一直处于运动的状态。即便是石头和金属，放大观察也会看到它充满活力。利用爱因斯坦的广义相对论，把宇宙作为一个整体来研究时，科学家达到时空的最大尺度，在这个宇宙的层次上他们发现宇宙并不是静止的，而是在膨胀或收缩。这是现代天文学最大的发现之一。从遥远银河系接受到的光进行细致的分析，表明整个银河系是在膨胀，而且是以一种非常和谐的方式进行。印度圣贤所描绘的宇宙就是周期性膨胀收缩的，并把每一次创造的开始与结束之间不可想象的时间间隔称为劫。

（4）空与形

卡普拉在谈及用量子电动力学来描述所有的亚原子粒子及其相互作用时说，每一种粒子都对应着一种场。量子场被看成是基本的物理实体，粒子只是场在局部地区的凝聚，是能量的聚合体。他引用爱因斯坦的话说，有形的物体和现象只是基本实体的暂时表现。"物质是由场强很大的空间组成的……在这种新的物理学中，并非既有场又有物质，因为场才是唯一的实在"。而这种思想不仅是量子场论的基本要素，也是古代东方世界观的基本要素。在用量子场论解释亚原子世界这点上，物理学家的直觉与东方神秘主义者用终极实在说明他们的经验确是极为相似的。东方神秘主义者也把实体看成唯一的实在，而所有现象都是暂时的，是一种错觉。作为所有现象基础的实在，超越了所有的形式，是无法描述的。它被说成是"无形""空""无"。但这种空并非一无所有，而是所有有形实体的基础，是一切生命的源泉。佛家认为，空是有生命的空，它产生世界上的一切形式。道家则把无穷的创造力归因于道，并且称之为无。

这种神秘的空所表现的现象证明世界不是静止的、永恒的，而是运动的、暂时的，它在运动与能量永不停止的舞蹈中产生和消失。卡普拉指出，神秘主义的现象世界与物理学家的亚原子世界一样是一种轮回，是生死交替的世界。中国哲学中，气的概念明确表达了场的思想。张载的"气聚则离明得施而有形，气不聚则离明不得施而无形"，把气看成是一种无法感知的物质形式，存在于空间的每一处，可凝聚成有形的物体。而《心经》的"色不异空，空不异色，色即是空，空即是色"中的色就是指形，表达了"空"与它所产生的"形"之间的动态统一。量子场理论认为，场也是连续的，于空间中无所不在，但是它又是非连续的。这是同一实在的两个不同方面，它们永远在不停地相互转化。正如沃尔夫·瑟林说的"场无时不在、无处不有，他永远无法去除，是一切物质现象的载体。质子就是在虚空中产生了介子"。按照场论，这种事随时都在发生，真空并不空，它包含着无数的粒子。它们不停地产生和湮灭。许多物理学家把发现真空的动态性质看成是现代物理学最重大的发现之一。现代物理学的这种"真空"与东方神秘主义的"空"极为相似。

(5) 能量的宇宙之舞

卡普拉认为，20世纪对亚原子世界的探索揭示了物质的动态性质。它表明了组成原子的亚原子粒子是处于动态的，它们是不可分割相互作用的网络的整体组成部分。它们的相互作用表现为粒子之间的能量交换，粒子以不断变化的能量形式产生和消灭。这种相互作用导致一种稳定的结构，它构造了有节奏地荡着的物质世界。于是，宇宙介入了一种无休止的运动，介入一种持续的能量的宇宙之舞。按照量子场论，物质组成部分之间的所有作用都是通过发射和吸收虚粒子而进行的。而且，创造与消灭之舞也是物质存在的基础。现代物理学揭示了每个亚原子粒子不但完成了能量之舞，而且本身就是能量之舞，是创造和消灭的推动力。卡普拉引用了贝尼斯·福特《基本粒子世界》中虚粒子产生和消灭的图例，说明每个质子都是以一定概率严格完成这种创造和消灭的舞蹈。

卡普拉认为,东方神秘主义者对宇宙的看法与现代物理学家很相似。他引用了一位自称为"声音之主"的喇嘛的物质观,"所有的事物……都由原子组成,它们跳舞并通过它们的运动产生声音。当舞蹈的节奏发生变化时,所产生的声音也跟着变化……每个原子永远唱自己的歌,每一时刻的声音都创造了疏密的形式"。由此他指出,这位喇嘛的观点与现代物理学的观点的相似之处是非常明显的,因为声音是有一定频率的。按照场论,每一种粒子确实"永远唱自己的歌",并以"疏密的形式"产生有节奏的能量形式。

卡普拉再次肯定了印度湿婆的舞蹈,指出按照印度人的信仰,所有的生活都是创造和消灭的伟大节奏过程的一部分,湿婆的舞蹈象征着这种永恒的生死节奏进行着无休止的循环。对现代物理学家来说,湿婆的舞蹈就是亚原子物质的舞蹈。这种舞蹈形式是每个粒子性质的本质方面,决定了它的许多性质。它是所有存在和所有自然现象的基础。几百年前,印度的艺术家创造了优美的湿婆舞蹈的铜像。我们时代的物理学家则用最先进的技术描绘了宇宙之舞的形式。因此,宇宙之舞的隐喻把古代神话、宗教艺术和现代物理学统一了起来。

(6) 变换的模式

卡普拉在谈及"粒子反应"时,提到"S矩阵理论"最适宜描述强子及其相互作用。这一理论的重要概念是把重点从物体转移到事件。它所关心的是粒子之间的反应。因为亚原子粒子只能理解为各种测量观察相互作用的表现。它不是孤立的事物,而是以特定方式与其他事件联系在一起的事件。所有的粒子都可以看成是反应网络中的中间状态。强作用力反射或者"散射"碰撞的粒子,使它们以不同的方式分解和重组,这些重组结合成中间的束缚态。这理论把作用力与粒子联系在一起,力与粒子之间的关系是"交叉"。S矩阵理论提出了对称性、幺正性和因果性三条原理。这矩阵表现出的奇异性是因果性原理的结果。这三条原理都与我们的观察方法即测量方法有关,也就是与科学的框架有关。

卡普拉指出,这种亚原子粒子的理论说明科学观察者与被观察的现象是不可分的。它最终意味着，我们在自然界所观察到的结构和现象只不过是我们进行测量和分类思维的产物。这也是东方哲学的一条基本原则。东方神秘主义者一再告诉我们，我们感受到的所有事物和事件都是精神的产物，都是由特定的意识状态产生的。一旦超越了这种状态，它也就消失了。中国的《易经》具有通过变化产生动态模式的观念，因此它在东方思想中与S矩阵理论最为接近。在这两个系统中都强调事件而不是物体，都主张通过变化来把握事物的本质。不应该把这变化看成是强加于物理世界的基本定律，而应该看成是一种内在的倾向，它的发展是自然地自发地发生的。

（7）靴袢哲学

卡普拉还提到由S矩阵理论产生的被称为"靴袢假设"（自己依靠自己的意思）。杰弗里·丘将这种观念发展成自然的"靴袢"哲学。这种哲学最终使现代物理学放弃了机械世界观，而把宇宙看成是相互关联事件的动态网络。自然的完整的"靴袢"观念认为，所有的宇宙现象都是由相互自洽性决定的。卡普拉指出，东方神秘主义的主要流派都和靴袢哲学持同样的观点，认为宇宙是相互联系的整体，没有哪一部分更为基本，因为每一部分的性质都取决于其他部分的性质，每一部分中都包含了其他部分。因此东方圣贤往往对解释事物不感兴趣，只对所有事物的统一的直接经验感兴趣。

卡普拉在全书的结尾处指出，现代物理学家与东方神秘主义者的方法似乎是完全不相干的，实际上却有许多共同之处。

与此同时，他还指出我们的社会过分偏重理性、男性和进攻性。虽然科学家的理论导致了与神秘主义相类似的世界观，但是"当代大部分物理学家并没有意识到他们理论的哲学、文化和精神的含义"。我们的社会要达到动态的平衡就需要一种完全不同的社会和经济结构。"这是一种真实意义上的文化革命。我们的整个文明能否存在下去也许取决于我们能否进行这种变革。它最终取决于我们采纳东方神秘主义某些阴的态度的能力，要有体验统一、自然以及协调生活的艺术。"

除此之外，近年来我国的报章杂志上也十分注重对最新科技信息的报道。现代生物学的器官移植、克隆技术与植物学试验的新发现，再一次证实东方神秘主义通过直觉所揭示的真理。1997年克隆技术的初步成功证明了个体与整体的统一性。个体寓于整体之中，包含着整体的特性。正如卡普拉说的，物体的"每一部分都包含了其他部分"。生物整体的特性是以遗传基因的方式保留在个体之中，用某一生物带有其基因的细胞核或体细胞注入这一种生物另一个个体的卵核中，便可复制出新生命。人体心脏的移植能影响接受移植者的性格、习性、生活方式的改变，也从一个侧面反证了这一真理的普遍性。在几本有关植物生命奥秘及智慧的书和资料中揭示：植物有情感反应，植物有记忆，并且以心灵感应的方式进行交流。植物也是有灵性的，是一种智慧的生命。一个试验证明扁虫具有记忆，经历一次放电过程的扁虫，从头尾断开的身体长成的扁虫都记得放电过程。这试验告诉我们："记忆记录在神经系统的细胞中，或者说它不仅仅记录在大脑中，而是在所有细胞的遗传基因（DNA）中。"[1]换句话说，我们的细胞记录着头脑所收集的信息以及由此衍生出的各种意念。一个人的个性、习惯、生活方式作为人的种种信息也都记录在人体的细胞里。恶念恶习积累多了便很难洗掉。所以，神秘主义者倡导净化自我，持戒以保持身口意干净。佛家善护念的思想也都有科学的依据。

总之，现代科学的新发现对于即将进入21世纪的人类来说具有划时代的意义。迄今人们常说要寻找一种新思维，我想理性与直觉的互补性、宇宙生命的统一性便是一种新思维，它将带来一场观念和思维方式的革命，使人类站在宇宙和全人类的高度去审视一切，完整地认识自我和世界，为建设人类的共同家园——地球开拓一条新路。

---

[1] 《智慧生命无所不在》，1998年6月26日，《中华周末报》。

第二章　负有先知使命的纪伯伦

黎巴嫩诗人兼画家纪伯伦·哈利勒·纪伯伦（1883—1932）是阿拉伯现代文学的旗手，是与波斯诗人海亚姆、印度诗人泰戈尔齐名的东方诗人，也是享誉世界的文化名人之一。1923—1927年，先后经由著名作家茅盾、张闻天和冰心将《疯人》片断以及《先知》介绍到中国，至今已有大半个世纪，拥有几代读者，成为最受欢迎的阿拉伯作家。20世纪90年代，纪伯伦全集的几个版本问世为尽情采摘、品尝他重荷的果实，提供了有利的条件。

国外对纪伯伦的评论文章和研究论著颇多，大都对纪伯伦的东方性即"东方精神"和"东方气息"表示首肯。美国一位著名作家表示："假如我相信耶稣能重返大地，我确信他是借纪伯伦之体还魂的。"[1] 综观纪伯伦的全部著作，的确充溢着一种超验的神秘性、宗教性，然而他所揭示的人生真理又是超宗教的。他的作品从某种意义上说是以文艺的形式记述了个人了悟真理的过程和体验，甚至连他的表述方式也类似大师的布道。如若将其诗作与其书信相对照，可以得出这样的结论：纪伯伦不仅意识到他所肩负的先知使命，而且是自觉地尽其所能去完成这一使命。纪伯伦的东方性也就体现于其先知使命所包含的神秘主义的感悟之中。它足以揭示其"作品的灵魂"和诗人"心灵的意向"。

---

[1] 纳吉布·阿济济：《比较文学》，卷二，央格鲁出版社，开罗，1976，第346页。

一、先知使命的形成

纪伯伦从小就是一个极有天赋、机敏聪慧、感情内向又极富于同情心的孩子。故乡和母亲对他的影响最深。

纪伯伦降生成长于风景秀丽的黎巴嫩北部山村卜舍里。那里山高水清，大自然展示出它全部的灵气。它陶冶了纪伯伦的心性，引导他探索宇宙的秘密，使之一生向往美、渴求美，一生眷恋大自然，渴望与之融为一体。大自然启迪了他的灵感，成了他创作的源泉。在他的作品中无不流露出对大自然由衷的热爱和大自然给他的启示。在他称之为"并不成熟的果实"的早期作品《泪与笑》（1913）中已初露端倪。他在该书的"引子"里写道：

我愿为追求理想而死，不愿百无聊赖而生。我希望在自己内心深处，有一种对爱与美如饥似渴的追求……夜晚来临，花朵将瓣儿拢起，拥抱着她的渴慕睡去；清晨到来，她张开芳唇，接受太阳的亲吻。花的一生就是渴慕与结交，就是泪与笑。

海水挥发，蒸腾，聚积成云，飘在天空。那云朵在山山水水之上飘摇，遇到清风，则哭泣着向田野纷纷而落，它汇进江河之中，又回到大海——它故乡的怀抱。云的一生就是分别与重逢，就是泪与笑。人也是如此：他脱离了那崇高的精神境界，而在物质的世界中蹒跚；他像云朵一样，经过悲愁的高山，走过了欢乐的平原，遇到死亡的寒风，于是回到他的出发点：回到爱与美的人海中，回到主的身边。

母亲卡米拉是一位善良有见识的坚强女性。她鼓励儿子上学读书。发现并培养他的绘画才能。她带领两双儿女漂洋过海，到波士顿谋生。而后，她又不顾生活的艰辛，送纪伯伦学画，命他回国完成中学学业。纪伯伦曾表示，他在性格上90%继承她母亲。他的母亲不仅是生身之母，而且是灵魂之母。纪伯伦与母亲之间有着心灵的沟通和默契,那是建立在宗教信仰之上的。母亲出身于一个宗教世家,多数成员是教士和主教的家庭。她的父亲伊·拉赫曼是一位谙熟神学秘密的神父。母亲年轻时曾有过进修道院的打算。为此,他与母亲打趣说,她进了修道院,他便不会来到人世。母亲说:"要是不来,你不就还是一个天使。"她问起天使的翅膀,纪伯伦指着自己的双肩,她说"是折断的"。以后,纪伯伦受"折断的"一词的启发写了小说《折断的翅膀》(1911)。母亲对他最早的阿拉伯文《先知》草稿曾表示首肯,但认为时机不成熟而使纪伯伦将其搁置一边。1902年母亲去世。多年之后,他又用阿拉伯文写了一遍,想起母亲的话,他就把手稿撕掉,直至1917年才又重新用英语写出。母亲的宗教情感潜移默化,影响并遗传给了纪伯伦。童年的他就感受到庄严肃穆的宗教仪式对心灵的震撼。父亲不准只有5岁的他随哥哥参加耶稣受难日的活动,他竟独自上山与"耶稣"一同受苦,并到墓地寻找耶稣的坟墓,把采摘的鲜花献给他。纪伯伦总是怀着感激之情回想起这些。他在给黎巴嫩女友梅娅的信里表示,"我的母亲,因着灵魂而属于我的,至今(1920年)仍感到母亲对我的关怀,对我的影响和对我的帮助。这种感觉比母亲在世时还强烈,强烈得难以测度。"①

纪伯伦从小不仅看到、感受到大自然的美和亲人的爱,而且也在生活中看到了丑和恶。邻居老太婆因嫌希腊油贩与她信奉的教派不同而不买他的油。他的父亲却对此不以为然。他们家不仅买了希腊人的油,还邀请他共进晚餐,享受人间爱的欢乐。这件小事使幼小的纪伯伦看到马龙教派与天主教派之争造成的人与人之间的隔阂和仇恨,这令他不解和痛心。侨居美国后返国学习,国内的空气让他倍感压抑。两种社会的反差使之更加认清本国封建统治者的本质以及教会对人性的压抑和毒害。教会违背耶稣教诲,对穷人的压迫、奴役和欺骗令他怒不可遏。面对祖国

---

① 《纪伯伦全集》(下),甘肃人民出版社,1994,第375、28页。下卷包括纪伯伦与友人的来往信件、作品拾遗、锦言辑录。为简便起见,引信件时注明写信者及时间不再加注。

贫穷落后的状态以及尚不觉悟的同胞，他忧心如焚。于是他把自己一腔热血化作匕首投向统治者、教会势力，投向封建礼教。他成了叛逆者和掘墓人。

生活的贫苦、坎坷、悲愁是纪伯伦成长的最好的老师。命运似乎有意考验他是否坚强。他8岁时父亲被诬告，家产被抄。12岁时随母移居美国。18岁时失去最亲爱的小妹，次年又先后失去生肺病的哥哥和生癌症的母亲，他只得打工偿还家庭的债务。纪伯伦把自己的青年时期称为"痛苦的时代"，他的心是愁苦的。为生活所迫，他不得不尊重"金钱"。随后他得到女校长玛丽·哈斯凯尔的资助，境况才有所改善。他与之在精神上沟通，成为挚友和情人。以后他又与移居开罗的黎巴嫩女作家梅娅建立通信往来，并深深爱上她。然而，这两个女人都与他擦肩而过。他从忍受爱的痛苦又过渡到"思念他不知道的事物的痛苦，并把这痛苦视为"比一切我所知道的事物都好"，与此同时他还要忍受不被他人理解的痛苦。之后，伴随绘画和诗作成功而来的却是病魔缠身。人生的缺憾令他不停地思索生活的真谛。他于1910年写给奈赫莱的信上把这一切视为"上帝罚其承受的各种困顿和劳苦"，它像是"一条一环紧扣一环的充满着苦难的链条"。但他"发现生活在某种程度上是一种奋斗和竞争。我泰然坚定且高兴生活中充满着各种困难，愿意去克服这些困难。"1911年11月给玛丽的信里表示，他忍受着的别人对自己"无知的痛苦"是"苏菲式的痛苦"，认为"这痛苦孕育了艺术和艺术家"。他在作品中也表达了这样的认识："泪会净化我的心灵，让我明白人生的隐秘和它的堂奥。"

于是，他越来越喜欢与沉默为伴，养成在万籁俱静的深夜进行冥想的习惯。他不停地赞美黑夜，诉说着静夜的美好和带给人的精神享受。沉默和冥想中，纪伯伦用心去体悟存在的奥秘。随着认识的不断提高，他那狂飙激进的情绪渐渐趋于平静，转向对宇宙、人生进行深层次的探索，转向了深刻的信仰之中。这信仰基于宗教的情感，但又不完全是宗教的。

1908年他去法国留学，实现了他"从15岁起就不断梦想着实现的精神意义和特征"，更加坚定了他对精神的追求。他欣喜地告诉朋友奈赫莱

"我的巴黎之行是我从地面升到天空的第一阶梯"。在巴黎,他拜在罗丹门下,与罗丹的艺术思想发生了共鸣。我们从《罗丹艺术论》中便可发现那些与之共通的东西:"真正的艺术家,是人类之中最信仰宗教的。""名副其实的艺术家,应当表现自然的整个真理,不仅是外表的真理,而且特别是内在的真理。""你觉察我的灵魂向往着无边的真理,向往着自由的也许是虚幻的王国。的确,使我感动的就是这种神秘。""我们应该走向宁静。基督教神秘的焦痛,相当程度地还在我们身上存在着。""世上没有比冥想和幻想更使我们幸福,这正是现代人最易忘却的东西。衣食不足,不减其乐,而以智者的态度享受眼与心灵时刻遇到的无数神奇……""为了生活中发挥自己的作用,热爱人生吧。""……每个人心中都有灵光"。[1] 罗丹也发现了纪伯伦作为一个真正艺术家的品格,他预言道:"世界将从这位黎巴嫩天才身上看到很多东西,因为他是20世纪的威廉·布莱克。"[2]

在巴黎期间,他还迷上了英国画家兼诗人布莱克,许多年之后,他于1915年写信给玛丽还称赞布莱克为"神人",布莱克的画"是至今用英文成就的最深刻的东西。它独具的显示方式。最近于神的灵现"。在巴黎期间,他还与神秘派画家布伦诺来往甚密。之后,他又对尼采产生了兴趣。他给几位友人的信件里都提到尼采,称他是"狄奥尼索斯的体现,巡行于丛林间的那位超人,是一个全能的存在"。"最大的孤独者,最少温情的人。他不像易卜生那样建设,而且还在破坏!""他的话是精神和头脑的营养"。"你越读尼采,对他的爱就越深。他可能是近代最活跃最富自由精神的灵魂中的一个灵魂。在今天视为伟大的许多人物消逝之后,他的著作仍将长存。"他欣赏尼采的"超人思想",认为那是"他摘取了我曾要采摘的那棵树上的果实。不过他先于我300年……"纪伯伦曾把读莎士比亚的作品作为"精神的休息"。初看达·芬奇的作品时,他"感到一种神圣的力量在周身涌动,感到他的一部分灵魂渗入我的灵魂。那一天就像航船在海上迷失于大雾之中,又得到指南针那样重要"。与这些大艺

---

[1] 罗丹:《罗丹艺术论》,人民美术出版社,1978,第91,96,114,118,119页。
[2] 《纪伯伦全集》(上),序,甘肃人民出版社,1994,第14页。

术家、思想家无言的交流无疑坚定了纪伯伦的信仰。巴黎之行成为他人生的重要阶段。

在此之后,纪伯伦灵魂的季节开始转换。相比之下他的灵魂渐渐接近"森林青年和他笛管吹出的曲调"。他从因痛苦而狂怒逐渐转向沉默地思索;从因国人沉睡我独醒的抱怨慢慢转向拯救。他20世纪20年代的书信清晰地勾勒出他心灵变化的轨迹。

他在给玛丽的信中表示"我心中有一团火,每个地方,我都看到带着朦胧的东西。你知道自己正在焚烧,在从使你戴上手铐的东西中解放出来的意义吗?有什么快乐能超过火的快乐!""我可以撕裂我的胸膛,将心捧在手上,让人们了解它的一切。在我心中有一种揭示的愿望。"(1911)"我是一只想从自己心里生成一粒珍珠的贝母,但是他们说,珍珠是母贝的病。""那些懂得生活和死亡的人要去传播生活的福音,进行生活的告诫。"(1912)"我寻求在我内心深处的完整生命,以了解它的瞬息与永恒。我不愿让自己的感官局限于绘画、文学和诗歌,我不愿受限制,我愿更多更丰富"(玛丽同年的日记)。这一年,纪伯伦也向梅娅表示,尽管他生了重病,但"我在结束对生活的使命之前,绝不会离开这个美好的世界。在一段相当长的时间之前,我不会结束这一使命"。这是我们能看到的纪伯伦最早提到使命的信件。

1913年纪伯伦在信中对玛丽说:"我的心因自己而烦恼,我的笔在手中颤抖。我感到自己背负着沉重的担子,向一个新的、广阔而朦胧的生命走去。""我的灵魂坚执着天上的缆绳。""我总有这样的感觉:我乘风展翅,高高飞翔去会见天主。此时此刻,我忘掉了痛苦,我在我的心里变得高大,觉得变为自由自在的人。"1914年他写道:"风暴(指思想的)释放了我的心,从一团乱麻中把我解放出来,医治着我,把我从痼疾中解放……风暴激励着隐幽与藏匿的东西。假如感情消沉,风暴就把它唤醒。我的感觉受到了激励,我的心在悸动……我看到自己登上巍峨的山巅。狂风在我周围怒吼。""每当我埋首于绘画时,我总感到我的灵魂在丛林中徘徊!……我的灵魂静静的,一声不响。我心甘情愿地工作……只吃简单的食物。睡得安稳、满足。随着日子一天天过去，我心中的那个修行者的决心却越大，越坚定。""我观察真正的自己，我看到它从遮掩中走出，赤裸着。""我处于沉默与思考的交叉状态。我心中有许多对我来说是新鲜的东西……我们探求真正的世界——永恒生命的世界。我们热烈而执着地奔向那幽冥之后、白昼与黑夜之后的畛域。""我是一个有使命的人，是一个将自己的影响送到人的头脑中去的人"（玛丽同年的日记）。

1915年是纪伯伦进入新时期的一年。他在给玛丽的信中形容说："这是一个更少朦胧、更多清澄的时期，也许是一个果实更加丰富、创造更加美妙的时期，一个对平易朴素有更深理解的时期，一个更热烈追求明朗、坦率和显现的时期！"这一年他的感悟的确比以前丰富和深刻："我总以为启示是对我们自身、我们伟大的心灵某一成分的纯粹揭示。这个心灵是目光远大的，它能看到我们看不到的东西；这个心灵是全知的。它懂得我们所不懂得的东西；这心灵是敏感的，它能感知我们感觉不到的东西；成长只是去发现这个伟大的心灵，只是去认识这个伟大的心灵！""我最大的愿望就是洞悉这个世界的秘密，达到水与酒那样和谐的交融。""灵魂所知而人不知的，正是灵魂的主人！我们要比自己所预料的多。"纪伯伦自比智者而不是圣者，因为后者只观察和凝视，没有揭示秘密。"今天，这个智者，他的愿望是成为一管笛、一支箭或一只杯……当他真的变成这些时，他会突然发现自己站在上帝的面前，自己变成一位揭示世界秘密的人了。他并不是为自己去揭示世界的秘密，他也是为那些注意倾听的人们。"纪伯伦在信中使用的"水与酒的和谐交融"正是苏菲神秘主义惯用的象征人主合一的比喻，其意思是十分清楚的。在这一年末，纪伯伦还热衷于天文学，把天文学与"人的全面认识"联系起来。他告诉玛丽，"人的存在是有限的，他贫乏的想象力去染指天文学，是为了自己提升到超越其他创造的高度。人类集体的智慧什么时候领悟到它周围的种种存在、世界和远景，他的短视现象就会消失，他的种种困难也就会被克服。"

1916年，是纪伯伦完全沉浸在有关上帝的思考之中的一年，由此他写出《上帝》一诗。1917年他对本真的认识又有了提高。"我们懂得，从我们不知道中知道……我们不知不觉地生活，追随着我们心中的一个朦胧不清的东西。我们的外部对此事是不知不晓的！一个真实的东西，其本质在我们身上。它真实地显示在外部，直到我们对不怀疑的感到怀疑，对生活说'决不'时，我们身上的那东西则大声说'是'！" 1918 年纪伯伦将其通过个人实践验证了"人的感觉充满了直观的领悟"的认识告诉玛丽，并说："人的心灵不管在什么地方都处在具有生气的日月中。""很久以前，我曾用这样的语言对我的心儿说：'上帝使用了一千条光的帷幕。'今天我说：'世界穿过了一千条光的帷幕。'从这些光的帷幕我接近了上帝。"对"光的帷幕"的感受说明纪伯伦有了同灵修者类似的光的体验，见到了心性之光的显现。他的表达从"上帝使用"改变为"世界穿过"证明他在认识上的进步，或者说他已体悟到光是连接人与本真的通道。

这一时期。纪伯伦本质上已是生命奥秘的探索者。他探索的时间是在夜深人静之时，即他称之为"爱的时刻、寻觅的时刻"。他变得更喜欢深奥隐蔽的真理，更喜欢孤独和满足于默默无言的感觉。他体会到沉思的乐趣，于是更渴望远行。孤独中他与灵魂对话，在孤独中他爱上了人。他发现神圣的沉默往往是源自一句神圣的话语。虽然，他没有明确地说明这神圣的话语是什么，但我们可以知道那话语是与他对上帝的认识连在一起的。他心中的爱在不断增长。此时他已对自己的起心动念清清楚楚，意识到他的认识途径已悄然发生变化。他于 1919 年给梅娅的信中说，"过去我是通过理智的标杆去认识的，现在则通过内心的体验去认识它。"在此之前纪伯伦也对玛丽提起过"通过思考"或"通过可以穿透帐幔的感觉"的途径。纪伯伦是一个非常敏感的人。早在 1908 年。纪伯伦就对友人艾敏·胡莱卜表示，"他的心灵在感受欢乐时，生来就超脱感官之外。它能见、能听、能感，却不用眼、耳、手"。所以他对那些看不见摸不着的事物感兴趣，"我们生活中真正最美好的，就是那看不到、听不见的事物。"他还告诉玛丽，他读一本书时"能看到别人看不到的东西"，人们和他说话时，他"能听到他们未说出的话"。

纪伯伦在沉默中细心体味存在的奥秘，感受到了无比的欢畅。一种唤醒灵魂、与人慰藉和萌生希望的"先知"般的使命感便在纪伯伦心中油然而生。并生根开花。他在《泪与笑》的结语中就已表达了这一意向。他写道:"我来到世间,是为了说一番话。我将会说出它。""我来到世间,是为了大家,也离不开大家。今天我在孤独中的所作所为,明朝会把它当众宣布;现在我用一张嘴说出的话,未来会有无数张嘴巴把它说出。"他渴望把心灵的真实告诉世人,"唤醒那些失落困惑的、被奴役的灵魂",教他们享受智慧之果,甚至鼓励梅娅也去做。绘画和诗歌成了他履行使命的方式,因为"艺术是展开灵魂深处盘旋的、跳动的、超本质的东西"。"诗歌是神圣灵魂的体现",他的诗是"我从天使那里听到的话译成人的语言"(《诗人的死就是生》)。

1916 年写作的《上帝》一诗以及 1917 年用英文重写的《先知》便成为他这一时期最重要的奉献。他对梅娅两次谈到《先知》。他说:《先知》是"我思考了一千年的书。它是我第二次降生,又是我第一次洗礼,它使我成为站在太阳面前的自由人的唯一思想。我塑造它之前先塑造了我,在我把握它之前先把握了我,在它向我灌输它的情趣爱好主张之前,已跟在它后面走了千万里"(1919.11.19)。我们从他前面的信件中就可以看到"先知"的思想是如何塑造他、把握他,并跟随他走过的路程。

纪伯伦还说《先知》"这本书是我每天看到——现在正在看到的——许多东西的一小部分。这些东西在人们沉默的心中,在他们希望明示的灵魂中存在着。地球上没有什么人能作为一个与其他人完全分开的个体从自身带来什么东西。今天,在我们中间,没有什么人能做比记录人们不知不觉中对他说的话更多的事"。他认为,《先知》是一句话的第一个字母。他以为他的想象是来源于他,属于他的。后来在上帝的启示下,他看到了光明,听到人们说出第一个字母,他自己也发出这个字母的音。于是,他明白于万物同一体。在同一中有自由、快乐和宁静。他把这种发现的感觉形容为"突然之间在囚禁有限的自我的外部发现了自己时的那种感觉"(1923.12)。阿拉伯文中"先知"一词的第一个字母是 nun,也是"我们"(nahnu)的第一个字母。纪伯伦发现了上帝、自我与他人的同一,所以他才能爱一切人，渴望把赤裸的自我袒露出来。正如他在《先知园》中假先知之口谈到的"只有赤裸才能沐浴阳光；只有质朴者才能驾驭清风；只有经历过一千次迷途的，才能归返故乡"，"我去了，但如果我带去的是一条未曾说出的真理，那么这条真理将再次把我寻觅、聚敛。即使我身体的元素已散落于永恒的沉寂之中，我仍将再度来到你们身边。在无边的沉寂中，我将用从我心里再生的声音，同你们说话"。这是因为"上帝不会允许自己隐遁于人类，也不会让自己的言语隐埋于人类心灵的深渊"。

从纪伯伦对其他友人的自白中，从纪伯伦的《先知》、《人子耶稣》（1928）、《先知园》（1933）等作品中，我们可以看到纪伯伦对"先知"这一角色所表现的热情和关注。这一先知情结也许与他1912年2月7日的一个梦不无关系。他在给玛丽的信中写道："今天，在我心中有一片浓荫：奇特的，宁静的，清澄的。今天耶稣出现在我面前：焕发的容颜，闪射着宁静的两只黑眼睛，蒙着行路灰尘的双脚……那个把目光投向存在于未知事物深处和生命中，并显现出他自然品性的人之灵魂。为什么我在世上找不到像他那样好，那样爱，那样温蔼，那等光荣的人呢？！" 1913年12月24日玛丽也在日记中回忆起他所讲的那个梦。那是在家乡贝什里的腓尼基古墓附近。"我看到耶稣向我走来，阳光在他头上描出一道光圈……他走起路像迈着国王步子的农民……我们在条石上坐下，开始交谈。我不记得我们谈的是什么了。谈话时，他用手杖在地下画着。他忽然抬起头来用阿拉伯语说话了……那是铜钟的声音。我蜷曲着，听到修士敲击法器的声音，像敲钟一样的声音。所有的钟都敲击起来了。田野一片喧腾，我回头张望，竟没有看到他！"这个梦可以用心理学来解释，即心有所想，梦有所见；也可以用神秘主义来解释，即是一个吉兆，说明纪伯伦受到指引，被提升到可以听到天上梵音的境界。前一种解释说明他对耶稣的热爱和崇敬；后一种则证明他先知使命的由来。无论如何，他的先知情结凝聚着纪伯伦从儿时起对先知耶稣的膜拜，也凝聚着纪伯伦半生上下求索的结晶以及对人类的深沉之爱。他是自觉地肩负起先知的使命，给人类带来福音的。

二、人与上帝

在纪伯伦 25 岁生日写下的文字中，可以看到他的目光已由个人、社会伸展开去，放眼至高山流水、大海星空，见到了那包罗万象、无始无终的宇宙法则。25 年中，爱是他所能得到的一切，是谁也不能让他舍弃的东西。怀着这深沉的爱，他开始人生新的旅程。他心中一种揭示存在秘密的愿望日益强烈，感到人是一个本质的探求者，在人的生命中只有饥饿和焦渴。

第一次世界大战的炮火让他感到"可怕的战争使精神失去了它的特性，它的平和，它的音律"。这促使他早已思考的有关上帝和人的问题，结出了积极的成果。早在 1911 年 11 月纪伯伦给玛丽的信中就说："最伟大的力量是生命。为了成为一个艺术家，你应当正视生命，看真正生命的闪光，真正的生命是上帝。上帝是一切。"1914 年 10 月 14 日他又在给玛丽的信里写下了他对欧洲战争的看法。他把人的战争与自然界由冬变为春而进行的斗争相提并论，认为世界大战民族格斗，死亡毁灭生命，"它是一场并非不义的高尚斗争，作为它的一个结果，将是奴性锁链被剪断。人将停止吃他人的肉。他们将变成人！"而自然界的斗争，冬日一天中毁灭的生命，超过人类全部战争毁灭的生命。"如果说上帝是力量，上帝是智慧，上帝是生命的潜意识。他存在于这个星球上爆发的每一次斗争中，那么，他无疑也存在于各民族和各国人民的战争之中！他是这场战争，是一切战争。他是为一个更强大、更纯粹、更崇高的自身而战斗的生命巨人。""这个星球的任何生物，只有为生存而斗争才能存在。每一次身体或头脑运动，每一个思想或梦幻，所有这一切，不是别的，仅只是超越生命的斗争。"纪伯伦就是这样从宇宙、生命的高度去思考上帝和人的。

1916 年是纪伯伦认知上帝，大彻大悟的一年。这时期给玛丽的信件里记录着他的收获和欣喜。"我曾考虑动笔写作，考虑给占据了我整个身心的那唯一的思想——上帝，大地和人类精神——加上种种形式。在我内心深处正形成一个声音,我等待着词语。我唯一的希望是选择一个正确的形式——一件与听觉相联系的恰当的服装。""美好的言辞是关于上帝和人类的。我们并不完全了解上帝的特性,因为我们不是上帝。但是,我们能够准备好我们的悟性,以便了解,以便不断成长"(1月6日)。"这种悟性,这种对上帝的新认识,日夜与我相伴,无时无刻不萦回在我的脑际……即使在睡梦中,我身上也保留着一个十分警觉的东西,以便继续跟随着它,从中获得更多的悟性和认识。我的双眼显然在注视着不断发展的上帝诞生的画面……我看他像云雾一样从大海、群山和沙洲上升起。他在一半诞生一半觉悟中升腾!……人最初是不自觉地向他奔去。然后带着自觉向他奔去,但未带着知识。现在,人将带着自觉和知识向他奔去了"(1月30日)。"我先前曾憎恶生活。20年来。我没有感到别的,只感到对未来的饥渴。如今情况变了。我不论在何处,不论干什么都看得见那力量,那法律,看得见使各种成分都朝着灵魂运行。使各个灵魂都面向上帝的那一种秩序。""精神是大自然诸因素中的一个新因素,他包含着某些特征:觉悟,求得真知,向自身寻求增扩力的愿望,对超过其能力的目标的渴望等……它是物质的最高形式!""精神要求上帝,正如热气寻求升腾或河水寻求大海。力量和意志是精神诸特征中两个密不可分的特征。""任何精神都体现在上帝中。任何精神当它与上帝联系在一起时,就不会失去其特征"(2月10日)。"自从天上的思想涌来,自从上帝占据了我的心灵和头脑,我几乎失掉我掌握了的那点英语"(5月16日)。

《上帝》一诗便是纪伯伦这一时期思考的结晶。他把这首诗视为"开启我感情和思想大门的钥匙"。这首诗以第一人称的口吻描绘了人类呼唤和认识上帝的过程。从远古开始,当人的双唇第一次颤抖地说话时,他就登上圣山向上帝说:"主啊,我是你的奴仆,你隐秘的意愿便是我的约法,我将服膺你,直至永远。"之后每隔1000年,人就上一次圣山,向上帝说:"造物主啊,我是你的创造物!你用泥土造就了我,我的一切,悉归于你。""圣父啊,我是你的赤子!你以怜悯和爱心生下了我,我要以爱膜拜你。承继你的王国。"人类不断改变着自己与上帝的关系,从称上帝为主人自己为奴隶,然后称其为造物主,而后又称他为父亲。然而每一次的呼唤,上帝对人的态度大体没变。它似一阵强劲的风暴,或似敏捷的飞翼,或一片薄雾从人身旁冲过、掠过和飘过,而不理睬他。它的不理睬,每一次都有所减轻。只有当人平等地呼唤上帝:"我主,我的终极,我的归宿,我是昨日的你,你是明朝的我,我是你生在大地上的根,你是我开在天空中的花朵,我们同在太阳的注视下生长"时,上帝才俯下身,在人耳边说着甜蜜的话,"像大海拥抱汇流的小溪拥我入怀",与人融为一体。而当人走下圣山,发现上帝已在山谷与平原。①

纪伯伦以鲜明的意象,将其对上帝的认识浓缩在这首短诗中。上帝在这首诗中始终是一个不变的存在。"我"对上帝称谓的变化代表了人对上帝的认识。上帝并不认可那主奴、造与被造和父子的关系,只认可我即你的关系,即上帝是终极、归宿和明朝的我。这就是说,只有人将自己提升到与上帝同等的地位,才能认识上帝,并发现上帝原来无处不在。

在纪伯伦心目中,上帝并非世俗眼中的偶像,一个人格化的神。我们从他的作品中也可以看到,他是这样形容上帝的:上帝是"博爱和仁慈的化身""美好爱情的体现""那种肯定自身淳朴性和纯洁性的精神力量"。他是"至高无上者""唯一""存在于爱与智慧之中"。纪伯伦对上帝的认识随着时间的推移不断地加深。他渐渐把对上帝的认识与人联系在一起,改变了上帝与人那主与宾的关系。他在《先知》中谈论爱时说"爱时你莫说:'上帝在我心中。'不如说:'我在上帝心中。'"在谈理性和激情时他说道:"既然你是上帝天体中的一息,上帝森林中的一叶,你也该在理性中安息,在激情中运行。"在《先知园》中,专有一节谈论上帝。纪伯伦借艾勒·穆斯塔法之口,一再劝告人们要少谈论"至高无上者",因为上帝"他是你们的一切。""我们是上帝的气息和馨香,我们就是上帝——在树叶中、在花朵上、更在果实里。"这时,纪伯伦已视人类为"一"的另一

---

① 此诗是用英文写成。在《纪伯伦全集》里该诗标题译为"主",在《先知·沙与沫》里译为"上帝",我以为上帝的译法比较合适,也与书信集中的译法统一。引文参照这两个版本,略有改动。

种存在形式，人来自它又将复归于它，既分又合。在许多作品中，他以各种不同的比喻和象征说明这一关系：人必然要"按照大自然的裁判，一切东西都要返本还原"，"最终回到爱和美的大海，主的身边"。①

基于这种人与上帝的新关系，人在世界中的地位被凸显出来。他认为"人类是万物的基石"，"人类是这个星球上最精致的事物"。纪伯伦承认人的先在，人降生到这个世界后才"忘记了我来自的那个世界"。幸好"我们在上帝心中"，"上帝在每一个人心中都派了使者"。"主在每一颗心中都配置了一个使者，以便领我们走向光明"。人心中存在着上帝的种子，这种子会适时开花结果。对此，纪伯伦似乎深有体会。他在给玛丽的信中表示，他不能说出那充满其心胸和灵魂的事物。他把自己的心灵比作一块严冬播下种子的土地，春天到来时沉睡的生命将破土而出。他感到"在我们自身，在我们心灵最深处最隐秘的地方，能够看到和听到我们看不见和听不见事物的认知成分，等同于我们全部感官的知识，等同于我们所做的一切，等同于我们今天的一切。它的全部，在某一天固定于那深邃的沉默中——存在于灵魂中的那储存宝物的房间里。我们比想象的丰富，要比忖度的充实。那比我们设想的丰富的东西，不断地寻求着知识，不断给自身增加新的成分，就在我们无所事事的时候，或者我们以为自己无所事事的时候！"（1916年3月10日）因此，纪伯伦才多次提到人的饥渴，"各民族无意中都感觉一种精神的饥饿，需要一种超然物外的学说，他们有一种深切的意向，那就是对精神自由的向往"。所以，他以为，人的这种饥饿不是凭空而来，不是没有缘由的。那是上帝的种子，是那心灵的宝物在起作用，是人的精神要求上帝，任何精神都体现在上帝中。

在《诗人的声音》《我的朋友》《先知》等诗中，纪伯伦提出的"人性"与"神性"，进一步表述了人与上帝的联系。他认为，人身上存在着神性、人性和侏儒性。"人性就是降临在人世间的神性。那神性在各国之间巡行，宣传博爱，指出人生的道路。而人们竟把他们的训诫传为笑柄，加以嘲

---

① 《纪伯伦全集》，中卷——英语作品卷。

弄。基督听从了这神性,于是人们把他钉死在十字架上,苏格拉底听从了这神性,人们让他服毒身亡。如今,那些拥护基督和苏格拉底的人也听见了那神性的呼唤,并把它在人们面前广为宣传……"纪伯伦坚信追随神性前进的人们,他们永生不死,与世长存。因为"神性——也就是人的精神实质——靠钱买不行"。他赞扬人的神性,"你们的神性像海洋;/它永远纯洁不染,/又像以太,他只帮助有翼者上升。/你们的神性也像太阳……"纪伯伦将人与神放在平等的地位,揭示出"你们就是道,也是行道的人。"他甚至还在《人之歌》的开头引用《古兰经》的经文加以旁证:"你们原是死的,而他以生命赋予你们,然后使你们死亡,然后使你们复活;然后你们要被招归于他。"

那么,人如何获得神性呢?纪伯伦认为"疯狂是走向纯粹神性的第一步"。这是他于1921年在给其挚友努埃曼的信中说的,他甚至还劝说努埃曼也做一个疯人,"做你疯狂的兄弟纪伯伦的一个疯狂的兄弟吧!""告诉我们被'理性'遮挡住的那秘密吧!生活的目的就是接近这些秘密"。这里疯人并非指人精神的病态,而是指离经叛道,以不羁的思想为思想,以广博的语言为语言的,成为摆脱了物欲奴役的自由人。纪伯伦点出了神性就是人的精神实质,人活着就要为摆脱一切奴役,成为一个心灵自由的人而奋斗。神性原本不属于这个物质世界,接近它必须以凡人视为的"疯狂",或者说是非理性的方式才能奏效。

基于对人来到这个世界就忘记了它的故乡,忘记了他与上帝的亲密关系,唯有"一种模糊的渴望犹存",纪伯伦在作品中不断提醒世人注意这一事实,指出他们的短视以及愚昧。人们往往专注于人和事物的外表而不是内里,所以人们看不见自己的真我,也不知道隐藏在事物背后的本质。他在《皮壳与内核》的诗篇中说"我们都专注于'我'的外壳和'你们'的表面。因此,我们看不见灵魂向'我'表露的东西和灵魂在'你们'身上隐藏的东西。""我对你们说,也对自己说,我们用眼睛看到的,不外乎是一团乌云,他挡住了我们用自己的目力应该看到的万物;我们用耳朵听到的,只不过是叮叮当当的声响,它歪曲了我们应该用心灵去把握的东西。""世人之本并不在于他们的面孔,而在于他们的内心。"他认为,人往往不明白"自我才是遮蔽耳目,阻碍人顺从神性的呼唤,与主合一"的原因,而非自身之外的原因。寻找真我必须向内求,才能克服自我的偏见和愚昧。

这向内求的思想比较集中地反映在纪伯伦不大引人注意的一个剧本之中。它就是《有高柱的伊赖姆城》。① 它是纪伯伦最具神秘主义特征的作品。

据伊本·侯梅里的《各国珍闻》② 记载:有高柱的伊赖姆城,是阿德之子舍达德根据传说中的乐园在萨那和阿曼海岸之间建筑的一座城堡。城堡外又建了一千座宫殿供大臣居住。高大的城门上镶嵌着宝石,宫殿的高柱也是用黑色的和红色的宝石砌成。城中聚敛从各地抢夺来的大量金银珍宝。该城建筑了300年,建成时舍达德已经900岁。当他们准备进驻时,安拉一声令下将这一族人消灭,保留了这天下无双的城市。它是乐园的象征。《各国珍闻》的作者转述了进入该城的本·盖拉柏的见闻以及国王穆阿维叶(661—680)派人做的实地调查,它与艾布·伊斯哈格的预言相印证。《古兰经》(9:65)提到了安拉派呼德去教化阿德人,他们不信,遭风暴惩罚。另一些章节则提醒人们注意主是怎么对待阿德人的,警告他们要记住这个教训。

在这个剧本里,纪伯伦以伊赖姆城作为乐园或人主合一的象征,形象地揭示了人认识自我以及与主合一的真实及条件。主人公纳吉布是一位坚信所有宗教原是一个宗教的诗人。他专程去寻访女隐士"山谷女精灵"阿米娜。阿米娜见他眼中闪着安拉的祥光。一脸真诚并怀有对真理的爱,便乐于为他解惑。她告诉诗人:伊赖姆城是一个真实的城市。她在跋涉了大漠之后进入了该城。这城市让她的灵魂充满它的芬芳,让她的心灵充满它的秘密,让她的衣袋装满它的珍珠宝贝。纳吉布有些不相信她是

---

① 《纪伯伦全集》(上),甘肃人民出版社,1994,第632—650页。
② 维达德·高迪:《阿拉伯散文选》"有高柱的伊赖姆城"一文,阿拉伯研究出版公司,贝鲁特,1980,第175—390页。

借助身体进入该城的。阿米娜告诉他,"身体是我外观的灵魂,灵魂是我看不见的肉体"。但是她肯定"有人未走出家门,就已在城中巡游"。她解释说,"人是立于他心中的无限和他周围的无限之间的生物","世上的一切都在人中,依人、为人而存在。主在每一个人心中都配置了一个使者,以便引导人走向光明"。地球上的伟人之所以伟大是因为他的伟大"建立在对某一个灵魂意志的完全顺从之上的"。

  阿米娜在解释到伊赖姆城的条件时,强调了人对这个城市的渴望。也就是对合一的渴望。她打比方说,人若没有饥渴就不会获得面包和水,若没有思念便不会遇到思念的对象。人需闭上眼睛,"热烈地期待,再热烈地期待,再热烈地期待,直到渴望揭去遮蔽他视线的面纱,这时人就会看到自身。谁看到了自己,谁就看到生命的绝对本质。每一个自我都是生命的绝对本质"。而后,她又解释说:"信仰者借助他精神的视力,可以看到研究者、校勘者用其头脑、眼睛所看不到的东西。他借助其内在思想,可以了解到他们借助思想所不能了解的事物。信仰者通过与所有人依靠的那种感觉不同的感觉去考察神圣的真理。"这是因为"在视觉世界和精神世界之间,有一条我们在不知不觉中跨越的道路。它为我们而创造出来,可是我们却没有注意到。""假如没有打开我们灵魂和以太的灵魂之间的那些道路,在人们中间就不会出现一个先知,不会崛起一个诗人,不会走出一个真知者。""我们将通过知识的探求和感觉的体验,去了解我们灵魂借助想象所了解,我们的心通过引导兴趣所体验的事物"这条道路穿越了时空,而"每个时间和每个空间都是精神的状态"。

  阿米娜用一滴水凝聚着大海的全部秘密来说明万物同一体,宇宙存在与人的存在的同一关系。存在的一切都在人心里,人心里的一切于存在之中。人就是一切。所以心灵是全知的。她指出,"有的人从外部寻找生命,其实生命在其内,只是人有所不知。"为此,她让诗人告诉大家:"伊赖姆城没有隐藏在人们视线之外,而是人们自己遮挡了自己。谁迷了路,那就让他怀疑自己的向导,去仇恨他吧。""谁不点燃自己的灯,谁就只能在黑暗中看到黑暗。"

纪伯伦在这部剧里比在他的诗里更为形象更为明确地指出，人的生命是全知的，生命在其内。人可以不出家门，从自身找到生命的秘密，用一种特殊的感觉考察神圣的真理。在我们灵魂和以太的灵魂之间打开一条通向这秘密的道路。这一思想在纪伯伦其他的作品和信件中都有所反映。他曾在早期作品《睿智的光临》中，就已谈到不可用普通的方法认识真理。他借睿智之口回答人何以随同愚昧的溪流直到黑暗的海湾。他答道："人呀！你想要用神的眼睛来看这个世界，却用人的思维去弄清后世的奥秘，这是极其愚蠢……这张开大嘴的大地，是让你的心灵摆脱你肉体的奴役；带你前进的这个世界就是你的心，因为你的心就是你以为是一个世界的那东西；你认为愚蠢而渺小的人，他来自上帝，通过悲伤学习欢欣，从蒙昧中求得学问……"在《先知园》中谈距离时他也提到，"你们是精神，你们是灯盏里的火苗。你们身上不死之灵，无论昼夜都自由自在，无以禁锢，无以羁勒。因为这是'至高'的旨意。""在知识和悟性中间有一条秘径：你要与人类、与自身融为一体必先发现它。"在给玛丽的信中，他曾把无线电话的电波与"人类中的内部无感觉的部分"的感应功能相提并论，并认定"灵魂所知而人不知的，正是灵魂的主人"。

那么，人如何点燃自己的灯，在黑暗中看到光明呢？纪伯伦在他许多诗篇中都回答了这个问题。首先，人要摆脱物质的迷惑，不能落入声色犬马的泥沼，陷进贪婪的洞穴，使欲壑难填；也不要让对未来的痴迷占据心田，而把心思用在现在。这就是我们常说的净化心灵，守住清净。其次，让爱充满人心。"以劳动和热爱生命来体悟生命最本质的秘密"，"当你怀着爱心工作，你就与自己、与他人、与上帝联系在一起"。

三、爱、美与智慧

"爱""美""智慧"这三个词，在纪伯伦的作品中出现的频率最高。没有哪一位世界诗人像纪伯伦这样将这三者结合得如此紧密，并且以全部身心，如此集中地赞美爱，讴歌美，并把爱与美视为神明，视为人类通向智慧的阶梯。他对爱的理解让人很自然地想到了奠定伊斯兰苏菲神爱论的女圣徒拉比尔·阿德维娅。他们都把爱的情感升华到一个崇高的、无以伦比的地位,升华到对生命的深刻认识之上。作为一个现代诗人,纪伯伦对爱与美的赞颂也超出一般浪漫主义诗歌的范畴,进而与人的彻底解放——精神的终极追求联系起来。

纪伯伦在赞美爱的时候,从来不单纯地描绘异性间爱情的甜蜜美好,总是将这爱情放在贫富两极分化的社会,去分析爱在其中的地位,去描绘纯洁无瑕的爱情悲剧。在他以《折断的翅膀》为代表的小说中,爱神是那些不幸人儿的"教师""助手"和"慰藉"。纪伯伦常常将他们纯洁的爱情与弥漫于宇宙间的博大之爱联系在一起。在《笑与泪》中,他描述了富人之爱与穷人之爱,进而抒发了"金钱是人类万恶之源,而爱情则是幸福与光明的源泉"。这种爱情是普遍存在于自然之中的。当"我"的目光投向大自然时,发现"其中有一样无边无际的东西:一种用金钱无法买到的东西……它那样坚忍顽强!能挺过严冬。在春天开花生长,在夏天结果繁荣。我发现那东西就是爱情"。

在《情侣》[①]一诗里,表面上是描写情侣从第一眼到婚配的三个阶段,但其中隐含着宗教神爱的内容,从纪伯伦所用的语言便略知一二。他是从宇宙和生命的高度来形容情侣之爱的。情侣的第一眼虽只是一瞬,"却将人生的醉与醒截然划开;那是一道光芒,将心的各个角落都照亮","那一瞬间向心里阐明了人世间感情的业绩;也对它泄露了后世永生的秘密"。爱情的"思慕揭开了蒙在往年那些不解之谜上面的种种神秘的幕布,而由诸般乐趣构成了只有灵魂拥抱其主的快乐才能与之相比的幸福"。那第一吻是在上帝斟满爱的美酒杯中"啜饮的第一口","是精神生活诗篇的开头","像一朵鲜花开放在人生树上的第一枝"。"婚配就是两种神性结合在一起,而使第三种神性降生在地……婚配就是两个灵魂的和谐一致,是两颗心合二为一"。从"人生的醉和醒""泄露了永生的秘密""灵魂拥抱其主的

---

① 《纪伯伦全集》(上),甘肃人民出版社,1994,第302页。

快乐""神性的结合""心的合二为一"等言辞,都可以将这首诗理解为爱上帝到人主合一的过程。在基督教中,婚姻常常指人与主结合的精神婚姻。

纪伯伦在众多作品中从不同的角度谈论着爱,好像任何事物都能引起他对爱的思考。《灵魂》一诗是从造物主的角度谈爱,"他感到有一种无限的爱,把人和他的灵魂结合在一起"。《废墟间》则是死去的国王幽灵面对废墟的感慨,"永存不灭的世界里只保留着爱情,因为它同样是不朽的"。《孩童耶稣与初生的爱情》是描绘耶稣初生的爱。他的"爱情的光芒似波涛汹涌,从天而降。他虽千变万化,但在这世界上的作用却是一样:因为照亮个人心田的闪闪亮光,犹如那来自天际普照人间的万丈光芒"。"爱情——这个依偎在心灵胸口上的婴儿,使我内心深处的悲伤、沮丧和孤独,变成了欢乐、光荣和幸福。爱情——这个坐在精神宝座上的崇高的天使,用他的声音使我死去的岁月恢复了生命;经由他的抚摩使我哭瞎了的眼睛重见光明;他用手从绝望的海洋中捞出了我的希望。"

许多时候,纪伯伦对爱情的描绘像是给爱下的定义,若把它全部收集起来真能编成一部爱经。"爱是最高形式的正义。""爱是一种包含着死与生的清醒,它从死与生中创造着比生命更奇特,比死亡更深奥的梦。""爱是伴随着我们存在的一种力量,他把我们的现在同世代人的过去与未来连接起来。""爱情是照亮我们视野的崇高知识,由此我们像众神那样去看待事物。""爱是一种奇异的光,它从敏感的自我深处射出,照亮四周。于是它看到世界是行进在绿色原野上的一列队伍,看到生活是介于清醒与清醒之间的一个美梦。""爱是发自灵魂深处的一串笑声","一种神圣的奥秘","所有秘密中的秘密"。纪伯伦一般都用肯定的句式描述爱,唯独在《大地诸神》(1931)中先用否定句式明确宣布"爱不是肉体恣肆的疲软,也不是欲望的宣泄"。之后再用肯定句式加以强调"爱是我们的向导、我们的主宰","爱是大地上新的黎明"。由此我们可以肯定,纪伯伦所宣扬的爱是那种博大之爱和无限之爱,它产生于太极的怀抱,与夜的奥秘一起降临,只有求得永恒和无限才能得到满足。因为"有限的爱情要求占有对方,而无限的爱情只要求爱的本身"。这种无私的爱"无施予、无接受、不占有,也不被占有",只在"爱中满足"。纪伯伦在《先知》里还有一句话,即"那不探究自身神秘的爱不是爱,而是一个撒下的网:只有那无益的才被网住。"这句话更加明确地说明他所崇拜和宣扬的爱是那种超越的爱,是神秘主义所追求的探究自身神秘的爱。这种伟大的爱力量无边:"爱情一如死亡,改变着一切。""心灵借助爱从黑暗引向光明","物欲使人痛苦死去,爱用痛苦使人重生。"这种爱也是无分别的,无界限的,是爱一切人的博爱。

纪伯伦一生都在追随爱。他曾借诗人之口说,"人们追求冰冷的物质,如影随形,我却寻求爱的火焰,把它搂在胸口"(《诗人的声音》)。他在给玛丽的信中表示"在爱的种种特性中隐藏着存在的秘密,一切存在都是秘密"(1911.5)。他还从爱谈到了慈悲,"任何一种事情出于慈悲怜悯,才能获得上帝的垂青"。"我同情那些靠艰辛努力而竭尽生命的人,那些同舟共济者,那些从挫折中站立起来的人,这样的人心中有慈悯,接近造物主。"(1913.11)

然而,对一个人来说热爱生活和爱一切人并不是一件容易的事。纪伯伦就是经历了多少年生活的磨炼才逐渐做到的。1916年他曾对玛丽承认,自己先前憎恶过生活,当他随处发现了上帝后情况便发生了变化。他原先一直渴望着天空,后来他明白自己"过去是一条根"。他该借助这空气、这阳光、这天空做些什么。他不想如一个开释的囚徒,因对外界的不适应而重返监狱,"我决不返回囚室,我将在大地上开辟自己的道路。我将昂扬地生活。"他把自己的意识比作"雨雪前云雾的意识,我已开始生活在地面了"(1924.4.22)。纪伯伦也把对人的感受和变化袒露给玛丽,1912年他说,"和别人在一起我感到窘迫,尽管他们都是些忠实的朋友"。1914年他又表示虽然知道世人都怀着爱,但是"我和他们坐在一起,和他们谈话,就感到烦躁、憋闷,想给他们带来精神上的伤害"。到了1923年12月,他在写给梅娅的信里说道:"是的,我爱所有的人。我爱他们,不去挑选,不去过筛,我把他们当作一个集体去爱。我爱他们是因为他们来自上帝的精神。不过每一颗心都有一个特殊的性向，每一颗心都有一个独自奔向自己的方向。"梅娅是纪伯伦在"遥远的、宁静的、严肃的、神奇的、划不清时间和空间界限的地方"发现的另一个灵魂。这个灵魂和"我的灵魂交换着最精微的思想，一起分享着最深刻的感情"。当梅娅囿于传统不敢谈爱时，他十分理智地后退，满足于在崇高的事物面前谦恭屈膝，"把屈膝视为升腾，把谦恭视为甘露"，"把这向往本身视作欣赏和恩惠"，这件事使纪伯伦更加懂得了爱的含义。他把这种爱比作站在圣殿里的光荣，"我们停在神殿大门前的目标又怎能和真正站在神殿里的光荣相比呢？"

美在纪伯伦的心中与爱占有同等重要的地位，两者是不可分割的整体。他在《美之歌》《美》《论美》《在美神的宝座前》中纵情歌唱美，揭示了美与上帝、美与自然、美与人生的关系。他把美比作上帝和真理，"我是造化，人世沧桑由我安排；我是上帝，生死存亡归我主宰。我是真理，我是真理啊，你们要把这一点牢记在心间。"他也把美视为一种力量，它"起始于最圣洁的心灵深处，结束于想象空间"，是使人见了"甘愿为之献身而不愿索取"的"一种为之倾心的魅力"。美在人的心田，因为它是上帝"从自身中将一个灵魂分离，并在这灵魂中创造了美"（《灵魂》）。纪伯伦由此将美与神性联系起来，认为神性"来自随处可见的美，这美就是大自然的一切"。自然向人们伸出友好之手，要大家享受它的美，可是人们害怕自然的静谧而投奔到城市。所以，纪伯伦一再奉劝人们要相信"美的神力"，"把美当作宗教，把美当作神祇崇拜。美中有真理，美中有光明。美随处可见……被歌颂而引以为荣的就是美……受赞扬而感到快乐的正是美。""请你把躯体当圣台，奉献给善行；把心灵作祭坛，对爱情顶礼膜拜，那么为这种虔诚而奖赏你们的恰是美"。美对人来说不是一种需要，只是一种欢乐。"美是永生揽镜自照"，它是"爱情的向导，精神的美酒，心灵的佳肴"，"在美之外没有宗教，也没有科学"。他坚信"美是圣贤的宗教"。由此，他以为"存在就是追随美"，"我们活着只为去发现美"，而当"你达到生命的中心的时候，你将在万物中甚至在看不见美的人的眼睛里，也会找到美"（《沙与沫》）。他也对玛丽谈到美，他说："我现在想探索日月星辰底下存在的任何一种事物,因为美是任何一件事物本身的特性,当人去探测它的深度时,它就成倍地增加。"(1917.11)

在纪伯伦的生活中,玛丽对纪伯伦那无私的爱,她那灵魂的美给了他极大的鼓舞和鞭策,使他的信念更加坚定。1922年纪伯伦是这样对玛丽表白的,"在我的全部生活中,认识了一个女人,她给了我精神和心灵的自由——她给了我充分的机会,让我成为——我!这个女人就是你!""在你身上我发现了我向女人要求的一切——我发现了一个我的灵魂与之一起高翔的高尚灵魂。我发现了一个美好的自我,我发现了一片新的光明,一道道新的大门。你是世界上最珍贵的创造物。上帝是每一件事物,在每一个地方。"

总之,纪伯伦从大自然中、从一切事物中看到了美,而他在歌颂的各种美里,谈得最多的是他所崇尚的灵魂之美。因为"灵魂之美是一切美,一切崇高之源"。她隐蔽起来人会看到;她默默无闻,人确知道;她寂静无声,人会听到。这种美"是我们幸福的开端;这种美是智者哲人登上真理宝座的阶梯"(《在美神的宝座前》)。"真理是相对的,只有美是绝对的。"在这里,纪伯伦又把美与幸福、真理联系在一起。幸福在纪伯伦看来不单是一种满足而是一种持续的渴望,它是一种获得智慧后的心境。照纪伯伦的原话说就是"智慧即是幸福:源于心灵深处,并非来自外部"(《幸福的家园》)。在心灵的家园里,"只有爱与美,还有他们的女儿——智慧与他们作伴"。为此,纪伯伦在《在时光的舞台上》赞美在爱和美中度过的一分钟,认为这一分钟要比在可怜巴巴的弱者献给野心勃勃的强者的光荣里的一生来得高尚和尊贵。"在这一分钟里,人好似醍醐灌顶,与神灵相通",这样的一分钟,是酝酿出所罗门诗篇,也是酝酿伊本·法里德《修行吟》的过程。

一般来说,智慧是对事物认识、辨析、判断和发明创造的能力。智慧不是一般的聪明,它与知识不同,因为有知识不一定有智慧,它不是聪明思想的境界。智慧是人宁静到了极点自然透露出来的。可以说,智慧是世界上所有知识的源头,但是它不能从外部得到。神秘主义的哲人和思想家都把智慧放在一个突出的位置。纪伯伦也是这样的。

他作品中反复提到的智慧（全集中译为睿智），在《睿智的光临》中，他描述睿智是在夜阑人静时分来到他的床前的。在《幸福的家园》中，他透过"我"向爱与美的女儿索要睿智，"给我睿智！让我带她到人那里去。"睿智却说："要知道，睿智就是幸福。源于心灵最神圣的深处，并非来自外部。"由此可以知道，纪伯伦所说的智慧等同于佛经上讲的"般若智慧"。从神秘主义的层面上，我们便可以找到纪伯伦有关爱、美、智慧、真理、幸福、合一、生命意义的内在逻辑。这些意义的符号彼此相连，它们之间不是垂直的连线，而是形成一个圆，构成极富想象力和生命力的精神之链。

纪伯伦所信仰、倡导的爱、美与智慧是与古希腊哲学及神秘主义所追求的东西有着内在的联系，或者说是一脉相承的。在希腊哲学中，爱、美与智慧就是联系在一起的。巴门尼德最早认识到，在一切神灵中爱神被首先创造出来。恩培多克勒则发现"爱"和"争"是两种原始力量。"有时因爱而结合成统一的宇宙。有时则因争的愤怒而使一切分裂，直到万物又复结合为'一'。"他要求人们用自己的精神去考察爱，爱也在变灭的肢体中生着根，并且起着作用。凭借着爱，生出友爱思想和统一工作的完成。他还认为，"对心灵来说每件事都是清楚的"。心灵是什么，它是智慧的源泉，"因为围绕这人心的血液就是智慧"。他在《论净化》中指出近神的路是智慧的路。"（人）不能用我们的眼睛接近（神），或用手来接触神，对神来说，可靠的道路是智慧的道路"；"（神）只有神圣的和不可言传的智慧，以飞速的思想规整宇宙万物"。[①] 苏格拉底对智慧的理解是承认自己的无知，"我只知道一件事，就是我一无所知"。而"真正的知识来自内心，唯有出自内心的知识，才能使人拥有真正的智慧"。

柏拉图则在《会饮篇》中着重探讨了厄罗斯（爱神）、美与智慧，将真美善结合在一起。他推论，人类活动都是由爱推动的，没有爱就没有一切。他从爱的神话中引出这样的认识。爱是对其不存在的那个完整状

---

① 叶秀山：《前苏格拉底哲学研究》，人民出版社，1997，第208—217页。

态的寻求。进而又发展为"爱是一种想永久地拥有善的欲望"。而人由爱到认识美则要经过逐级上升的过程，从爱个别的形体到爱一切美的形体；从身体美到心灵美；再到爱社会和美德的美；最后到从爱智慧达到爱以美为对象的学问。"从个别的美开始，好像升梯一级一级逐步上升，直到最普遍的美；从美的形体到美的制度，从制度到学问知识，最后一直到美自身——他认识到了美是什么。"柏拉图认为和谐是事物美最重要的特征。而决定心灵美的东西便是智慧，"智慧就是比和谐更神圣的原则"。人的美本质上是一种智慧美，许多事物美都是人的智慧的闪光，智慧的体现，"智慧是事物中最美的"。这种美是绝对的美，它是神秘之爱达到的顶点，同时也揭示了宇宙的性质。"这种美是永恒的，无始无终，不生不灭……它只是永恒地自存自在，以形式的整一永远与它自身同一"。而"心灵是通向真、善、美的唯一可凭借的桥梁"。他在《斐多篇》里指出，人们要想关照绝对善和绝对美，必须"专用心智，不是视听及其他管觉羼杂期间，而唯以心智之真光烛照事物之所以然"。①

西方神秘主义相信。一切事物都是和上帝处在爱的联系中。《新约全书》约翰一书中的爱即是超越的又是内在的，"我们应当彼此相爱，因为爱是从神来的。"(4∶7)"我们若彼此相爱，神就住在我们里面，……"(4∶12) 在奥古斯丁看来，爱是十分重要的，他把基督教建立为"爱的宗教"。他将爱分为纯爱和贪爱两种。身体通过贪爱把人拉回到物质世界，并留住他直到对上帝的爱将他的灵魂拉出，使之上升。对上帝之爱是纯爱，只有纯爱才是真正的爱。在纯爱中，人通过爱上帝而爱自己，这样他的自爱就是必然的和有福的。奥古斯丁也把爱与智慧联系在一起。"我心里满怀巨大的热情，渴望着不朽的智慧，开始上升以复归于你。"圣伯那德则认为，一个人只有通过爱才能与上帝交往，对上帝的纯粹的爱超越了任何作为报酬的自利。为了上帝而爱上帝本身就是一种福祉，因为爱上帝不可能不渴望根本的善，所以根本的善是来自上帝的。圣托马斯又进了一步，

---

① 阎国忠：《古希腊罗马美学》，北京大学出版社，1983，第79—87、93—94页。

他认为，人总是爱上帝超过爱自己。因为他本质上是类似于上帝的，他只能通过与其源泉达到同一而真正地爱自己。①12—13世纪犹太神秘主义的《佐哈儿》教义也是以爱为神圣结合的奥秘。"爱把最高和最低阶段结合为一，一切事物都处于万物结为一体的阶段中。"（卷二·216）

在东方的印度，《薄伽梵歌》把爱视为人与神联系的关键纽带。因而它所涉及的爱是圣爱，它分为人对神的爱和神对人的爱。在《大自在天歌》中有说："我们诚挚的爱心生自你的恩典／解脱是最高的与我合一／一切解脱之道都在充满爱的与神合一中／得以实现。"

佛教以慈悲为怀，不杀生为五戒之一，可见其爱之深之广。但是，佛谈论爱的角度与其他宗教不同，认为三界内，欲界以"欲"为根本；色界偏重于"爱"；无色界则升华为"情"。欲、爱、情是同一事物的不同层次。《圆觉经》有说："当知轮回，爱为根。""由有诸欲助发爱性，是故能令生死相续。""众生欲脱生死，免诸轮回，先断贪欲，及除爱渴。"若能去掉"自他爱憎"，爱人如己，一切平等，就是慈悲。可见佛教之精深和彻底。佛也把慈悲与智慧联系在一起。佛经讲的般若智慧不是普通的智慧，它是指能够了解道、悟道、修正、了脱生死、超凡入圣的智慧。它不是一般的聪明和有知识，而是"了解形而上生命的本源和本性，是身心两个方面整个投入求证的智慧"。真悟道的人，智慧开发是无穷的。佛学上叫无师智，自然智，是自己固有的智慧宝库打开，智慧流泻出来。

伊斯兰神秘主义和基督教神秘主义一样，都区分神对人的爱与人对神的爱。苏菲大师认为，安拉之爱是以爱创造了世界，造物从爱中产生。人对安拉之爱是为爱献出一切，抹去除爱之外的东西，在爱中寂灭，进入被爱的属性，以改变自己的属性。爱吸引并引导爱人以见证者的身份欣赏被爱的美，并陶醉其中。因为美是安拉永久的属性。于是，爱、被爱和爱人便结合在一起。

从以上的历史回顾可以看出，纪伯伦是继承了人类这份珍贵的精神

---

① 欧文·辛格：《超越的爱》，第十章　爱欲：神秘的上升，中国社会科学出版社，1992。

遗产，在20世纪初叶的混乱时刻，把他所领悟到的真理泄露出来，期待人类精神的苏醒。

四、纪伯伦的神秘主义：自然，静默与自知

纪伯伦艺术世界所展示出的神秘主义，可以用自然、静默与自知自度来概括。

崇尚爱与美的纪伯伦，自幼便与大自然结下不解之缘，在大自然的怀抱中，他发现了爱，也发现了美。他在月夜里或黎明前的发现，若没有亲身的体验是很难描绘出来的。

太阳从那些草木葳蕤的花园里收敛起它金色的余晖。月亮从地平线上升洒下清辉如水。我坐在树丛下，注视着这瞬息万变的天空。从袅娜多姿的枝叶间，我仰望着满天繁星，好似无数银币撒落在广阔无边的蔚蓝色的地毯；我侧耳细听，远处传来山涧小溪淙淙的流水声。宿鸟投林，花儿也闭上了眼睛，四周一片寂静……

这时，我注视着沉睡的大自然，细细地察看，于是我发现其中有一样无边无际的东西……那就是爱。(《笑与泪》)

东方欲晓，晨曦初露，我坐在田野里，同大自然倾心交谈。在那返璞归真、美不可言的时刻，我在绿茵茵的草地上，曲肱而枕，向我看到的一切探询什么是美的真谛，让眼前的一切告诉我，什么是真实的美。

当想象把我同人世隔绝开来，幻觉揭掉了遮蔽我主观意识的物质破布时，我感到自己的灵魂在升华，致使我与大自然相亲相近，它为我阐释大自然的奥秘，让我通晓自然界万物的言语。(《田野中的哭声》)

大自然引导纪伯伦感受到什么是爱，什么是美。他在大自然中探询

真理,他的心灵也在大自然中得到净化和升华。他离不开大自然,因为大自然本是"人生命的起源"。在这一感受上,纪伯伦与英国诗人华兹华斯有共通之处。华兹华斯在《廷腾寺》中回忆儿时任自然引导奔跃于峰岭之间,感受到"唯有自然,主宰着我的全部的身心"。"那种爱,那种感情,／本身已令人魇足,无须由思想／给它添几分韵味,也无须另加／不是由目睹得来的佳趣"。他学会了默察深思自然,感到自然"能净化、驯化我们的心性。"我感到／仿佛有灵物,以崇高肃穆的欢愉／把我惊动;我还庄严地感到／仿佛有某种流贯深远的素质,／寓于落日的光辉,浑圆的碧海,／蓝天,大气,也寓于人类的心灵,／仿佛是一种动力,一种精神,／在宇宙万物中运行不息,推动着／一切思维的主体、思维的对象／和谐地运转。"华兹华斯接近自然,从中找到他"纯真信念的支柱"和他"全部精神生活的灵魂"。①

正是大自然动人的旋律和美景作用于人的感官,吸引了人的意识。这种灵魂激荡的体验使人精神放松,忘记心中的烦恼。忘记了自己。待一切束缚全部解除,大自然给予他们智慧,使人的智慧之光自然显现在那寂静之处。那是爱的源头。这种寂静首先是空间的,时间的,然后才是心灵的。不论华兹华斯还是纪伯伦,他们的真实体验可以说是自然神秘论者的体验,也是自然主义浪漫派诗人的体验。他们在大自然中冲破了宗教或物质对心灵的束缚,奔向那自由自在的天地。

熟悉纪伯伦作品的人都会发现,纪伯伦发现的时间都是在夜晚或黎明前,地点在自然的怀抱之中。前面的两段引文就是很好的例证。这是因为纪伯伦视"夜晚为探究和发现的时辰","黑夜将人们导入生命的宝库"(《先知园》)。纪伯伦所看重的是夜神圣的静谧和人的孤单。他在《先知》里告诉我们"你们的心灵在沉默中获知白昼黑夜的秘密","孤单的寂静向他们展示赤裸的自我"。《暴风雨》中那离群索居者不是为了逃避人生,其意在探索大地的秘密,更加接近上帝的宝座,因为"精神、思想、

---

① 纪伯伦:《湖畔诗魂》,人民文学出版社,1990,第151—152页。

心灵和躯体的生命正在这幽静之中"。他曾告诫大家：若想了解云天，那就闭上眼睛思考。真实的我是静默的。(《沙与沫》)他在《先知园》中说"你们常以为，并且还说：夜晚是休息的时辰；而事实上，夜晚是探究与发现的时辰"。"白昼给你们知识的力量，训练你们的手指精于收取之道；但是黑夜，却将你们导入生命的宝库。""黑夜与你们同在，你们在寻觅中发现膳食，得到满足。尽管黎明觉起时记忆中断，梦中的盛宴却是永设的，洞房总在等待。"纪伯伦的这些看法与神秘主义者主张的"生命在于时"易于修炼的说法相类似。

纪伯伦的一生是孤独的，但是这孤独却是他自己的选择，或者说是他自愿的。他一向把自己视为异乡人，一个寻找孤独的人。他远离故土，孤独寂寞，痛苦难耐。这却使他"思念我不认识的神秘故乡，使我的梦境出现了我望不到的遥远故乡的影子"。他曾多次向玛丽表白："我是位弹着琴的旅行家。我是一个离群索居的人，这也是我所爱的。""我只有在孤独追寻时才是幸福的。"他在这个世界上找不到自己的故乡，在生活的种种虚伪现象之中，只有一种值得他向往的东西，那就是精神上的苏醒，那灵魂深处的苏醒。在早期的诗篇《火写的字》中，他把死亡视为苏醒，"这尘世一生只是一场梦，而我们称之可怕的死才是苏醒。那是梦，然而梦中我们的所见所为，将同主永世长存。"这里所说的梦并不是睡梦的梦，而是"心见"的境界，即那能揭示心灵宝藏的空灵境界，所见的就是隐藏在心灵密室的宝藏。他在《暴风雨》中写道："精神的苏醒对人来说是最宝贵的，是生存目的的所在。难道文明，包括它的外在形式，不正是精神苏醒的需要吗？"他只求生活在苏醒之中，饱尝思想、情感、幽静之甘美。

而人的这种苏醒则是别人无法替代的。"人必须独自去理解上帝和世界"，即便是人的导师也"不会让你踏进他的智慧之堂，而是领你走向自己心智的门口"(《先知》)[①]。人必须自知，也就是必须自度。所以，纪伯伦总是在赞美孤独，感觉到孤独有滋有味，感到"这孤独中仿佛有互爱，

---

① 纪伯伦：《先知·沙与沫》，河北教育出版社，1994，第143—144页。

有共处",因为"精神存在于有节奏的沉默中"。在他的诗篇里,他把独静比作"吹落我们枯枝的一阵无声的风暴,它把我们活生生的根芽送进活生生的大地的活生生的心里"。同时,他也强调孤独对人成长的重要作用。"强有力者带着孤独成长,软弱者则死去"。纪伯伦的这些认识说明他对动与静辩证关系的明晰,他的确有着东方神秘主义者的悟性。

对于人如何自知,自度,纪伯伦在作品中从不同的方面谈及这个问题,诸如疯狂、孤独、赤裸、在生活中悟道、以劳动热爱生命等。疯狂、孤独上面已经谈到,都是自知的途径。孤独与赤裸密不可分。赤裸在这里意味着净化,心无挂碍。正如他在诗里所说,"只有你空空荡荡,你才静止平衡。""只有赤裸才能沐浴阳光,只有质朴才能驾驭清风,只有经历一千次的迷途才能返回故乡。"在纪伯伦看来,世上的人并非完美的造物,人在后天沾染了许多坏的习气。从他的作品中随处可以找到对人之缺欠的揭示:人心是物质的俘虏,是尘世间法则的牺牲品;人心被囚禁在世俗陈规的黑暗中变得衰弱,被幻想的锁链羁绊奄奄一息;人是自私自利与自满自足两种黑暗的人质,人是独断独行和自高自大两种监狱的囚徒,人是拒绝和遗忘两种昏聩的奴隶;人们一起摧毁灵魂的神殿,又一道建设肉体的学院。"人类总是怕这怕那,甚至连自己都怕。天是安宁的起源,你们却怕;自然是舒适的摇篮,你们也怕。你们还害怕上帝,说他会震怒,会怀恨。其实,他不过是博爱与仁慈的化身。生活被隐匿,恰似你的'大我'被遮掩被隐匿一样。"(《真伪之间》)因此人必须破除对小我的执着,变得无私和无畏,使自己赤裸,这样才能从"小我"变为"大我"。这一变化即是他所说的"净化""赤裸"的过程,也是神秘主义者走上的共同之路。

纪伯伦从来不主张遁世,而是要求人们把日常生活当作殿宇,把爱当作宗教,在生活中领悟真理,领悟生命存在的奥秘。他对生活是持积极的态度,把生活视为一所大学校。他批驳一些人对生活的悲观态度。这些人视生活为苦涩阴沉,认为生活毫无意义,他则认为那是因为"我们的灵魂在荒凉之地徘徊,我们的心机过于沉湎于自我"(《先知园》)。他不认为现代文明的一切是虚假的,而视文明的一切为精神苏醒的需要,"也许现代文明是短暂的偶然的现象,然而永恒的规律却能使偶然现象成为通往绝对本质的阶梯"。

他从宇宙二元论来解释宇宙间的万物总是互包的,于人的内在运行。精神与肉体、欲与惧、善与恶、生与死、悲与喜、追求与躲避都是互为依存的。他虽然重视人的精神,但是他并不否认肉体,而是把身体与精神视为一个不可分割的整体。他借女隐士之口说:"身体是外观的灵魂,灵魂是看不见的肉体。"与此同时,他还要人把身体当作祭坛,他对玛丽说过"上帝让我的肉体成为我灵魂的神庙,这个肉体不可避免地要变得清洁,从而配得上那个占据了它的女神。"(1913.6)人的"死亡之日是再生吉辰"。"悲的伤痕越深,你才能容纳更多的喜","悲伤和贫穷可以洗涤人的心灵","魔鬼存在的价值在于考验世上一切事物。它是上帝用来度量人精神力量的尺子,衡量人灵魂轻重的天平。魔鬼死了,考验便不存在"(《魔鬼》)。可是人不懂这个道理,只相信世界是一元的,应该是欢乐的幸福的。因此,纪伯伦指出,人需要在生活中学习,从多寿的人学习静默,从偏狭的人学到宽容,从残忍的人那里学到仁爱,从贫苦中学习平等,从悲愁中领会爱情,从彷徨的田野上开始认识真。人的灵魂正是在克服人生的种种艰辛后才得到升华。

纪伯伦不仅重视生活,而且重视"现时"和人的"行履"。他提出要"以劳动热爱生命"。他不希望人们依恋过去,也不希望人生活在对未来的幻想之中,而要人实实在在地活在"现在","不要太多留意明日,倒不如着眼于今天"。他告诫人们:"莫忘记:将种子变为森林,稚虫变为天使的岁月,都始于'现时'。千秋万代都基于这样的'现时'(瞬间)。岁月还不是你们自己变化的思想"(《先知园》)。"当你怀着爱心工作,你就是与自己、与他人、与上帝连在一起"。纪伯伦就是这样将人要遁世(即孤独),人又要做事利民济世结合起来协调起来。而他自己就是一个最好的实践家,以他所悟到的真理告知世人,让人们在黑暗中睁开慧眼,学会观赏绚丽的白天,从而义无反顾地完成了他先知的使命。

因此，从纪伯伦思想和实践中可以发现他的神秘主义倾向既来自大自然的启示，也有基督教对他潜移默化的影响。他一生并不反对宗教信仰，他在《你们有你们的思想，我有我的思想》中表示"只有一个宗教——纯粹的、绝对的宗教。它的表现形式不同，但将一直是纯粹绝对的宗教。它的路是有岔道的，但这就像一只手指是分开的一样。"在其他地方他也表示："信奉宗教的，不会信奉教派；信奉教派的，没有宗教。""科学与宗教是绝对一致的，科学和教派是绝对不一致。""离开宗教走向教派、离开田野走向街巷、离开智慧走向空谈的民族实在可悲。"①

这里，不妨引用一段罗丹有关宗教的言论与之对比，我们就可以明白罗丹何以欣赏纪伯伦，何以会说"真正的艺术家是人类之中最信仰宗教的"。罗丹是这样说的："宗教是对一切未曾解释的而且毫无疑问不能解释的事物的感情；是维护宇宙法则，保存对万物不可知力量的崇拜；是对自然中我们的官能不能感觉到的，我们肉眼甚至灵眼无法得见的广泛事物的疑惑；又是我们心灵的飞跃，向着无限和永恒，向着知识与无尽的爱——虽然这也许是空幻的诺言，但在我们的生命中，这些空幻的诺言使我们思想跃跃欲动，好像长着翅膀一样。"②纪伯伦的确很像以罗丹为代表的伟大艺术家，他们关注的是"束缚在肉体中的灵魂的莫名不安"，在他们的作品中"更加显露出这种勇敢的精神，反抗物质的锁链"。

在纪伯伦思想中，他的英雄观也与其他人不同，他心目中的英雄是孔子、老子、苏格拉底、柏拉图、阿里·本·艾比·塔利卜、安萨里、鲁米、哥白尼、巴斯德。这些大思想家、诗人、科学家都有神秘主义的倾向或者就是神秘主义者，都为揭示宇宙奥秘和真理奋斗了一生，甚至为此付出生命。纪伯伦以为，"当一个人不能了解苏格拉底的心意时，转而去钦羡亚历山大；当一个人不能领会维吉尔时便会去张扬恺撒；当一个人对拉普拉斯的思想感到深奥时，便会去为拿破仑敲鼓吹笛。奇怪的是，我至今未遇到一个热爱亚历山大、恺撒和拿破仑，而不在其内心深处透出屈

---

① 《纪伯伦全集》（下），甘肃人民出版社，1994，第395、433、404、423页。
② 罗丹：《罗丹艺术论》，人民美术出版社，1978，第90—91页。

从和奴性的人。"[1]

纪伯伦的思想具有鲜明的神秘主义倾向，但是他本人并不承认自己是个苏菲主义者。他认为苏菲视世界为完美的，而他不是这样。他在和玛丽谈及泰戈尔时说："上帝在泰戈尔的头脑中是一个完整的存在，苏菲主义者全都相信上帝的完美和无过。我则认为完美是一条分界线。我不能领悟完美，恰似我不能领悟瞬间一样。"（1917.1）尽管如此，他十分明白他与苏菲主义者的共同之处，他说："你们的思想把工作者和幻想家分开，把进行者与完成者分开，把苏菲主义者和唯物主义者分开；我的思想则懂得：生命具有同一性，它有多种规格、标准、渠道，这些与你们不同……你们认为是实行者的物质主义者倒是属于胡思乱想者之列。"他也在其他作品中谈到这生命的同一性。《先知园》里穆斯塔法对朋友说："我们彼此依存，按照那古老而永恒的法律，让我们就这样生活在爱与善之中吧！我们在孤寂中彼此探寻，当我们不能围炉而坐时，我们就踏上旅程。""万物靠着万物而生存，万物靠着无边的慷慨与信任，在至高无上者的慈悲中生存。""你和那块石头是同一事物，所不同的只在于脉动。你的心跳比它稍快一些。""那石头的节奏也许是另一种韵律，但是我对你说：如果你同时在心灵深处和天穹的高处进行测量，那你听到的将是同一旋律，石头和星星一起以完美和谐的音调同唱着这首歌。""当某天你像小孩子采摘山谷的野百合那样聚敛石头和星星时，你会明白，一切事物都是生命的洋溢，散发着芳香。"

---

[1]《纪伯伦全集》（中），甘肃人民出版社，1994，第559、561页。

第三章 舍赫鲁布的隐士作家努埃曼

无独有偶,纪伯伦的好友黎巴嫩作家米哈依尔·努埃曼(1889—1988)也是位具有神秘主义色彩的作家。他就是纪伯伦要求与之一起做一个疯人的努埃曼。他们来自同一个国家,黎巴嫩的山山水水启发了他们的灵性。他们信仰的教派虽然有所不同,但都由此走上神秘主义的道路。他们都在美国生活过,对西方的价值观颇有微词,最终都回到祖国。不过纪伯伦是在逝世后才实现了这一愿望。努埃曼是位诗人、小说家、文论家。他的作品无不打上神秘主义的烙印,是其哲学思想的真实流露。他不仅是位思想家,而且也是一位身体力行的实践家。从美国返回祖国后,蛰居家乡舍赫鲁布,远离繁华,深居简出,躬耕著述。许多重要作品便在这个时期完成,因此有"舍赫鲁布的隐士"的绰号。努埃曼既出世,又入世,全身心地投入到他的救世之中。他倾向于泛神论的神秘主义,与纪伯伦偏向自然论的神秘主义有着异曲同工之妙。

一、努埃曼神秘主义的由来

努埃曼出生于距贝鲁特 50 公里的白斯肯塔,海拔 2700 米。黎巴嫩最美丽的绥尼山巍然耸立在那里。绥尼山的主峰宛如一个巨大的火山口,一年中有半年披着白雪。火山口的北麓长着茂密的松柏林，使峰顶常绿。树林下，白斯肯塔镇的住房疏密相间远近排列开来。舍赫鲁布在白斯肯塔东5公里处，海拔3000米，是溪流东西环抱的三角台地。遍地是岩石，最高的石头有十多英尺，像挺立的巨人。它的周围有许多下部风化的石柱，顶部边缘凸出，像一排排屋檐，它不仅可遮阳避雨，更是燕雀筑巢的理想之地。山泉从石林下曲折流过。儿时的努埃曼总是在泉水边乘凉，或躺在水里，任泉水在身上流淌。他看到的是清泉、燕雀、碧草，听到的是鸟儿的啼鸣、轻风的低语、泉水的吟唱。他从舍赫鲁布的土壤、泉水、空气中，获得了健康和力量，感受到自然的无限生命力。于是他陶醉了，陶醉在大自然的奇妙天地之中，心中充满了无限的喜悦。他学会欣赏大自然的美景，为旭日东升而欢欣雀跃，也从中悟到自然的奥妙和规律。他的自传《七十述怀》为我们提供了有力的证明。

  自幼，努埃曼就喜欢离群索居，沉闷寡言。他不像其他孩子那样争吵、打架，常常喜欢一个人到水边独处，在树下看屎壳郎滚粪球，看蚂蚁搬食，鸟儿争粮；抬头静观蓝天上的白云，低头在地下乱画。他丝毫不觉得孤独，因为他正默默地与他幻想中的人物交谈。这些心灵中的伙伴温暖着他的心。他们不会责怪他对周围事物的反感、惊愕，也不会嘲笑他反复思考的问题：造物主难道就像创造他一样创造了普天下的人？究竟为了什么？在一连几小时的冥想中，答案仿佛就在舌根下、眼跟前。

  一生中，努埃曼有过很多神奇的经历。儿时的梦境常预示着他走出困境：头天晚上还为背不出词尾变化而焦急，梦中背出使他次日通过了老师的检查；虔诚祈祷帮助他解开数学难题，还能找到丢失的小刀。他生活中常有吉人相助或为他指路：初次离家，下船找不到接他的人，一个陌生人抓住慌乱中的他，给他找了住处。在美国彷徨无措时，曾让女友随便翻开《圣经》，指向其中一行，那一行正是等待着他的命运，"你回家去，传扬上帝为你们做的事"。每当他想起这些往事，便强烈感觉到：冥冥中有一只他不知、人亦不知的隐蔽的手操纵着这一切。

  努埃曼幼年因家境贫寒一直就读于教会的慈善学校。他聪明早慧，学习成绩优秀。1902年进入拿萨勒的俄国学校。他非常喜欢"诗韵简析"这门课，不仅为掌握诗韵的要领，更希望能具备诗人的素质。童年悲苦的生活造就他厌恶权势，同情被侮辱与被遗忘的人们，喜爱思考生死的诗篇。与此同时，他也开始严肃地思考人生，懂得避免是非和争执。不说三道四，力求与同学和睦相处，并认识到这不仅是学生面临的最大困难，也是与他人相处时遇到的最大困难。他深深感到人的一生应是汲取的过程，知识则是财富、地位、荣誉的唯一源泉。他最喜欢上劳动课，劳动让他感受到了创造的幸福，渴望过充满创造力的生活。

4年后，他到诞生托尔斯泰的俄国去，终于实现了他寻求知识的梦想。他被选送到俄国乌克兰西米那尔神学校学习，学制6年。刻板的宗教教育非但没有使他成为一名虔诚的教徒，反而使之感到人性的被压抑，进而又怀疑起教会的宗教和教育。他以为，把信仰者的一颗心局限于教士的耶稣教，毫无益处。教堂里真心祈祷的人，是无法向上帝表述他的思想和心绪。多数人是用嘴而不是心祈祷的。他赞同莱蒙托夫所说的"生活是腐臭的、邪恶的"，但是他又从生活中学到了许多东西。正值青春年少的努埃曼偶尔也随同学和姑娘们外出散心。一次，月夜泛舟苏拉洞上。月光里婆娑的柳树和枞树阴影令他陶醉，让他联想起东方人心目中那象征圣洁的荷花，修道者盘膝默想那莲花在眼前盛开，然而在现实生活中，保持自己的纯洁是非常难的。他就因无法抗拒性欲的苏醒，一度落入朋友之妻的情网。

学习的第三年，是努埃曼最有收获的一年，他那灵修的体验照亮了他以后的路。那年，一股苦修的浪潮袭击了他。他远离喧嚣，于沉默中感受到爱在孤独里与心儿接近。他"检查散落在心灵角落的良种和劣种，清理它的过去和未来的希望"，"并且寻找着某种巨大、遥远而模糊的东西"。他想到现实生活中有许多本末倒置的现象令他不快。一些人心儿藏在口袋里，思想囿于肚皮中，良心抛进茅坑里，居然自称笃信光明正义、完美以及爱的主。他感到，这个貌似宽广，实则狭窄的世界是被人自身扬起的罪恶灰尘窒息了的。这灰尘也伤害了他，遮蔽了他的视线。他在这世界上不过是个陌生客。早在拿萨勒学校时，努埃曼心中就产生了陌生感，表面上他与周围的一切水乳交融，可内心总有一个与之陌生的东西。这种陌生感与日俱增，使他仿佛生活在两个世界：一个是自己创造的世界，另一个是他人所创造的世界。

那年暑期，他回到舍赫鲁布，独坐在高高的岩石下。他觉得自己仿佛走在一条黑暗的隧道里，无数的声音在体内呐喊、询问：一切从何来，又向何去？黑暗更加浓重，隧道越来越窄。突然，他瞥见一丝天光，微弱遥远的一线光明，心儿顿觉豁然开朗。不断增添的开朗逐渐化为阵阵喜悦，内心禁闭的门慢慢开启。他觉得"我将在瞬息之间，目睹我的主，认识他，并同他对话。那'瞬息之间'远比我找它更珍贵，可是它从我身边擦过。我又回到岩石下。"不过，他从那"无终的旅途中返回"时有一种"自顶峰跌落到地面的感受"。只觉得自己比以前更为宽阔、高大，"已和周围的一切水乳交融。完全有着同一躯体，同一副灵魂，一同向无限伸展"。"这一瞬间照亮了我未来的道路"。①

当他面对与朋友之妻法尔娅的亲密关系，以及罢课导致的残酷结局时，努埃曼始终感到有一只大手在若明若暗地支持着他。他关注着这个人和自我与世界的斗争，把他的胜利或失败看成是自己的。这个人就是列夫·托尔斯泰，他成了他的老师和领路人。努埃曼认为，"托尔斯泰的生活道路正是耶稣为他的门徒指示的道路。可是他首先向教会发起攻击，又对自我宣战，命令它抛弃任何背离（《新约》）的道路。"努埃曼希望他在对"自我"的斗争中取得最后的胜利。1910年11月的一天，听到托尔斯泰弃家出走时他大为震惊，因为从这消息里他明白对方已取得了胜利。努埃曼觉得，"难道不正是他最终否定了他生活的世界、这世界的虚荣和一切诱惑吗？不正是他背离了人们孜孜以求不惜牺牲自己，以获得现世的做法吗？他是以牺牲今世来获得自我的。以我的生命起誓，这就是胜利，就是伟大。"②

---

① 米哈依尔·努埃曼：《七十述怀》，甘肃人民出版社，1993，第154页。
② 同上书，第169页。

去俄国之前，他无力面对各种问题，更不敢怀疑教会对各种问题的解释。渐渐地他感到这一切都是教会给他精神缝制的衣服，这套服装，针脚迸裂而无法缝补。他曾坐在舍赫鲁布的巨石上静静思考，不是思考上帝，而是提出对生活一系列的怀疑。于是，他觉得教堂在他心中灌输的东西，除了他个性中的宗教色彩和所效仿的崇高精神外，已所剩无几。

1911年11月努埃曼随同哥嫂去美国谋生。他亲眼目睹美国工业、科技、社会最激烈的革命。他不知多少次地自问，西方文明将我们带向何方？美国的文明化潮流迅猛，每天都有自由、民主的新尝试，每天都有新的创造和发明。新的文明是以科学为指南，将赚钱、享受和奢华作为一切活动的推动力。努埃曼感到美国文明造出的各色花招，使人的思想和心儿远离内在的力量，趋向于浮泛在生活表面的泡沫之中。他在美国文明及其各种诱惑下，更加渴望精神的家园。他感觉任何有吸引力的事物都不能使他抛弃冥想。唯独战争的消息令他对自我、对宇宙、对人生想得更远更深，使他认识到人是宇宙中最高尚的生命。

对美国文明的非难，激起努埃曼对美好的大自然的向往，以及对曾在绥尼山享受过的安宁和朴素生活的怀念。他知道只有先在自己心中找到那"庞大、遥远、模糊的东西"，才能在重返大自然、重返人民中时再见到它。那把打开他心中一切思念的钥匙就在他心里，而不在别的地方。这钥匙好似一双神奇的眼睛，可以穿透一切事物，看到隐藏在后面的东西。人在将自身的我和世界的我分离时，便侵犯了自己，他在《乌鸦哲人》一文中写道："如果你们听人说'我'，并知道他指的是自己、乌鸦以及存在于无始无终的世界的一切，那么，请对他下跪叩首吧。这个人，就是神。"[1]

努埃曼在美国读大学时，与他同住的苏格兰青年是位苏菲神社的成员，从他那里接受了轮回的思想。他认为，一个人的生命无论多长，也难获得宇宙的全部知识。而这轮回的说法正好将生命看成是一种连续的运动，它从一个状态转向另一个状态，两者之间我们称之为"死亡"。努

---

[1] 《努埃曼全集》，卷五，《阶段集》中《乌鸦哲人》（1932）一文，大众科学出版社，贝鲁特，1971，第103页。

埃曼并不在乎这一说法未被科学证明的事实。他在晚年的记述中提到了他对这一问题的看法。他写道,"人精神世界里有许多未知的东西,人并不敢闯入,因为人拘泥于感性的实验,还未掌握闯入未知的方法。所以人不必对未经科学证明的见解以及个人的体验妄自菲薄。人的心就是自己的实验室。"① 努埃曼在与这苏格兰同学交往后,开始每时每刻地在自己心中进行试验,以寻求完全的知识和由最理想的自由所武装起来的理论,作为他生活哲学的最重要的支柱。

他深入研究了自古以来的各种内学,研究了天启宗教和其他各种天道。② 令他惊讶的是这些宗教和天道在时空上相距遥远。可在目的与方法上却如此地接近。他在一位印度青年引导下,阅读了《薄伽梵歌》和《瑜伽经》。他发现在宇宙、生死、善恶等问题上,他的思想与这两本书也十分接近。他在《现在》一诗中写道:

> 明天,我要越过视听的界限
> 看万物之源在我这里
> 我能登上任何星球
> 任何土地都使我富足
> 天命和死亡中有我的命运
> 命运的史诗中有我的命运……③

他眼前出现了菩萨、老子和耶稣的面孔。他确信这三个人已经看到了他所要追寻的"庞大的、遥远的、模糊的东西"。他觉得西方既不能给东方接近生活的真谛,也不能给它随着自己的信仰便可得到的精神上的安宁。向西方乞求的代价是失去人的自尊和思想的安宁,以及公开承认"东方是垃圾,西方是天堂"的谬论。努埃曼认为,东方应该不卑不亢、无

---

① 米哈依尔·努埃曼:《七十述怀》,甘肃人民出版社,1993,第209页。
② 同上书,第210页。
③ 同上书,第352—353页。

所畏惧，不甘心于低贱的状况。东方拥有的精神财富是金钱等物质无法比拟的。令他感到痛心的是，东方似乎没有认识到这种精神的价值，视它为向下的消极的、而非向上的积极的力量。

1932年努埃曼返回家乡，决心过冥想的艰苦生活，不为钱财折腰，也不卑微乞求它。他在纯洁的宁静中得以清理自己的精神家园，弄清自己存在的目的，进一步开拓实现该目的的道路。他曾在一个山洞里度过大多数的白昼，以便思索、冥想、清算往昔，打开灵魂的窗口接收上帝之光。他不时也提笔著书，与人交谈；不时应邀去做报告，讲述在生活的表面和深层里遨游的体会。这个阶段，努埃曼思考的范围非常广泛，从自然界的山水树木到生活中的各种现象以及人体的构造等，这些都能给他以启迪和智慧，使他的思想得到升华，形成了他思想的和创作的高峰。

二、努埃曼的神秘主义哲学

努埃曼在一生中创作了大量的诗歌、散文以及小说和文学评论，都收集在共九卷的《努埃曼全集》之中。这些作品充分表达了他"接受上帝之光的启迪，体悟到的宇宙规律和奥秘"。他的神秘主义哲学有着鲜明的个性特点：

其一，超宗教性。努埃曼自幼信奉基督教，但是他对教会所宣扬的教义并不以为然，甚至持批判的态度。他的批判精神在《耶稣的面孔》[①]中表现得最为鲜明。文中嘲笑并讽刺了世人的轻浮与不信。他们不理解耶稣的伟大胸怀，反而讥笑耶稣拯救了大众，而不能拯救自己的可怜。努埃曼在文中用耶稣的教导批驳了门徒的错误言论，说明耶稣是以死实践了先知的使命，他即正途、真理和生活，让真理与谬误暴露在光天化日之下。努埃曼以耶稣"只有上帝是公正的善的"教导，批驳门徒的所谓"原罪说"，认为恶存在于有人类之前，因为善恶树在人类进入天堂以前就存

[①]《全集》，卷五，散文集《阶段》中《三种面孔》一文，第26页。

在，大地上的恶自然也在人类知道它之前存在着。造物主既是善也是恶。公正的善是不会创造出恶的，人类是上帝创造的，不会是恶的。他提及耶稣"不要抗拒恶"的教导，说明上帝不会严厉地惩罚人所犯下的第一个错误。并以耶稣"人类应该77次地原谅他的兄弟"的教导批驳门徒关于上帝因人类违背了它的意愿而恼怒，将人逐了出去的说法，提醒大家上帝是宽恕的源泉，不会把人类驱赶开，而会原谅他们的过失。努埃曼又以耶稣"要怜悯而非献祭"的教导说明上帝是仁慈的，不会对人进行报复和惩罚，也不会向人类索取献祭，批驳了门徒要人以祈祷和斋戒取悦上帝，以免被消灭。努埃曼指出，耶稣说过，你的父就是我的父，天父的太阳照耀着好人，也照耀着坏人。与此同时，努埃曼引用耶稣"天国是一种精神的境界"的教导来驳斥门徒要用财宝来换取天国土地的说法，并指出热爱上帝并摆脱物质束缚的灵魂才可升入天国，人能否升入天国取决于人在地上的言行和举止，而非其他。努埃曼还用耶稣"天国在你们心中"的教导，说明人若返老还童，去除对善恶、罪罚的错觉，不为世俗观念所扰，完全顺从上帝的意愿——宇宙永恒的规律，便可获得真理，战胜死亡。

努埃曼对基督教义有自己的解释，不肯人云亦云。与此同时，他又不以门户之见，排斥其他宗教。他很崇敬菩萨和老子，欣赏他们，熟悉他们的思想，并与之发生共鸣。从他写的《三种面孔：老子·菩萨·耶稣》的文章，可以看出他的思想在许多地方与他们相通。作为一名基督徒，努埃曼坚信上帝的存在。但是，他心目中的上帝绝不是一般人头脑中的人格化的神，而是宇宙间无所不在的万能的力量。他从小就感觉到这一力量的存在，成人后越发坚定地认为，"可感知的事物背后存在着不可感知的本质力量"，"它是一切，又存在于一切之中。它是具有多种不断变化的可感形象的唯一本质，但它自己却是唯一的，不变的"。对它的称谓，名目繁多，有的称它为"力量"，有的称它为"意志""法律"，努埃曼则认为"上帝"一称最佳。他深信《约翰福音》中所说："宇宙被造以前，道已存在。道与上帝同在；道是上帝。""上帝不犒赏、不惩罚、不报复、无喜、无怒、无恨"。①

其二，突出人的地位和价值是他哲学思想的又一特点。努埃曼坚信万物同一体，并由此出发解释许多宇宙、人生的现象。他认为上帝创造了世界和人，它们是不可分割的一体。然而。人并不认识自己是谁。当他将自己与世界分割开，给自己造了一个对立面，从此就制造了不幸和灾难。他在《乌鸦哲人》中假乌鸦之口，回答了人是谁："这是人！这是一切实体赖以存在的宇宙。""这是左手提灯的盲人。这是右手擎着黑暗的明眼人。这是从精神逃入坟墓。又在坟墓中寻找精神的粗心人。这是在自我中分离，在所有创造的众神间迷失的神。这是使无始有头、无终有止的无始无终的巨人。这是那说'我'和'世界'的人。"

在《人的价值》②一文里，它认为，人本来是完美的。他是宇宙的秘密和隐秘的宝藏，是自然存在的目的。人比自然更伟大，是世界上最宝贵的。但是，努埃曼并没有把人置于一切万物之上。他批评那些把地球看作是宇宙中心的人是"够无知的了，但更无知的是那些把人看成是万物之主，使人成为宇宙之主的人"。他还把人的自我与上帝等同起来，指明人存在的目的就是认识自我。认识自我意味着认识上帝，认识上帝意味着认识一切，认识一切意味着获得万有的能力，从一切束缚中解放出来。所以，努埃曼把认识自我这门有关人的知识视为"一门高深的宇宙知识"。努埃曼的这一看法和苏格拉底要求世人"认识你自己吧！"的思想是一致的，苏格拉底也是把这一知识视为"一切知识的基础"。努埃曼后来写了一本题为《后世的干粮》的书，是他回国后所做的报告和讲座的汇集。其内容全部是探讨人的问题，讲解人从围着小我旋转，直至通向大我，从有限到无限。从天到地，从人到主，返回神性之本的道路。

人如何认识自我呢？努埃曼把冥思和确认思想是在问"我是谁"结合起来，这样便可得到所求的知识。努埃曼承认人的先在，人生活于今世之前，已经经历了无数代，然后才有了"我是谁"的思想。但是，获取

---

① 米哈依尔·努埃曼：《七十述怀》，第401—402页，甘肃人民出版社，1993。
② 《努埃曼全集》，卷五，散文集《世界的声音》中《人的价值》一文，第377页。

真我的知识是非常困难的。1932年努埃曼回到家乡后利用讲学之便,把他对这一问题的思考告诉大学和中学的学生们以及文学俱乐部的听众。他说:"你们记述探索星球,揭示了星球间吸引或排斥的秘密,但是对人彼此吸引或排斥的秘密却一无所知。你们可以征服一切元素,但对自己的自大傲慢却束手无策。你们可以统治整个地球,却无法驾驭自己的各种欲念……只有你们学会了如何与人相处,既不伤害他人,也不被他人所伤害,与他人同吃同喝,结为友邻,那时你们才找到了通向知识之路……"他还说过:"……人绝不可能找到自己遭受痛苦的原因,并从此远离痛苦;也绝不会找到摆脱痛苦的途径,并前往之。人应该明白痛苦和摆脱痛苦都源于他自身。他的火狱在他内心,他的幸福也在他内心。他种下了幻觉,收获的也只是幻觉。因为每一个幻觉都是一个痛苦的源头,所以他遭受痛苦"。"那源于人的一切幻觉的幻觉,是他认为自己具有脱离一切自我的自我,独立于一切生命的生命。""你总会发现,任何事物中都有你们自己,你们自己存在于一切事物之中,不受任何空间和时间的限制,一旦你们被自己的感觉束缚,便难于区分被感知的事物的界限。那么,你们怎么从感觉世界奔向精神世界呢?"①

  历代学者、诗人、哲学家都有自己认识事物的方法。努埃曼以为,先知都是靠那"闪电般掠过的内视能力"认识事物的,这种能力往往于转瞬间就能揭示出学者积数千年努力才能发现的东西。至于我们凡夫俗子则必须经过艰苦的训练,首先是思想的训练。他提到耶稣曾敦促弟子斋戒和祈祷。斋戒的目的是驯服肉体、强化思想;祈祷的目的是把思想纳入正轨,趋向所要求的善。他在《光明与黑暗》②一文指出,人需向自己开战,擦亮眼睛,净化生活。生活清静,人眼中的宇宙才是一片光明。"人对自我的战争是人唯一值得进行的战争",从心中排除一切欲念。只求真知。

  努埃曼强调沉思冥想对人认识自我的作用。他认为,沉默能将人带入一个无边的境界,在那里人要经历一个非存在转化为存在,存在转化为

---

① 米哈依尔·努埃曼:《七十述怀》,第454—455页,甘肃人民出版社,1993。
② 《努埃曼全集》,卷五,《光明与黑暗》,第539页。

非存在的过程。在这恐怖的虚无中,出现所有的声音,然后消失,再产生一切,然后化为乌有,生发一切言语然后消除,最后只有它在。

其三,努埃曼崇尚自然,尊重和顺从自然规律。他的思想脱胎于其信仰的基督教,渐渐趋向于泛神论,甚至走向无神论。在其中,大自然给他的启示尤为重要。所以,他把大自然视为"一座神庙""一本奇妙的书""一座综合学校""超越任何教师的教师"。从孩提时代起,大自然就强烈地吸引着他。他如饥似渴地阅读这本神奇的书。大自然中的一切,首先使他眼花缭乱的是它的诞生和更新的能力。它创造的每一瞬间都令人惊叹不已。自然中,生是创造,死也是创造。自然中的生物拒绝孤独和独占。他从中悟出全体为一个,一个为全体的规律,认为没有掌握这规律就没有掌握生活的本质。

他格外重视自然规律。在努埃曼看来,人生幸福与否完全取决于自己的思想和行为与那"同一"和谐的程度,取决他对宇宙规律是否理解,是顺其道而行之,还是反其道而动。人类的文明中所有的创造和发明,只有为那最久远的目的服务才产生价值。那"久远的目的就是对宇宙规律及其目的的理解,而宇宙规律以其一切细节存在于它们的物质和精神实体之中"①。他还认为,人类面对的难题只是他所信仰的永恒、完美是包罗万象的规律的一部分,应该用宗教的思维、心和精神去理解它。努埃曼曾以这一认识规劝他的弟弟,告诉他"难题是你的教导者、警告者、和布道者。如果想彻底摆脱困难,就应该使自己的眼、耳、思想意愿和心摆脱使你偏离上述给你带来困难的一切"。努埃曼从对生活的内在和外在不断观察,确信"生活的基础是规律","任何符合这一规律的生活是不会发生混乱的"。②

他从自然中获得美和爱情。大自然的妩媚迷人和带给人的灵感,让他铭刻在心。他面对绥尼山,坐在树荫下,头顶脚下,身前身后的美和欢乐,使他晕眩、陶醉。一切都可以变化,唯有湛蓝的天、肥沃的土、清新的空气、

① 米哈依尔·努埃曼:《七十述怀》,甘肃人民出版社,1993,第453页。
② 同上书,第437、450页。

明亮的星空、鸟儿的啼鸣、微风的轻柔、树枝的舞姿、日光月影、五彩缤纷的晚霞是不会改变的。大自然推动他思考其更新时所依赖的奇妙方法。他从自然诞生生命的力量——生命的永恒中理解永生的意义，他感到大自然是伟大、慷慨的，这伟大和慷慨并非来自其本身，而是来自它显示于其中的生命。比自然更伟大的是有抱负的人，他摆脱了一切束缚和阻碍，理解了生命的意义，了解生命的统一和顺从。努埃曼在《七十述怀》里追忆了他18岁时登上绥尼山顶的体会，在那里他感受到了世界的同一性："在高处，细节不见了，形象消失了，声音静寂了，气味散尽了。""如果你让自己的眼睛超越形状、色彩、大小、距离的细节，你便发现自己处于整个世界之中。如果你让眼睛超越部分而到整体时，你就处于一个最统一、和谐的世界里。因为，这世界存在于你中间，你只在这世界里才有个人的存在，你和它是一个不可分割的统一体。你的心充满友爱、和平、宁静和快乐。你的心融化于世界里，世界也融化在你心中，两者成为永存不灭的美的融合。"①

其四，爱在努埃曼的思想中同样占据着重要的位置。他认为生活中不能没有爱，因为爱是宇宙的精髓，是宇宙赖以存在的唯一实质。爱是万物之始，万物之终。有爱的灵魂，为了别人而忘我或将自己的心扩大到能被心以外的一切看透的程度。他在《爱是盲目的吗？》②一文中指出，"爱是绝对的主宰，它要引导命令一切。爱哪怕占领心儿一瞬间，也会使心儿比天地宽广。它是指导者，是目的、中介、是始和终。爱是一种完整的力量，它不接受局限和分割。爱是光明，仇恨是黑暗。若我们以爱的光芒去看宇宙的一切，便会发现一片光明，满目是美。"因此他说爱是生活的钥匙，爱给人打开世界的大门，使人进入真实而非虚幻之中。

其五，努埃曼的思想是救世的而不是避世的。对于所生活的世界，努埃曼十分不满，认为"这世界是本末倒置的，人性是丑恶的"。为此，他建立了自己的精神世界，避开尘世的灰尘。他的自我世界是宽广无垠的，

---

① 米哈依尔·努埃曼：《七十述怀》，甘肃人民出版社，1993，第467—468页。
② 《努埃曼全集》，卷五，《爱是盲目的吗？》，第555页。

瑰丽奇妙的。然而,他并非是避世的。1932年他返回祖国后,夏天住在用树枝搭起的草屋,后来搬进了石洞,那是他白天修身的禅房,以石为凳,以膝为案。几小时用于冥想,几小时用于写作。在那里,他还接待了来自阿拉伯各国和其他国家的来访者。在回答同仁对此的疑问时,他写了《我为何避开人群》一文,其中写道:"我没有离开过人们,人们也没有离开过我。和我的心一样,我的家门日日夜夜,冬夏常开。我获得人们的了解胜过了我博得他们的青睐。我在处理人际关系时,十分注意我的独身和独居。我需要它如同面包、水、空气一样。我必须有几小时远离人群,把交往中的一切进行消化。因为,我和他们的生活目的迥然不同"。①

努埃曼在他称为"方舟"的禅房里,一次次地击退世界之浪的袭击。世界之浪指的是人的欲念。他在那里埋葬了55个欲念中的5个:权欲、富欲、情欲、名欲和永生欲。他的宗旨是追求心灵和精神的纯洁,不使精神承受重担和桎梏。他牢牢记住古训:"欲为人主,必先做众人之奴。"他反对无止境地追求物欲的满足,讲求的是精神境界的提升。他不能同意有些人的主张,把对思维的重视超过对人心的重视。因为科学知识还不能够掌握人心,不能驱逐人心中的忌妒、贪婪、仇恨、对死的恐惧,以及一切威胁人的灾难。它不能给人带来他全部身心所追求的安宁。最终,人心将把思维的结果变为具体的痛苦或享受,变为奴隶主义或自由主义。如果心中没有丝毫憎恶、仇恨、贪婪和其他的卑鄙欲念,那他的世界必定是纯洁无瑕的;如果他始终是肮脏欲望的沃土,他的世界必是充满争斗的混浊世界。人控制不了自己的心,又何以控制整个世界。

努埃曼所做的一切都不是利己的,而是利他的。他的写作就是与世人交谈,希望读者从他开启的窗口窥见他的生活。他说:"读者,你、我生命中的纯真,即是你、我称为'我'之物。余者则是浮沫上的浮沫。'我'即是你从中观望你的自我,只在你的自我中存在的宇宙。你的视力,你的自我和你的实体的清彻程度取决于你能将眼前的泡沫驱散多少。如果你

---

① 《努埃曼全集》,卷五,第344—349页。

从我为你打开的窗口仔细观察我的生活,那你定能理解生活的本质就是抗拒浮沫,追寻纯真的斗争。"① 他应邀去演讲时,力图引导听众重视人类和宇宙生活的关系,引导他们顺其道而行。早年,努埃曼曾写过一首题为《喂,我的伙伴》的诗。他写道:

> 请你说,我们在自己所做的一切中
> 都已顺从了唤起我们存在的声音
> 我们从生活中摘取了果实
> 但又把它还给了生活
> 我们吞食了部分果实
> 就是吞食自己的肉,喝自己的血
> 我们毫无悔恨地走了
> 把佳酿留给了他人。②

努埃曼非常希望今天的人能为他们的后代留下比他们先辈留下的更美好、更清澈、更高尚的佳酿——佳酿中没有仇恨、憎恶、怀疑、戒心、背信弃义的沉渣。表面上也没有贪婪、野心、淫乱以及垂涎孕育痛苦享受的泡沫。他认为,"今天的人顽固地在泡沫中寻求浮沫。在狡诈、背信弃义的浮沫中寻找政治的浮沫;在核武器中寻找实力的浮沫;在暴乱和宣传中寻找民族尊严的浮沫;在学派分歧中寻找知识的浮沫;在宗教派系里寻找宗教的浮沫;在金钱和经济设施中寻找幸福的浮沫。甚至,还把这些浮沫移向地球以外的地方去。"③ 为此,他一定要唤醒人的良知,恢复实体的真谛和存在目的的声音。他坚信这声音将要从东方传出。为了后代的美好明天,是努埃曼一生坚持不懈努力奋斗的精神动力。因此,他的神秘主义哲学思想是积极的、利他的、救世的。

---

① 米哈依尔·努埃曼:《七十述怀》,甘肃人民出版社,1993,第575页。
② 《努埃曼全集》,卷四,《喂,我的伙伴》,第69页。
③ 米哈依尔·努埃曼:《七十述怀》,甘肃人民出版社,1993,第579页。

三、努埃曼的神秘主义小说

努埃曼一向主张"文学的任务是优美真实地表现人、人的需要和人的状况,以便帮助人了解自我,明白其存在的目的,并为他开拓实现目的的道路。"① 他在自己视为"我文学生活的起跑点"、又被他人称为"文学振兴运动的出发点"的文论《筛》中,就表达了他的文艺观。他认为,"文学的关键是人","文学存在与否完全依靠其深入人生活的程度,对人生活目的和实现这一目的所遇到的种种障碍的探索"。半个世纪过后,努埃曼再审视这本书里的观点和看法时,仍不改初衷,认为"评价文学的价值,应按其内在或表面的人道力量,而不是依辞藻的华丽和文句的优美"。努埃曼反对压迫、暴虐和奴役,追求公正和自由。但是,他心目中的公正,并非指法律的建设;自由也非指政权的好坏和更迭,而是指人灵魂的建设。因为,他主张"谁若想建设一个公正自由的世界,他首先必须让公正自由占领人的思想和心灵"。因此,他的目光所及,是以文学的名义研究"生活的气息",即反映他或其他人内心的思绪。这也是他看中苏菲诗歌的原因,他认为苏菲诗歌开创了阿拉伯诗歌揭示内心生活的先例。

可以说努埃曼的所思所想都围绕着人的建设,他的小说创作也不例外。他一生写了《往事已矣》(1937)、《粗腿肚》(1958)、《豪绅》(1956)三部短篇集;以及《麻子日记》(1917—1949)、《相会》(1946)、《米尔达德书》(1952)、《最后一天》(1963)四部中长篇小说。短篇集大多取材于现实生活,描写人之愚昧,揭露社会生活的种种丑恶。中长篇小说则集中反映了他的神秘主义的思想,是其思想的集大成,纯属哲理小说。而这些思想正是通过对鲜活人物内心世界的揭示来完成的。

《麻子日记》最初写于1917年,正值美国对德国宣战之际。侨居在

---

① 《道路》,第52页,转引自舍·赛义德:《米哈依尔·努埃曼》,开罗,1972,第61页。

美国的努埃曼一向奉公守法，便按规定到兵役站登记服役。因他尚在为一个盟国服务，两次延缓服役。在此期间，有关战争的消息令他对自我、对宇宙、对人生想得更深更远。独居冥想中，努埃曼有生以来第一次感受到上帝是他内心中的一种力量。他们之间不是人间那种创造与被创造、崇拜与被崇拜、信仰与被信仰的关系。这种感觉让他沉浸在心灵的安逸中，思绪似足月的胎儿急切地想来到人世。

他在《七十述怀》中回忆起这个中篇的创作过程。一夜，他未让他的心做全面的反省，只感到思绪撞击着心头。于是，他信笔如飞，字里行间跃出一个麻脸怪癖的青年。很快，这个人物在他心目中的地位便超出了想象。他与努埃曼朝夕相处。促膝谈心。努埃曼不让他平庸地生活，而赋予他敏锐的洞察力。这非凡的能力产生于他遭受猛烈撞击后。从自己的过去剥离出来的。他曾是位富家子弟，新婚当夜惨遭不幸，丧失记忆。他依稀记得那伤口流着鲜血的年轻女子，常常出现在他的眼前。但是，他总是说不清楚缘由。他不知父母和家乡，只身来到纽约，当了阿拉伯咖啡馆的跑堂。每天周旋于浮泛着生活泡沫的环境之中。他与别人说话时，只有两个字：是或不。他仿佛是一个被遗忘的人，一个受污辱的卑贱者。如此，作者便以轮回观念将人物置于一个特定的环境之中，断绝了他与尘世的联系，从而生活在单纯的思索之中，并为其日后渴望了解我是谁埋下了伏笔。他在日记里，记下了对感官世界及其周围一切的印象、感悟和体验，从中暴露生活中的贫困、浅薄、贪婪和丑陋，揭示了他精神的富有。

麻子将人分为说话的和静默的，他属于后者。他从静默中观察人心，了解人的思想。静默冥思让他看到眼睛看不到的，耳朵听不到的东西。所以他清楚地认识到思想的力量，而不是言语的力量。他视人生为"一所培养神的学校，一座熔炉，而不是一个战场"。然而，人并不认识神性秘密在自我的心里，却争相到街上看国王。喊国王万岁，岂不知国王万岁意味着人对人奴役的万岁。他嘲笑人类打着民族主义和爱国主义的旗号发动的战争。他干活的咖啡馆包容了世上一切烦恼、痛苦和欢乐。老板对他的欺压就令他痛苦不堪。老板丢钱责骂他；他好心把捡拾的钱还给顾客,却受到了更为严厉的责骂。慢慢地,他悟到了痛苦的秘密:痛苦使人彼此怨恨。与此同时,他也认识到解除痛苦的方法:冥思少语、克制欲念、训练心灵的纯洁,满足和宽容固然可以减轻痛苦,但是只有真知才能战胜痛苦。他见猫吃耗子,感悟到自然界遵循弱肉强食的规律。然而,这一规律并不适合人的世界。人是一个大家庭,大地是他的田野和仓库。人应该爱护自己,也应爱护自然。人要想当自然的主人,必须先当自己的主人。他视万物同一体。在海边的冥想中,他确实体验到存在的欢乐。他在日记中写道:"太阳、月亮、星星源于我,我源于它们,他们在我之中,我在它们之中。一切都融于无法描述的爱的感觉之中。它无法界定,那就是欢乐。这欢乐超越一切的欢乐以及思想飞不到、想象不能及的地方,各种烦恼、疑惑的影子也和它沾不上边。那里,生命显示出它全部的美,令人惊愕,直至永恒的惊愕。存在的欢乐流入我心,如同太阳光照耀大地光芒万丈。我感到我的身体变成透明的光和热的溪流,我不再是血肉之躯,它已超越时空。我不再是我,好像看得到的和看不到的众生都融化在我中,我也融化在它们之中……我不知道我的惊愕持续了多久,一分钟、一小时,还是一辈子。"①

这部小说情节十分简单。然而,作者为了增强现实感和故事性,对麻子的过去做了一些渲染。他设置麻子的朋友成为他家族的后人,从旧报纸上,找了一些蛛丝马迹,并把报纸留在麻子的小屋。作者读完老板给他的日记,又循着报纸的线索找到消息来源。印证了麻子的过去。但是,对常常出现在麻子眼前的那个女人,努埃曼却认为没找到合理的解释。这似乎与努埃曼写作的中断有关。努埃曼动笔写这篇小说是在1917年。1918年1月,努埃曼在朋友纳西布的催促下,将小说的前几章发表在《艺术》杂志上,受到友人的好评。然而,战争不允许努埃曼写完他的小说,他被迫于1918年5月入伍。1919年3月战争结束后,努埃曼在法国来尼斯大学学习了4个月。回到美国后,他一直为生计所困。返回祖国后,于

---

① 米哈依尔·努埃曼:《麻子日记》,努费勒出版社,贝鲁特,1971。

1949年10月才得以继续写完后一半的故事。应该说他最初的灵感早已逃遁,难以找回。不过,循着努埃曼的轮回观、存在单一论的思路可以认为,这女人的设置既说明麻子的过去,又为他现世寻求自我找到契机。麻子后来不辞而别是在其体尝了同一的欢乐之后。他的离去也可以理解为肉体的消失和精神的提升,或是修道者的飘然遁去,类似于老子的西出涵关。

《相会》① 是一篇美丽的爱情神话。在情人渴望相会的表层意义下隐含着人与主相会合一的思想。而这一思想又是在以轮回观念所结构的故事中展开和完成的。作者塑造了一位年轻的小提琴手柳那尔杜。他钟情完美,极力净化自己的心灵,并以音乐为工具,使其心灵远离龌龊的尘事。他在一次订婚仪式上演奏,几乎造成了"犯罪"的后果,致使订婚的白哈姑娘昏死过去。她的父亲指控他施展妖术,请求警方追捕他。有人提醒必须赶快找到犯罪的小提琴,它可以使姑娘从昏迷中苏醒。"我"既是提琴手是白哈父亲的朋友,在小说中起着穿针引线的作用。柳那尔杜演奏后,曾把提琴托他保管,并说明保管他的提琴就是保管他的灵魂。他若两年内不回来,就请他把提琴烧掉。于是,"我"充当了寻找柳那尔杜,挽救姑娘性命的人。

这里,努埃曼编造了一个"贞女谷"的神话故事,用它来解释前因后果。原来,白哈与柳那尔杜前世曾有过一段情缘,柳那尔杜曾是国王的牧人,吹得一手好芦笛,引得三位公主都爱上了他。三位公主不约而同地出宫寻找牧人不得而伤心痛哭。泪水流满水池,汇成泪泉。牧人爱上三公主,为她吹响芦笛,希望以此曲调达到超越时空的完美。然而,就在吹奏的一刹那。他的唇渴望与公主的唇相印。这一欲念立即破坏了牧人实现完美的目的,致使公主昏死过去,两位大公主也消失得无影无踪。牧人一气之下折断芦笛,到处漂泊。

柳那尔杜离开城市,隐藏在"贞女谷"的山洞中。他渐渐了悟到白哈就是过去的公主。白哈的昏死与公主的昏死一样都是由于他一瞬间的欲

---

① 《努埃曼全集》,卷二,《相会》,第225页。

念作祟。为此，他离开人世，在洞中修炼自己，克服己欲，坚信他能实现超时空的完美，最终与姑娘相见。山洞里，有两条蛇伴随柳那尔杜，闻其笛声而舞，而假死，而复生。这两条蛇就是那消失的两位公主，她们的存在起到了促使柳那尔杜思考，探寻是什么魔法控制了他。最后，他了悟到生命是位魔术师，一切造物都是被其魔法所控制。人的行动、话语和欲念都具有魔力，犹如自然界风吹树叶摆动，微风对树叶具有魔力，有一种渴望。世上最大的渴望便是渴望相会，与那比人的力量高出不知多少倍的魔术师相会。

值得一提的是，作者为昏死过去的姑娘所起的名字。白哈原意为绚丽、华美和辉煌。伊斯兰白哈教派即用这个词意指安拉之光的绚丽、辉煌。努埃曼也用这一词称呼女主人公，作为柳那尔杜相会的对象，其寓意是显而易见的。

努埃曼在小说中揭示出人物关系里所隐藏的内在关系，说明人的生与死并非是始与终。生命不息，循环往复，外形变化而内在的渴求依存。柳那尔杜由牧人转世为一个孤儿，由白哈姑母的婆婆所收养，学习了音乐。音乐在这一世又成了他的慰藉和表达的工具。然而，他唯一的慰藉仍然是与主相会合一。"我"非常喜爱"贞女谷"，把它作为游玩休息的好去处。在猎人的指引下，品尝过泪泉的甘甜，并萌生进一步了解这个神话故事的愿望。如此，他便与公主发生了联系。他从在山洞里修炼的柳那尔杜处了解到神话传说与现实的因果关系，帮助柳那尔杜重返白哈家，奏出了无欲的美妙乐曲，救活了白哈，与之相会。

《相会》是一个颇具浪漫色彩的中篇。它的故事美、语言美、思想更美，读后给人一种精神享受。

《最后一天》[①]是努埃曼小说最为贴近现实的一部作品。它以冥冥中的呼唤作为契机，将主人公，一位德高望重的哲学教授置于生死考验之中。什么是冥冥中的呼唤呢？它是一种独特的好像发自内心的声音，希腊哲

---

① 《努埃曼全集》，卷二，《最后一天》，第7页。

家苏格拉底称其为"灵异"。这种声音传到人的耳朵里，禁止或命令人去做事。这位57岁的哲学教授并不迷信，但是他对冥冥中的呼唤抱着宁信其有，不信其无的态度。因为他曾有过一次体验：出差前听到了他死去十年的父的提醒和嘱咐。

"起来，与最后一天告别！"这一呼唤将主人公从睡眠中惊醒。他打开电灯，手表指针正指在半夜。呼唤就这样将教授逼到生死的临界点。接下来，作者便按时间的顺序记录了教授每一小时的所思所想、所经历的怪事以及在其中所了悟的人生真谛。

面对这突然的变故，教授在最初的几小时中是在清算自己，他感到床上四个小时比其一生的经历还长。他首先想到的是已赚得的家产将付之东流，私奔的妻子是否会流泪，瘫痪的哑巴儿子如何处置，然后是个人的成功与不足，系里工作的安排等。这位研究苏菲哲学的教授，明白人虽死，思想犹存。但是一想到人生宴席将排除他的存在，黎明带来的陶醉便涤荡无存，流露出对死的恐惧和对生的渴望。他决定按正常生活运作。由此，他想到自我存在于其中的秩序和规律，并深入到人体小宇宙的思考之中。

最后的20小时里，教授遇到了几件奇事。

第一件是他的儿子恢复了健康。教授经过6个小时的苦思后，在花园里看见儿子，心中充满了爱，于是快步上前拥抱儿子，不料将坐在轮椅里的儿子撞翻在地。儿子在冲撞中竟恢复了说话的能力，经女佣帮助，他又学会了走路。这一奇迹的出现令教授体味到爱的力量和生活的意义。由此，他认识到世界上唯一稳固的是未知，而这未知便是上帝的"一"，人则是上帝在大地上的集中体现。他开始相信上帝，并感谢上帝了。

第二件是儿子的来访者。他正是儿子摔倒的一刹那于黑暗中为他指点迷津的老人。当时，儿子只觉得自己置身于黑暗的洞穴，被人追赶得筋疲力尽，忽听得一个声音要他向前，说尽头有启明星等待他。果然，在尽头有一位身着蓝袍的老人，为他摘下明亮的启明星。于是，他得以重生，恢复了健康。儿子对这位老人言听计从。教授从老人的声音分辨出，他即是冥冥中向他发出呼唤的人。

第三件奇事是教授能够说出不曾思考过的问题。早上，教授谎称身体不适，请假未去上班。他的助手前来探望。教授滔滔不绝与之谈起文明对人之无用。他说，人虽然创造了种种科学奇迹，但是当人还不能认识自己，控制自己时，是无法控制自然的，世上的一切科学与艺术便统统对人无益。教授明白这番话必然把科学人视为愚昧，宗教人视为不信，但他并不在乎。因为，人活在世上就为了变为神，这才是生活的意义。人对自我的认识也不是来自学校和寺庙，那个被称为上帝的力量才是人唯一的，也是最伟大的老师。

第四件奇事是教授的园丁在郊外的果园里发现财宝。面对一罐金币，教授变得无动于衷。他心中只有一种渴望，就是去探求隐藏在感官背后、思维背后的无止境的东西。他把金币送给发现宝藏的园丁，一路开车返回。途中在树下休息时，他一件件脱下衣服，让微风吹拂赤裸的身体，一种甜蜜的颤抖通过全身，那是一种摆脱束缚的颤抖。在大自然的怀抱中，教授感到自然中的一切若有意义，那便是教导人认识人身外之物的无意义。人活着拼命地去占有，却不知何时就会失去这身体。他见山顶上的巨石被积雪覆盖着，由此领悟到：积雪遮盖了山石的真面目，越积越多的白雪使山体膨胀，但体积的膨胀只是个假象，去除积雪才能显现出巨石的真貌。教授忘乎所以地在三面环山的草地上打滚。大自然的壮美令其陶醉。他渴望与大自然融为一体。这是他有生以来第一次找到心灵之钥，打开了深藏其中的宝藏。心中生起无限的爱和喜悦。在爱的推动下，他干预进山打猎的大学生的杀生行为，这又给他带来了许多的麻烦。

第五件奇事是儿子失踪。返家后，教授发现儿子留下的字条，说明他已随老人远行。儿子不让父亲寻找他，而要去寻找自我，"何时找到自己，就找到一切，找到所有的人。""寻找外皮中的核，外皮腐烂核将永存"。晚上，教授做了一个梦，他被黑白人带到一条大河边，目睹各式各样的船只驶来，朝向山下的黑洞。黑白人说，带他来这儿的目的是要他亲眼观看永恒的葬礼。船上载着宗教人士、政客、国家元首、恋人、妓女等。这些人在时间的长河上做着各自的梦,表达着内心的不满和怨恨,最终都走向死亡,消失在黑暗的隧道内。黑白人还告诉他,若他逆流而上,将丧失自我,摆脱一切束缚,成为战胜时间的人,达到无始无终的境界。那时,他就不会视他为黑白两个对立的形象。当教授看见儿子和老人正逆流而上,忙呼唤儿子希沙姆,带他一起去。

教授遇到的最后一件奇事是与他学生私奔的妻子想要回来。她先托人带信,后又从巴黎打来电报通知行期。这件事对教授来说又是一场考验。他感到自己对她还有奢望。由此,意识到自己内心深处隐藏着的欲念,其中包括提升为系主任、个人才智能为大家所首肯,甚至还包括个人的不朽。作者给他的妻子起了意为梦幻的名字,也寓意人生如梦。教授从他与鲁尔雅结婚生下一个怪胎,他的邻居生了七女才得一子,三岁便死去的事中,认识到冥冥之中总是有因果报应的,宇宙间存在的规律与人的行为有关,但人常常不自觉地违背规律,造成不可设想的后果。善有善报,恶有恶报应该说是公平的。自我才是一切后果的根本原因。

最后,教授按电报日期去机场接妻子,目睹一场飞机坠毁事件,虚惊一场。回家后,才知妻子因故推迟启程。返回途中,教授想到世上总有些事搅扰他,使其不能与周围一切和谐起来。只要他不能像一滴水那样与大海融合,他便不能得到内心的宁静,内心的冲突将持续下去,因为他与自我分离。他须先与自我统一,才能与宇宙统一。

晚上,教授于梦中见到一只美丽的船载着他、儿子和老人逆流而上。小说就此结束。这一结尾预示出,教授在人生的最后 24 小时中领悟了人生的奥秘,终于战胜了时间,也战胜了死亡。

这部小说与其他作品相比,与现实生活联系紧密。主人公 24 小时的经历体现了凡夫俗子悟道的过程。读这部小说犹如读佛教或禅宗故事,生动活泼,寓意深远。它还让人想起英国班扬的小说《天路历程》。两本书都是写与上帝合一的旅程。虽然两部作品相隔两个世纪,但是写作的动机是十分相似的。班扬在为此书所做的辩护中说:

> 这本书会使你成为一个旅人，
> 只要你肯接收它的指引；
> 它会引领你到那圣地，
> 只要你明白它的指导意义；
> 而且，它会使怠惰的变得有生气，
> 也会使瞎眼的看见可爱的东西。①

在尾语中，班扬一再申明要读者弄明白他的隐喻，看清它的内容和实质。班扬和努埃曼都善用隐喻，因为真理必须由人通过个人生活的体验顿悟或渐悟的。古代先知都是用打比方、讲故事的方式来启发人的觉悟，班扬和努埃曼也是运用小说的故事性。提出问题，启发人的思考。努埃曼毕竟是现代的作家，他的作品比之班扬的小说自然是进步了许多，他的故事情节更为生动紧凑，将巧合寓于必然之中，深刻的哲理寓于平凡的生活之中。

《米尔达德书》是努埃曼的"顶峰"之作。他是在其称之为"挪亚方舟"的禅房中完成的。他之所以用方舟命名，是希望在翻腾着人间欲望泡沫的尘世生活里，它能起到方舟的作用。这部作品是由努埃曼的宇宙观、本体论、人生观等神秘主义思想派生出来的，也是对它的复归。他写作《米尔达德书》时，是"渴望它是一本避免分析、追究之枯燥，借助感觉、奔放的想象力和诱人的情节，把读者不熟悉的超现实的东西描写为熟知的现实故事，以期充分全面地阐述其思想。"②作者将《圣经》中的大洪水的故事作为背景，写挪亚得救后所发生的事情。从这个意义上说，《米尔达德书》与埃及作家马哈福兹的长篇小说《我们街区的孩子们》有共同之处，都取材于宗教经典故事。但不同的是马哈福兹的长篇是一种故事新编，而努埃曼的作品则是创世神话的续篇。

挪亚在大洪水退去后，在阿斯山建立了基业。他临终前担心世上的

---

① 班扬:《天路历程》，上海译文出版社，1983。
② 米哈依尔·努埃曼:《七十述怀》，甘肃人民出版社，1993，第526页、564—565页。

恶会慢慢使儿孙忘记信仰。为此他要求儿女在山顶上建一个方舟式的建筑。以便向主做最后的献祭。他死后，这建筑就作为九位被选者的集体住所。他们的生活由信徒供养。若有人死去，要另选一人替代。儿孙严格按照祖先的定制生活，九人的集体不断得到信徒的馈赠而变得十分富有。一天，有人故去，一位来人要求替代他。故事由此开始。为首的被选者舍玛迪姆将来人拒之门外。可是来人执意不走，经双方妥协，来人留下当了仆人。来人就是米尔达德。在他的影响下，这个集体发生很大变化。他的言论被记录下来，成为《米尔达德书》。当他们准备离开山顶时，米尔达德将舍玛迪姆点化为哑巴，留在山上，等待后来人将此书公诸于世。

努埃曼安排小说的叙述者"我"承担传播者的责任。"我"本人并不知自己负有此种责任，只是出于好奇心，上山去验证有关挪亚神话的真伪。"我"上山的路线和经历，暗合了哑巴转交《米尔达德书》的条件：无衣无食无拐杖，从有来无回的山路上山的人。"我"不肯听从山民的劝阻，从南北坡中间的直上直下的窄道上山。那是一条捷径，也是一条有去无回的险路，可他却认定了这条路。路途中，他与牧人分食了自己携带的干粮，可牧人却将其所有都喂给了自己的猴子。山洞里，他遇到一对母女，不由分说脱去他所有的衣服；一位老者不肯为他指路，还拿走了他的拐杖。于是，他变得他一无所有，又冷又饿，又困又乏，且有老人的狗在后追赶。在他感到似落入深渊时，耳边响起了老人的歌声："若愿意，死而复生／若愿意，生而为死。"忽而，他又听见有人说话："幸运的人，你不站起来吗，你已经到达目的地了。"他睁开眼。发现身前站着一位身高体壮的人，那就是哑巴。哑巴等了150年，终于等到这个无衣无食无拐杖，从有来无回的中坡上山的人。他交出《米尔达德书》后，即变为一块巨石，成为祭坛永久的守护者。

努埃曼把他在这里描写的上山过程，寓意为人的修炼历程。他是用上山的重重障碍象征"每一个寻求真理的人在其人生道路上遇到的艰难险阻。克服艰难险阻的唯一办法就是摆脱尘世之俗，使自我从物欲的铁拳中挣脱出来，不断伸展扩大，与无始无终的、完美的、包罗万象的真我化为一物。"①

《米尔达德书》是由山上七位备选人中最年轻的纳尤达记录的。他记载了米尔达德打破七年的沉默，从葡萄收获节开始的所有言行。这些言行无不打上开示、布道的特征。他循循善诱，利用各机会和生动活泼的比喻帮助大家增强对真知的渴望，指导了悟理的途径。开口的当天，他就带领大家下山，让大家在新鲜的自然环境中明白上与下的关系。他将阳光比作上帝之光，迷雾象征人之幻觉，让大家感受在山腰间穿过迷雾，融入阳光中的喜悦。那喜悦如同人冲破幻觉，沐浴于上帝之光一样。米尔达德越来越吸引同伴，大家常到他的房间聆听教诲。他告诉大家："他在世上的工作就是指引人了解上帝的遗产。""唤醒沉睡的大众，引导他们走出陷阱，朝向没有死亡的生命的自由。"米尔达德为他们释梦，解开谜团，逐渐引导大家走上正途。

米尔达德向同伴谈论的内容有以下几个方面：

（一）关于我是谁。他认为，"我是秘密的容器，盛着生活的欢乐"，"我是创造的言语。当人还不认识这言语的魔力，无法成为这魔力的主人时，就要忍受痛苦和争斗"，"我是第一物质感觉。我既是创造者，又是被造者。""我是一切的源泉和归宿，是人感觉存在的真实写照"，"我即神、即上帝——最高良心的话语"。② 我从静默变为话语，一想到我，人脑的思维活动就活跃；一感觉到我，心理的感情就涌动。人若被分成两半，用两种身份说话，他的一生就充满斗争。米尔达德要求大家掌握这"完全平衡的秘密"。

（二）关于上帝和人。他教导说，"上帝是个熔炉，人是个筛子。上帝只有一个，它是宇宙之光。宇宙的一切对拖着影子的人来说，都是个谜。人一旦获得真知，为真知的光所照耀，他便不用借光，他的影子也随之消失"。上帝在不同人的眼里有不同的作用。有人把上帝当成炉灶，有的视为专用仓库或收债官，人无形中强加给上帝许多责任和义务。人实际上

---

① 《努埃曼全集》，卷六，《米尔达德书》，第601页。
② 同上书，第603页。

是神性的核心,是说话的神。人若让上帝为其干事,那么上帝何以给人以生命?人又何以去祈祷?祈祷是为了真知。人不应用自己微不足道的问题和麻烦打扰上帝。人需要一颗安静清凉的心,一个主导的愿望、主导的思想、主导的意志。求知的饥渴会帮助人变得坚强。米尔达德认为,"爱上帝才是正信,恐惧上帝不是信仰上帝"。上帝不会命令人类,只是警告。人耐心而勇敢地承受了上帝的处罚,所以人才是耐心的勇敢的。人应相信世上没有上帝和人,只有神人或者是人神。那里,只有无论如何重复或分割都永远是一的"一"。①

(三)关于爱。他在不同的场合谈到,"爱是上帝的法则"。爱是生命的结晶,恨是死亡的脓疮。"只有爱真我才是有能力的爱,只有真我才是上帝的自我,他是完全的存在。"上帝是无偿的爱。男女之爱不是这种爱,父子之爱只是这种爱的一个阶梯。这种爱不是美德,而是需要,正如呼吸不需要思考一样。爱不需要回报。它无时间之隔,无多少之分。爱是一种积极的力量。若无爱的引导。人会迷失方向。只有爱能消除一切障眼的东西,让知照亮心田。只有知能揭示隐秘的奇迹,了解万有的意志。②

(四)关于人的生命。他认为,爱是生命的源泉,生命是美的根本。生命对人来说是非常宝贵的,它价值无限。人不可将生命与廉价的金钱等同。人不可给自己划定界限,而应让自己无所不在,不断延伸至全宇宙,与神合一。我即众,我与众一个声音,一个耳朵,一个愿望。我无你我和主奴之分。生命的钥匙是创造的言语。言语的钥匙是爱,爱的钥匙是真知。为此,米尔达德要求大家为众人厌恶的舍玛迪姆祈祷,帮助他去除遮蔽他的眼翳。同时也要求他们不杀生,尊敬女人,善待人畜。

(五)关于虚静。他专门对大家谈这个问题时说,当人(我)和我(你们)合二为一时,我(自己)就与我(上帝)合为一体。那时,人无须语言,彼此的心就能默默相通。"虚静是一个无边无际的空间。在那里,非存在转化为存在,存在转化为非存在。它是恐怖的虚无,能发出一切声音,

---

① 《努埃曼全集》,卷六,《米尔达德书》,第642页。
② 同上书,第633页。

之后沉寂；生发一切，之后消失；产生一切言语，之后抹去。那里便只有他（上帝）在。"人若不能超越这空间或虚无，就无法了解存在的真谛，无法了解人存在的真实在多大程度上与一切存在的真实相联系。为此，人须力戒多话，人说一千句话，恐怕只有一句值得说出来。米尔达德反复申明"虚"与"静"的力量。他以刀和剑不能伤害空气为例，要求大家"像大海一样深广，包容一切；像大地一样静谧坦荡，能化废为宝；像空气一样灵活，无拘束，什么也不能伤害它"①。他要大家空掉个人的心。排除一切邪念和妄念，与自己的心作战，用爱与知来消除痛苦，获得解脱。

（六）关于时空和轮回。他说，时间是一个魔术师，人常为它所骗。上帝是一切时间的中心，它主宰消长的力量，但它不依时间的变化而消长。"时间是刻在地球画板上的所有记忆。世上的一切变化都是虚幻。"不要以为人只能生活在地球上。"轮回是时间的规律。"在时间里发生过的必定还会再回来，甚至重复许多次。米尔达德表示，他可以"如来如去，他来是为了将地球上的伙伴从奴役中解放出来"。

总之，从以上的分析中，可以归纳出努埃曼神秘小说的特色如下。

一、作者大量运用神秘主义的观念和神话传说来结构故事，将现实与超现实糅合在一起。人物命运的偶然与巧合都有内在的逻辑和象征意义。

二、无论作者用第一人称或第三人称叙述，叙述者都与主人公有或近或远的联系，是事件的见证者或当事人。

三、小说的叙述方式多采用顺时叙述。《麻子日记》属日记、随想录之类，当然是顺时间的。《最后一天》虽不是日记，但也是顺时间记录了教授每一小时的思考和活动。《米尔达德书》基本上也是按时间顺序记录了米尔达德传道的过程。值得一提的是这本小说的文体近似于"经体"。努埃曼在有关宇宙起源和宇宙学的讨论中采用诘问和反问的句式，并多用命令或告诫口吻。这一句式使人产生读经的感觉，而其内容大体也与佛教经典《金刚经》《圆觉经》等有类似之处。

---

① 《全集》，卷六，《米尔达德书》，第646页

第四章 以《均衡论》为指导的思想修士哈基姆

有"阿拉伯戏剧之父"美称的埃及戏剧家陶菲格·哈基姆（1898—1987）是阿拉伯最著名的文学家和思想家之一。他一生著作颇丰，创作了戏剧（包括哲理剧、社会剧、荒诞剧等）、长篇小说以及文论、文艺散文、学术随笔近63部。每一部作品都闪烁着智慧的光芒。哈基姆代表了一代阿拉伯文人的共同特点：他们都是饱学之士，学贯东西，或家学渊博或深受阿拉伯—伊斯兰文化的熏陶，又接收了西方文化的洗礼。在东西文化碰撞中，对东西文化做了较为深入的思考，提出了富国兴邦的新思路。虽然他们都侧重于文学，但他们的文学思想是建立在对阿拉伯—伊斯兰遗产的开掘和现代阐释之上，显示出他们思想的成熟。他们都对人表示出极大关注，以人为核心，展开了对人之自我、人与安拉、人与自然、人与世界、社会的关系的思考，并把这一思考艺术地熔铸于作品之中。与他同时代的作家相比，哈基姆活得最长，作品的思辨性最强，对埃及政治家的影响也最为明显。埃及总统纳赛尔和萨达特都读过他的作品。长篇小说《灵魂归来》给了纳赛尔以启示，《东来的鸟》也使萨达特受益匪浅。

在哈基姆的作品中，《均衡论》（1955）可以说是他思想和作品的灵魂和核心。这部作品是他回答读者提问，涉及有关生活和艺术观点的总结之作。其文艺思想源于这一理论，其早期哲理剧和后期的散文随笔则是此理论的艺术再现和阐释。而这理论又与苏菲神秘主义思想同出一源，代表了哈基姆思想的倾向。均衡论是哈基姆的"学"，其一生的创作则是他的"用"。哈基姆的学以致用体现了阿拉伯一代学者的学术精神和品格。虽然哈基姆的思想还不能说形成体系，在刚刚独立正推行"社会主义政策"的埃及也不可能受到重视，造成影响。但是，在 20 世纪末，人类面对自己一手造成的种种危机的时候，重读哈基姆的《均衡论》，的确感到亲切和这一思想的深刻。哈基姆这一著作的可贵不在于他揭示了什么新鲜东西，而在于他从司空见惯而又被忽略的事实的分析中，重申了那被视为老生常谈的真理——宇宙的运动和均衡规律，指出人们思维的误区和极端，以拨正方向。他的许多认识和预见已为现实所证实。回顾 20 世纪的历史和人之现状，必须承认哈基姆以下论断是有道理的，"尽管人类已取得重大的科技进步，但人类依然还处于儿童期。""人类历史只有走出儿童期。才能进入不破坏，只知建设的阶段。"[1] 哈基姆的思想给人耳目一新的感觉，值得以此为参照，对人的幼稚进行深刻的思索和反省。

一、哈基姆的三部哲理剧

哈基姆出生在一个法官的家庭。父亲来自农村，有大片田产。母亲是一个奥斯曼土耳其贵族的后裔。她自命不凡，对父子俩限制较多。这种贵族化的家庭气氛压抑了哈基姆的童稚，他童年的游戏都不是一般孩子的跑跳，而是动脑筋的赛诗[2]，因而造成了小哈基姆的内向老成，喜好冥想和思索、追求思想的自由和自由的思想的倾向。到开罗上中学，与已是教师和大学生的叔叔们生活在一起，那平等自由的气氛使他的拘谨得以缓解，他可以按照自己的个性自由地发展，于是他的想象力和抽象思

---

[1] 陶菲格·哈基姆：《星球的谈话》，黎巴嫩图书社，贝鲁特，1986，第104页。
[2] 赛诗是阿拉伯人喜爱的一种智力型游戏。两人或多人围坐在一起，轮流背诵诗句，两人的诗句要连得上，接得巧。中国也有此类游戏。

维得以加强。

不过,哈基姆家庭也给他带来了有益的影响。家庭的伊斯兰背景给他幼小的心灵刻下深深的印记。他信仰冥世,笃信先知穆罕默德的妻子栽娜卜为其保护。在法国的留学生活也没有动摇过他的信仰,反而使他对东方精神的推崇更加坚定。

贵族家庭的生活令小哈基姆有机会和剧团的艺人交朋友,养成他对戏剧的爱好。1918年他开始尝试剧本的写作。1919年他与同时代的热血青年一样参加了反对英国占领的斗争。第一个剧本《讨厌的客人》带有反英的倾向,为此他担了干系。其他的剧本尚不够成熟,被他付之一炬。1924年他从开罗法律专科学校毕业后,赴法国深造。学习期间仍不忘戏剧、音乐和文学。1928年回国,先后担任乡村检察官和在教育部、社会事务部任职。此间,他写出了著名的哲理剧《洞中人》(1933)、《山鲁佐德》(1934)、《贤明的苏莱曼》(1943)以及三部著名长篇小说《灵魂归来》(1933)、《乡村检察官手记》(1937)、《东来的鸟》(1941),它们构成了哈基姆著名的自传三部曲。1943年哈基姆因不愿忍受公职带来的种种限制而辞职,专事写作。1951年接受埃及图书馆馆长一职。埃及独立后,历任文学艺术社会科学最高委员会戏剧委员会主任、埃及常驻联合国科教文组织代表以及作家协会主席等职。

他的三部哲理剧都取材于阿拉伯神话故事或《圣经》《古兰经》故事,经过加工和创造,用以表达人所遇到的危机:理智和心灵的失衡、绝对思想与信仰和情感的失衡以及力量与智慧的失衡。

《洞中人》是受《圣经》七眠子的故事和《古兰经》山洞章(18:7—26)的启发,主要依据《古兰经》故事改编而成。传说罗马在信奉基督教之前,几个秘密的基督教徒为逃避多神教徒的迫害,带了一条狗进入山洞躲藏。安拉使他们在山洞里沉睡了309年。醒来后,一人拿着钱币到城里购买食物,才发现物是人非。《古兰经》经文称此为安拉"迹象中的奇事",为的是说明只有安拉知道天地的幽玄,任何人都不能判断他们已在洞中睡了多久。

哈基姆在他的四幕哲理剧里保持了故事的框架,把文章作在主人公醒来之后。他只选择了三个人作为他们的代表:有宾里斯卡公主的情人买什里尼亚、他忠实的朋友穆尔奴什、牧人叶姆里罕和他的狗。他们为逃避国王的迫害在城外的山洞里,以为只睡了一夜,其实是睡了309年。走出山洞后,都经历了无法想象的变化和心灵冲击。

这些生活于300多年前的基督教的秘密信徒,面对时代的变迁,感到极为不适。现代人根据圣书记载尊他们为圣人,让他们摸不着头脑。牧人第一个走出山洞,去买食物。现代人视他为幽灵和怪物,追赶并围观他。他找不到他的羊群。城市已完全变样。他无法忍受,返回山洞。穆尔奴什一心想着他的妻儿,带了礼物回家。他的家已变为武器市场,他的儿子已长眠于墓地。儿子于60岁时为罗马的胜利而战死。穆尔奴什失去了与生活的联系和理由,痛苦地返回山洞。买什里尼亚是最乐观最富活力的一个。他怀着满腔的爱,沐浴打扮,恢复青春年少,等待与情人见面。他把宾里斯卡的孙女——当朝的公主视为情人。这公主出生时被预言将走祖母之路,因此以圣徒祖母的名字命名,并继承了她的十字架。在洞中人到来时,她做了一个被活埋的梦。买什里尼亚费尽心机,得以与公主见面。弄清真相后,十分伤心。他知道自己已成为历史,再也无法回到现实,不得不返回山洞。但他年轻的心却爱上了这位公主,公主也爱上了他。

洞中人的亲人和昔日情人都已作古。昔日为基督教传播的理想和追求也不复存在,现国王是一位虔诚的基督徒。洞中人一下子失去了生存下去的理由。已变化了的环境让他们失去安全感,内心极度不安也使他们丧失生活下去的勇气。于是,他们宁愿回到洞里等死。这出戏写出了人与时间的斗争。表面上看是,300年的时间阻隔了他们与新王朝新时代的关系。他们一直转不过脑筋,也就是说理智不能接受眼前的事实,所以总把昨天当今天,把历史当今天,生活在过去,而不是现在。他们无法跨越时间的鸿沟,只能回到原来的世界,回到山洞。然而,他们的确又跨越了时间的鸿沟,从300年前来到了现代。他们的这种跨越并非自己所为,而是借助神力创造的奇迹。

哈基姆没有简单地再现传说的故事,只涉及人与时间的斗争。而是在第四幕里加进了他们头脑的又一次转变和对发生的一切的再思考。这一幕非常关键,它真正点到了主题:即在时间的框架内表现出理智与心灵的失衡造成的心理危机。主人公头一次转变脑筋意味着理智占了上风,战胜了感情,明白他们睡了300多年。回到山洞之后,他们又一次经历了脑筋的转换,究竟在宫中和城里经历的事是事实还是梦,买什里尼亚和穆尔奴什一直在讨论,在思索。

买什里尼亚相信"梦比事实更美。他的心还没有死",穆尔奴什也相信"心灵是梦和希望的喷泉"。买什里尼亚希望活下去,但时间已判了他的死刑,他们不过是时间的梦幻。可是作为一个基督徒,他相信复活,他们的新衣服无可辩驳地证明他们经历的都是真的。所以,他觉得"时间是梦,而我们是真实。时间是会消失的影子,我们会永存。时间是梦,是我们想象和直觉的产物。没有我们也就没有时间。我们身上那个不简单的力量——理智,是它创造了时间的准则。不过,人身上还存在着另一种力量,能摧毁这一切。我们何以在一夜之间生活了300多年,从而打破那界限、准则和跨度?是的……我们就是那些能抹去时间的人。是的……我们战胜了它。(略停)可是……太遗憾了!宾里斯卡:是什么阻碍我和她呢?时间?我们抹去了时间……可是它将抹去我们,时间在报复!它像可怕的幽灵驱赶着我们,宣布不认识我们,判决我们远离它的王国。我的主,我们与时间的较量,是以时间的胜利结束吗?!"①

买什里尼亚在弥留之际,已无力说话和思考,无力承受这让他不安的生活和梦。但他仍不死心,还在费力地探求着真实。他相信肯定存在着真实,真实绝不是令人不安的。他将诚信地死去,但是他信仰复活,因为"他有一颗爱心"。哈基姆在此提出了心中怀有的爱的至关重要性。他以为,爱是心灵成长的标志。所以,他安排公主不顾时间的阻隔来到

---

① 陶菲格·哈基姆:《星球的谈话》,黎巴嫩出版社,贝鲁特,1986,第108、154—156页。

山洞，向买什里尼亚表达了她的爱，要求买什里尼亚为她活下去的情节。然而为时已晚。于是，她毅然留在即将封闭的洞中，等待两人在另一个世界的重逢。这一结尾看似有些浪漫或带宿命论的味道，但是作者以此来说明，爱能使一对恋人两次冲破时间的阻隔会合在一起，是心灵战胜理智（时间）所创造的奇迹。

哈基姆在这出剧中所表现的理智与心灵的失衡是与时代的发展，理智和科学取得的极大成功有着直接的关系。失衡是因为社会物质生活的飞速发展与人的心灵的成长不相适应所致。理智与心灵本应对应均衡，或者说是共同成长。一旦此长彼消，或此消彼长，不平衡必然会造成危机。

哈基姆的《山鲁佐德》(1934)选用了《一千零一夜》的故事框架，从整个故事的结尾处演绎出新内容。国王山鲁亚尔不再杀人，山鲁佐德当上王后，刽子手卖掉屠刀。这时国王沉浸在忏悔和自责中，进而学会了思考。他求助于巫师，想解答人生的奥秘，不惜杀人求知。美丽、聪慧、善良的王后强烈地吸引他，让他爱，可又让他感到困惑和不可捉摸。他越是觉得她美，越是想探寻美的背后隐藏着什么；她到底是谁，为何身在闺房，却无所不知，智慧超群；这样一个奇女子何以爱上他这俗人，他们之间似有一道神秘的屏障无法逾越，他不能忍受，一定要打破它。学会思索的国王不再贪图享乐，而把探求人生奥秘、宇宙真理视为人生目的。他向大臣葛麦尔表示：“人活着不去探知，活着还有什么意义？”内心的不安促使他外出旅游，以期找到答案。但是种种努力都付之东流。

当了王后的山鲁佐德，期望与国王过正常的生活。她一再规劝国王不要为所谓的求知欲所骗而虚度一生。她想尽办法要把国王拉回到她的身边，都落了空。于是，她与黑奴私通来刺激国王，检验他是否还有人的情感，可否救治。不幸的是国王对此冷淡之极，并未因此而杀了他们两个。王后十分失望，知道国王为了认知抛弃了心灵和情感，因而陷入灾难之中。这结果本在她的预料之中。他已从一个"对躯体和物质的一切含义进行挑战的人，变成现在这个逃避一切物质和躯体的人"，使自己"悬挂在天地之间"。

大臣葛麦尔非常佩服王后将国王从一个"无心之躯，无灵之物"复活为一个活生生的人，起到了"《圣经》和先知所起的作用"。他爱上王后这个女人，又把她当美神加以崇拜。他认为人活着是"为了崇拜世上的美"，而得到一个绝代女子如同占有整个世界。所以他不理解国王何以要离开王后，去探索宇宙秘密。王后与黑奴私通后，他的精神支柱坍塌，其生命随着偶像的变形而枯竭。

哈基姆在这出戏里展现了人对绝对思想、信仰和情感的态度和抉择。山鲁亚尔从一个极端走向另一个极端：从一个动物性的人提高到一个具有理性的人的高度后，没有使自己保持精神与心灵的均衡，弃恶从善，善待王后，认真治理国家，反而一味追求认知，为巫师所左右，不惜杀人求知，犯下新的罪行。出于他妄自尊大的心理，他不能忍受"为他所创造的弱女子比他理智聪慧、博学多才"，"有美丽的身体，还有一颗伟大的心"。她居然改变了他。还不时地规劝他、挑战他，使之处于劣势。

山鲁亚尔的求知并非出于纯粹的精神追求，其中包含了个人的狂妄和偏执。他求知不得时，居然害怕一切清澄的东西，如面纱、天、眼睛、水、大气和宇宙，想探求清澄后面的东西。他的探求在某种程度上出于对自己失去独尊地位的担心，是心理不平衡的反映。他怀疑山鲁佐德对他的爱，不愿意谈论爱和情感，因为爱和情感把他封闭在有限的空间。他以悲观的态度视大地为一个"旋转的监狱"，人在其中停滞不前，不进不退，不起不落，只是在转。甚至对宇宙的运动规律"一切都在转，这便是永恒。我们向自然探问它的奥秘，它却回复以旋转"颇为反感。他以为自然比这要高明，可是，自然却"以无力为武器把我囚禁在一个旋转的圈子里"①。他甚至把他自己比作容器里的水，出游不过是把水"从一个容器倒进另一个容器里"。所以，他感受不到大自然的美丽和魅力，反而感到生活其中的窒息。

大臣葛麦尔与国王相反，但他又走向另一种极端。他过于重情感崇拜美，沉湎于此而抛弃了理性。当他的美被扭曲，他就失去生活的依托，只能用刽子手的屠刀自刎。但是，他对安拉创造的世界持乐观态度，赞

---

① 陶菲格·哈基姆：《山鲁佐德》，黎巴嫩图书社，贝鲁特，1973，第96、154、157—158。

美人生的美好，享受宇宙的广阔。哈基姆对这两个走极端的人物不是一视同仁的，而有所偏向。山鲁佐德选择大臣留在宫中陪伴她时说过："有道是，一个人用心灵可以获得另一个人用理智不能获得的东西。"① 这句话颇能代表哈基姆的好恶。虽然，他在剧终将国王的命运描绘为"一根拔掉的白发"，但是他肯定类似国王这样的思想倾向——要绝对思想而抛弃心灵的现象还会再出现。这正是哈基姆写这个剧本的动机。

《贤明的苏莱曼》②取材于《圣经》和《古兰经》的传说。苏莱曼是《古兰经》中的先知之一，达乌德之子，以色列国王。学者认为他即是《旧约》传说中的所罗门。安拉赏赐其父而生他。安拉赐予他智慧和密传的知识，使之能通鸟兽之言，统率由精灵、人类和鸟类组成的大军。还赋予他智慧，使之能制服狂风和恶魔，供其驱使。他以智慧和力量使赛伯邑女王折服，归信正教。他因一度迷误而失去王权，悔悟后得安拉赦宥，不被清算。传说赛伯邑女王曾统治一个肥美的地方，获得万物的享受，有一个庞大的宝座。因受恶魔的迷惑而舍弃安拉而崇拜太阳。戴胜鸟向苏莱曼报告了她的情况，才有苏莱曼规劝女王的故事。她以厚礼交好苏莱曼，遭拒绝，于是亲自去见苏莱曼。苏莱曼派精灵偷来她的宝座，并造一座玻璃宫殿，地面似汪洋大海，她身不由己地提起衣裙，露出小腿。女王终于为他的智慧和力量所折服，归信安拉。

哈基姆在剧中着重渲染了苏莱曼与赛伯邑女王巴勒基斯的故事。对传说的情节做了一些改动：用《一千零一夜》中渔夫捞起魔瓶，渔夫与精灵争吵，请苏莱曼评理的故事作为框架。从戴胜鸟传来女王信息，苏莱曼召见女王，准许精灵于瞬间搬来她的宝座和建造玻璃宫殿讨女王的欢心，显示他无比的力量。同时，又增添了三个爱情故事：女王爱上被俘的王子，遭拒后不死心而带他去耶路撒冷；苏莱曼爱上女王，千方百计获取她的心，甚至带她飞上天。女王无动于衷，并向他坦白了对王子

---

① 陶菲格·哈基姆：《山鲁佐德》，黎巴嫩图书社，贝鲁特，1973，第157—158、154、96页。

② 陶菲格·哈基姆：《贤明的苏莱曼》，文学出版社，开罗，1948，第160页。

的爱；王子将俘获他的女王拒之门外，却爱上救他的侍女。苏莱曼爱上女王，引出精灵滥用自己的才能，乱点鸳鸯谱。他设计把王子点化为石头。让女王用一池眼泪救活王子。女王哭了一夜，不肯离去。在即将成功时，苏莱曼骗走女王，精灵说服侍女代替女王救人，侍女的两滴泪救活了王子，王子向她求婚。精灵想以主子与侍女之爱促使女王回心转意，投向苏莱曼的怀抱。不料，这一幕深深刺伤了女王的心，使她昏了过去。她很快振作起来，为苏莱曼爱上她而自豪；她衷心祝愿王子和侍女幸福，并将苏莱曼送她的礼物转送给他们；她的眼泪也得到回报，她赢得了王子的友谊。苏莱曼为自己的错误懊悔不迭，他请渔夫审判他，诚心地忏悔，最后孤独地死去。苏莱曼本想秘而不宣这一死讯，白蚂蚁无视苏莱曼的权威，蛀空他的手杖，令他的死讯传开。精灵怂恿渔夫当国王，渔夫不肯做超出本分的事。精灵也不肯罢休。渔夫坚信智慧最终会战胜物质力量，从而表明力量与智慧间的对立和斗争将永远持续下去。

　　在作为铺垫的第一、第二两场戏中，哈基姆通过苏莱曼与祭司的谈话，交代了苏莱曼神赐的智慧和力量。他曾向神明乞求判断力和智慧而不要长寿、财富和消灭敌人。为此，神明答应给他一颗智慧的心，甚至一切。他"至今还不清楚其中的奥秘"。在第六场苏莱曼对向他告别的女王谈起了此事。女王的态度让他有所觉悟。她赞叹苏莱曼的巨大力量。可是这巨大的能力在女王心里却不起什么作用。女王承认"人心才是最奇怪的。它在力量面前、智慧面前固若金汤"。女王奇怪苏莱曼不懂得这个道理。她的态度让苏莱曼认识到，"力量有时使人盲目，看不见人类自己的无能，忘记那神赐的智慧。力量引诱我们进行无望的斗争，在造物主嘲笑的目光下进行不可一世的斗争。"所以"智慧要警惕力量的滥用"。由此他明白，为什么主给了他没有乞求的东西，因为"主对人的考验就隐含在这里"。"一个人真正的智慧就在于懂得如何控制他的能力。"他承认自己的失败，认为生活中应当有所缺欠，"有得不到浇灌的花朵，解除不了的饥渴，达不到的愿望，无人听见的呼唤。这样，我们才能真正配得上这智慧和辨别力，才有资格去了解人心，与心交谈，才能带给心以安慰和上天的信息。"①

此外，第七场精灵纵容渔夫当国王，他们的对话进一步深化了主题。渔夫不受引诱。为此，精灵看不起他，认为他的心太渺小，是个失败者。渔夫反驳它说："你用来引诱我的东西有什么好处？苏莱曼曾经拥有过这一切。……当一个女人说出那微不足道的'不'字时，这一切都化为乌有。从今以后，别再用人类的力量引诱我！每当我们过分地以自己的力量自欺时，上天就让我们遭到讽刺和嘲笑。苏莱曼就是这样。地上的白蚂蚁都敢蔑视他的尊严，戏弄他的权威。再没有什么能吸引我，让我受到诱惑，甚至智慧本身也不行。智者炫耀智慧的那天，就是可笑的愚蠢被揭穿的时候。至于失败，我从来没感到过真正的失败，除了认识你的那天。失败的痛苦与野心的大小成正比。能力夸得越大，失败得越惨。"

精灵说："我得承认，我不理解你。我只习惯于想胜利，想赢。胜利的陶醉多惬意！它叫你忘掉一切，抵得上为争取胜利所付出的一切！"②

苏莱曼的失败和渔夫的不受引诱，都因为力量和智慧并不是人可以炫耀的东西。苏莱曼因不贪求个人的富贵和利益，所以获得了所乞求的智慧和辨别力以及额外的无比的力量。这无比的力量给了他，正是为了检验他的智慧和辨别力。不幸的是他没有通过检验，他为这能力所迷惑，滥用权利以获取他人的爱；又准许精灵滥用它的才能，伤害他人。他们的行为证明他们没有智慧。渔夫守本分，不接收诱惑，因为他懂得在天赋的能力面前保持谦卑，不炫耀也不滥用，显示出了他的智慧。苏莱曼最后终于明白，生活的缺欠需要智慧和判断力来弥补，在欠缺的情况下，才能谦卑地渴求智慧，了解人心，获得主的信息。渔夫和苏莱曼所代表的价值观是精灵所不理解的。精灵代表着的价值观只重视个人的输赢，而不顾其他。苏莱曼虽然死去，但他所播下的智慧的种子没有死。所以渔夫和精灵的较量，也就是智慧和力量的较量，它会一直持续下去。正如哈基姆在该书二版《后记》中写明的：

---

① 陶菲格·哈基姆：《贤明的苏莱曼》，文学出版社，开罗，1948，第175页。
② 同上书，第176页。

1943年《贤明的苏莱曼》一书出版时，人类历史上的惊人事件——原子弹那种巨大的力量还没有像铜瓶中的精灵被释放出来，它的能力还没有以它可怕的样式威胁着智慧。盲目的、经常出现的战争终于暴露出它的真实面目。操纵战争的统治欲和野心，好似一匹难以驾驭的野马，成为与想要抓住这匹野马的理性智慧之间的争斗。

1948年这本书第二版即将问世时，我以为这个剧本已变成现世经常争斗的象征。魔瓶中放出的精灵已控制了人心。人一旦获得力量，立即去践踏他人。力量引诱着，谁拥有它立即把它用在该用或不该用的地方。

不论现在还是一切时代的人类危机，都是力量手段的发展速度快于智慧手段的发展速度。

人类最初的手指甲已从石制武器发展为刀剑，之后是大炮，之后是原子弹。可是，控制人类冲动的手段却没有发展到应有的地步。那么，有谁会抑制这脱缰的力量！为此，过去才经常出现灾难或失败……直到有一天人们明白了智慧的必要。

我们不奢望人类已具备善和恶，以便杀死我们心中那聪明、天才和野心勃勃的精灵。但是，我们只希望在我们的心中筑起堤坝，以抵挡精灵肆虐时的诱惑。

哈基姆在此剧表现出的是能力与智慧的失衡，它造成了人的失败和痛苦。他的这一思想绝不是空穴来风，它源于哈基姆对宗教的信仰。苏莱曼失败后，曾与祭司有段对话，涉及了对先知和宗教的看法，很能说明他对宗教的认识。祭司认为，苏莱曼是位先知，必须让人们看到他的完美无缺。苏莱曼则反对祭司把先知当成艺术珍品而需要装点。可是，祭司坚持"宗教即是艺术，是来自造物主的神圣的艺术。因此，才要考虑艺术的根本要素：美和完善"。苏莱曼认为"在真理眼里，先知不是艺术，他真实得无须加以粉饰和装潢。宗教是与生俱来有善恶之心的人的本质，是我们人类对于难以达到完美境地的单纯感觉以及对善的不断追求。人有时不免因邪恶本性而失足，宗教便是希望和安慰。它发自那种诚挚的呼唤深处："主啊，我要行善，但却作了恶。主啊! 帮我承担那软弱的重荷以及失足的罪责! 在我即将摔倒时，给我指明道路，使我热爱美德，多多少少摆脱一点儿人欲，以便配得上你用泥土创造的人类，并施恩于他吧! "①

哈基姆在这三出戏中所表现的失衡现象是他对东西文化思考的结晶，对 20 世纪末的人类世界也是具有启示作用的。

二、哈基姆的《均衡论》

哈基姆的《均衡论》发表于 1955 年。这本书不是哲学意义上的理论著作。均衡论作为作者的一种指导思想，用以解释人与人、人与宇宙和社会的关系。在此基础上，建立起了他的文艺理论。他的均衡论带有明显的神秘主义特征，它的出发点是神秘主义的本体论。哈基姆结合现代特点，对宇宙的运动规律、对立统一规律做了新的阐释。它概括了作者 30 多年的创作实际和思想。虽然，还不能说它已形成了完整的体系，但从他一生的创作来看，它是前期作品的总结，后期作品又为它做了延伸和补充，显示了他思想和创作的创新性和深刻性。由于当时埃及乃至阿拉伯世界政治和社会环境的制约，一般读者很难达到哈基姆的文化修养，难于理解神秘主义所代表的宇宙真理和对现代生活的指导意义，因此他的理论没有得到应有的重视，没有产生应有的积极影响。

翻开这部书，首先映入眼帘的是几页彩纸印出的关于均衡的界定和解释，与正文分开，给人一种新鲜感。

何谓均衡? 哈基姆说"均衡在这儿意味着对应。均衡的力量意为对应的和对抗的力量"，"这部书里的均衡论即是与另一种运动对应和对抗

---

① 陶菲格·哈基姆:《贤明的苏莱曼》，文学出版社，开罗，1948，第 175—176 页。

的运动"。然后，他做出如下的解释：

"正确的'一'等于零。"

"积极的生命始于数字'二'。有'二'的存在才有彼此的关系，即运动和生命。"

"只有安拉是完整的独一。尽管如此，它按自己的意志生出另一种对应的力量，即魔的力量，以便开始多种多样动荡不安的人类生活。"

"安拉创造阿丹一个人时，阿丹的存在是消极的。由他造出二。有了哈娃，存在才开始了积极的运动。"

"单独的太阳是一种消极的力量。当太阳分裂生成另一些星球。在对抗的运动中对应平衡，存留下来。宇宙就开始了积极的运动。"

"绝对的统治力量是消极的力量。必须有一种对应的力量即被统治的力量，社会才开始了积极的生活。"

"这在本质上就是均衡。"

"总之，正确的'一'是消极的存在。它是无之后的第一步。从积极运动的角度上说，它是零。因为它无法对抗另一个。没有对抗，一切运动便停止。"

"真正的生活始于数字'二'。为了数字'二'的经常存在，必须保持每个'一'的独特力量。"

"均衡是对应和对抗运动的哲学。即生命保护你独特力量的独立自由，以它来平衡对应那想吞食你的另一种力量。"

"均衡是一种吞食性的反抗。"

"真正的'一'是静止。"

"'一'之所以是消极的，因为其独立存在。"

"'二'之所以是积极的，因为两者相互运动的力量相互消长。没有这相互的运动就没有生命。相对抗的运动就是生命。"

"均衡是对吞食的反抗。用以平衡你的存在。"①

---

① 陶菲格·哈基姆：《均衡论》，文学出版社，开罗，1955。

哈基姆在正文里，从人、社会、文艺三个方面阐释均衡现象。而后两个方面也是围绕人和社会、人和文学艺术的关系展开的。

在探讨人在宇宙中、社会中的地位时，哈基姆首先说明人是谁？虽然他认为人是谁无须介绍，但还是指出了人与其他造物的不同。"人就是众所周知的生活在地球上的造物。他是会思考的造物。思考是自我有意识的朝向逻辑的运动。"人的特点是"这个会思想的造物询问他自己的真实"（第9页），而均衡正是"人生命的最初真实"。这真实表现在人的呼吸、精神与物质的构成上。呼吸失衡，生命就会停止。"人精神的构成也有呼吸，即思想和感觉。健康的精神生命就是思想和感觉的均衡。"（第11页）所以，"均衡是一切造物生命的秘密"，"人是物质和精神相均衡的实在"（第12页）。

哈基姆紧接着提出，人是否独自存在于宇宙之间，他是否是绝对自由的？现代的看法是"人在宇宙中无伙伴"，"人是宇宙中的神，他具有完全的自由。"哈基姆不同意以上的看法。他反对"人是单独存在的"思想，也不支持人在宇宙间是绝对自由的看法。哈基姆内在的感受告诉他，人不是独自存在于宇宙之间的。这是他的信仰。信仰是无须分析证明，也无须理智干预来肯定它。他相信"宇宙间有一个至高的存在。它在思维和精神上比人强大高尚"（第22页）。理智之所以不接收这一存在，是因为理智无法造出一个超出其逻辑思考的形象，无法再现它。也许因为理智造不出来，只好嘲笑这一思想。哈基姆认为解决的办法很简单。那就让心灵去信仰它的存在，让理智去思考它能思考的东西。哈基姆坚信，"理智与心灵这两种力量的均衡可以保证一个人的平安"（第24页）。

在回答人是否是自由的问题时，哈基姆谈及了人与动物的区别。他认为，动物天生就有一种潜在的知识，被称为本能。本能促使它们去活动，创造奇迹，如蜜蜂、蚂蚁等无须学习和训练。可是人就不同了。人需学走路，学说话，不具备蚂蚁、蜜蜂那化石般的知识和能力。动物一生的任务早被确定下来。可是，人生来就被剥夺了那潜在的知识，所以他是自由的。他必须重新发现知识。人生下来以后，他的任务由他的行为所决定。人可以自由地面对自己的命运。那么,人的这种自由是绝对的还是相对的?哈基姆认为是相对的,它受运动自由的限制。他引用牛顿、伽利略的定律加以说明。只要有外力的干预,人的自由就会朝着它的方向运动。

什么是人的外力呢?哈基姆以为,理智会从物质世界寻找推动逻辑的依托,它找到电磁现象来说明外力(电磁)对人自由活动的影响。心灵则不然。心灵的信仰无须说服和证明,说服不是心灵的职责。对心灵和信仰而言,回答十分简单。哈基姆相信存在一种外在的意志,"它以有序协调的方式进行干预,透露给意识使之知道他的所做和所愿。那外在的意志具有聪慧的指导因素,能降入普通意志之上,改变其倾向,描绘出新路。""它有时被称为神力"(第30页)。理智一般对此不屑一顾,那些极端自大的人否定它,甚至把理智奉为上帝。哈基姆则承认理智、科学和人的自由,同时也不否认心灵和信仰。他明白,"理智的职能是怀疑。中断怀疑就是停止审视事实及其结果的运动。那样理智的工作就会瘫痪,它也就寿终正寝"(第31页)。心灵的职责是信仰,也就是肯定。哈基姆幽默地说,还是让心灵去承担那难于解决的肯定的真理。哈基姆认为,"人的意志需与神的意志均衡","理智需与信仰均衡"。人便在这均衡中生活和工作。"人不是这世界的神,也不是自由的。人要在神的意志范围内生活斗争。这意志有时显现为人无形的障碍和束缚。所以,人必须抗争,以便超越它战胜它"(第33页)。

在此,哈基姆指出当今遇到的一个问题是"否定安拉,否定那影响人之命运的无形的力量"。而"人独自存在于世上"的思想是极其危险的,它是现今"导致世界灾难的原因"。他批评那种在人头顶上置放神的光环的做法,指出那是一种欺骗,阻碍了人的目光。面对钳制人真正自由的隐蔽枷锁,人必须凝聚力量与之对抗。这种思维可视为当今解决危机的办法。因此,"人明白至高的存在,感觉到它,认识到人的自由是局限于外在意志的范围之内,不但不会使人懈怠,反而使它成为人斗争的动力"(第40页)。

哈基姆坚信人的成长发展对社会的重要作用。人被赋予能够发育成长的思考工具,还被赋予了能够发育成长的情感工具。这两个工具是用来认识至高的。而"认识至高是人走上生活之路的向导和鞭策。这种对至高的认识并非是单纯的宗教信仰,而是人之必需"。理智和心灵的成长有赖于这种基于用尽废退规律的认识。这必须"有助于人去发现自我,找到理智和精神力量的源泉,发展它,做好准备对付那令他魂牵梦绕、迷惑不解的奥秘和隐蔽力量。在发现、寻找和发展中,人不断变化发展,个人和社会也随着自我的一点一点升华而提高"(第37—38页)。然而,时代的发展并没有按照原初的模式行进。"理性思维独自飞跃取得胜利。而心灵信仰的发展停顿了,从而阻碍了人向至高的发展和个人与社会均衡的发展"(第40页)。

人的自由决定了人的责任。尽管存在外在意志,但它的存在不能否定人的自由意志,哪怕这自由是部分的。在这方面,人与动物是决然不同的,动物无须为它的行为负责,而人则不然。哈基姆认为,"善恶对个人来说没有意义。善恶只存在于社会之中。善是导向利他的意志行为,恶是导向损人的意志行为。善恶只有在他人或社会存在时才存在。善恶如日夜一样均衡,无所谓谁前谁后","人为善,也为恶。为恶时是一种病态","恶与人的自我意识有关","爱自我的本能推动人去迎合自我而不惜损害他人"。所以,"善是精神和教养的产物,恶是本能和禀性的产物","善需要号召和鼓励。因为爱他人比爱自己对人来说更难更艰巨"。据此,哈基姆把"利他"作为衡量社会发展的标尺,指出"社会发展得越高级,越把'利他'放在重要的地位"(第42—43页)。这里,哈基姆根据均衡的原理认为,人是运动世界的一部分。当他陷入恶时,也就开始了向其对应和均衡的另一状态运动,不会停止不动。若不断向更恶发展,为害他人,"那是因为社会堵住了他向均衡状态运行的路"(第45页)。为此,他建议改变善恶的观念和惩罚制度。不要对恶采取报复的态度,只要求均衡状态,用善来均衡。不要让人失去人性,变成人兽,而是促使人趋向善。

由此,哈基姆又谈到了良心。他指出善恶的存在导致良心的存在。良心是人所独有的。它需要他人的存在,也需要自我的耻辱心的存在。

耻辱心提醒自我要用善来平衡他所犯的恶。这平衡的意识和感知被称为公平。公平是一种道德现象。"良心即自我对他人未能实现的公平感","良心是人的卫士"(第51页)。

人有良心，社会也有良心。社会的良心是公正。社会实现公正也就实现了均衡。

国家政治也需要均衡，即力量的均衡。任何强国都不可能持强很久。任何一派占了上风形成一股力量，定会生出隐蔽的另一股力量。

在经济领域，均衡规律、补偿原则更为严格。

为此，均衡是生活必不可缺的条件。它是个有效的工具。"它的作用有两个：反作用和补偿效应"。

为了阐述均衡在文艺领域中的表现，哈基姆从思想、工作的概念和使命入手。他认为，在社会中，工作和思想是两种力量。"思想是一种自由的询问的能够运动、适应、发展的意志。工作则是僵化的受限的和受一定条件制约的意志"，"工作可以视为物质的权威，思想可以视为精神的权威"(第59—60页)。两种力量在历史的演进中不断交换着统治地位。古代社会中的哲学家、诗人、科学家、文学家因为软弱、穷和分散，只得屈从于强大或富有的势力。中世纪宗教学家占据统治地位。现代社会随着科学或理智的进步，统治地位逐渐返还给思想家。哈基姆以为"思想的真正使命是作为'工作'力量的一种独立的均衡的监督力量"(第64页)。两个均衡的力量，一旦一个被另一个吞食就出现失衡。"思想是大地上唯一保证工作力量不出偏的力量"(第65页)。所以思想家应保持思想的独立性和自主性。"责任属于工作的特性，自由属思想的特性"(第67页)。思想家一旦加入政党，党派的责任就与思想的使命相抵触，直接剥夺了思想权威的监督和审查的作用。哈基姆十分重视思想这种作用的权威，认定它是真正责任的基础。工作和思想的均衡和相互遏制，不使对方称霸，以保持人均衡的存在。

对文艺家来说，他们更关注人精神的方面。文艺要阐释人，这意味着他们要透视人对这个世界的思想和感情态度。他们以其创造性的才能和生活实践，描述人的形象，人思考和情感的轨迹。文艺家的任务也不仅仅是通过描绘来体现思想，他的责任是将这些思想或科学作为营养用以人的重建。用他们精密的感觉之网去捕捉自然的隐蔽的规律。这就是文艺阐释人的途径。

从文艺的功能来说，均衡论同样表现在文学和艺术的表达和阐释方面。表达的力量不是突现的方式。表达也不仅仅是形式，而是包括形式与内容两个方面，即包括风格力量和内容力量的均衡。风格是一种独特的方式，用来获取他人的喜爱、情感和思想，看到你所看，感觉你所感，了悟你所悟。这种文艺的风格需要天赋、后天的学习和个人的奋斗。具体操作中还需在模仿与创新之间保持均衡。哈基姆以莎士比亚为例，说明文学需要的丰富性。高低深浅雅俗都是必要的因素，以使生活成为生活。他称赞莎士比亚掌握了表达的钥匙，写出各式各样不同音调和音响效果的作品。作品的力量不仅在于高度而且在于广度。

至于阐释，哈基姆认为阐释关系到文学的使命。文学要求教育、娱乐，也要求在人生的旅途上打开探照灯。阐释是文艺的使命，它要说出人在宇宙和社会中的状态。但是，并非所有的文艺作品都带有如此的解释或使命，提供人的状态和命运的意见。单纯的表达会走向为艺术而艺术。哈基姆肯定文学家应该有责任感和使命感。他认为"健康的思想就是运动的思想。思想的自由意味着怀疑的自由。怀疑的自由意味着反思人的价值观和状态的自由"（第86页）。他希望文学家的责任感不要破坏了他的自由思想。哈基姆觉得，他自己的作品就包括了民族改革的责任文学，也包括有关人类命运的哲理剧，既有表达也有阐释。他格外关心思想家的思想独立和自由以及负责的精神，认为他们必须拒绝一切有损于人和人道主义的东西。这样，思想的权威才能与工作的权威相对应，才能成为工作权威对应的推动力。

晚年的哈基姆在他的《脚软笔动》一文中进一步申明，"均衡论是为了使我们摆脱一种状况对另一种状况、一种特性对另一种特性的肆虐，它不是中庸,因为中庸是结果。而均衡是原因。"①

总之,哈基姆的《均衡论》强调宇宙间普遍存在的运动规律和均衡规律。宇宙间存在着的对立统一的两种力量,像两个绕着自己旋转的星球,一起在轨道上行进。他在全书的总结中指出:理智和信仰可以在人身上和平共处,理智的宽广和逻辑性以及心灵的热烈和信仰能让人过上完美的生活;均衡论与存在主义和社会主义、现实主义,以及那些专注于思想指导和发展的负责任的文学流派并不矛盾。不同的是均衡论号召思想独立于工作;均衡论是一种学派,一种以信仰存在着一种平衡补偿的力量。宣布它是反抗软弱、无力、欠缺和丑陋的明确手段,致力人的奋起。

哈基姆的均衡论是从神秘主义的本体论出发,相信外在的意志和人被剥夺的潜在知识,出生后需重新认识。但是又与有神论的神秘主义有所区别:(1) 他的外在意志不一定是指神,而是指比人高尚强大的至高的精神存在或奥秘。(2) 他的理论以人为中心,不是以神或那存在为中心,认识它是为了面对它,并得到它的指引和鞭策。与此同时,他的理论也强调人的成长对社会发展的作用:相信人身上有善也有恶,恶是自我的病态;善是后天的,是精神和教养的产物;相信人不是完美的,他无法掌握自己的命运,只能通过把握对那对应的均衡的补偿的力量来战胜无力和缺陷。因此,他的理论对这失衡的世界具有积极的指导意义。

三、哈基姆哲学思想的苏菲因素

哈基姆是一位有着伟大抱负的文人。他在 45 岁的时候才结婚。第二次世界大战爆发之后,他写下的一个材料证实他曾因世界不再美好而绝望,有过自杀的念头,他一直犹豫是自杀还是结婚,最后他选择了后者。1977 年他的夫人去世,次年他正值青春年华的儿子也去世了,只留下女儿伴在他身边。他曾不无幽默地解释说,"爱的痛苦使他的艺术得以升华"。

---

① 陶菲格·哈基姆:《消磨时光集》,金字塔出版社,1987,第 66 页。

"早年爱的失败似乎成了他的守护神,只让他得到一点点爱,以便不影响他的创造性的劳动。"

他把自己比作"思想的修士",潜心思考研究国人乃至人类所面临的问题,希望在他死前世界因他而有所改变。生前,人们已经认识到他对阿拉伯文学的贡献,"阿拉伯文学因他改变了诗歌一花独放的局面,有了自己的戏剧、短篇小说和长篇小说"(马哈福兹语)。随着时间的推移,大家越来越感受到他思想的深刻、人格的伟大。他的作品贯穿着他一整套的哲学思想,从中展现出他思想家、哲学家的伟大胸怀和勇气。哈基姆为了他的敢想敢说,两次遭围攻。纳赛尔曾出面制止,保护了他。20世纪80年代,因写了几篇有关安拉的文章致使舆论哗然。世人并不理解他的苦心。他死后,埃及作家协会主席萨·阿巴宰的悼文对他做出最为贴切的评价,道出了埃及人共同的心声:"哈基姆是一位创造型的艺术家,具有深刻的思想。他的戏剧为天真的读者提供了最伟大的哲学思想。这思想看起来离他们不远,且通俗易懂。读者文化水平越提高,会越喜欢和欣赏他。"①

阿拉伯学者从宏观上研究他的思想和创作的不多,哈里·舒克里算是一个。他的《穆尔太齐赖的革命》,从哈基姆对埃及、人类文明和民主、自由、发展等信仰上阐释他的思想方式,突出了哈基姆的理性思维。对其苏菲倾向,评论家涉及的不多,即便涉及也往往一带而过。叶哈雅·哈基最早在他的《埃及小说的黎明》(1960)中提及哈基姆的苏菲倾向,但没有展开。不过,他的观点十分明确,具有参考价值。在短短几页的篇幅里,简要分析《洞中人》后,他认为可以很容易地得出哈基姆苏菲倾向的结论。他指出其苏菲倾向的几个特点:第一,他的苏菲说的是"一切存在来源于安拉。安拉是永存,一切存在都是永存的。时间是人理智的特性之一,因为认识时间需有三个标准。"第二,他所谈及的苏菲是"世界性的苏菲"。第三,他的苏菲是"苏菲主义和尼采理论的混合"。第四,"哈

---

① 埃及《金字塔报》,1987年8月2日,第9版。

基姆是埃及第一位在科学的外衣下展示苏菲理论的人。"他还谈及了苏菲派是否在埃及被接受的问题。他认为,"苏菲派在物质争斗的战场,以此为武器,相信心灵能超越物质,感受这被欺辱人民的价值观。也许苏菲派在英国、比利时、法国被理解,在其背后有军队和炮舰的保护,而在软弱的埃及却不被理解,或许甘地是唯一不损害埃及的苏菲派。"① 他的这一看法给我以启发,它解释了埃及人何以漠视苏菲,甚至对此有些反感的原因。除了叶哈雅·哈基外,1962 年 11 月艾哈迈德·萨利哈发表的《哈基姆变成苏菲》一文也涉及这个题目,可惜这篇文章很难找到。

哈基姆非常重视作家、思想家对国家社会的责任。赴法国学习期间,他也心系祖国,把西方文明作为参照系来思考阿拉伯的前途和未来。西方物质主义的潮流让他感到精神营养的需要。西方憧憬艺术,视其为拯救欧洲文明,升华人心的途径。当时西方文学家、艺术家朝向东方,把浪漫主义流派当成拯救文化的方式。而一些东方人则朝向自己的宗教,从固有文化中寻找支点。哈基姆的思考带上古埃及和伊斯兰神秘主义的因素,或者说是神秘主义的思维便是很自然的事情。这说明哈基姆以敏锐的目光发现了苏菲思想所反映出的智慧和真知,并用现代语言解释它,以指导现实,为现实服务。

这种神秘主义因素渗透在哈基姆一生的思想和创作之中。首先表现在神秘主义的本体论上,它是哈基姆思考、立论的出发。他相信宇宙间存在着一种力量和意志,它"能降入普通的意志(指人的意志)之上,改变其倾向,描绘出新路"。有时称为"神力"。这里,他没有把这力量或意志明确指为安拉,可在大多情况下,他又指向安拉。他在《均衡论》里解释"一"是消极存在,无之后的第一步时,把安拉视为完整的独一,造出魔来与之对抗。他信仰先知,著作中引证了许多先知穆罕默德的圣训,同时也信仰穆罕默德的妻子栽娜卜为其保护。由此可以看出,他这种用来说明道理的方法,有顺应本民族的文化语言习惯的一面,也有他信仰的一面。

---

① 叶哈雅·哈基:《埃及小说的黎明》(包括另外 6 篇论文),埃及图书总署,开罗,1975,第 126—127 页。

哈基姆并不在意这两种说法的差异，因为怎么说都符合神秘主义的本质。就像我在第一章里谈到的，神秘主义者都信仰这种力量，但是对它有着不同的称谓，以及有神论或无神论或自然论的说法或解释。其实，他们所指的是一回事，人类至今还不能正确地认识和对待它。为此，哈基姆指出。当今的问题是人们总要否定这影响人类命运的无形力量，所以他警告人们其后果是严重的，那将造成世界的灾难。

其次，表现在他对神秘主义所发现的宇宙间存在的自然法则和规律的重视和重申。在这一点上哈基姆与黎巴嫩作家努埃曼十分相似。但努埃曼强调对法则和规律的尊重，而不是对它的解释上。哈基姆在作品里涉及了宇宙运动变化和均衡的法则、物质不灭和因果规律、万物同一体和万物有灵论等。他的解释与中国《易经》系词所揭示的变的法则，一阴一阳的相对、统一和中和十分相似，体现了东方人的思维模式。而他的解释不仅仅是伊斯兰的，还带有古埃及的智慧。哈基姆在他第一部小说《灵魂归来》（1933）中就已流露出来。他从埃及农民的身上看到民族的大无畏精神，呼唤这精神的回归。主人公穆赫辛从开罗回到父母的庄园。他望着周岁娃娃和小牛犊和谐相处的样子十分欣喜，赞叹这美妙的情景和丰富的含义。一种伟大的情感油然而生。他想到："纯洁和天真是他们联系的纽带。然而遗憾的是，婴儿要发育长大，他身上的人性在成长，天使的特性却在萎缩。他和宇宙间其他生灵的同一性将要被逐渐滋生出的贪婪和陌生所取代。鄙视、嘲弄自身以外的一切。以纯洁天真、同一性和集体精神为代表的天使的光辉会黯然失色；以贪婪、欲望、个人主义为代表的成人的盲目性将统而治之。"

然后作者抒发了他的感受："宇宙同一性就是对安拉的感知，所以天使和儿童比成人更接近安拉。""难道古埃及人不是已经理解宇宙的同一性和存在万物间普遍的统一性？他们用半人半兽的雕像代表崇拜的尊神……用人的形象代表造物主，为什么不能用动物为某个造物主造像呢。""宇宙间的亲和感是真正的亲和感，就是那娃娃和牛犊的感觉。它是天使的感觉，也是古老的埃及人民的感觉。"

作者还借法国考古学家的话表达他的心声：

"金字塔千万个修建者，当初不会向希罗多德所说的被驱赶奴役。我认为，他们是成群结队唱着颂神的歌曲，完成这项工程，为了同一目的。"

"这感情是同甘共苦的感情；为了共同目标，坚忍不拔，无所畏惧的感情；是信仰神灵，为其牺牲的感情；是不呻吟、不抱怨、共同受苦的感情……这就是他们的力量"，"发自众多胸膛的集体心声"。"那同一目标就是胡夫——神的代表，终极的象征。"①

最后，表现在哈基姆对人的全面认识之上。他在作品中用了大量篇幅来探讨人，把人作为认识的中心，从不同侧面分析人的特点，与动物的本质区别，形成了他带神秘主义色彩的人论。他人论的要点如下。

(1) 人与动物本有与生俱来的天赋

人出生后，被剥夺了这潜在的知识，需后天重新认识。这认识包括对至高的认识和对自我的认识。它是宇宙自然的奥秘，人渴望了解它。"我们所生活于其中的自然，有我们所不知的奥秘。因此自古我们就渴望撕破这层屏障，揭示这一秘密。"哈基姆指出"了解至高是人之必需"，人活着就为了认知，"命中注定要捕猎真理"，"为真理而斗争"。"任何造物若不了解其本真，其真实就是虚幻的。"②"人若认识自我发现自我便是找到理智和精神的源泉。"

哈基姆认为一切存在都源于相同的规律。物质可以分解为原子。原子包含着原子核，并绕着它旋转。同样的道理，真理的构成也是可以分解的。它包含一个称之为真理精神的核，围绕着它的是一堆真理，如宗教的、科学的、文学艺术的、政治的和经济的。人们常常只看到其一而不知其二，如瞎子摸象一般。每一种真理都有它自己的准则。因此要想扩大知识范畴去明辨真理并不是件容易的事，需要掌握每一种真理的标准，如科学是实践的认知。哲学是理性的，宗教是精神的。它们的本质也不尽相同。宗教的真理是本自完整的，因为信仰产生时是完整的实在。

---

① 陶菲格·哈基姆：《灵魂归来》，湖南人民出版社，1985，第227—228、248—249页。
② 陶菲格·哈基姆：《星球的谈话》，黎巴嫩图书社，贝鲁特，1986，第67—81页。

科学则不然，它是开放的，接受补充、更新、替代和修正。它产生时是不完整的实在，要不断向前发展，没有尽头。真理的各部分可能发生碰撞，但只要能从真理的不同角度（眼睛、目光、视野）看到它的完整，既相似又矛盾，而且有各自独立的特性，都是真理的分支就可以了。①

（2）人生活在两个世界之中

这两个世界指今世和后世，或者说是神的高尚世界及人际交往的今实世界。人的一切思考都建立在此基础上。人注定会死的。面对自己的命运，人无可奈何、无力抗拒。从这个角度说人的能力是有限的，同时人也不是绝对自由的。他必须顺从自然的法则和规律，在有限的范围内(指外来意志或神的意志)思想和活动。"人的意志需与神的意志均衡。"

（3）"均衡是人生命最初的真实"，也是"一切造物生命的秘密"

哈基姆把物质与精神比作人的一呼一吸，指出"人是物质和精神均衡的实在"。在物质极大发展、精神相对萎缩的今天，哈基姆强调心灵和精神的不可忽视。哈基姆对心灵作用的认识以及善恶的看法与佛家的"一切唯心造"有相通之处。他视"心灵为梦和希望的源泉"，"人心是奇迹"，"一个有心灵的人能获得另一个有理智的人不能获得的东西"。他晚年的《询问柏拉图，他何以答对》②一文，提出类似柏拉图这样优秀的人物，若生活在现代会不会适应的问题。由此指出"只要精神还具有本身的价值，包括人格、品位，不论何时何地，知识如何更新，科学如何飞跃。发明如何增加，情况如何变化，伟大人物都能够保持自己的力量和地位。因为精神是稳定的，科学是发展的。这足以证明精神才是永恒的根源而不是科学"。

哈基姆以为，爱他人比爱自我难得多。"爱自我导致恶"，"恶是心灵的病态"，"良心是人独有的"。因此，善恶的均衡首先是要医治人心的病态，以善、爱驱恶。他如此解释善恶的均衡既独特又精辟。他没有让互为依存的善恶独存，甚至视恶为人之病态，这就为善恶的转化限定了范围，

---

① 陶菲格·哈基姆：《星球的谈话》，黎巴嫩图书社，贝鲁特，1986，第59—61页。
② 陶菲格·哈基姆：《消磨时光集》，金字塔出版社，1987，第106—108页。

疏通了道路。从人入手，从培养扶持善入手。他在《星球的谈话》里还引用伊本·西那的话说明善是责任，"善就是视一切在它的界限之内，完成它的存在。恶无自我，甚至无实质或无实质状态的利益。因此，存在是善的。存在完美是存在的善。所以没有纯粹的善，只有存在的责任本身。"

(4) 人被赋予了思考的工具

"思"是人所专有，是"人理智的产物""唯一的武器""最宝贵的宝藏"。人，"这个会思考的造物询问他自己的真实"。哈基姆在《思》《灯塔》[①] 等文章说明《古兰经》是"灯塔"，它不是一本分析真理的书，里面列举的故事谚语是为了启发人的智力，让人自己去体悟。《思》一文援引《古兰经》黄牛、伊姆兰的家属、高处、优努斯、蚂蚁、罗马人、赛伯邑、放逐等8个章节的经文强调说明伊斯兰原初对"思"的重视。如"安拉这样为你们阐明一切迹象，以便你们思维"（2：219）。"这些比喻，是我为众人而设的，以便他们省悟"（59：21）。"你要讲述这个人的故事，以便他们省悟"（7：177）。这里省悟是意译，原词意为思想或思维。哈基姆以此来说明伊斯兰的真知是要信徒自己去体会和省悟，不能人云亦云。经典只起启示的作用，读经是为了悟道。正如苏菲派所主张的在爱的沉思中通过净化心灵，使那隐蔽的知识再次显现出来，或者说使人回忆起本来被赐予的知识，从而获得真知。所有的神秘主义都强调心证的功夫。哈基姆重申"思"的重要也为了驳斥世人用宗教当幌子为人思想懒惰或愚民政策辩解。他认为"清醒的理智产生清醒的人"，不动脑子不思何以能清醒。科学、宗教和艺术都是人开始运动、发现的思想成果。"怀疑"是科学思维的起始，然后才有工具的使用和将思想付诸实践。科学和艺术是人类认识树上的两个分支。

(5) 哈基姆一再强调人的创造性，指出"创造性是人突出的特点""文明是创造性的动态的思维产物"。"开始创造的人认识到，一切事

---

① 陶菲格·哈基姆：《消磨时光集》，金字塔出版社，1987，第61—63页。

物都有其创造者"。同时人也"渴望尝到神创造的乐趣",特别是艺术家。这个道理让为自己存在的本源感到困惑的头脑稍稍得到一点儿安慰。但人的理智必然运动在有始有终的范畴。宗教的发现保护人类免于变为禽兽,若严重了会人吃人。社会中宗教的任务就是"均衡善恶,以善抵御恶的肆虐"。所以,"宗教、科学、艺术都是人的发现"。他把宗教也包括在"人之发现"的认识的确别开生面、与众不同,说明他心目中的宗教指的是宗教对宇宙自然和自我的发现,即宗教所揭示的真知。

(6) 重视行为,变知为行

哈基姆援引先知穆罕默德的妻子阿伊莎转述的圣训,说明安拉的报赏是根据人的理智所指挥的行动来衡量的。她问:"先知,在今世人喜好什么?"他说:"理智……"她又问:"在后世呢?""理智……"她再问:"难道安拉不以他们的行为报赏吗?"先知答道:"阿伊莎,他们不是按安拉赋予的理智行动吗?他们应按赋予的理智去行动,做了多少,报赏多少。"先知还指出阿拉伯的句法是动词在前,主语在后。哈基姆由此进一步发挥,认为婴儿闭着眼摸奶吃,有奶便是娘。他的摸奶先于认识、辨别、了解给奶吃的是谁。阿拉伯语中,只有谈到安拉时主语才在前面,如"安拉是全知的"。阿拉伯先民认识世界和自然是从眼和手的感知开始。然后才询问造物主是谁。穆罕默德教导穆斯林思考天地而不是造物主,那是因为思考天地会导致对造物主的认识。这一认识顺序也证实了,先民认识行为早于认识行为的主动者。①

(7) 时间是"梦","是人想象和直觉的产物"

哈基姆把时间与人连在一起,密不可分,他的时间观是科学的也是神秘主义的。说它是科学的,因为宇宙间原本没有时间这个概念。它是人为生活之便制造出来的。根据自然的变幻,四季为年,日出日落为一天,由此产生了不同民族的历法。公元历以基督教的创始为起始,以格林维治地方为准划分一天的24小时。说它是神秘主义的,因为神秘主义的出

---

① 陶菲格·哈基姆:《消磨时光集》,金字塔出版社,1987,第67—68页。

神、伊斯兰的七重天和升霄以及佛教超三界的说法都是人超时空的体验。哈基姆相信,人身上有另一种力量能摧毁时间的桎梏。

最后,哈基姆哲学的神秘主义因素表现在哈基姆对宗教的认识上。在他心目中宗教并非指教会或权威机构,而是指宗教所发现的或所代表的真知和真理。哈基姆比其他阿拉伯作家更关心宗教问题。他一生写了许多文章谈及宗教、宗教与科学的关系、宗教与世俗化等。《理智武器是最有力的》[①]一文包括了询问精神、幽默精神、宗教的前景、学者的回答、科学的前景、宗教即源泉等6篇论文。其中宗教即源泉一段,从古埃及法老的宗教谈起,指出法老的信仰是建立在复活的信念之上,灵魂会在某个时间回到死人身上。所以,古埃及人重视保存尸体,以便灵魂降入。金字塔是为保存尸体而建,[②]于是产生了建筑学。工匠受伤需要医学,保存尸体需要化学。为了让出升的阳光照在寺庙中艾比·塞姆巴勒国王的脸上需要天文学。这些通过宗教兴起的科学和学院都掌握在祭司手里。因此,哈基姆认为宗教不仅是理论科学而且是应用科学的源头。

1977年哈基姆曾在联合国科教文组织的"为了2000年"的大会上发言。其他代表都谈论政治和经济,唯独他谈宗教,谈论宗教的前景。科学的巨大发展促使他提出科学的跃进将多大程度上动摇人精神的构成。他说:"宗教这人所专有的价值,在21世纪科学的突飞猛进面前会是什么样。科学的飞跃从19世纪开始。在欧洲,它动摇人心,科学独立出来,成为不信教者。我们期望这不信教的科学在未来的世纪变得有信仰,回答得出谁创造了世界,谁创造了宇宙。"哈基姆还建议在有关2000年的问题中加进科学如何面对宗教的问题。会上他预言:"未来的科学人和宗教人将合而为一,正像人类在古代的情况一样。"

为了弄清宗教与科学的关系,他读了1966年的诺贝尔物理奖得主法

---

① 陶菲格·哈基姆:《消磨时光集》,金字塔出版社,1987,第86—95页。
② 金字塔是法老陵墓。但是,也有一种说法认为,金字塔是埃及人的修炼之所。金字塔的正三角形锥体完全符合生命的最佳状态。在这种状态下产生的能量具有奇妙的功能。

国物理学家阿尔弗莱德·卡斯特莱尔的《物质这未知数》一书。这位物理学家在著作中表示，越是深入研究物质，越不知它为何物。因为有东西一直隐蔽着，不让人类知晓。那么它隐藏了什么？是宇宙秩序还是上帝？！哈基姆请教了这位参加科教文大会的当代大科学家。这位学者亲自用法文笔答他的提问。他写道："哈基姆询问我关于科学与宗教这两个属于人之精神活动的意见。我不认为两者相互矛盾，它们的关系是相互补足而不是对抗的。科学与宗教由各自的本质决定，它们活动在人类精神的不同领域。科学在知识领域，研究我们感觉到的现实。至于宗教属信仰范畴。任何时代都有信教的科学家和不信教的科学家。我要批评哈基姆的19世纪不信教的科学一说。因为在我看来这么形容19世纪的科学是不妥当的。20世纪科学已趋向哲学，被称为'科学物质主义'。它依靠科学并不完整的结论，从而使一些头脑得出上帝不存在的结论。这个世界造物主的存在既不能肯定，也不能用科学否定它。科学不能用信教或不信教来形容。科学家试图在因果律的基础上分析造物；宗教则是在目的论的基础上肯定存在。人的思想能够完整地把握'原因'和'目的'，起与始这两个原则，两者是不会产生对立的。"①

在《科学的前景》一文里，哈基姆表示他的内心深处不但不认为科学和宗教对立，而且还认为"在不久的将来科学还会支持宗教"。他引用穆罕默德的圣训"你们思考造物，不要思考造物主。你们不能评估他的价值"说明人很难认识造物主。他的这一认识就与神秘主义者提出的只有人将自己提升到一定水平才可能认识他的观念衔接起来。

---

① 陶菲格·哈基姆：《死亡》一文，《金字塔报》，1984年1月12日以及《消磨时光集》，第91—92页。

第五章　艺术再现苏菲人学的马斯阿迪

突尼斯作家、思想家马哈茂德·马斯阿迪(1911—2004)是突尼斯文化名人。毕业于法国的索尔本大学。20世纪40年代在政府机构和工会组织任领导工作。其间，曾参加过工人运动，主编过《学术》杂志。突尼斯独立后，历任教育部长和文化部长。作为一位具有使命感的作家，马斯阿迪的作品并不多，主要有三部：哲理剧《坝》(1955)、长篇小说《遗忘的产生》(1972)和《艾布·胡莱赖如是说》(写于1939, 1973一版)。这三部作品的共同特点是：一、不论其写作动机还是发表的时机都与突尼斯社会现实有着紧密的联系；二、都是马斯阿迪于困惑中不断追求和苦苦思索的结晶，具有深刻的哲理性以及现代神话的抽象性和象征性；三、表现出作者对人的极大关注和深刻认识，展示了人面对时代的挑战所应有的勇气、不屈不挠的精神以及为推动历史前进应具备的创造意识；四、这一思想深深植根于阿拉伯文化的土壤之中，透露出阿拉伯—伊斯兰，尤其是苏菲派古朴的智慧。显示出作者伊斯兰文化造诣之深。这对于一个出生并成长在法国占领下，又在西方人文荟萃之都的巴黎接受现代思想洗礼的马斯阿迪来说的确出人意料。这不仅对北非的阿拉伯国家，甚至对阿拉伯半岛上的国家来说也都是罕见的。

一、深厚的伊斯兰文化造诣

马斯阿迪的作品显出一个东方沉思者的形象,其中包含着他思想的、心理的、沉思的全部秘密。那么,他何以具有如此纯厚的东方伊斯兰的特征呢?

1911年,马斯阿迪出生于突尼斯的农村。他的父亲是位虔诚的穆斯林。他每日五次礼拜,周五(主麻日)要到村里的大清真寺去聚礼,听讲演是必不可少的。儿时的马斯阿迪经常伴随父亲诵读《古兰经》,并在背诵圣训的旋律中长大。父亲常常教导他说:"高尚的存在是净化的冒险。福报是在日益高尚的世界里享有的内心平静和满足。如此,父亲以他的信仰教会了我信仰之路。"① 这信仰使他受用了一辈子,在任何情况下堂堂正正地做人。

父亲非常关心他和哥哥的教育。他先安排儿子在私塾跟伊斯兰长老学习、背诵《古兰经》,然后又送他们到首都的洋学堂,在现代的氛围中成长。在小学,马斯阿迪每周只有3小时的阿拉伯语课,27小时的法语课。他的哥哥在宰桐大学,受的是传统的阿拉伯—伊斯兰的教育。于是,马斯阿迪星期天就到大学里去,与哥哥一起听课,沉浸在纯伊斯兰的气氛之中。

有件事对马斯阿迪一生的发展起了至关重要的作用,那就是法国当时推行的殖民化政策。20世纪初的突尼斯正遭法国殖民者的占领,殖民者在城乡强制推行法国化的政策。马斯阿迪看到乡亲们对此极为反感,也感到人的无力。后来,在就读于法国学校时,他又亲身感受到西方人对东方人的歧视,让他久久不能平静。他的老师常说,"阿拉伯是一个落后的民族,不能存在下去""你们属于的那个文化毫无意义""有意义值

---

① 马哈茂德·马斯阿迪:《艾布·胡莱赖如是说》,突尼斯南方出版社,1979。

得赞扬和尊敬的是西方文化和西方文明。除此之外都令人鄙夷"[1]。听到这些话，马斯阿迪感到愤愤不平，备受屈辱，他觉得阿拉伯人有权得到别人的尊敬。当时，他还不懂是什么东西阻碍阿拉伯人受到别人的尊敬。于是，他心里萌生出一种生的愿望，一种敢于面对这一生活悲剧，成为一个大写的人的愿望。他要设计自我的存在，并实现这一存在，以便说明他有权像那些人一样生活，不必化为他们，换上他们的自我和人格。

与此同时，马斯阿迪从西方文化中也吸取了有益的营养。他始终记得法国文学老师的话，"我们应该从兰坡的诗中获得作为一个具有全部责任感的人的思维和人的情愫。"他问自己，阿拉伯有没有可以从他那里学到为人之道的人？于是，他开始寻根。寻找文化传统，寻找可作为楷模的文化巨人。那些人让他感到亲切，教他正确的思维方式，即那种有创意的、建设性的思维方式。他在法国索尔本大学读书时，发现了伊本·鲁米、艾布·努瓦斯、贾希兹以及麦阿里、艾布·哈彦·陶希迪、艾布·阿塔希耶、安萨里、海亚姆，甚至他喜爱的现代伊拉克诗人鲁萨费等。他从这些诗人那里找到了自己的根，通过他们使自己变成一个人，而无须模仿外国人或被他们点化。我们不难从诗人名单里发现，其中除了努瓦斯、贾希兹和鲁萨费，都是苏菲诗人或思想家，可见苏菲思想对他的吸引。

马斯阿迪在与这些诗人的神交中获得了两大好处。首先是树立对阿拉伯语言的信心。他可以用法语和英语写作，写作时却感到思想是置身于语言之外。而用阿拉伯语写作，思想是从内心向外流淌，发自内心深处。对他来说语言不仅是他使用的工具，而且是他的存在、他的思考、他的直觉。其次，他从诗人的作品中懂得了人、人存在的悲剧。他曾在一篇有关苏菲诗人艾布·阿塔希耶的文章里表示"文学是一种悲剧"。因为，那是人的悲剧。这悲剧体现在人的有力和无力之间。他以为，人从本质上说是叛逆的。他是安拉在大地上首选的继承人。人不会对安拉叛逆，只会向自己的无能叛逆，绝不向无能低头。人在自身发展过程中，从一个

---

[1] 马吉德·萨穆拉伊对马斯阿迪的采访录，《笔》杂志，1979，第135—143页。

顺从的孩子渐渐成熟，认识到他在这世界上力量的有限。但他不断抗争，创造着世代的文明，憧憬着英雄主义的业绩。人知道自己必死无疑，可他却想战胜死亡，超越死亡。当然，这不意味着再活一回，而是赋予存在能够超越死亡的空间。于是便形成了人世世代代的故事。它也是真实的文明故事和文化故事。

二、《坝》对人创造性的阐释

哲理剧《坝》便是表达了人这种战胜死亡、超越死亡、开拓存在空间的不懈努力。这出戏写于1939—1940年，也就是马斯阿迪在法国的那段时间。他选择1955年突尼斯独立前发表，有着深远的现实意义。这意义不是指明一条明确的道路，而是为突尼斯独立后的发展、人的建设拓展新的思路。"坝"在剧中具有象征意义，代表着剧中人伊兰和梅蒙娜夫妻两人努力的结果。伊兰和梅蒙娜两个人物则体现出信仰的两种不同理解和人生立场。伊兰有坚定的信仰。他坚信人的创造性，认为人已摆脱了乐园里诬告者、天使的好奇者和神之眼的三重身份。人不需要先知。先知是派给他的儿孙的。他不相信各种宗教仪式、界限和阻碍，否认无能、顺从和虚无，以及一切束缚心灵、理智和力量的东西。他见不得山间的流水空流去，而要筑起大坝，造福人间。梅蒙娜则把信仰理解为一种消极的顺从，认为一切都已由神安排好，无须人去做什么，所以她反对人主动地创造活动。她视拜火的仪式为净化，伊兰却认为火的洗礼并非净化，只会把人烧成煤渣。

他们两人对信仰的不同的理解和立场在筑坝过程中体现得再清晰不过。筑坝工程遇到很多困难。一开始就受到以祭司为首的当地居民的破坏，他们举行仪式诅咒大坝。筑坝五个月，每月都出麻烦：第一个月工具被偷，第二个月高烧击倒了一半工人，第三个月大水冲垮了未完成的大坝，第四个月运输队在途中遇难，第五个月又因高烧损失工人，伊兰自己也病倒。但伊兰的决心丝毫没有动摇，想尽办法解决困难和问题。梅蒙娜一直为他担惊受怕。她有种种预感,从动物、先知、冥冥中的呼唤以及石头那里接受到他们发出的警告,不时地讲给丈夫听。劝他放弃,甘于生活在大地上,不再追求至高。但是,伊兰不愿做胆小鬼和弱者,不肯听从梅蒙娜的话。他的固执激怒了她。即将完工的大坝果真被当地人给拆毁。

与此同时,伊兰头上一直有一个影子米娅里伴随着他,鼓励安慰他,给他希望。她是一种幻像或影子,也是爱和美的化身。她欣赏伊兰对世人和地神萨哈巴的反叛和他勇往直前的精神。她等待与他一起穿越风暴,建筑大坝,缔造爱;一起教会大地上的人勇敢、理智、顽强等品格,用他们的话和精神给人们指出一条了解精神力量的道路。她在月光下带走伊兰,丢下梅蒙娜诅咒痛哭。他们到另一个地方,经过四个月的努力,又一座大坝即将完工。在完工之夜,梅蒙娜又预见大坝的坍塌。她告诉伊兰并埋怨米娅里鼓励他去幻想,最终将遭到毁灭。果然,在伊兰和米娅里还沉浸在胜利的喜悦之中时,狂风大作,天色变得漆黑,电闪雷鸣。狂风席卷大地上的一切,也将伊兰和米娅里吹进乐园。梅蒙娜只知道他们的死期已到,自己赶快逃命。不料天空一声巨响,大地在她脚下裂开一条深沟,她回归了泥土。马斯阿迪为这一对夫妻安排了截然不同的结局,颇能说明他的创作意图——对人的创造性的褒扬。人不能甘于泥土性,而要以人的创造性劳动证明人所具有的神性。

这出八幕剧有一个突出的特点,即作者根据伊斯兰的信仰创造了神话的氛围,一种扑朔迷离的气氛,从信仰的、宗教的、哲学的不同层面深化主题,揭示伊兰与众不同之处,以及他精神的可贵。在第一幕伊兰与梅蒙娜刚到坝址时,他们讨论起信仰问题。作者加进了三个冥冥中的呼唤声,代表不同的信仰,引导读者跟他们一起去思索。第四幕作者借用万物有灵的思想,让地上的三块大石头从梦境中醒来。它们惊奇人们的干劲,不明白这些命中注定必须顺从、软弱的人何以内心充满信仰、勇气和干劲,醉心于创造。创造本是神的工作,人现在何以想战胜神明。一块石头诵读《圣经》,证明上帝才是创造者。好心的石头想警告人们不要白费力。冥冥中的呼唤制止了他们。第六幕梅蒙娜为说服伊兰不要离开，提起了疯诗人哈曼的一生。孤儿哈曼是个哑巴，一位老婆婆把他养大。女人和欲望是他心中的蛆虫。一天他来到海边，见到许多美女。理智告诉他可以战胜欲望。他强化自己的精神力量，重塑了自己。而后到希拉姆城，当地人带给他许多美女，他忘记理智，沉迷于女色，每一次肉欲的享受都把他带入饥渴的深渊。他渐渐明白感觉存在于理智之下，理智对感觉而言似一只风箱。从此他发了疯。梅蒙娜指责伊兰把哈曼当对头，因为他否认了伊兰要肯定的精神、理智、信仰、人和力量。他已被肉体、幻想和欲望所战胜，而伊兰却认为自己的身体、道德和行动都是成熟的。

  《坝》发表后，在国内外引起很大反响。有"阿拉伯文学之柱"美称的塔哈·侯赛因对此极为关注。他连续发表了两篇评论，对该剧的思想内涵谈了看法。马斯阿迪感到十分荣幸。但是，对其中一些看法持不同意见。于是写了一篇评论的评论发表在1957年3月号的《思想》杂志上。马斯阿迪与侯赛因只在法国有过接触，见过两三次交情不深。他为侯赛因能轻而易举地发现该剧的存在主义内涵表示敬佩。不过，他否认《坝》是存在主义文学或是受加缪的影响。他指出，《坝》与加缪的早期作品几乎是同时或略早一点儿。可以说，他与加缪于1933—1939年同时受到法国存在主义文学的影响。他指出，他的作品与加缪作品的类似可以用世界文学中责任（al-Iltizam）和存在主义两种思想和哲学倾向的相似来说明。他认为，责任文学意味着把握事物的本质，集中描写人深层次的东西。文学成为人的使命。甚至这使命来自神的思想和灵魂的方面，是超思想和超理性的。这两种文学对人、人的真实和人在宇宙中的地位、生死变化等方面的看法互相接近。两者的接近并不难理解。因为有觉悟的人都需要把富于活力的活动建筑在对自我、宇宙以及人与生活、宇宙联系的清醒认识之上。也就是说，人需要认识自己是谁，他活动的目的，以及他的地位和命运。在这个层面上，存在的思考对人清醒的生活来说是必要的。也是不可或缺的条件。文学的责任就是要表达有关这存在的思考。于是责任文学就成为表现生活中这种思考指导下的行为、活动和立场，展示存在、人的命运、地位以及行为的现实。

马斯阿迪对人存在的思考是建立在伊斯兰人学的基础之上，带有苏菲哲学的特色。因此与法国存在主义有本质的区别。由伊斯兰人学入手，马斯阿迪分析了伊兰和西绪福斯两个人物的不同。表面上看，这两个人物都是失败者。但是，西绪福斯推石上山的无效劳动象征着存在的无意义与荒诞，其努力是命运的残酷和前定使然。而伊兰则不一样。伊兰的经历不代表无意义生活造成的荒诞。马斯阿迪创造伊兰和梅蒙娜两个人物，为的是表达"伊斯兰东方有关人是什么、人的地位和能力、人作为人的荣耀等观念和认识。伊兰的悲剧绝不是西绪福斯的悲剧，而是活人的悲剧。生活要求他活下去，继续工作、建设，不屈不挠地顽强地拼搏，好像他将永远活下去。尽管他清醒地认识到：人生苦短，只有安拉永存。人的能力与安拉的能力相比不足挂齿。永恒不灭属于人的创造者，而不是安拉的继承人"①。但马斯阿迪不认为那会妨碍人去奋斗，去为展现人的能力。改善人的生活。为人的荣耀而去创造。

马斯阿迪的故事没有停留在理念的探讨上，而是把他的两个人物放在具体的行动之中，以表现他们对此的不同立场。一种立场把"人必有一死的清醒和夕阳西下黎明即出的暗示当成绝路逢生的因素之一、伤口的绷带、感情的宣泄、消灭活生生的力量，要出神涅槃和无生命的安宁"；另一种则表明"人的生命在提醒生命所富有的意志力和人的英雄主义。生命推动人去选择伟大的斗争和奋斗的荣光"。伊兰和梅蒙娜都知道，人个体的自我与整体分离了，其力量和可能都是有限的。但是，伊兰与梅蒙娜不同的是：他认为"这有限的个体的自我与其他造物相比，独具独立意志。它由另一个更伟大的自我——绝对自我派生出来。所以，他可以行动。安拉一旦在人身上吹进了他的精神，赋予他自己独特的品质，就把他变为绝对自我的缩影。期望他以此作为他能够按自由意志进行工作和创造的理由。由此，也形成人在大地上的地位——自己命运的自由创造者"。伊兰常常把创造挂在嘴边。梅蒙娜、冥冥的呼唤、地神萨哈巴及他的信徒、

---

① 马吉德·萨穆拉伊对马斯阿迪的采访录，伊拉克《笔》杂志，1979，第135—143页。

石头和先知的声音都要他顺从,并警告他严重的后果。可是,他不愿做懦夫,"只想做勇敢的人,超越局限,升华至与安拉'交流和统一'的高度。"马斯阿迪觉得他接纳和理解苏菲的角度与众不同。他不接受"与生活之根割断,在沉思和寂灭中与安拉联系,而是要在存在的力量、创造力的伟大及创造生活的永恒中与安拉合一。"①

梅蒙娜也有同样明确的信仰。她相信个体的自我必然死亡,其能力有限。她与伊兰的区别在于对人的地位和道路的理解上。伊兰想提高人的地位,克服他的无力、有限和死亡。也就是说将自我提升到获得创造力、近主的荣光和临近神性的顶点。他对人"被给予的地位"的意识,使之可以通过奋斗和英雄主义得到"可获得的地位"的补偿。梅蒙娜则认为安拉是不可企及的。她的觉悟使她获得了另一种勇气,即敢于面对给予的地位,即那"赤裸的真"。这地位不会使她泄气歇气,而是承认这地位和能力的有限,不再绝望悲伤,从而成为最有力的安拉之见证人。她不是说过:"勇气是对你的自我和我的自我的不足、缺点、无能的认可。看到你的问题而不恼不悲。"她还认为,存在和宇宙中的活人不应该走对抗斗争之路,而应走"天性、协调、祥和、与神交流统一、整体对整体的满足"之路。人要向宇宙敞开胸怀,对它清醒机警、满足、信任、顺从它;活人将自己献给生活,绝对的存在也把安宁、富裕和精神献给人"。② 他们的区别关键在于选择顺从命运抑或改变命运之上。

总之,马斯阿迪在《坝》中表达了他对人生存悲剧的乐观态度。按照他的逻辑,人是安拉创造的。安拉在人心中吹进了他的精神,赋予人神的品格,尤其是创造性,以便使他称得上是他首选的继承人。人的生命力命令人去创造和建设,首先创造他的人。人格对人来说极为重要,没有人格何以为人,岂不等同于禽兽。虽然人能力有限,但他奋斗了,创造了,没有退缩,因此有权进入乐园。这就是马斯阿迪对安拉与人的信仰,也是他面对时代挑战,对伊斯兰苏菲人学的现代阐释,甚至还是马斯阿

---

① 马吉德·萨穆拉伊对马斯阿迪的采访录,伊拉克《笔》杂志,1979,第135—143页。
② 同上书,第135—143页。

迪在突尼斯人民取得独立之后为国家未来的发展提出的一种新思维。一个国家的发展有赖于人的培养和建设，也有赖于人的创造力的充分发挥。人的因素是第一位的。《坝》的写作充分表明马斯阿迪在困惑中找到了信仰和出路，体现出作者的拳拳赤子之情。正如马斯阿迪在出版前言中所说："这是一本于极度不安和怀疑中生出的信仰之书。一本关于人信仰的书，也是一本在创造和安拉中寂灭的书。"①

三、《艾布·胡莱赖如是说》高扬人的追求精神

长篇小说《艾布·胡莱赖如是说》是又一部探索人和人的存在的书。写作的时间是1939年，与《坝》的写作时间相近。写作的思想和心态也与前者大同小异，都处于"想为自己开拓一条通往人的实在之路"的状态。作者"心向失去的家园朝觐，忠实于对自我即个人本质的渴望，从野蛮中催生胎儿，证悟存在的真谛是爱和寂灭"。33年后的1972年，马斯阿迪再拿起这本书时，他感到这书似一个活生生的人与之对话，话音仍回响在耳边："生活是一个小宇宙，变化无穷。它是一出悲剧。生活留下了具象、决定和满足。那是损失，是对虚幻的诅咒。"他清醒地意识到"所有的存在都是一种努力，一种实实在在的（石刻般的）收获"②。人的悲剧不仅仅因为生之无力，而且还需要忍受失败和难产的痛苦。悲剧就在于要忍受创造过程中的各式各样的痛苦，否则就不成其为英雄悲剧和英雄行为。这部小说高扬的是人伟大的不屈不挠的追求精神，它是人所以为人的根本。

主人公艾布·胡莱赖是以圣训的传述人艾布·胡莱赖为原型，成为这种精神的体现者。马斯阿迪运用阿拉伯传统的叙述方式，用第三人称叙述或转述或多次转述为主。从主人公众多朋友的叙述中完成了对这个人物的塑造。他的一生可以分为混沌和混沌初开、人生体味、云游三个

---

① 马哈茂德·马斯阿迪：《坝》，突尼斯出版社，1974。
② 马哈茂德·马斯阿迪：《艾布·胡莱赖如是说》，突尼斯南方出版社，1979。

时期。

儿时,他随大人去麦加朝觐。在那里,他把礼拜当成儿戏,看出殡发笑,浑然不知在干什么。长大后按照传统方式生活:履行宗教功课、娶妻、从商、与朋友吃喝玩乐。一次,朋友于清晨带他到郊外,偷看一对天人的欢乐歌舞。他们赤身裸体,向着初升的太阳伸出双臂。然后,在阳光的沐浴下自由自在地轻歌曼舞。少女唱着:"你好精神／惬意地环游／你好光芒／你好黎明"。少年轻柔的笛声使这场面更加令人心醉。朋友讲起第一次见到他们的情景。与天人交谈,才得知他们并非躲着人类。他们不断邀请世人,世人并不回应,只有他来了。之后,艾布·胡莱赖又来偷看了多次,心中渐渐生出对乐园的渴望。这标志着他灵魂的苏醒。

艾布·胡莱赖回到麦加,生活依旧。他遇到了一位来历不明的女人蕾哈娜,被她所吸引。她到麦加朝觐,在一家小店里唱歌。她奔放无羁,崇拜享乐,是个拜火教徒。艾布·胡莱赖和她混在一起,在山洞里开宴会,举行拜火仪式。她教他如何忍受火烧。在与她生活的日子里,她精心照顾了他的病体,为他奉上佳肴美酒,让他享受了一段难以忘怀的日子。病中的艾布·胡莱赖体悟到疾病不但不可怕,反而可爱。因为"疾病是生活的一种面貌","它使生命力加强,是濒临死亡的创造","只有介乎有和无之间的创造才使生命具有意义"。与此同时,他也很伤心,因为人很难接近幸福的安宁。他和蕾哈娜过得挺惬意开心,与她在一起,一切都显得那么清澄美好。但是,内心总有一种渴望或幻影令他不安,让他忍受的折磨比爱更甚,比病痛的煎熬更烈。对他来说,爱的快感是空前的,但它只能持续一小时,不能长久。他的内心渴望去探索,不愿停留,否则渴望会杀死他,使之绝望。于是他毅然离开了。

令艾布·胡莱赖出走云游最直接的原因,是他从小妹妹的死中悟出的人生之苦、之无常的事实。他六岁到九岁之间,曾有一个妹妹。她天生残疾,开始不会说话,然后又失聪,最后失明,被疾病夺去稚嫩的生命。母亲常弃之不顾,他却非常疼爱妹妹。她一哭就跑去哄她,逗她开心。为此,他一想起妹妹就会大哭一场。他觉得人们常说火狱之火,其实那火不在火狱而在人间。若在火狱就不成为惩罚。安拉的惩罚在今世而非后世。正如他吟咏的诗"视生活如不定的无聊事／真的一面即非空的虚幻"。因此他重视今世。于是他遣散了家奴，放弃了家业，到处云游。寻找他心中的幸福和安宁。

从麦地那出发，他一人与日夜为伴，随遇而安。他出走就是要抹去记忆，不再重蹈覆辙。一路上，他只见人的贪婪和互相残杀。他不明白，人为何不懂得忠诚，有一种吃人的狼性，竟敢残害安拉的造物。他们口是心非，一边祈祷，一边互吃，甚至吃亲人。他因人之恶而远离人群，但是他又渴望人与人之间的亲热。他认识到人的交往以表面的幸福引诱人，如沙漠上的蜃影最终揭示出恶、龌龊、不幸和对抗。

艾布·胡莱赖带着满脑子的疑问，为逃避人世和抹去自己的影子，只身来到高山上的基督教修道院寻求答案。修道三年的修女朱勒玛为他开门，并负责他的修道。他一来就问朱勒玛，神和魔鬼谁是最真实的存在，是神创造了我还是我创造了神。他试图用流血和禁食折磨肉体来忘我，达到与神的合一。但是他能忘记痛苦，却无法忘我，忘记身体。他意识到身体对人的重要。他与朱勒玛互相吸引，他问对方，"你得到身为女人的应有权利了吗？若没有，那祈祷的作用不如酒。"这问话搅乱了她的心。终于在他结束苦修后，朱勒玛恢复了女人的天性。他们感到，爱使他们在跪拜中自觉充实。他们分开各自修炼后，两人都有了新的体验。朱勒玛在院长面前隐瞒他们的关系，一心祈祷。在心里空荡荡的时候，主降下，祈祷比蜜甜，好像艾布·胡莱赖附身，让主留在心里。艾布·胡莱赖也悟到，"无我，可遇而不可求"，"失去信仰，内心的不安就会来到"。

此间，艾布·胡莱赖思考了各种派别的修道和各种各样的修士。有人跪拜幻象或梦境，希望大地变乐园。其实他们并不清醒。一日梦醒会屠杀世界，只留下自己；有人为了剪除他所不喜欢的泥土性，忏悔一切而求神性；有人讨厌人的软弱，推崇完美，而来借神力；有人是想念心中的古人；有人根本不信，像朱勒玛一样，却装模作样地教人信仰，念主时三心二意；有人自己创造了崇拜者，然后求无我。其实，他们都未获救，而遇见了灵魂中的鬼。修道院的修士只是得到安静,而没有获得心的安定。最后,他得出结论:修道院的隐修是自欺欺人的。那是一种不可能的神化或痛苦的骄傲,应该打倒。

云游中,艾布·胡莱赖来到山上观海。汹涌起伏的大海令他恐惧。遇到一位有道行的修士,主动攀谈。修士带他下海,教他掌握游泳的技巧,以海与人的关系来说明合一的道理。首先让他体会游泳时身体放松和自由自在的感觉,那时人体与大海合二为一。水托着身体,人与水结合在一起,互相争斗互相嘲弄,十分和谐,达到了一种平衡。肉体与精神就如水中的鲸鱼一样。"何谓智慧?智慧就是均衡。均衡就是鲸鱼或死亡的均衡,既不像运动那样致命,也不像完全静止那样幸福清凉。"为了说明均衡像什么,修士带他上山,指着一块岩石说:"你看这岩石悬在半空中,并没有什么东西拉住它。它克服了自身的引力,正如我在海里克服了地心的吸力一样。"艾布·胡莱赖听不懂他的话,不得要领。为此,修士接着解释说,这块岩石不是人为雕琢成形的,也不是被造后发生了变化。它是被天系着,但它不满足于此,然后又在天之下生成新的石头。这就是创造和生成的起源,也是大地及其子女的起源。"它是体不是形,是自我不是属性。它好比一颗死去的星辰,失去了它的光芒。它就是你,就是我。"修士见艾布·胡莱赖一脸迷惘,就骂他笨蛋,没带耳朵。然后又接下去讲:"我想告诉你,你即我,我即你,我们就是其他人。乐园在你心里。正如你的心过去是泥土,而后会变为天空中的鸟儿一样。"①

在艾布·胡莱赖的追问下,修士也讲了他的经历。原来他们两人有许多共同之处:都是有地位的人,都为人之恶而困惑,并远离人群。他原来是一位受尊敬的名人,人称"我们的安拉继承人"。他一直等待启示的降下。他曾向一位找到生命之路的女巫学智慧,明白书中无智慧。因启示未降下,他便相信了恶,认为生命寓于强悍和暴力之中。他打人杀人欺负人,非但没有受到谴责,反而受到尊敬和跪拜。他召集贤人准备忏悔,他们

---

① 马斯阿迪:《艾布·胡莱赖如是说》,突尼斯南方出版社,1979,第211—212页。

不准，让他等到清算日。于是，他就捉弄他们，放他们的假，纵容他们按本心去行事。他们果然摘下面具，纵情声色，胡作非为。他从此认清人的丑恶，远离了人群。人们以为他死了，还给他立了墓碑。艾布·胡莱赖在云游途中见过那块墓碑。他只身来到海边，没有驼队和朋友，好像影子骗了他，他把影子甩了一样。他想去除内心的矛盾，一直没有成功。大海给了他启示，使他明白人善恶的共存。艾布·胡莱赖无法理解修士的言谈，也不理解他怪异的举止。离开他时，修士送给他笔和纸，纸的中间是空白，周围画着点、线和圈，让他摸不着头脑。

　　艾布·胡莱赖面对着他给的画颇费了一番心思。最终，他悟到画中的空白是时间的颈口。画面提示他摆脱年龄，走出有限的岁月，朝向无限。于是，他邀了老朋友一起于次日黄昏，朝向落日的方向。一路上，他回忆起年轻时与朋友度过的快乐时光，那充满了放荡不羁、恶作剧及温馨友情的日子。突然，一个声音响起，那是他们听到的最美妙的声音：

　　　　我是真理呼唤你
　　　　我是爱求爱于你
　　　　我是渴望深藏于你
　　　　来到岁月之上
　　　　找寻我的秘密
　　　　从我的隐秘中揭示
　　　　黎明般的光芒
　　　　它将讲出我的秘密
　　　　我是真理深藏于你
　　　　我是爱求爱于你
　　　　我是渴望呼唤着你
　　　　我的爱人是永恒的爱人
　　　　解脱吧，一起得到
　　　　那冥世的学问

以及主的隐秘
快快行动起来
你一旦升华
快似风儿刮起
来吧上山泉
扇起你的翅膀
眼前即显出
那永恒的彼岸。

艾布·胡莱赖接着也唱了起来。那歌声似一团火在燃烧，又好像安拉在宇宙中呼唤重生。

真理，我来了
祝贺你，我来了
我的爱人无比辉煌
我现在就出发
我的心来了
这是我的天
在那极点
它呼唤我的灵魂
啊我的挚友
它的辉煌照耀着天空
照亮了我的路。

艾布·胡莱赖对朋友说这正是他所要的。他一边提起朋友第一个孩子夭折的往事，一边策马向黑夜奔去。一会儿，就听见马痛苦的嘶鸣和快乐的喊叫声。朋友惊呆。黎明时分才发现，他们停在悬崖边。他不由得感叹艾布·胡莱赖比生命更伟大。

艾布·胡莱赖的一生即是他个人的人生旅程，也体现了人的修炼悟道的过程。他一生有两次觉醒。第一次天人的歌舞令他混沌初开。打破了死水一潭的生活，在心中荡起涟漪，升出对乐园的渴望。这渴望像种子一样在他生命中渐渐发芽。生活中渐渐的悟道可以说是种子的成长。明白人生虚幻无常、事物好坏并非绝对以及情爱的不能持久，于是重视现世，着眼于现在，立刻去追求，而不是寄希望于未来。弃爱弃家弃业意味着放下身外之物，向上攀登。而后的云游使他又登上了另一个台阶。云游算是开花。体味人之恶而远离人群，但又渴望人之亲情令他感受到身心分裂之苦。去修道院为接近神，叩问神于自我的寂灭中。修道院的经历验证了爱和身体对修道的重要，于是放弃了苦修和隐修。他和朱勒玛的爱与他和蕾哈娜的爱有本质的区别。后者是感性在欲火中渴望灵魂，前者是在灵魂的等级上直至肉体的消灭。艾布·胡莱赖始终徘徊于精神与肉体、天与地之间，找不到完整的自我。

离开修道院后的第二次觉醒则是结出的果实。那是在他净化之后来到海边，遇到修士之后。修士的一番话化解了他的分裂之苦，明了宇宙万物均衡的规律。因为，修士已让他体味到"一"的真相、永恒的真相，所以才不会被物质世界二元性所搅扰。当他了悟生命自身的意义和价值，理解生命是一种韵律，生命是一个整体，最终才能冲出时间的桎梏；同时他也需要修炼到性气平和，面对任何情况都能镇定平静，二元性便无法扰乱他的心灵。他也不会对万物怀有暴力、仇恨的感情，免于欲愿、愤怒等情感的绑缚，他便从有限走向无限。马斯阿迪在这里耍了一个小小的花招，故弄玄虚不正面直接表达，而是用游泳和悬崖巨石，形象地说明艰深的哲理。这既是一种艺术手法，也有他不好说不可说的一面。

艾布·胡莱赖的形象是第二次世界大战中突尼斯知识分子的缩影。他们已经意识到自我，意识到时代的利益必须推动社会朝向进步和自由。他们期待在辩论和苦修中塑造新的形象。他们已明白不能坐而论道或狙望感叹，应积极行动。因为，人的悲剧是人的真实，是他存在意义上的最根本的问题。然而，人的伟大、尊严正在于人通过艰苦的努力排除生活的无意义，以创造的陶醉化解有限和无力的痛苦，一代一代地改变生活，使生活一天天美好起来。

四、《遗忘的产生》中东方人的生存智慧

20世纪30年代末到40年代初，马斯阿迪写完前两部作品后仍感言犹未尽。于40年代中又写了中篇小说《遗忘的产生》和两个短篇小说《旅行者》和《辛伯达和净化》，于70年代结集。这部作品表达作者对人和人生追求的哲学思考，完全是作者沉思的记录。虽与前两部作品有不同的色彩和表达，但却有共同的内容和属性。可以说，这部作品是对前两部作品的补充和深化，对其细部的再探讨。他的揭示说明，人内心的渴望和对无限的追求才是人真实存在的内容。人自身具备精神的道德的科学的直觉的手段，才是人面对时代挑战的真正武器。

如果说《遗忘的产生》还有一个故事情节的话，那两个短篇小说则统统是沉思的描述。如作者在前言里说的："它不是醒时的心见，也不是幻想和梦境，而是幻觉中的幻觉，杂乱的梦，而是明眼人聪明的揭示。这揭示苛责一切含混、模糊、隐蔽和暧昧。相信真实的存在及安拉是闪烁的光；相信任何盲目的存在都会失去实在，并迷失方向，它比魔鬼的不幸还糟。"[1] 作品赞扬了东方人清醒的生存智慧，认为东方的智慧可以"帮助现代阿拉伯人看清楚最完美的人性及其复杂性、深刻性。面对时代的挑战，以此武装头脑，而不是用刀剑和核武器"。"人应以人的全部精神的、思想的、道德的、科学的、直觉的手段面对时代，面对生存，以站稳脚跟。不为现实遇到的问题打倒，成为有能力的人，而不是个软弱可欺的弱者"。[2]

《遗忘的产生》中的遗忘指时间中的遗忘。作者像在《艾布·胡莱赖如是说》中那样，在卷首或章首使用大量引言。这里，他引用了伊斯兰哲学家哈彦·陶希迪的话"我们在自然中走向死亡，在理性中走向生命"；

---

[1] 马哈茂德·马斯阿迪：《遗忘的产生》，突尼斯出版社，1984，第5页。
[2] 马吉德·萨穆拉伊对马斯阿迪的采访录，伊拉克《笔》杂志，1979，第135—143页。

叔本华的"在整个广阔的夜的王国，人只能独自获取学问，那就是古老不朽的神的遗忘"；阿拉伯诗人麦阿里的诗句"美好的愿望泯灭了／时间是不会泯灭的"，说明了他探讨的遗忘属于形而上的范畴，是有限中的无限。时间不能泯灭，只能是超越或遗忘。时间中的遗忘不是生理意义上的忘却，而是灵修中净化后的忘我、无我的境界，是在理性中走向生命的源头。

第一人称的"我"面对"整体认识"，与之谈论时间中的遗忘，就是他在时间中的净化，摆脱时间的束缚，最后战胜时间，成为存在和永恒的过程。这过程其实就是苏菲修炼的过程。通过这过程即一个类似神话的故事，作者形象地说明什么是清醒的存在以及物与形、肉体与精神、有限与无限、理性与非理性、真理与谬误的对立统一、不可偏废一方或将其绝对化。

"我"是一位有名的医生，名叫穆迪恩（意为感恩）。莱伊拉是他的妻子。前妻艾斯玛的影子经常出现在他面前，让他回忆起往事。她是被物与形分离的观念所杀害。死后，她伤心之至，撕碎灵魂，想进入刚死去的人体内再生。不料，身体过于完美，无缝可入。穆迪恩于妻死后，努力支撑生命，与死亡搏斗。他有两个愿望：忘记过去，打碎具有欺骗性的时间，冲出去，以矫正生命；摆脱前妻的影子，不再回忆。也就是说，他想在有限中寻求无限，消灭生死，进入永恒，使自己心安。他对前妻的思念，令他与前妻互为彼此的影子。为此，他们就要不断地轮回，因为每一个死人都在活人心中留下影子。他要去掉这个影子，意味着他不想轮回。因为，凡人有影子，超出三界后影子便消失了。

马斯阿迪把他的主人公放在非同一般的环境中，又让他们染上疾病，以此营造了一个非理性的氛围，以神话的手法，暗示出他的思考。他们居住的地方气候炎热，空气里散发着臭气，让人想到尸体和死亡。莱伊拉想换个环境。穆迪恩和莱伊拉同时染上高烧。他不同意让护士来修补生命，而去找森林女巫看病。这意味着，他想寻找生命的源头。他在森林里的经历暗示出那是他寻找生命源头的一种体验。在女巫的指引下，初次体验到合一的境界。

女巫见他具有"生命的矿藏",便带他游历超时空的世界。在那个世界里,他体验到真理与谬误的混合,心似乎要裂开,生命在其中流动。原来那不是"多"的境界,也不是与宇宙的合一,只是摆脱感觉的开始,犹如不动的开始。只有在净化了他的矿藏,摆脱一切挂碍 (al-I'laq) 之后才能达到合一。女巫提醒他,以后他会见到许多奇怪的事,但不得提问。因为真理拒绝从意义和逻辑的途径降入心中。即便降下的也无法表达,它欺骗理智,去掉意义。他不能再用时间丈量距离,疲劳是回忆,静止是不知疲倦的。进入超时间变幻极快的世界时,一切都在瞬间完成。他感到心里踏实安稳,时间在脚下流淌。在问及何为道路的终点时,他被告之,"人生的终点在永恒的起点、源头的所在,即静止、遗忘和沉默处。"①

旅途中,他还听到有关塞勒哈娃女神的创世经过。这一创世故事是作者对死亡和人内心渴望的独特解释。他一改基督教的"原罪说",而把创造中的缺陷变为神无意的过失,神有意弥补过失,却因大地使坏,令人类失去乐园,从此心生渴望。女神一连创造了六个世界。第六个世界最黑暗,大地上臭气熏天。这让女神十分失望。经过六天六夜,她想出一个好办法,造出人类,给他们光明。大地心生忌妒,不满她把自己造成泥土物质,丑陋低下,便找女神算账,让臭气熏倒女神。女神让步,给物质披上美丽的外衣,给它洁净和光明。后来大地又扇起臭风,熏倒光明的人,使之身体变重人变丑。于是,人降到大地上,失去往日的美丽。女神无奈,只好用爱、生育、死亡来结束人的一生。因此,死亡是对人的报复。人的肉体降到地上,他光明的灵魂渴望升天,又升不上去。这便是人内心不安、渴望和回忆的根源。身体是灵魂的矿藏。人死后,灵魂失去身体的依托也造成灵魂永恒的折磨。穆迪恩在一个黑暗的洞穴里,见到集聚在那里的灵魂渴望身体,急切地渴望再生。女巫告诉他,人死后会常常想起身体,回忆失去的生命。因为人没有达到他的本源,是时间催人老,催人死,一切都是时间在起作用。

---

① 马哈茂德·马斯阿迪:《遗忘的产生》,突尼斯出版社,1984,第74、94页。

穆迪恩回家后，与妻子发生矛盾，表示出对理想的强烈不满和对非理性的向往。莱伊拉不同意穆迪恩去找女巫，也不同意他的追求。她希望丈夫是一个普通的人，有限的人。森林中的经历让穆迪恩身不由己地要走到生命的源头。他认为，"人被造成贪婪、急躁、胆怯，因而赶不上神明。他生怕破坏了合理性，把合理视为准则，以此来排除想象。若人有胆量，就可冲出合理性的牢笼。那时真理就降下，荒谬倒台，一切变得清凉纯净。"他不同意莱伊拉满足于命运赋予人的理性，他赞扬非理性，把它比作"狡猾的妖怪、难于驾驭的烈马。不能对它使用强硬的手段，它不会低头。它带着你，你不能把它怎样，也不能限制约束它。不被限制的就不被领悟。""我们忘记了疯狂的自由自在之路，总是害怕超越理性和人类的禀性所带来的晕眩。人的这种担心模糊了我们的视野，限制了我们的空间，像一个夜盲者将自己局限住。理性已经束缚了我们的手脚。"[1]

穆迪恩在他离去之前，为满足妻子的要求，说出了他最想说的话。他谈到自己得到升华前后的感受："过去我常常爱胡思乱想，想自己的一生和一些无聊的事。森林中见到影子遭受的苦痛。死人并未达到涅槃，他们屈从时间，被回忆所压倒。我若到达不了源头，就把握不住自己的命运。在此之后，我的劳累感有所减轻，含混的东西明晰了，困难的容易了。那些让理智不安的东西，似洪水般变得不言而喻。我的心裂开，生出一股地动山摇的风，托我上升。心里涌出似平静流泉一样的安宁，眼前显出绝对自由的活动之路。"[2]说完，穆迪恩按他获得的一种走向无限的草药方，饮下配制的草药汤，奔向了源头。

短篇小说《旅行者》[3]完全是一种内心独白。它描述旅行者（指修道者）经人指点向东方寻求心安和梦的过程，以及他的醒悟。这个短篇也可以说是对东方人那大理石般的信仰和智慧的理论性的阐释，涉及东方的心安与合一，以及形与体、个人与整体、有限与无限的关系。

---

[1] 马哈茂德·马斯阿迪：《遗忘的产生》，突尼斯出版社，1984，第101页。
[2] 同上书，第107页。
[3] 马哈茂德·马斯阿迪：《旅行者》，见《遗忘的产生》，第119—133页。

旅行者在两年不停地询问探求里明白,"心安和梦并非是一个有明确道路的秘密。它是天上的梦,是休息,是来自运动或实践的单纯奋斗和付出"。"活人于心安中既是体,也是灵。他处于坚信和中道里"。"东方人的心安不是阿波罗式的心安,用表面的安宁掩饰心碎和深层的痛苦,而是大理石般的寂静,似东方的乐曲和雕刻的线条,返回起点不偏不斜。心安不是怯懦、无力、顺从定命,也不是威逼出来的话,而是伟大的坚定、存在责任的坚定、宇宙的坚定,心甘情愿地顺从规律"。旅行者明白了形与体相互依存的关系。一切必然回归它所属的另一个。他只是其翻版或影像,必将回归于它。正如舞蹈不会改变舞者自己一样,只能改变他的形象,丰富他的形体和色彩。舞罢,舞者不留痕迹地返回自我之中。由此,他又引申到自然现象的变化。因此,东方人总是笑对一切变化,处乱不惊。

旅行者知道,东方人和大理石一样会永存。他们战胜了岁月,泯灭了时间。时间处于运动之中,从运动中产生,也以此为量的依据。运动是变化、移动、损坏和消失。他觉得心脏和思想的活动不会遇到灵魂和生命这样玄妙的难题。正如磨盘绕着轴心转动,石头吃石头是破坏性的。一旦停下来,两块石头都会停下来。两者相合相应,否定了磨损。这与东方人在其与宇宙的合一中,为接近而静止,在静止中合一是一个样子。"永恒是静止,是柔顺的报偿。东方人永存的秘密也是他们与光阴同在的秘密。对一切运动和时间的否定是从一切时间中的解脱。埃及法老的否定、菩萨的定、先知的信仰都是这个意思。"旅行者认为,这种动静的结合、人对心灵不安的把持,这种对智慧的信心、对变化的岿然不动是非常高尚的。

与此同时,旅行者也明白,人的痛苦来源于与整体的分离。东方人知道,他们是绝对和无限的孩子,绝不能与绝对的整体分开。人一旦被局限在人的有限之中,就会痛苦,就会无力,就会发生人间悲剧。人的前景是无法限定的。应该让宇宙精神、伊斯兰精神、安拉精神发扬光大。哈拉智、安萨里、伊本·法里德这些伊斯兰哲人思想家,他们不是刻意朝向苏菲,朝向绝对存在,或因无力思考,或不能承受思考之劳,而是思想带着他们飞向远方。一般的思想家局限于理性,理性把他们引向孤独无力，用智力和思索获取真理，因而才会烦恼和绝望。

旅行者回忆起旅途上所见景物对自己的启示，感到东方的心安和梦不是思考可以企及的。心安需要活人是一个充实的实体，清除专横、紧张和激烈，因为宇宙间没有强迫、客气、专横和屈从。月光的清澈，静夜的温柔，江湖的充盈都是自然而然的作为，是禀性、一致、相合、合一与交流，是整体对整体的满足。所以，心灵对宇宙和生活敞开胸怀，清醒地关注它。对它满意，信任它，绝对存在就会赋予活人心安神怡。至此，旅行者便达到了新的境界，脱胎换骨获得他所追求的心安。于是，他注视的目光头一次变得如此自然，不着力也不着意。睁着眼在睡梦中出生，生得那么轻柔美妙。旅行者两年来第一次得到了休息和睡眠，处在心安和梦中。

马斯阿迪在他的作品中，步步深入，将他所理解的伊斯兰人学做了较为完整的阐释。其中许多的思想对中国读者来说似曾相识，并不陌生。它让我们想到了《易经》，老子、孔子等中国那些伟大的思想家以及佛家的见解。他们都倡导向内求，于虚静中凝神于一，从而获得心灵的自由，也就是生命的自由。马斯阿迪的"遗忘"与庄子的"坐忘"同出一辙。庄子的"坐"是"忘"的前提，它不仅是身体静止，而且精神也处于完全放松的状态。精神的放松需要"忘"，"忘"就是去知离形，以不知而知之，从而得到真知。马斯阿迪笔下的旅行者的旅行实际上就是庄子的"浮游""心游"。"浮游，不知所求。猖狂，不知所住。游者鞅掌，以视无妄。"旅行者游于自然的天地之间，也游于所谓的梦境之中，即心灵神游的超时空的境界。马斯阿迪一再强调此境界到来的自然，是不着力也不着意的梦境。在那如睡如梦的境界里，旅行者得到再生。旅行者追求的心定和梦也就是佛家所说的"戒定慧"的定或心安。

马斯阿迪坚信，东方的智慧是相通的。不过，他在表述中，越到关键的地方，越是用非理性的手法，违背常人的思维，将真理藏于胡言乱语、疯话或梦或发高烧迷糊状态的行为之中。这与他在书中反复强调的真理不是通过理性思想知识获得的，只有当人放下一切，倒空思想，真理自然而然地降下是一致的。这就如同伊本·阿拉比在其最著名的作品——苏菲哲学的代表作《智慧珍宝》中运用的手法是一样的。伊本·阿拉比也忽略理性分析的手法，而采用描述式的，象征、忠告或想象的手法。因为每一个苏菲在处理理性难于理解的又非鉴赏的问题时，都诉诸象征性的语言去揭示其中的奥秘。这也是苏菲语言和文学最重要的特征之一。

第六章　弘扬积极人生的马哈福兹

有着"阿拉伯小说之父"美誉的埃及作家纳吉布·马哈福兹（1911—2006）勤奋一生，写出以三部曲《宫间街》（1956）、《思宫街》（1957）《甘露街》（1957）和《我们街区的孩子们》（1959—1967）、《平民史诗》（1977）、《千夜之夜》为代表的不朽之作。他的作品贴近埃及的社会现实，深刻反映了20世纪埃及社会的进程，是站在人类历史的和时代的高度思考人类的命运，弘扬积极人生的高品位文学。他的艺术世界充满了深厚的历史感和民族文化的底蕴。正如他在1988年诺贝尔文学奖获奖演说中所云："我是两种文明的儿子。在历史上的一个时期里，这两种文明结下了美满姻缘。第一种是已有7000年历史的法老文明；第二种是已有1400年历史的伊斯兰文明。"[①] 马哈福兹在这两种文明的怀抱中，吸吮她们的乳汁，汲取她们文学和艺术的养料，使之文思泉涌。他一生创作了近50部作品（包括32部长篇小说、14部短篇集以及1部准自传），其文学世界随着时代前进，不断创新；其创作不仅开拓了埃及小说的道路，也代表了阿拉伯小说创作的高峰。几代阿拉伯作家深受其影响，形成了阿拉伯小说的"马哈福兹时代"。

马哈福兹一生谦逊好学，兢兢业业笔耕不辍。他有一颗平常心。作为一代文学大师，他没有一般名人的傲慢，俨然是一位老老实实守本分

---

① 王逢振：《诺贝尔文学奖辞典》，敦煌文艺出版社，1993，第1030页。

的职员。获奖后他表示,"自己是一个怀疑论者,对自己信心不足,获奖可以给他些自信。过去一直相信工作和勤奋。唯一让他自豪的是,他一贯忠实于工作和所爱的人。荣誉只是对他勤奋的嘉奖"。① 他的一生正好证实了"伟大寓于平凡之中"这句老话。

在埃及、阿拉伯或欧洲,有关他的评论和专著数量相当的多。大多数的论著沿袭传统的文艺理论,从历史、社会、意识形态的角度阐述文本,揭示其意义。只有为数不多的专著诸如《马哈福兹作品中伊斯兰主义及理想》(1972)、《马哈福兹旅程中的安拉》(1973)触及作品宗教文化的内涵和精髓,但又不够完整和深刻。由于马哈福兹曾受到来自左的和右的的攻击,为避免是非,他在接受大量记者的采访时也有意无意地回避谈论宗教问题。然而,离开宗教又何以谈论法老和伊斯兰文化。好在马哈福兹的回避只是一种权宜之计,并不意味着在作品中也回避这一问题。事实上,马哈福兹的作品最贴近中下层人民,通过他们也最能反映埃及人乃至阿拉伯人的心态。因此,他的小说是了解现代阿拉伯人生存状态和精神面貌的不可或缺的读物。只要将宗教还原为单纯的信仰,拨开笼罩在马哈福兹作品上的雾霭,那融入作家血液中的文化基因便展现在我们面前,而其中神秘主义的因素也就清晰可见。马哈福兹在其小说里把神秘主义的精神追求视为人类的理想加以弘扬,展现了一代文学大师对人类历史和人的命运的深切关注和严肃思考。

一、信仰与安拉

马哈福兹出生于开罗的一个典型的中产阶级家庭,传统与现代相互交融。幼年时,母亲常带他参观古埃及法老的遗址,培养了他对法老文化的兴趣。他所生活的古老街区,其中弥漫着的伊斯兰文化氛围

---

① 开罗《晚报》,1988年10月15日对马哈福兹的采访。

和各类人物给他幼小的心灵留下的深刻印象,成为日后创作的素材。20世纪20年代正值埃及从近代走向现代,刚刚摆脱奥斯曼帝国的统治,又落入英国殖民者的魔掌中,埃及人民反对英国占领的斗争方兴未艾。马哈福兹自幼受到反帝爱国斗争的洗礼,目睹了民众的饥寒交迫,从而接收了思想家萨拉迈·穆萨(1887—1958)的社会主义思想,决心效仿思想家、文学家塔哈·侯赛因(1889—1973)和阿卡德(1889—1964)做一个社会改革家。他是怀着满腔的爱国之志,进入埃及大学哲学系,以实现其理想。1934年毕业后,他一边在大学校部就职,一边在著名伊斯兰学者,前伊斯兰教法官阿里·拉兹格(1888—1966)的指导下攻读硕士学位。他选择伊斯兰美学为研究方向,是因为美学与文学最为接近。然而,文学对他的诱惑与日俱增,经过长时间的徘徊,1936年他终于放弃哲学,选择了"狡猾的艺术"文学,开始以一个作家的身份,担当起他所理解的历史使命。他怀着对埃及百姓痛苦生活的悲悯,状写起人间的悲剧。

1928—1936年,他写下了40多篇有关哲学、宗教、心理学、文学和美学等方面的论文。其中不少是涉及宗教和安拉的,显示出对这一问题的关注。他在《信仰》一文中指出,"人有与生俱来的宗教情感总是渴望将自己托靠一种信仰。现代人认同社会派别、政治主张,并为此奋斗,与其祖先为了上帝或为了恺撒同出一辙"。他认为,"值得注意的是所有的宗教都指向世界的统一,消除民族的差别"。在《安拉》一文里,他视"宗教为人类生活因素之本质性的因素"。他认为,哲学家以理性和逻辑的眼光看待宗教;思想家借助经验和阅读,以科学方法表达对宗教的认识;苏菲教徒则尽力用心灵和感觉来达到目的。他并不热衷于安拉存在的证据,而对苏菲经验的道德证据感兴趣,因为它来自心灵和感觉。① 在他看来,人是不能没有信仰的,它是人赖以生存的精神支柱。伊斯兰信仰的基础是相信独一无二的安拉。而安拉并

---

① 转引自塔哈·巴德尔:《马哈福兹的见解与手法》,知识出版社,开罗,1984,第34—35页。

非一般人所想象的人格化的神。他视安拉为一种隐藏在事物后面的超自然的力量,是"整个宇宙的真理""治疗人类病痛的良药""净化民族的精神"。

在伊斯兰众多的教派中,马哈福兹只对苏菲派情有独钟。这一倾向在其大学期间便显露出来。他写过不少文章,字里行间流露出对苏菲的关注和热情。在《安拉》一文里他就谈及苏菲对安拉的认知,"对苏菲教徒来说,安拉不是以逻辑推理得出的普通结论,也不是由研究社会状况而获得的思想,它是我们内心深处所感受到的高尚内容。经过冥想和净化的艰苦努力,我们为能有如此感受而幸福无比。"① 他在另一篇文章里写道:"基本上可以把苏菲视为一种哲学,它是宇宙观存在观,哪怕它的思维方式并非是哲学化的。"② 他认定"苏菲是通向最高真理的途径",因为"苏菲善恶的道德感和良知将其导向安拉的存在。他们灵性的认知是值得理性的尊敬,尽管其实证是不合逻辑的"③。直至晚年,马哈福兹对苏菲的认识并无改变。如果说过去他有些躲躲闪闪,闪烁其词的话,那么到了晚年他已没有那么多顾虑。1988年10月他获奖后又谈到苏菲,他说:"我认为苏菲是一片美丽的绿洲,我得以在那里歇凉,躲避生活的酷热。然而,我并不信仰苏菲主义。在我眼里,苏菲教徒都是智者。不过,他们远离生活,悔恨生活。真正的苏菲都拒绝生活。我不可能拒绝生活,也不提倡厌弃生活、远离生活。我一向号召沉入生活。苏菲是善良的柔和的,他们只是因为高尚的精神原因才拒绝生活。我以阅读苏菲为一种休息,把它当作优美的诗歌。不过,我并不去实践它。"④ 在《自传的回声》中,他的观点更为袒露。(本章第四节将做重点分析)

至于他个人信仰,马哈福兹对采访的人说:"我是一个有信仰的穆斯

---

① 转引自塔哈·巴德尔:《马哈福兹的见解与手法》,知识出版社,开罗,1984,第42页。
② 同上书,第62页。
③ 同上书,第43页。
④ 开罗《晚报》,1988年10月15日对马哈福兹的采访。

林，我认为伊斯兰宗教宣扬社会主义。我个人只在唯物主义哲学上与马克思主义相左。"① 他曾多次在采访中表示："宗教和社会主义是我关注的核心。这两种力量与人较量，人不可能忽视它。普遍的认识是选择其一，然而还有另一种观点。在《我们街区的孩子们》中，我就是从另一方面阐述我的思想。社会主义思想帮助一些人物扫除获得安拉公正的障碍。无论我们如何依赖纯理性，都会看到眼前阻碍我们视线的天际，但是我们渴望揭露出天际后面的东西。"② "马哈福兹模棱两可的立场曾让读者产生了疑问，为此他在写给《马哈福兹文学中的伊斯兰主义和理想》一书的作者穆·哈·阿卜杜拉的信中解释说："……原因是我的心既朝向安拉，又信仰科学，偏爱社会主义。我融合朝向安拉和社会主义的意图让一些人认为我不信教，让另一些人视我为保守派……作为一名学哲学的学生，我知道哲学的基础是随时间的发展不断更新，它绝对不适合于崇拜。共产主义之所以引起我的好感是'各尽所能、按需分配'所代表的社会公正。它是人类交往的准则，会使人类成为一个高尚的大家庭。那么，为此需要做些什么。我以为，不必为此而相信唯物主义的解释，或者去否定安拉。"③ 他在早期的论文《社会主义》中曾预言社会主义在世界上的胜利。但是他对社会主义有所保留，他写道："我从共产主义与个人主义中择其优点，摒弃其明显的不足。"④

的确，马哈福兹在作品里没有回避他对信仰和安拉的认识。他在作品中对人与安拉的认识相当的前卫。他既信仰安拉，也信仰人。他没有把安拉和世界对立起来，没有把形而上的问题绝对化，而是揭示出它在本质上有社会内涵的一面，它基本上是与这个世界相关联的。马哈福兹的表现手法十分隐蔽，充分利用文学作为"狡猾的艺术"的功能，从不同侧面充分表达了他所关注的安拉与人的关系，人与信仰以及宗教的功能

---

① 转引自塔哈·巴德尔：《马哈福兹的见解与手法》，知识出版社，开罗，1984，第59页。
② 纳吉布·马哈福兹：《我和你们谈》，奥达出版社，贝鲁特，1977，第147页。
③ 穆·哈·阿卜杜拉：《马哈福兹文学中的伊斯兰主义和理想》，埃及出版社，开罗，1978，第15—16页。
④ 转引自塔哈·巴德尔：《马哈福兹的见解与手法》，知识出版社，开罗，1984，第146页。

等问题的认识。

在马哈福兹的长篇小说中,《我们街区的孩子们》比较集中地反映了作者对安拉与人等一系列问题的观点。老祖父杰巴拉维开拓了这片土地,建立了街区。而后,他深居简出,与世隔绝。长子伊德里斯和庶子艾德海姆为争夺继承权,偷看约柜中的文件被双双逐出家门。历经苦难后得到原谅,才恢复继承权。老祖父一再申明,街区上的人都是"我的子孙,都应过上幸福的生活,享有同等的继承权。"不过,他的后代对他的这句话都没有理解透彻,没有明白这话是指人人平等、友善和幸福的权利。于是,他们都把心思用在争夺继承权上,造成了人对人的欺压和掠夺,使人失去了尊严。后代子孙杰巴勒带领民众打败无恶不作的头领,夺回了继承权。里法阿则选择了为人治病驱魔的法术,追求没有贪欲、仇恨的友爱生活,为此献身。多少年后,卡西姆在老祖父的启发下组织民众用武力消灭暴虐的头人,过上太平日子。末代子孙阿拉法特为揭开老祖父之谜潜入老宅,他发明的炸药被头人利用,个人也失去自由,逃跑时被害。他的死,点燃了民众的希望。

这是一部探讨人类命运的小说。五代人的命运浓缩了人类历史发展的进程。每一代人都有一定的象征意义。按马哈福兹的说法就是,这小说是"用现实手法批判神话,给神话穿上现实的外衣,以增强对现实的理解和希望"。因此,评论界对人物象征意义的解释并非穿凿附会,在对每位人物的寓意上也取得了共识:老祖父象征着造物主,他的两个儿子象征《圣经》中的该隐和亚伯,杰巴勒象征穆萨,里法阿象征耶稣,卡西姆象征穆罕默德,阿拉法特象征科学。

象征造物主的老祖父杰巴拉维深居简出与世隔绝,子孙从没见过他,他成了大家心中的不解之谜。财产保管人与坏头领串通一气欺压百姓。老祖父对此不闻不问,子孙怨声不断。象征科学的阿拉法特重实证而不肯听信传言。他夜闯老房子,要亲眼看看老祖父。他在慌乱中害怕被发现而失手掐死了老女仆,几天后传出老祖父亡故的消息。阿拉法特虽然没有见到老祖父,但他证实了祖父一直活在人世间。马哈福兹让科学证实造物主的存在,其意义是深远的。阿拉伯评论界在阐释象征造物主的老祖父与象征科学的阿拉法特的关系上存在分歧。一说阿拉法特闯进大房子,惊慌中杀死仆人造成祖父的亡故,意味着在科学的冲击下,上帝死了,上帝与科学是对立的。一说祖父不是被人杀死的,而是自然死亡,他死后又派仆人向阿拉法特传达对他的信任,从而使阿拉法特重新振作起来。作者的这一安排,意在说明阿拉法特与其先辈一样都是为民造福。他被杀害后,记录炸药配方的笔记本留给后人,成为反抗暴虐头人的武器。他的所作所为已经体现了安拉的意志和精神。马哈福兹对第二种解释表示认同,他在写给《马哈福兹旅程中的安拉》的作者乔治·托拉比希的信中表示:"我必须向你坦率地承认你所具有的深邃目光和有力的论证。你对作品的解释,对其作者来说是最贴切的。"①

此后,在他的第二部短篇小说集《安拉的世道》(1963)中,马哈福兹已清醒地描绘了安拉世道的堕落,人对安拉信仰的追寻,表达了他对信仰及世道的认识。这个作品是马哈福兹"有生以来完全出于个人的欲望和要求而写作"的短篇集。其中许多篇是谈死亡的,因为马哈福兹当时正经历着三部曲出版的危机,他心灰意冷,想要一死了之。当他写完这个集子后,才战胜了死亡。可以说,这个集子比起他的社会小说更具个性色彩,它融入了马哈福兹个人的精神体验和感悟。

其中,《宰阿贝拉维》一篇涉及了有关安拉信仰的问题。小说以第一人称的叙述,形象地描绘人寻找安拉的历程。"我"从小就常听父亲谈起圣徒宰阿贝拉维,人们都怀着崇敬的心情谈论他和他的神通。"我"询问父亲时,他那目光让"我"感到他怀疑"我"理解的能力。后来"我"得了无药可治的病,认定只有找到他才能找到治疗病痛、驱散忧烦的良药。根据父亲提到的线索,"我"逐一寻找。圣徒的旧友盖麦尔已与他断了联系。老友告别了过去,脱下长袍,抽上香烟,做起生意。圣徒在爱资哈尔的

---

① 乔治·托拉比希:《马哈福兹旅程中的安拉》,托利阿出版社,贝鲁特,1978。

住处已经坍塌，在那里他已成为一种记忆，甚至有的人从没听说过他的名字。街区长老肯定他还活着，但他居无定所也不知去向，长老常常因世间的烦恼而怀念他。只有书法家和作曲家经常与圣徒来往，对他情有独钟，心怀感谢。在圣徒的鼓励与启示下，他们写出最美的书法，谱出优雅动听的乐曲。"我"寻找圣徒的过程是艰难的。虽然未能亲眼见到他，却证实他还活在人世。在这里，"我"的寻找过程，形象地道出了安拉在人心目中的地位及其变化。

在马哈福兹的作品中，寻找安拉已成为一个重要的主题。它不仅表现在前面的短篇和长篇小说之中，在他的中篇小说里也有所表现。中篇小说《道路》（1964）就是一例。这个中篇小说以寻父的形式来表现主题。主人公萨比尔自幼与母亲相依为命。母亲被仇人坑害入狱，出狱后突然病逝。临终时要他去寻找生身之父，把结婚照、结婚证和出生证交给他，并讲出他生父的姓名。经再三考虑，萨比尔花光身上的钱去外地查找，却一无所获。不死心，他又变卖了家产到首都去找。登报查找时结识一位女记者，一见钟情。伊勒哈姆也是一个没有父爱的孩子。他们不同的是，她不愿去找抛弃她的父亲，而要独立地生活，不要父母的保护。旅店里，萨比尔经不住老板年轻妻子的诱惑与之鬼混，最后走上两人合谋杀害老板的路。事发后，他企图与她同归于尽，掐死她后却落入警察手中。狱中，萨比尔也没有放弃寻父的念头。他的律师经过一番周折，终于找到他父亲的线索。他是位百万富翁，但浪迹天涯。踪迹难寻，与他联系不上，他根本不关心儿子的生活。萨比尔盼父亲能赎他出来的梦想破碎。但是，他死到临头也不肯相信这个事实。马哈福兹让伊勒哈姆的父亲在看到萨比尔的报道后良心发现认下女儿的安排不是多余的，这是对她自己救自己的报偿，也暗示出她的选择体现了安拉的意旨。从她的名字中，也可以体会出这层意思，伊勒哈姆在阿拉伯文里是天启、默示的意思。

马哈福兹有关寻找祖父或寻找父亲的小说，都有一个共同的特点，即主人公寻找的结果都证实了他的存在，但他是不可见的。每个人物都知道或感受到他的存在、他的力量和影响,就是无法与之沟通。这一现象证实,神不论以祖父的身份出现,还是父亲的身份出现,都不管子孙的事,子孙一般与他联络不上。关于这一点,作者在其他的中篇小说里,是从次要人物身上体现出来的。《小偷与狗》(1961)中的妓女努尔渴望得到幸福,与其所爱的人过上正常人的生活。可是她很失望,感到那个创造乐园的主,对她这小小的请求也难于满足。在《伊本·法蒂玛游记》(1983)中,主人公从奴隶市场赎回战争中被俘的妻子时,妻子讲述了遭劫的经过。她难过地说:"那天是月圆日,神来到我们中间。他目睹了这场灾难,可他却袖手旁观。"①马哈福兹就这样从次要人物在苦难中得不到救援的事例,曲折地暗示神不管人间事,人们不要把命运寄托在神的身上。

  马哈福兹一向对信仰十分认真严肃,始终主张人应忠于自己的信仰,不可在信仰的掩盖下做出背信弃义的事来。在马哈福兹的人物画廊里不乏一些伪信者。他们为了生计、金钱、权势或者因落伍而失落,对信仰采取实用主义的态度,或羞羞答答,或干脆把信仰当大旗掩盖其劣迹丑行。《梅达格胡同》(1947)中的谢赫达尔维什口诵《古兰经》,却挖墓盗死人的金牙变卖,大干伤天害理的事。他与虔诚重善行的利德瓦·侯赛因正好形成伪信与诚信两种典型。三部曲里的阿卜杜·萨姆德则把教职当成赚钱的手段;而家长艾哈迈德总以"安拉是宽恕的、仁慈的"为自己的放荡开脱。《米拉玛尔公寓》(1967)中的会计师萨尔罕和《小偷与狗》(1961)中小偷赛义德的思想导师拉乌夫,不仅不信安拉,而且还背叛了他们所信仰的社会主义思想,成为机会主义者。《尼罗河上的絮语》(1966)中的知识群体背离了他们的革命信仰,不拘小节放荡不羁。马哈福兹对社会上普遍存在的伪信现象深表忧虑。絮语中,女记者萨玛拉写的一段戏剧创意笔记表达了作家的态度:"这戏的思想是关于面对荒诞的严肃思考。荒诞就是失去了意义;信仰崩溃了,不论信什么,只为生的需要,心

---

① 纳吉布·马哈福兹:《伊本·法蒂玛游记》,埃及图书出版社,开罗,1983,第74页。

中没有了希望。它反映在个人身上表现为堕落和消极,把英雄主义当作神话和嘲讽,善恶不分。他们的善恶都出于个人主义或懦弱或机会主义。于是,一切价值都被取消,文明从此结束。这个阶段应该研究伪信问题。这些人不是没有信仰,可是他们却对生活采取荒诞不经的态度。如何解释? 是误解宗教,还是信仰不真实。无根基,在无耻的掩盖下玩弄各种机会主义的手段……严肃就意味着信仰,可是信什么? 我们不能满足于应该信什么,而且必须真诚地保持宗教信仰以及巨大的创造英雄主义的能力。否则,那就是一种荒诞的严肃……人自古就面对荒诞,由此产生了宗教。今天,人又面对它,能产生出什么来? ……我们已经获得了一种新的语言,那就是科学,大小真理都由它来验证。这种新的语言是宗教用古人的语言所证实的真理。这真理,在今天也要以同样的力量用新的语言来加以肯定。"①

马哈福兹认为"充实的文化必定有两个支柱,《我们街区的孩子们》介绍了的文化,是以科学和宗教作为它的支柱的"②。其实,马哈福兹在许多作品中都肯定了科学的作用,与此同时也肯定了宗教在这"充满人为悲剧的世界"上的特殊意义。那些形形色色的受苦人在孤立无援的状态下,把心儿朝向安拉。正如《小偷与狗》中苏菲长老祝奈迪所说,宗教是"为苦难不幸所困扰的人们的绿洲。他们可以在那广阔的具有安全感的地方暂时存身"。马哈福兹把科学与宗教视为通向同一个目标的两条路。不过科学的现状常令马哈福兹忧虑,这正是他格外关注人的精神和道德建设的原因,也是他热衷于苏菲的所在。

二、救赎与入世

长篇小说《我们街区的孩子们》、短篇小说《宰阿贝拉维》、中篇小说《道路》和《我们街区的故事》(1975) 等作品的主人公都在寻找安拉。

---

① 纳吉布·马哈福兹:《尼罗河上的絮语》,埃及图书社,开罗,1973,第117页。
② 埃及《金字塔报》,1988年12月11日采访记。

安拉则以圣徒宰阿贝拉维、老祖父杰巴拉维、父亲赛义德·拉希姆、白胡子长老作为象征。其实,证实安拉的存在并不是马哈福兹最终的目的,他的目的在于生动形象地道出神是不管人间事的,并劝导人们不要宿命。马哈福兹的这一观点与宗教的教义以及世俗的理解相悖,清楚地体现了他将宗教、科学与社会主义相融合的思想。

既然神不管人间事,人应该怎么办?马哈福兹在几个作品中都回答了这个问题。《我们街区的孩子们》是借助老祖父的几次口谕来说明的。当象征耶稣的里法阿到大房子求助祖父时,祖父说:"年轻人要求年迈的祖父干事,多丢人!好孩子要自己干。"老祖父派仆人向象征穆罕默德的卡西姆传达他"消灭头领,把街区变成大房子的延伸"的口谕。阿拉法特也曾企盼老人能帮助他们获得幸福,但他从先人的历史经验中慢慢认识到,"祖先的存在是鼓励儿孙去奋斗,不惧怕死亡。死亡胜过语言,好孩子应该自己干,要代替他去干,最终变成他。"①

长篇小说《平民史诗》,从总结人类历史经验,指导创造美好明天的角度看,比《我们街区的孩子们》显得更为现实深刻。马哈福兹在其中也弘扬了那种不靠祖先,自力更生艰苦创业的精神,提倡的是一种现代的英雄主义。车夫阿述尔·纳吉遵照父辈的教诲,恪守活着就要为他人谋利益的信条。在被瘟疫洗劫后的废墟上,用故人的财产重建家园。他施舍无业游民,自己分文不取,依然赶车,实现人人劳动、安居乐业的生活。他的后代逐渐放弃了自食其力的生活,或巧取豪夺,或舞棒称霸,或两者兼而有之,致使理想变为神话。子孙小阿述尔一心想恢复祖先的盛世,接受先人的经验教训,最终实现了梦想。当他不顾及个人的安危,为众人的幸福拼搏时做过一个梦,梦见了老祖父阿述尔·纳吉。老祖父用责备的口吻反复询问他:"用我的手,还是你的手?"当他回答"用我的手"时,纳吉笑了。②

---

① 纳吉布·马哈福兹:《世代寻梦记——我们街区的孩子们》,花城出版社,1990,第212、297、427页。
② 纳吉布·马哈福兹:《平民史诗》,埃及图书社,开罗,1977,第550页。

在《我们街区的故事》里的第 73 个故事中,教师穆斯塔发与叙述者的父亲的一段对话也清楚地表达了这一思想。

父亲揶揄地问他:"你是不信安拉的了?"

"噢,怎么能不信。"他笑着说,"不过安拉不愿和我联系,我也和他联系不上。我们之间是死寂般的沉默。我看见生活里存在着无法解释的恶,我也见到自然界存在的缺陷和不足,我不懂这是为什么。然而,我毫不怀疑安拉决不和我们交往,不关心我们的事,放手让我们自主。"

马哈福兹反复强调神不管人间事的真正意图是要改变或纠正人对安拉的传统观念,改变人对安拉的依赖关系。他想要说的是,安拉既然创造了世界和人,为人提供了赖以存在的一切条件,便完成了他的使命。他创造奇迹的时代也随之结束。将"街区变为大房子的延伸"(意为将人间变乐园)的使命自然落到他的子孙——人的身上。马哈福兹的这一思想无异于尼采的"上帝死了",他们都有意让人生活或思考在没有安拉为依托的社会里。那里,人因失去了依靠和保障,必须完全靠自己的力量开拓出一条新路,创出一个新世界。这就是人在这个世界上的使命,也是人生活的意义。人不仅要享受生活,更重要的是去创造生活,使之更美好。马哈福兹在这一问题上的观点与哈基姆和马斯阿迪所倡导的英雄主义是一致的。

那么,在马哈福兹笔下安拉创造的世界又是什么样子的呢?杰巴拉维开发并创建的街区随着时间的推移越来越不像样子了。马哈福兹在小说的开场白里是这样描绘的:"我们这一代爆发了闻所未闻的争斗和分裂。10 个头人挥舞棍棒打架斗殴。人们已习惯用税款换取和平,用顺从和委曲求全换取安宁","我们已经今非昔比,成了穷光蛋,生活在垃圾和蚊蝇之中,残羹剩饭果腹,破衣烂衫遮体。那些头人却个个趾高气扬作威作福"。在阿拉法特一章开篇,说话人叙述说:"眼前的街区陷于一片黑暗之中。四弦琴唱出的故事完全是梦境。[①]"在以《安拉的世道》

---

① 纳吉布·马哈福兹:《世代寻梦记——我们街区的孩子们》,花城出版社,1990,第 3、379 页。

《安拉身旁》为题目的两个短篇小说中。安拉的世道无幸福可言,颇具反讽的意味。在生活重压下的勤杂工不惜代价,挥霍了代领的工资款以享受人生;富有的姑妈一生忍受孤独寂寞,临死还遭穷亲戚的算计,只有回到安拉身边才能得到安宁。在这部短篇集里,不论承受生活重压的穷人还是忍受孤独寂寞的富人最终都是死路一条。马哈福兹将他对生活的批判与人的疑问与觉醒结合起来,描绘了他们渐渐觉醒,开始寻找自我,寻找生活的意义的转变。

马哈福兹擅长描绘小人物的悲剧,他的四部社会小说都写了人生的不幸。为此他还背上了"悲观主义者"罪名。之所以如此,是因为他深切感受到生活中充满了悲剧,"从存在的角度看生活,必然只看到生与死;可是从社会的角度看生活,就可以看到诸如愚昧、贫穷、奴役、暴力、野蛮等人为的悲剧"。他知道"这些悲剧不是不可解决的。我们是在解决悲剧的过程中创造了文明和进步","解决社会的悲剧也许可以解决或减轻存在的悲剧。总之,可赋予生活以意义,使人们值得为它活下去"[①]。依此逻辑,作家便实现了从描绘人间悲剧到探讨人生意义的转化。不论作者在不同的时期的作品中以什么身份谈论人生意义,都可以归结为一句话:要造福人类,把人间变乐园。

然而,人终归是软弱的。人若不能战胜自我就不能完成所肩负的使命。在马哈福兹笔下有那么多面对严酷的现实找不到出路,而逃避责任的人物。他们或采取苏菲的遁世或玩世不恭或向社会复仇,但都于事无补,无法摆脱痛苦,只有死路一条。萨比尔找不到父亲,也不肯与勤奋的女友共同奋斗,创造新生活。他企图走捷径,与人妻合谋杀害富有的丈夫,以期步入上层社会。事发入狱。小偷赛义德的生活充满了背叛。他的精神导师拉乌夫以偷富人不算偷,教唆他走上偷窃之路。出狱之后,他发现拉乌夫已摇身一变,成为主编、社会名人,而不愿与他交往,害怕失了身份,于是用小钱打发他。他的妻子再嫁,带走了女儿。他无家可归,

---

[①] 纳吉布·马哈福兹:《我和你们谈》,奥达出版社,贝鲁特,1977,第73页。

走投无路。于是他就发誓报复。报复不成，反而杀害不少无辜，走上了死路。

如果说萨比尔和赛义德是贫苦人的典型，那么长篇小说《乞丐》(1965)中的欧麦尔和《尼罗河上的絮语》中的群体就是知识阶层的典型。他们都曾参与民族解放和国家独立的进程。革命成果超出欧麦尔的想象，于是他不再关心国家而忙于自己事业的发展。事业兴旺，财源滚滚。这时，他却得了一种怪病：丧失一切热情，厌倦家庭，江郎才尽。他为激发活力而纵欲无度，造成家庭不和；搬至郊外离群索居，也未求得内心的平静。于是，他成了一个地道的精神乞丐。那个躲进船屋里的知识群体，也因为感到历史航船的前进不再需要他们的意见和帮助，他们渴望有所作为，却成了多余的人。思考对他们来说，已毫无意义。不知从什么时候起，他们得了恐惧症，怕死、怕被暗杀、怕被关进集中营。于是躲进船屋，用麻醉的办法逃避责任。在他们的王国里，一切价值观都被颠倒了：爱情成了游戏，淫荡是自由，狂言疯话当作哲理。他们以荒诞不经的态度对待一切，浑浑噩噩地过生活。

然而，这些人物内心极其痛苦，难于解脱。欧麦尔在掩护老友免遭追捕而中弹，昏迷中萌发灵感吟出诗句。此情节暗示了，人只有为他人，甚至牺牲自我时，生命才有了意义，他被禁锢的才华才能发挥出来。那个群体在逾越节去郊外游玩，飞车撞人后出现转机。多数人还不敢面对现实，只有爱读史书的艾尼斯下定决心去自首。他是从人类历史发展中明白，人是在与自然的搏斗中创造了奇迹，生存下来，实现了人的第一个梦想——生存的愿望。在此之后，人应按自己的意志去创造高水平的生活。当生存与意志发生矛盾时，人应不惜代价保卫人的意志。自首会使他冲出困境，维护人的尊严。在当今世人眼里，有钱就有地位，也就有尊严。金钱成了衡量尊严的尺度。艾尼斯这个人物，则是马哈福兹反其道而行之，塑造的以勇敢和责任心维护人的尊严的堂堂正正的新人形象。他并不是一个完人，有许多过错，但他懂得尊重历史，从人类历史中吸取教训，有能力做出自己正确的判断和选择，以求解脱。这说明他不是一个不可救药的人，而是一个有悟性的人。

作者不仅从正面，而且从反面描绘了人必须积极地面对现实，不能逃避责任。逃避是无能的表现。他在几个作品里都对苏菲避世表示异议。赛义德无路可走时到苏菲长老祝奈迪处暂存身。祝奈迪的名字让人想起了中世纪大苏菲祝奈德。祝奈迪不断地规劝赛义德，要他"清算自己"，"拯救自己"，"做的任何事都要为他人"[①]。但是，个人利害已蒙住赛义德的眼睛，让他看不到自己已上当受骗走错路，不能再蛮干下去。他听不进长老的教导。也不理解他的话，一心只想报复。他把这个世界视为真实的世界，与其有关，并从属于它，但是他又无法与之和谐相处。长老的世界吸引着他，但他不属于那个世界，只在困惑无奈时到那里暂存身。他听不进长老的话，长老也救不了他，只能眼看着他被追捕被击毙。

被视为马哈福兹晚年创作高峰的长篇小说《千夜之夜》（1982）里，作者又塑造了另一位苏菲长老巴莱黑的形象。他喜欢青年阿拉丁，收他为弟子，向他传授了教义。他说：信仰有两种倾向，"一种导致爱与寂灭，一种导致圣战；前者摆脱自我，后者摆脱崇拜"。"世上的一切悲伤和寂寞都源于只求一切，不求安拉"，"世上一切都是虚幻荒诞的，唯有崇拜安拉是真。""自我是贫穷的，它心中充满人的烦恼。""他认为有三种学生：一种学了道理，去谋生；一种深入研究学问，以把握事物；一种能继续下去，达到爱的高度。但这种人太少了。"[②] 长老将女儿嫁给阿拉丁，拒绝了警长的求婚。警长陷害阿拉丁，长老束手无策。与此同时，穷人易卜拉欣得到宝藏后与大家共享，在荒岛上建立了穷人乐园。他们为阿拉丁鸣不平，设立法庭审理了这桩冤案。他们的举动得到微服私访的山鲁亚尔国王的理解和首肯。国王钦佩他们的义举而原谅他们假扮国王的行为。马哈福兹在一个故事中写出两种不同行为的结果，其褒

---

① 纳吉布·马哈福兹：《小偷与狗》，埃及图书社，开罗，1980，第112—113页。
② 纳吉布·马哈福兹：《千夜之夜》，埃及图书社，开罗，1982，第209、215、217页。

贬之意不言而喻。

马哈福兹一向怀着对美好理想的向往与追求，力图站在历史发展的高度，探求人生的奥秘和通向理想境界的道路。他坚信"人总的义务是不断前进，为逐步向最高理想迈进而不懈地工作"[①]。因此，人不能停留在思考上而要有所行动。这便是他褒贬的尺度。

三、无我利他与人主合一

马哈福兹揭示人间悲剧，探讨人生意义的同时，也在探究造成人间悲剧的原因。他一方面从外部寻找根源，找到诸如愚昧、贫困、阶级压迫、缺乏公正自由等社会原因；另一方面又从人自身寻找原因。发现人自身存在的恶和贪欲，也是构成人无法实现理想的严重障碍。

《平民史诗》中的小阿述尔分析了每一代先人的生活和思想，研究纳吉的时代为何衰败。他坚强有力、心地善良、秉公正直，毛病出在哪里？为什么他和舍姆斯丁死后，他们的一切努力都付之东流，于是从中悟出后代不能实现祖先理想的原因。他觉得历代祖先都遇到同样的麻烦，好像都中了魔。魔鬼能轻而易举地"乘虚而入"，打败他们，是因为"人的两个爱好造成人体的虚弱，那就是钱欲和统治欲"[②]。《千夜之夜》是马哈福兹巧用《一千零一夜》的人物和情节加以改造编排，以一串故事形象地道出，世上无宁日，恶魔得以为所欲为的缘由就是人的贪欲。贪欲包括财、权、色、好奇心、忌恨等。马哈福兹在其中对人情事态的分析鞭辟入里，令人拍案叫绝。

恶精灵苏赫尔布托变成一个美女，用色情迷惑城里的男人，使两人破产，两人因争风吃醋互相残杀。国王山鲁亚尔、大臣丹达、教法解释官也被愚弄，赤条条被关进柜子送往市场拍卖。曾助纣为虐的警长因被善精灵所救，后被世人视为疯人，他把这些人救了出来，以为这些人已

---

① 纳吉布·马哈福兹：《甘露街》，埃及图书社，开罗，1962，第392页。
② 纳吉布·马哈福兹：《平民史诗》，埃及图书社，开罗，1978，第550页。

经感到羞耻，体验到了人的软弱。然而，以后发生的事情说明这些人并没有吸取教训。为此疯人惊呼，世上的统治者都是寡廉鲜耻的。城里公认的完人法兑勒也在好奇心的驱使下，禁不住另一个恶精灵祖尔姆巴托隐身帽的诱惑，身不由己地为非作歹，越陷越深，把他老师巴拉黑长老的教训抛到脑后。长老曾警告他说："不要成为魔鬼的帮凶。所谓帮凶就是那些无知的埃米尔、缺德的学者、不信安拉的穷人。世界的腐败来自他们的腐败。"[1]

由此马哈福兹一再重申人自身精神道德的高尚对实现理想的重要性。他提出人必须克服私欲净化心灵，确立为众人谋利益的信念，才能得到幸福，达到精神的完美境界。阿拉法特能得到老祖父的认可和信任，就因为他的眼睛没有像其他后代那样只盯着祖父的遗产。他继承了祖父的创业精神，自己搞创造发明来服务大众。他曾一时糊涂被头人利用，妻子离他而去。她的离去代表人心的背离。然而他很快醒悟过来，逃跑中被杀害，遗下记录科学发明的笔记本在人间。他的死点燃了民众的希望，使他们知道世上还有人为众人的利益奔忙，他们不再孤立无援。阿拉法特的作为已体现了造物主的创造精神和对人的爱。

《尊敬的先生》（1975）是马哈福兹在《平民史诗》前写的一个中篇小说。小说以主人公奥斯曼一生自我奋斗也未得到真正幸福而成为马哈福兹作品总主题中的一环。奥斯曼出身贫寒，父亲是人力车夫。他靠着个人的聪慧勤奋，免费读完高中。之后又在工作之余坚持进修，完善自我。凭着他的才华和出色的工作，他不断晋升，从八品升到三品文职，因无后台而不能再升。为了这一切，奥斯曼放弃了初恋，忍受着寂寞孤独，节衣缩食，忍气吞声。他渐渐改变了，变得小气自私，学会溜须拍马，没有心肝；不愿受婚姻的约束，只与倾心于他的女人同居，或到妓女那里待几小时以免多花钱；甚至拒绝帮助生病的老上司。他心灰意冷时才想起

---

[1] 纳吉布·马哈福兹：《千夜之夜》，埃及图书社，开罗，1982，第209、215、217页。

结婚，女秘书给了他家庭的温暖，使之享受生活的乐趣。当他幸运地得到局长的职位时，已因心脏病发作躺在病床上。他这会儿才发现年轻的妻子对他不忠另有所图。他实现了个人升官发财的愿望。然而，幸福却离他很远。

《平民史诗》的主人公老阿述尔一生遵照父辈的教诲，恪守人活着就要"为他人谋利益"的信条。完成伟业后依旧赶车，夜间习惯到寺院的广场上，静听院内传出的神奇乐曲，而后便从人间消失。这里，寺院象征着乐园，寺院里的神奇乐曲象征着灵修者所听到的乐园音乐。多少代后，小阿述尔一心想恢复祖先的盛世。他善于吸收先人的教训，努力为民造福。他也与祖父一样，喜欢在广场上静坐，倾听神奇的乐曲，从而坚定了他为众人谋幸福的决心。取得成功后，他常沉醉于这美妙的音乐之中。乐曲使他享受到奋斗的快乐，也促使他领悟到"寺院大门永远向那些具有孩童般纯洁，天使般心肠，努力为他人奋斗的人敞开"。老少阿述尔在广场享受到的快乐、满足和安宁是他们无我利他所得到的报偿，也就是人生幸福之所在。

马哈福兹着意渲染的庄严神圣的氛围正是苏菲教徒所梦寐以求的最高境界，即人主合一的境界。克服了私欲、一心为他人谋幸福的人才有资格迈进神的门槛，与神同在。老少阿述尔已经达到了这个境界，他们听到的神奇乐曲就是那乐园的音乐，是《圣经》、佛经上提到的胜比世界音的钟声、海涛声和美妙的梵音。那是人修炼净化后，静极光通达所发出的内在美妙的振动。能听到那一种振动所发出音响既是神的恩典，也代表了修炼者的等级。

短篇小说《宰阿贝拉维》里也有类似的描写。主人公到音乐家那里寻找圣人。音乐家不由分说一定要他喝酒，喝酒是他找圣人的先决条件，否则不予理睬。于是，他不得不喝得醉倒在桌上。这里，失去知觉象征着他失去自我，达到无我的境地。醉中，他的感受美妙绝伦；"我躺在茉莉花铺满的山丘之上。满天的星斗透过浓密的树枝向他眨眼。喷泉晶莹剔透的水珠不停地洒到我的头顶和身旁，我感到无比的欢畅。小鸟的鸣叫和溪水的欢闹组成的乐队在耳旁演奏。我与自我、我与世界达到难以置信的和谐。周围的一切也是如此,毫无恶意和介蒂。任何人无须语言和动作。整个宇宙陶醉在喜悦之中。"[1] 待他酒醒后,音乐家告诉他圣人已经来过。圣人在他脸上洒水为了叫醒他,他醒前圣人已经离开。主人公摸着湿漉漉的头发,想起醉中的感受,不得不承认作曲家的话是真的,没有骗他。他的欢乐喜悦正是与主合一的感受,也就是佛家所说的"法喜充满"。

马哈福兹在他的小说中不仅描写了灵修的境界和见主的感受,而且还描绘了净化心灵的过程。按照苏菲神秘主义的说法,安拉造人并赋予他的一切美德。但是,人来到世间常常为世间的景象所迷惑,渐渐失去原有的品德。只有净化自我才能回到主的身旁。不过,并不是每个人都能醒悟得了的。小偷赛义德走投无路才去找苏菲长老,长老并不嫌弃他。可他不肯听从他的教导,省悟不了,长老也没有办法救他。《千夜之夜》里的警长巴拉退从魔瓶中救出善精灵辛佳姆,在他的点拨下才醒悟过来。他原以为自己是忠于职守,执行命令,实际上是助纣为虐,做了统治者的帮凶,他不过是一个没头脑的工具。他请求辛佳姆帮助他,不要与他作对。辛佳姆要他处死罪犯,公正地对待百姓。巴拉退犹疑不决,去找苏菲长老巴拉黑救他,长老只告诉他干任何事都必须为了安拉。巴拉退听从了他的话,选择了正道。他杀死了无道的总督,完成了使命,内心十分平静,对死亡毫无惧怕。他感到人比想象的更伟大。他一向屈从暴虐,成个人的堕落,否定了人神的本质。完成使命后,才觉得自己真正履行了纯洁的信仰,洗刷了罪孽。他被处死时,辛佳姆救出他的灵魂,转世为挑夫指点人生。后来又因挺身而出解救乡亲而去自首,被关进了疯人院。逃脱后,决心不改,继续与辛佳姆一起救世。

《伊本·法蒂玛游记》是一本作者借古代一位穆斯林周游列国,探讨

---

[1] 纳吉布·马哈福兹:《安拉的世道》,埃及图书社,开罗,1962,第148页。

各种社会制度优劣的中篇小说。主人公从他的伊斯兰国出发，经过城邦制的日出国、君权神授的苦恼国、高度文明的竞争国、人人平等的安全国、静心修行的日落国，奔向众人心目中的理想之国——山之国。马哈福兹在日落国一节描绘了主人公修炼的经过。所谓日落是指西方，人生的终点，也是指西方极乐世界，即象征修炼和回归的方向。这个国家没有统治者，只有迷途者的导师。

这位导师了知过去和未来。他说，日落国的生活符合真理，与其他众生不同。居民都是从各国逃避腐败而来。他们在此做好准备，然后奔向山之国。导师教大家练习寂灭，发掘人潜在的力量——每个人身上的宝藏，依靠这个宝藏才可生活在山之国。这里的人都在国内尽到了自己的义务，为此有人在狱中度过了大半生。导师首先带领大家练习静心。他说，"完全的专注使之进入到本我之中，它是打开宝藏的钥匙。大家只管去做不要计较结果。如此才能增强你们和存在精神之间的友好联系。"[1] 于是法蒂玛便独自练习专注。用自己的潜在力量改变自己家园里面的一切被扭曲的东西，使之适合有德行的人的居住。他忘记了时间的流逝，内里充满信心。黑暗中，他终于见到了启示的光芒，并与导师同一体，感应到他的召唤。

山之国在这里具有双重的意义：在社会层面上是代表理想国度；在信仰层面上是代表天国。修行的人，因安全国与竞争国对抗侵占了他们的土地，被迫在准备不足的情况下提前出发。山之国近在眼前，但走起来却很遥远。此情节的安排意味着世人对所追求的理想和境界还缺乏足够的准备。山路崎岖，看着近走着远。为达到理想境界，人们尚需决心和顽强的努力。

---

[1] 马哈福兹：《伊本·法蒂玛游记》，埃及图书出版社，开罗，1983，第70页。

四、马哈福兹苏菲倾向的特点

苏菲精神，在马哈福兹的小说里作为一种向上的精神贯穿始终，代表了伊斯兰信仰的真谛和人类最高的理想。马哈福兹在作品中所表达的积极人生、行动哲学、不断前进、消灭世上人为的悲剧、把人间变成乐园，以及为他人的伊斯兰"公"心等，都可以视为他对苏菲思想的现代阐释。与此同时，作家也借此呼唤道德的重建。这一点在《伊本·法蒂玛游记》中表现得最为突出。主人公到了苦恼国，面对为实现平等而划分的精英、祭司、顺民三种等级，以及高悬着叛逆者头颅的状况，自问："哪个更坏，是无知地宣扬神性，还是让《古兰经》为个人的利益服务？"在竞争国，他与那里的穆斯林谈论该国的背信弃义。他坚持各国必须承认道德的基础，否则世界会变成弱肉强食的森林。然而他的新妻子却不以为然，因为"这个世界过去、现在还都是弱肉强食的森林"。面对丈人的诘问，他张口结舌，"看看你们的伊斯兰国家，专治的统治者为所欲为，道德的基础在哪儿？神职人员令宗教为己服务。道德的基础在哪儿？老百姓只为糊口，道德的基础又在哪里？"①

马哈福兹的苏菲倾向在其作品中有个发展的过程。前期不大明显，作品里只出现苏菲长老的形象及苏菲团体的赞念活动。从《我们街区的孩子们》开始，随着对信仰、理想的探讨，这一倾向变得越来越清晰。到了他最后一部作品《自传的回声》（1996）②就格外明确，完全可以作为他苏菲倾向的注脚和佐证。从中可以找到他苏菲倾向的源头。

马哈福兹自成名后，对来自各方请他写自传的要求都以家人还健在为借口推脱掉。20世纪70年代出现了两部采访记：《和马哈福兹在一起》

---

① 纳吉布·马哈福兹：《伊本·法蒂玛游记》，埃及图书出版社，开罗，1983，第114、154、155页。
② 纳吉布·马哈福兹：《自传的回声》，埃及《文学消息》，1996年6月连载。

(1971)、《我和你们谈》(1977)。之后马哈福兹又先后接受杰马勒·黑托尼和拉·尼高什的专题采访，前者写出了《马哈福兹在回忆》(1980)，偏重于他的生平事迹；后者写出《马哈福兹的爱》(1995)，偏重于思想和理性方面。90年代马哈福兹去伦敦治病，返回开罗时健康状况不佳，但他很想写作，于是躺在病床上顺手将自己的思绪记录在小纸片上，积少成多。然后重读并认真加以修改，期望能变成个东西。后来，他将这些记忆的碎片编排起来，先以《沉思》冠之，又觉大而不当。他以为"其中许多内容是来自他本人的生活，可又不能算是纯粹的自传。于是，他想到了'回声'一词，这个词可以使之得到更大的自由"。之所以称它为《自传的回声》是没办法的办法，"它既不是短篇，也不是长篇或诗歌。它是什么？在不得已的背后，也隐藏着他对出版的恐惧。他害怕面对读者。曾经想把它撕掉。"马哈福兹认为，这部作品是黑托尼和尼高什两个采访录的补充。1994年该书先在《金字塔报》上发表，因有遗漏，文学消息报于1994又完整地连载一次，每一小段都加上序号和标题，满足了各方面对马哈福兹自传的殷切期待。

这部作品的确奇特。在那一个个小段里，有他或家人的小故事、有他的梦境和奇遇，或由一个或几个小段构成的人物的素描。

在许多梦境和奇遇的小段里，记录着他从小的感受。他感到冥冥中存在的一股神秘的力量，人不好否认它。它不断变化着外形，引导他奋力地工作(42：带表的人)，不论成败喜怒都不离开它，给他信心(50：呼唤)，帮他排除外界的诱惑(44：走路)，帮助他下决心安家(49：信)。他的几个梦境也表达了他内心的渴望，他得到了消灾祛病的乐曲，也得到只有他能见到的珍珠等回报(65：乐曲、71：珍珠)。这些段落充满了神秘主义的氛围。让人感受到马哈福兹年轻时内心的真实状态。

一生中，马哈福兹的确有过与几位苏菲长老接触的经历，聆听过他们的传道，观看过信徒的修炼。这些长老非常吸引他，让他倾心，给他留下抹不掉的印象。例如：他的邻居是个苏菲教徒，每周四聚会赞主。这位邻居询问他的苏菲长老,为何他们与其他教派的谢赫不大相同。这位长老说:"他们(苏菲长老)自食其力,不乞求接受这个世界,也不反对它。他们的力量来自爱、陶醉以及夜晚于沉思赞念中的旅行"(55:劝告)。爱世道是他们修炼的根本,逃避是他们的敌人(122:当我们目光相接)。与他们在一起,马哈福兹的感受是:这些长老无须中介便进入他的心田。他们具有的魔力来自嗓音的优美、环境的宁静温馨(121:相识)。在作品的后半部分,马哈福兹几乎是借苏菲长老阿卜杜·拉比希·塔伊赫(意为安拉迷失的奴仆)来布道、训诫、警世后人。作者第一次见到长老时,他正沿街呼喊他遗失70年连模样也记不清的孩子。后来在路上、咖啡馆、沙漠洞穴单见过他,和他在一起总是很快活。他的言谈给人以享受,有时又让人捉摸不透。他究竟是谁呢?长老自我介绍说:"我是清晨唤醒你的人;是帮你战胜懒惰,奋力工作的人;是引导你喜好学问的人;引导你寻求存在和美的本源的人。"(130:悉听尊便)"我是爱。没有我,河水断流、空气污浊、死亡充斥各个角落。"(188:我是爱)

作者录下这个人物近百段的言论,可见对其思想的欣赏和认同。这些段落涉及的内容很多,最值得提出的是爱、死亡、恶和救世。爱是什么?"爱是打开存在奥秘的钥匙。"(177:奥秘)"爱世道是感激的象征,爱是一切美的证明和耐心的标志。"(154:那个爱)"爱的微风在你偿还岁月之罪恶时刮起。"(203:爱的微风)与作者众多的作品相比,《自传的回声》完全是从正面谈论爱,为它下定义,其风格与纪伯伦和努埃曼很相近。而他的小说,虽然以爱作为标题的不少,但都写爱的丧失和爱的尴尬。在这个世界,爱结出仇恨之果(《爱的时代》);爱被政治所左右(《雨中的爱》);爱无安身之所(《金字塔旁的爱》);爱失去了原有的基础而受到怀疑,人陷入困境,若不提升等级便无宁日(《爱的街区》)。只有这后一篇带有苏菲的象征意义。

马哈福兹从小就经历了祖母的病故。死亡令他感到恐惧和悲伤。因此他录下了阿卜杜·拉比希对死亡的说法:"生命充满回忆,落入遗忘的海洋。只有死亡才是牢靠的真实。"(125：病)"我们的本性是热爱生命厌恶死亡的。"(168：本性)"金色的门上挂着两件珍宝，敲门人被告之必须上前摘取它。那就是爱与死亡。"(198：两件珍宝)"存在中最普遍的争斗产生于爱和死之间。"人对生命的钟爱使作者一生去追寻生命的奥秘。而苏菲所谈论的死除了生命死亡这一层意思外，还有无我的寂灭之意。但是，那并不是死亡，而是生命的再生，生命的另一种形式。只有通过向内求的灵修，只有使内心充满爱力才能达到生命的再生。

关于恶，马哈福兹录下(207：本源)一段，说明"恶从四面八方包围世人，人则要用各种方法创造善"。这一段肯定了恶的普遍存在，也表达人面对恶时应该行善，即用善去化解恶，平衡恶，而不是以恶对恶。这一段对恶的认识与马哈福兹在《宰阿贝拉维》里所说的"受苦也是一种治疗"互为补充。恶的普遍存在使人难逃厄运。苏菲谴责世道的腐败，决不与恶同流合污或听之任之，坚持向善并创造善，以改变自我和改变社会。马哈福兹强调了苏菲对助人为乐(即布施)的重视超过了聆听传道。请看阿卜杜·拉比希长老如何对待为听课而不理睬路边啼哭的老妇人之事的，他说："你不理睬啼哭的老妇人，失去了行善的机会。它是听课所得不到的。"(56：功课)

如果我们在马哈福兹的小说里还不能完全肯定他对苏菲的理解和赞叹，那么从这部作品，我们就可以看到他对苏菲的理解相当准确深刻，与他在作品中一些不大引人注意的地方所阐释的苏菲思想相互呼应。这些段落表明苏菲的处事和救世很难被现代的头脑所理解，甚至一些初学者也会闹出笑话来。他们不辨真伪(69：在慈悲的餐桌上)，或者只向外求而忘记向内求(124：抱怨)。尽管如此，马哈福兹坚信"人迟早都会向往空旷的"，会和吹笛人一样为宇宙的伟大而欢歌(73：思念)。《千夜之夜》里的医生曾问巴拉黑长老如何救世，长老说"修行人有不同的等级，他本人已没有分别心，不好不坏不喜不怒。他忍受了女婿的被陷害，只感叹人之可怜"。苏菲教徒并不害怕肉体的死亡，正如《圣经》所说"以死人救死人"。与此同时，善精灵对警长巴拉退说的话，对此又做出进一步的解释："安拉的慈悲只对值得慈悲的人。他的胸怀宽广，铺满喜悦的鲜花。鲜花是给那些具有智慧的人的。所以，慈悲只配给那些上路的人，否则会破坏崇高的法则和充满神光的纯洁气氛。不能用违法来为腐败开脱"①。

在《千夜之夜》的结尾处，智者阿卜杜拉对懊悔痛哭的国王山鲁亚尔说："告诉你一个饱经沧桑人的心里话吧! 真理的奥秘在于没有一条通往它的笔直而平坦的路。真理不会使人绝望，不会让人哀号于暴虐的深渊，沉溺于冥想的海洋。谁以为找到真理，真理就离他而去；谁以为与真理无缘，真理会给他希望。看似无路可寻，实则一定能达到。"马哈福兹通过阿卜杜拉说出的这句看似哑谜一样的话，的确道出一位智者一生反复体验到的智慧，是他寻求真理的真实体验。它表达了这样的道理：人只要是真诚地追求，在你感觉无缘或无路时还能继续坚持下去，就一定能找到真理。

马哈福兹本人即是位智者。他怀着对人和世界的伟大的爱，把一生所感悟到的人生真谛都奉献给了世人，为创造一个美好的世界而尽心尽力。难怪南非女作家纳丁·戈迪默在读完马哈福兹的全部英文译著后，在给马哈福兹的《自传的回声》英译本所作的序中惊呼："智慧已摆在我们面前，摘取它吧，把握生命的奥秘! 马哈福兹就是宰阿贝拉维。"② "马哈福兹不是苏菲教徒，但是他对伊斯兰苏菲文化遗产有着深刻的理解。所以，他才能对苏菲精神做出现代的阐释，以他的方式弘扬积极的人生，推进社会的进步与繁荣。

马哈福兹获诺贝尔文学奖后，曾应邀对世人说几句话。他说："为你的世界工作吧，好像你永远活着。为他人尽力吧，好像明天你就死去。这是生活在大地上的人所遵循的最高的信条。"③ 他这几句话也带有苏菲

---

① 纳吉布·马哈福兹：《千夜之夜》，埃及图书社，开罗，1982，第10、44页。
② 纳丁·戈迪默：《黄昏时的对话》，《文学消息》，1996年12月8日。
③ 《文学消息》采访记，1988年10月21日。

神秘主义的色彩。神秘主义者都主张要抓住现时，修炼时要有紧迫感，好像明天就会死去。为他人工作不知疲倦，好像永远会活下去。这回，马哈福兹又一次说出他一辈子所信奉的东西，即伊斯兰的公心。这正是伊斯兰精神的所在。

第七章　点燃生命意义的白雅梯

伊拉克诗人阿卜杜勒·瓦哈卜·白雅梯（1926—1999）是阿拉伯新诗运动的先驱和旗手。他的诗作体现了一个心怀劳苦大众，为人类的自由和彻底解放不懈努力的"盗火者"的情操。为了让人间充满爱，他矢志不渝，一生颠沛流离，从生活的磨难中体味生与死的辩证法，以及生命不断更新的意义。他的诗作是其不断前进的足迹，也是探索生命意义的结晶。他在诗中大量运用人类文化遗产，以神话人物、历史人物和现代英雄人物为象征，并将这些超越时空界限的形象融入他对现实的感悟之中，生动形象地描绘出现代的神话。其中渗透了对人的极大关注和爱，充溢着对人的生存、命运的全面认识，以及对人不可战胜的精神力量的弘扬。他的诗超越了个人、国家和民族，不同文化背景的读者都能与之发生共鸣，由衷地发出赞叹。因此受到世界评论界的关注和好评，成为享有世界声誉的阿拉伯诗人，得到"未来诗人"的美誉。

白雅梯是一位富于革命精神的诗人。他曾受到马克思主义和存在主义的影响，经历过民族解放斗争的洗礼。然而，为什么他会与苏菲神秘主义相接近，给作品染上苏菲的色彩？这里，我们不得不折服生活的力量，承认生活作为一个大课堂、一座大熔炉的作用。40年的颠沛流离，对祖国、家乡、亲人的爱和思念。不断面对的生死考验，贫穷、疏离的折磨，以及志向、理想不能实现的痛苦，都促使白雅梯深入思索人生、人的价值和生命的意义。从个人生活和人类历史经验中体悟到真知。在宇宙观、时空观、生死观、爱情观上渐渐与苏菲观念殊途同归，使他寻求的解放，逐渐由个人、民族的解放升华为人的彻底解放，即人从形形色色的枷锁和奴役下解放出来，实现人生命的不断更新和延续。他本人也从苏菲大师坚忍不拔的毅力和近乎疯狂的举止中获得坚持下去继续前进的精神力量。苏菲的文学语言也滋养了他，赋予他艺术的美感。使之受用无穷，开拓了他的诗作的新天地。

一、"盗火者"人格的确立

白雅梯出生于巴格达的乡下，家境贫寒，父母早亡，自幼由祖父抚养。他的祖父和亲人多为宗教人士。随着年龄的增长，伊斯兰宗教文化对他潜移默化的影响日益显露出来。祖父丰富的藏书，无形中弥补了破损家庭的缺憾。祖父的小图书馆成了他的乐园，养成了他的读书习惯。他在阿拉伯古代诗歌的滋养下成长，熟悉阿拉伯古诗人的思想和品格。在祖父的安排下，他进了巴格达的洋学堂，1944年又就读于巴格达高等师范学院。他再次遨游于书海之中，但又常常感到不解渴，于是不停地在更广阔的天地间漫步、搜索，渴望找到他所需要的东西。他非常喜欢历史书籍，总把那些成堆的历史事件视为人类各式各样人生经验的总结，借以丰富自己的阅历。甚至寻找历史遗迹或文物在自己心中或身上的痕迹。

大学期间，正值反法西斯战争的高潮。战争的胜利打开了各种文化的大门。他接触了俄国现实主义大师的作品，也读了西方浪漫派和现代派的诗歌和作品。高尔基的《母亲》给他留下深刻的印象。他从马克思主义和社会主义的思想中看到了摆脱世代被奴役、受屈辱地位的希望，感悟到人的力量和人定能战胜软弱的坚强信念。萨特和加缪的存在主义文学所强调的自由，所描绘的不停顿革命的人，拒绝无意义、肤浅、廉价和无所用心的人的形象吸引了他。他们的作品使他感受到存在主义作家要使文学回归到希腊、阿拉伯等伟大文学对人的全面认识之上的努力。

这些思想对白雅梯人格的确立产生了深远的影响，只是在不同时期表现得或隐或显，或强或弱而已。

从农村来到城市，白雅梯感受到了心灵的第一次冲击。城市的虚伪性激怒了他。他感到，这座落在底格里斯河上的城市曾经历了两河流域和阿拉伯—伊斯兰文化的黄金时代。可是，现在那一切似乎都消失了。他因不满而拒绝这失去真实内涵的城市，从中又萌发出叛逆的种子。他家住在大苏菲阿卜杜·卡迪尔·盖拉尼清真寺及其墓地附近。那是一个平民区，居住着小贩、工人、流入城市的农民、小知识分子、穷人和懒汉。那里贫穷、喧闹的生活令他产生了对人生不平、世道不公的最初悲愤。大学毕业前，他因女方家庭嫌贫爱富而忍受了与初恋情人告吹的痛苦。为此，他拒绝参加由费萨尔国王亲临颁发学位证书的毕业典礼，受到非难。这时他亲身感受到贫富的尖锐矛盾和对立，感觉需要一把火烧毁现实，但却不知如何点燃它，前途又会怎样。于是，他又钻进书堆，逃避现实。

大学毕业后，白雅梯做了中学教员。当时，许多旅欧回国的伊拉克人组成不同倾向的团体。白雅梯很自然地接近马克思主义而倾向左派，赋诗反抗王朝统治及其投靠帝国主义的政策，反对巴格达条约。白雅梯与30多位知识分子应邀参与创办左派杂志《新文化》。后杂志被封，他受牵连而被投入集中营，以秘密组织共产主义团体罪受到审判，经朋友帮助才得以解脱。这一经历坚定了他反抗王朝反动统治的决心。为此，他于1955年逃离巴格达，先后到叙利亚、黎巴嫩、埃及，开始了漫长的流亡生涯。他不曾想到，这一走竟使他背井离乡漂泊了40年。其间只回国两次：一次在1958年独立之后，另一次在1959年走马上任驻苏联文化参赞。1961年辞职后去莫斯科大学任教和研究学问。1964年离开苏联；另一次在1969年，他应伊拉克文化部的邀请回国工作。两次加起来，他只在国内逗留了4年时间，每次都因与当权者政见不合而离职。白雅梯为此付出了沉重代价：1963—1968年伊拉克政府取消了他的国籍，收回护照。之后，白雅梯长期居住在开罗和阿拉伯国家。80年代，他到西班牙，一度担任伊拉克文化参赞，一住就是十几年，1994年移居约旦。此时，他虽与祖国近在咫尺，却仍不得返回。次年因参加沙特阿拉伯的艺术节，再次被开除国籍。几十年的流亡生活中，他应邀访问过13个阿拉伯国家和15个欧洲和美洲国家，有机会周游世界，大开眼界，成为世界公民。这一经历有助于他高瞻远瞩，从全人类的高度思考人生和人的命运，可谓受益匪浅。

文学与生活从来都是不可分割的。文学既记录了诗人和作家对生活的感受和探索，也勾勒出他们心灵的轨迹，展示了他们人格的魅力。白雅梯的诗歌创作进程与其思想发展的脉络及高尚人格的逐步确立相对应。他从小就受到阿拉伯—伊斯兰文化的熏陶，在他幼小的心灵中播撒下阿拉伯英雄主义的种子。从最初的叛逆到投身革命，再叛逆再革命，进而为了人的彻底解放不断奋斗，不惜忍受爱的痛苦和折磨，便成为他毕生的经历。期间，一次次的挫折，一次次的流亡，都是对他理想和信念的考验。他经受住考验，一次次从孤独、寂寞、悲愤、痛苦、失望中站起来。经过反复深入的思索，他更加深切地感悟到，人类的彻底解放是一条充满流血和牺牲的路，从而更加自觉地为了爱而燃烧自己，照亮前进的方向。

在他的第一部诗集《天使与魔鬼》（1950）①中，很少有浪漫的情歌，社会意识清晰可见。从诗作的标题《天使与魔鬼》《在春天的墓地》《火焰的残痕》《我要死去》便可见其诗歌是笼罩在悲哀阴暗的色调之中，表达了一个初入世事的年轻人朦胧的苏醒。

标题《破罐》（1954）显示了第二部诗集的基调。诗中表露的各种感受，发出的几种声音，以及初步建立起来的理想和信念，都基于对这被形容为"破罐"的现实，以及所处时代的认识。白雅梯已经感觉到，如今是劳动人民的时代，劳动者开始觉悟，认识到他们也有生的权利，决定命运的权利。这个时代的新人将从工厂和田野中成长（《无名者的

---

① 白雅梯：《白雅梯歌集》（1—3卷），奥达出版社，贝鲁特，1972。卷一，包括《天使与魔鬼》《破罐》《光荣归于孩子和橄榄枝》《流亡诗集》《寄自柏林的20首诗》《不死的话》《火与话》等7个诗集。

日记》)。在《家庭妇女》一诗中,白雅梯从另一个侧面,即从东方骑士眼里女性地位的变化反映出时代的进步。诗中的"女人"从哈伦·拉希德怀里出生、死去。到变为男人的小鸟和生命,进而拿起武器打破了闺房的壁垒。与此同时,白雅梯又感到英雄时代已经过去。虽然如此,他仍然渴望建功立业,成为一个不屈不挠的强者,一个堂堂正正的人,决不做奴隶,决不乞讨(《盗火者》)。然而,现实并不随人意,迫害和流亡令他感到失望;流亡中的思乡和孤寂,无休止的等待,无爱的苦涩等都难以言表。他把自己形容为一个"没有箱包的旅客",无脸面无历史无地位,任黑暗耍弄,无力与风儿对抗(《没有箱包的旅客》)。他又把自己描绘为一个流亡中的情人,厌倦无爱的生活。那厌倦比死亡还强烈,天穹下无希望,心儿在死去(《火祭》)。这时,白雅梯有些自叹自怜,心中时时袭来对生活意义的怀疑。难能可贵的是,这种怀疑引导着他进一步去思考人生。

面对生活的挑战,白雅梯知道他必须做出选择。他很喜欢希腊神话中的盗火者普罗米修斯,把他作为榜样,表示要独自燃烧,蔑视枷锁和监狱。他知道,必须在流亡中坚持下去,尽管爱的光芒在消退,他也要孤寂地活下去。因为世代的受苦人还生活在幻想中,他们还没有反叛意识,他不能离开他们(《在流亡中》)。

> 虽然狼群在嚎叫
> 田野为蝗虫侵扰
> 这儿,竖立起绞架,燃着大火
> 他就从这里开始
> 开始漫长崎岖的路
> 明天,将与春天和燕子一起返回。(《第20个避难所》)

> 奴隶感知到身上的枷锁
> 新的源泉
> 在生命的死亡中喷发

> 让死亡埋葬死人
>
> 洪水席卷
>
> 这丑陋的破罐和鼓
>
> 让大门朝着明媚的太阳和春天敞开。(《火祭》)

他要让自己变为燃烧的火舌，焚毁旧世界，唤醒人民。

此后，在他的《光荣归于孩子和橄榄枝》(1956)、《流亡诗集》(1957)、《寄自柏林的20首诗》(1959)中都充满了昂扬的斗志，进一步表明了诗人的心迹。正如白雅梯在《我的诗歌经验》(1969)里所说的："50年代描绘了被绝望笼罩的现实，展示了它的毁灭和无能，但还不能找到原因，仅仅描绘。待超越这个阶段之后，我的诗与形而上学相联系。理解'拒绝和反叛现实而不革命'的形而上，是我意识到要肩负责任的开始。我寻找一个打破壁垒，远离口号的世界。此种状态源于形而上的驱动力和不断增强的社会政治的推动力，它是阿拉伯社会所进行的积极革命的反映。"白雅梯是这样理解他所说的责任的："当别人处于水深火热时，你要与他同生共死。隔岸观火或做祭司式的祈祷都不是真正艺术家的品德。"①

的确如白雅梯所说，他选择的是一条漫长崎岖的道路，而命运也有意捉弄他，考验他是否坚强。在诗集《不死的话》(1960)的开头，人们刚刚为他返回祖国，告别流亡的不安定，心中冰墙融化而庆幸时，一场风暴立即将这喜悦吹得一干二净。在莫斯科，他为有人来收买他所激怒。他怒斥来人，称其为"该死的猫头鹰"，命令她带上钱包滚开(《致不知姓名的女人》)。他怒不可遏，决心与过去告别。他一再申明决不出卖诗歌：

> 我的诗比月亮宝贵
>
> 因为它告别了人的恐惧
>
> 和沉重的叹息

---

① 白雅梯：《我的诗歌经验》(1969)，《白雅梯诗集》(卷二)，第8—116页。

> 我的诗比眼睛珍贵
>
> 它不乞求垂青
>
> 世上的冰雪不能阻止它观奇景
>
> 我的诗啊,我要在夜中遨游
>
> 燃烧躯体
>
> 踏着火舌
>
> 踢倒偶像和金币
>
> 航船起锚了
>
> 过去的一切化为乌有。(《不期待》)

这件事对白雅梯的生活产生了重大影响,可以说改变了他的生活之路。诗集《火与话》(1964)便是证明。这个集子表达了这事件引发的可怕后果,表露他心中的悲愤和认真的思索及决心。他重申,他的话是黄金,他的话是愤怒。

> 经过几千次的背叛和卑鄙的欺骗
>
> 我的话简短了
>
> 我没有醉
>
> 但我嘲笑
>
> 遭到的折磨
>
> 我不是沙皇
>
> 罗马在燃烧
>
> 经过几千次的背叛和卑鄙的欺骗
>
> 我的精神窒息了
>
> 再见吧,女士们先生们。(《请原谅我简短的话》)

此时,白雅梯的处境变得十分艰难。

在我胸膛插上匕首

剜去我的眼睛

他们走了

丢下我的尸体喂河边的鬣狗

偷去火和绿茵

偷去爱的绿洲

不准国人读我的诗书

在我们之间筑起高墙千堵。(《包围圈》)

他被剥夺了一切,他人令他恐惧。于是,他在《阿拉伯难民》一诗中用"他人是火狱／他人是火狱"作为一节,加重这一感受的分量。面对火狱的狗在漫长的路上追逐他,他不得不反叛了。

我以这苦难的名义叛道

以这海市蜃楼的名义叛道

以部族之火的名义

以这些卑鄙的脸孔的名义。(《新生》)

他以哈姆雷特自比,知道自己正扮演着最痛苦的角色。他还形容自己是辛伯达,一个悲伤的叫花子式的辛伯达,他敢于冒险,不留下耻辱。他想到了死去的诗人,诸如阿拉伯的穆太纳比、鲁米、西班牙的洛尔卡、土耳其的希克梅特以及法国诗人阿拉贡[①]、阿拉伯民族解放运动中的烈士,思考他们生死的价值,并从他们的奋斗中汲取力量。

1964年白雅梯离开苏联回到开罗,受到纳赛尔的礼遇。他没有了难民的感觉,成为贵宾,从总统府领取工资,并担任《共和国报》的编辑。他为阿拉伯各国取得独立而欢欣鼓舞,也为埃及与叙利亚和苏丹的联合

---

① 白雅梯在莫斯科结识了希克梅特和阿拉贡,与他们结下深厚的友谊。两位诗人很欣赏白雅梯,为其诗集作序,并翻译他的作品,写出诗评。

受挫而伤心。《贫穷与革命的历程》一诗即表达了这一心迹。他感叹贫穷无脸面无祖国，时代的良心在欲愿的铁蹄下死去。穷亲戚将良心出卖给活着的死人。以此诗命名的诗集（1965）① 则是对这一主题哲理性的阐述。其中，两首长诗《哈拉智的受难》《麦阿里的考验》从两位苏菲哲人的人生经历来分析人类为自己的解放所走过的路。白雅梯从这部诗集开始运用"面具"，透过类似的历史环境和可类比的历史人物将历史与现实结合起来，个人体验上升为带有普遍意义的哲理。白雅梯选择了生活在巴格达的哈拉智（859—92）、到过巴格达的麦阿里（973—1057）和诗集《来的与不来的骑士》（1966）、《生命中的死》（1969）中的海亚姆（1048—1132）作为"面具"，在这三部诗集中都展现生活在不公正社会中的人和人的失落。面对诬告、迫害和随时降临的死亡，他们没有退却或自暴自弃，而是以特有的方式反抗恶势力。白雅梯透过他们表达生与死的辩证法。他以为，革命精神寓于生命之中，他将战胜死亡。对他来说，"革命已不意味着摧毁和破坏，而是一种创造和更新。这种创造和更新需要长时间的努力和耐心的等待。"他在诗剧《在尼沙布尔的审判》（1963）塑造的那个"死于为争取自由的最后胜利所进行的失败的战斗中"的海亚姆的形象，颇能代表他的心境。

1972—1975 年，白雅梯回到祖国。这段时间是他一生最重要的转折时期。面对种种变故，他的心情平和多了，性格越发内向，趋于沉思和冥想。诗中爱的主题和爱的痛苦越发明显。《七重天门前的爱》（1972）② 描绘了圣爱、爱情，以及爱与革命和诗的关系。诗集《盗火者自传》（1974）描绘那些为他人的幸福与解放而献身的英雄们。在同名诗中，诗人于太空时代寻找普罗米修斯，在酒吧与之对话。从显灵的幻影中，诗人得到他的启示，答应于他死后在大地上举起他的火把。普罗米修斯从神那里

---

① 《白雅梯诗集》卷二，包括《贫穷与革命的历程》《来的与不来的骑士》《死狗的眼》《生命中的死》等 4 个诗集。
② 《白雅梯诗集》卷三，包括《七重天门前的爱》《海之书》《盗火者自传》《设拉子的月亮》等 4 个诗集。

为人类兄弟盗来神火，使人能在命中注定要受苦的世界里承受苦难。顶天立地地站起来。白雅梯在经历了种种苦难和爱的折磨之后，也更加坚定，宁愿受苦，也要燃烧自己，照亮解放之路。这就是他高尚人格的所在，也是他所追寻的生存意义和生命不断延伸之路。

二、从死亡中学习生活

人人都渴望生命，赞美生命。生命虽好，但人生苦短。即便在这短暂的人生里，也充满痛苦和烦恼，死亡则是其中最甚之事。人生的"一切都是不确定的，只有死是确定的"（奥古斯丁语）。人必死无疑。然而，必死的人又难得寿终正寝，多死于贫、病、事故、战争、相残等非正常死亡。因而，人都惧怕死亡，以至乞求长生不死。吉尔加美什探寻人之不死的失败，证明一切长生的努力都是徒劳的。死亡时时威胁着生命，困扰着人生。因此，从古至今，生死就是宗教、哲学、文学探讨的重大课题之一。

白雅梯独特的人生经历使他对死亡有着极深的感触。他过早地，甚至是经常地面对死亡。据他自传性的《无名者的日记》一诗所说，他的父母死于拜谒侯赛因墓地的路上。两岁的他便尝到了失去双亲的恐惧。多少年后，又在一个秋天埋葬了抚育他、爱他的祖父，他再次品尝到孤苦伶仃的滋味。所以，白雅梯很早就体会到人在这个世上的陌生感。之后，又体会到贫穷的疏离和流亡的孤寂。在贫民区里，他目睹了穷人悲惨地死去。在斗争的路上，他见到过无辜受难者的死亡，革命者的牺牲。在流亡中，他本人一次次面对死亡，目睹友人亡命于异乡。随时受到的死亡威胁，迫使他去思考生与死、思考生命的意义。事实上，正像他自己说的，他是"透过亲友的死亡学习生活的"。他思考生活的习惯正好暗合了神秘主义的逆向思维方式。修道者视人生为旅程，生和死则是这旅程的起点和终点，如此循环往复。普通人的一生是从生到死，而修道者正好相反，他们从修虚静、修无，进而回归生命的本源。就是说，是由死向生，从而将生命提升到更高级的阶段。

白雅梯的诗涉及了各式各样的死亡。那些阿拉伯难民无爱、无祖国，在惊惧中死去；留在国内的朋友悄然故去；狱中那黑眼睛的战士拒绝开口默然而死；勇敢的骑士为了百万穷人的信仰而献身；"战败的胜利者"亚历山大，病死后尸体同样为蛆虫吞食，在地下世界等待安拉太阳的出升；而诗人自己则面对阻隔的大墙于无名的城中慢慢地死去。在多种多样的死亡中，白雅梯最害怕那无谓的、廉价的死。他感到这个世界上的人，"被廉价出售／廉价地爱／廉价地恨／被廉价屠杀／廉价地死去"。(《致马·哈达德》)，见《流亡诗集》

作为一个诗人，白雅梯拒绝当御用文人，以"乌鸦"的名义死去。他崇尚英雄的死，认为这才是死得其所。为了自由，为了他人，死亡是英雄"自我选择的结果"。他明白，"走向自由之路充满了牺牲"，"死是斗士的责任，必须付出的代价"；"受苦是走向解脱之路"，"爱者(指求道者)、革命家、艺术家的牺牲是人类文明走向自我完美的桥梁"。[①]

白雅梯在诗作中着重分析了革命者、诗人、求道者的死。他深入英雄、烈士的心灵深处，剖析他们的人格美和生死的辩证法。他在《死与革命》(见诗集《生命中的死》)表达了对游击英雄格瓦拉的崇敬，描绘大地河流为这位"科尔多瓦歌手"的被杀害而痛哭。由此，白雅梯抒发了他的感慨：这个世界无公正可言，不要企盼基督式公正的复活。他颂扬革命是穿越死亡的过程／是穿透壁垒的呐喊"，革命必然要付出代价和牺牲。格瓦拉死了，白雅梯到火狱中去寻找他。他发现，"事物内部隐藏着火药／在忍受痛苦饥饿折磨的大地腹内／革命似种子般再生"。革命的人虽死，但革命的精神不死，他会从死里复生。《死在正午》(见《流亡诗集》)写了被法国人杀害于狱中的阿尔及利亚领袖本·麦希迪德。白雅梯描绘他在狱中望着窗外燕雀的遐想，心痛万分。那是不可言喻的秘密，他知道自己必须远行，到死亡世界去旅行。在那里，太阳于黑夜中复生；在那里，阿尔及利亚的太阳会生出一个又一个英雄。

---

① 白雅梯：《我的诗歌经验》(1969)，《白雅梯诗集》(卷二)，第21、45页。

众多诗人中，白雅梯专门选择那些与他所处的时代、个人经历可类比的诗人为"面具"，他们都具有鲜明的反叛精神和爱心、同情心。尤其是那些阿拉伯诗人，他们都曾接近权贵以实现理想，失去自由后渐渐认识到御用文人、宫廷丑角身份的可悲，不甘屈辱而叛逆。这些人都曾遭到世人的攻击忌恨，被流亡或自我流亡，最后或遭到杀害，或离群索居。在懂得生活稍纵即逝，人生无常之后，都醒悟到把握现时的可贵。

白雅梯选择的西班牙诗人、剧作家洛尔卡（1898—1936），是一位对被压迫被凌辱的劳动人民深表同情，对统治者和法西斯的凶残怀着强烈愤慨而奋起反抗的诗人。他参与过组织反法西斯同盟，1936年在内战中遭法西斯分子杀害。白雅梯在《致在西班牙的海明威》（见诗集《火与话》）一诗中首次提到洛尔卡的死，称他的武器是痛苦，在人的旗帜下歌唱。《死于格拉纳达》一诗（见诗集《生命中的死》）以洛尔卡为"面具"，描述了洛尔卡在夜晚的幼发拉底河上被法西斯杀害，碎尸挖眼，剁去双手的壮烈。诗人向不死鸟诉说着他的秘密：

> 纯洁的少女啊
> 生命如此了结
> 一个圣人以你的名义死去
> 他如此祈祷
> 让不在的人从流亡中返回
> 为了这世界的光明，为了死亡
> 它打开阿伊莎的棺木。

白雅梯视洛尔卡的死为神圣的，因为他的死是以爱的名义，是为了世界的光明。但是，"在这豺狼统治的世界里／我们只有穿越死亡这座桥梁的权力／带着贫穷走向坟墓"。在《悼洛尔卡》（见诗集《生命中的死》）一诗中，白雅梯又以恩启都的死作为开篇，用恩启都的死衬托洛尔卡的死，点出他们的死重于泰山。恩启都是巴比伦神话英雄吉尔伽美什的密友，为了解救人类免除神牛的加害，杀了神牛，得罪了上天，受到惩罚而悲伤地死去。白雅梯把洛尔卡的死描绘为人与兽的较量。他在斗牛场上被黑色闪光的公牛刺中，血如泉涌。观众的喊叫与公牛的轰鸣交相呼应。城中的奴隶贩子叫卖着阿伊莎和不死鸟。国王以反叛者的头颅下注，洛尔卡就是那被包围的、在一个街区又一个街区被追杀的人。

海亚姆（1048—1122）是另一位深受白雅梯青睐的诗人哲学家。他生于波斯呼罗珊的文化中心尼沙布尔。突厥人统治之下的塞尔柱王朝时期（1037—1157），是一个"血淋淋的时代"。伊斯兰神学与理性哲学之争超越一切，宗教迫害甚于种族歧视和政治压迫。海亚姆在这种环境中公开站在理性哲学的代表人物伊本·西那一边，不肯屈从于已有的观念。他渴望思想自由，反对迂腐窒息的学术空气，并揭露统治者和宗教上层的罪行。他在自然科学上也有伟大建树。他建立了天文台，修订了历法，首次提出三次方程式，是一位杰出的数学家和高超的医生。他曾与马立克国王和首相关系密切，后离开宫廷，隐居家乡。他反对迷信，主张理性，但并不意味着他不信安拉，也不是一个主张及时行乐的颓废诗人。他的苏菲倾向不时闪现于诗作之中，以饮酒诗的形式掩饰他的苏菲感悟。

白雅梯正是看中了他和海亚姆在所处时代的相似性和追求理性、渴望思想自由等方面的可比性。他于20世纪50年代就对海亚姆感兴趣，写了《曾歌唱的人》一诗，描写他额头上的伤口张着嘴，是位在夜间歌唱太阳、死亡和安拉的诗人。60年代，他一连写了三部作品，形成一部海亚姆的交响乐。每一部是一个乐章，主题循环往复，步步深入。诗剧《在尼沙布尔的审判》（1963）[①] 是第一部。它不是一部真正意义上的历史剧。剧中审判海亚姆和他死于去叙利亚商道的情节，都与其生平不符。白雅梯充分发挥艺术的想象力，依据人物的性格、行为逻辑及其哲学思想进行构思，以展现他的人格风采。同时，又将人物与他本人重合起来，通过海亚姆在法庭上的沉思，迫不得已的答辩，以及最后的选择，表达他

---

① 白雅梯：《在尼沙布尔的审判》，塞哈法出版社，贝鲁特，1963。

的思考和心声。

剧中,海亚姆根本不理会法庭对他不遵守古制、制定新历法、反对《古兰经》及其教义的指控,做好一死的准备。他认为"死亡不过是生的另一面,我们的死在彼岸",这彼岸意味着解脱。审判后,他被赶出宫廷。他毅然将家产送给照顾他的女仆,一无所有地独自上路,在去叙利亚的商队里干活谋生。途中,埃及方面派来使者,向他发出盛情邀请。他连诏书都没有打开,就婉言谢绝。而后,他又排除了国王卫士幽灵的诱惑,最后因心力衰竭而倒毙在路旁。他与幽灵争辩后说的话,道出了他的选择:"真正革命的星光闪烁在那漫长等待的千重门后。后人会记起海亚姆。他像一个战士,死于人类为争取自由的最后胜利所进行的失败的战斗之中。"至于那些法官和证人的死,则是另外一回事。他们的死意味着腐臭尸体在尼沙布尔的堆积,象征着这个世界黑暗半边的噩运,是凶兆。那"无谓的廉价的死亡"只是新尼沙布尔的游戏,是必定要结束的。那些播撒混乱、凶暴、摧残人生价值的死亡种子的人,不过是这世界蹩脚的演员,因为人类走在充满鲜血、痛苦、牺牲的难产的途中。在道路的尽头会出现绿茵和光明。黑夜正玩着最后的游戏。这部诗剧将两种死:战士的死和廉价的死展现在读者面前,战士的死是海亚姆的选择,也是白雅梯的选择。

海亚姆交响乐的第二部是长诗《来的与不来的骑士》(1966)。它包括18个段落,每段一个标题。全诗描绘了海亚姆内在的精神生活,是他对生死的探寻和沉思的精神生活的传记。

第一段为封面画,描绘一幅在大地上肩负实现公正和平重任的阿拉伯骑士的画像,点出了题旨,表达了海亚姆对骑士救世的渴望。他三次重复,安拉是不可战胜的。以此表明,人无法抗拒天命,只能面对死亡。之后,诗篇描绘了不同时期海亚姆的思考。少年海亚姆到处寻求理想,现实打破了他的梦境,他不知理想何时能实现。尼沙布尔的生活千疮百孔,侵略者肆无忌惮,死亡把城市变为被蜘蛛包围的苍蝇,必死无疑。倒读历书,从灰烬中可见红光闪烁。流亡时期的青年海亚姆不死不活。大地上的争斗已达到野蛮残酷的地步。他认识到:"死是生的自然,历史前定的自然。"然而，他不甘心，要与死亡抗衡。阿伊莎（海亚姆的初恋情人，象征原初的爱和生命的延续）死了。海亚姆无力挽救她的生命，只得等待叙利亚的骑士前来解救。死亡控制着生命，但是不能消灭生命。

　　成年时，海亚姆从现实中明白，"死亡是难产的开始"。他到地下世界去寻找阿伊莎，守卫告诉他阿伊莎已回到人间。她（指爱与生命）无处不在，无时不在，只是换了一副面孔。海亚姆回来，向死亡挑战。死亡展示了各种形式：辛伯达（指文明）死了，有高柱的城（即纪伯伦诗剧《有高柱的伊赖姆城》中象征合一和理想的城市）于夜间沉没。死亡似一只身着黑袍，带着隐身帽玩弄人类的狐狸，最终也把海亚姆带走。人是这个世界的继承人。有高柱的城残留在人类子孙的记忆中。在此后的段落里，死去的海亚姆演化为宇宙的整体意识，进入哲学家和苏菲教徒的意识中，通过理性的沉思寻求善与美，思考生活和人的命运。他体悟到各地都处在黑夜之中。他必须点燃火把，唤醒城市，因为，眼睛里尚有波光闪动，希望犹存。

　　寂灭的人在漫长的旅程中玩着生死的游戏。他们燃烧自己，照亮人的尊严。各地流淌着的热血，一代一代延伸成一条金线。他"心见"斗士在刑场上再生，火蝴蝶在他头上盘旋。若把这破碎的画面复原，巴比伦便站立起来，抖掉灰烬，水泥坟墓崩裂，人从大海的泡沫、从波涛的谷底、从玻璃的碎片（指阻隔另一个世界的时空）、从大地的阵痛中再生。在长诗的最后的一段，白雅梯以九首四行诗传递出他的坚定信心。人需找到意义，需要进行选择。他在生活的荒诞后面找到意义，明白活在封闭的圈里等于自杀。他不知道救世的骑士来还是不来，但是他们应当孕育希望的胎儿，存在的灵魂在他们的火中盘旋。白雅梯在这个集子里从战士的死谈到对抗死亡，强调死是生命的另一面，是生的必然，死是生命延伸的桥梁。

　　如果说白雅梯在《来的与不来的骑士》中通过海亚姆寻找生命却发现了死的必然，从而萌发与死亡抗争，以生命的延续来战胜死亡的话，海亚姆的第三乐章诗集《生命中的死》（1968），便是通过死来谈生，谈有限中的无限，即其副标题所指出的"海亚姆沉思存在和虚无的另一面"。其实，这个集子不是直接谈论海亚姆的。海亚姆只是一个"面具"，他的女友，象征原初的爱和生命延续的阿伊莎成了沉思的中心。复活和爱才是这个集子的主题。《悼阿伊莎》描绘阿伊莎死了，海亚姆"心见"自己的死和爱人的返回，而后死去。他期待似预言所说能够复活。他呼唤不死鸟，希望像它一样，似初生的波涛回到幼发拉底河，似字迹模糊的书让爱恋者和奋发者去读。《不死鸟》描写海亚姆与阿伊莎的爱，以及他们一起认识了生与死的秘密。阿伊莎的死，好比他生命太阳的死亡。他从死亡王国返回部落，寻找她的根。夜间，天使把月亮放在他的额头上，打开胸膛，扒出他心中的污点。然后，他又继续人生的旅程。《爱中的死》思索死后的爱。复仇王子哈姆雷特复活后变成可怜的小丑。奥菲莉娅转世为东方公主，住在萨那。可是女巫和阿拉伯悼亡女诗人韩莎住进她的城堡。阿伊莎复活，却患上一代人的晕眩病，萎缩了水姑娘的精神，半举起失败的旗。海亚姆随阿伊莎死去。在棺木暗处，在藏身的麦穗中，睁开了眼睛，生命又回到他身中。如果我们把这两首诗合起来看便知道，他之所以能够复活是因为他心地纯洁，天使取走他心中的污点。后一首诗结尾的问话"死后这个爱去到哪里？"可谓画龙点睛。没有了爱也谈不上再生，爱成了生的"催化剂"。这里提到的水姑娘的精神，是指水所象征的生命起源、纯洁和返回源头再生的能力。《艾比·法拉斯的鲁米亚特》谈及诗人忍受着灵魂之死和无雨的干雷，它致使风儿饥饿，基督吊上十字架。与上面提到的哈姆雷特、奥菲莉娅、阿伊莎复活后的状况，都说明爱的失落与复活的关系。

在爱者或求道者中，白雅梯格外看重深受世代后人崇拜的伊斯兰殉道者哈拉智。

《哈拉智的受难》一诗写于 1964 年。白雅梯在其中深入探讨了他的死和他的苏菲思想，指出哈拉智那种献祭般的死具有更高层次的精神意义。全诗由求道者、语言的旅程、镶嵌、审判、十字架、风中灰烬六段组成。白雅梯描写了哈拉智在选择上的困惑，也描绘了他对穷人的爱。从合一感受到的无与伦比的喜乐,使之甘愿一死,视死为解脱和唤醒穷人的方式。他的死将变为灯油,使人类心中的灯长明。人心中的灯若熄灭,这"魔鬼宴席"般的世道就是最恐怖的夜。《读哈拉智的〈塔辛书〉》(见诗集《七重天门前的爱》)是白雅梯的"天问"。《塔辛书》是哈拉智留传下来的最重要的著作,集中反映出哈拉智的苏菲思想。白雅梯以读后感的形式表达他对哈拉智的崇敬和效仿。与此同时,他敢向安拉发出一连串的问题,抒发心中的不平和悲愤。他问道:为什么把他流放到一半白天一半黑暗的国度,为什么人类沉默不语,为什么"高抬贵手",为什么容忍反抗暴虐的手被斩断,穷人的革命被窃贼盗走,为什么容忍每扇天门前的恶,为什么哈拉智被吊打,为什么爱变成了折磨,为什么话语变成陷入混乱无序和痛苦的人的救生圈?

从死亡结束了各种人的有限生命中,白雅梯认识到。死与无是生与有的另一面。无,在这里是对死亡唯一令人信服的反映。但是,它不意味着绝对的无或接受失败。因为,革命精神寓于生命之中,它将战胜死亡;它寓于一切事物之中,给予事物生命。诗人的伟大隐藏在他承受摈弃、疏离、孤寂、沉默的能力之中。神决定了他必须在这世界上受苦。因为他从神那里为人类兄弟盗来了神火。①

诗人白雅梯也从两河流域和古埃及文化传统中借鉴吸收了复活的观念,即生命由有限转化为无限的信仰。古代两河流域的居民信仰有限与无限的统一和时间的统一。人不过是巨大圆形海洋中的幽灵,海的中心是无限,那里只有一种生命、一个世界,死人与不死的人在那里相会。死人的灵魂到火狱乐园等待复活。古埃及人注意尸体防腐和厚葬也是为了等待从另一世界返回复生。白雅梯从巴比伦神话故事和自然界的生死转化中认识到,"这美好的大自然决定了人的命运／自然在四季中传递着火炬"(《死于格拉纳达》),"出生中的死／春中的秋／蜃影中的水／冰霜下的种子"(《致杰·赛利姆》,见诗集《火与话》)是生命形式的转换。这节

---

① 白雅梯:《我的诗歌经验》(1969),《诗集》(卷二),第86页。

诗与中国的诗句"明乎昼夜之道则知生死"十分相像。自然以四季的变换更新生命,人则以后代来延续生命,更新生命。由此,白雅梯领悟到宇宙运动的规律。《致加缪》中的诗句"河川不再返回源头／于孤寂中冲刷着堤岸"也表达了他对这一规律的认识。一切事物都在不停地运动变化,每时每刻都有死亡和出生。停滞和僵化的观点是非理性的,人必须把握住现在,不断革命。"死亡压不到更新,它能战胜具有时间延续意义的生命,却不能战胜更新,甚至给了它延续的手段,只要更新在笔直的路上走向完善。这就是说,革命以及为革命而死实际上是实现更新的延伸"。至于诗人和革命者,白雅梯则认为他们"永远是旅行者,是锻造人和诗的先驱,是革命前预报风暴的鸟儿"[①]。白雅梯的看法肯定了诗人作为创造者、革命者、命运主人的价值。诗人若不能与每时每刻转化为过去的现时共生,把握现在,也就无从朝向未来,因为未来不是产生于虚无之中。诗人和革命者的责任就是要"深深钻探过去的古井,揭示为沉寂笼罩着的神奇洞穴,发现其中可更新的成分"[②]。而这一切的努力都是为了"创造21世纪的人"(格瓦拉语),甚至创造属于一切世纪的人。

白雅梯就是从死亡中认识了生活,从人生无常中萌生把握现时的需要,以不断更新生命来战胜死亡,赋予生命无限的意义和价值。

三、我的爱大于我

爱的主题在白雅梯的创作中基本上是由生死的主题引发出来,并于20世纪70年代的创作中日渐鲜明和深刻。随着白雅梯对爱感受的加深,他也越发推崇爱,突出爱的奉献于人生的重要意义:爱使他战胜困顿,战胜自我,甘愿受苦,在爱中燃烧。他的爱超越了小我之爱,达到大我的伟大之爱。这种爱超越了自我,完全是利他的,是一种奉献或牺牲,类似或接近于神爱。

---

① 白雅梯:《我的诗歌经验》(1969),《白雅梯诗集》(卷二),第43页。
② 同上书,第32页。

两性间的爱源于人的本能之爱。这种爱常常造就了诗人的浪漫情愫。不过,青少年时期的白雅梯,对女人之爱中已掺杂了对人性、祖国和革命的爱的成分,显示了他的老成。在他的诗里,祖国之爱占据了很大分量。流亡中,这种爱显得格外强烈,越发令其痛苦。20世纪50年代的不少诗作抒发了他的这种情怀。为了遥远的祖国,他背井离乡,忍受孤独(《巴格达的纪念》)。为了打破瘟疫肆虐的黑夜,让生命取得胜利,他愿为爱、为和平和孩子们歌唱(《为了爱》)。他在诗中也不停地呼唤那失落的爱,"在流亡冰冷的路上／在死亡的黑夜／我饥饿／我失落／胸中是沉寂的火山／穷人的太阳啊／打开你的胸怀／给我你的爱"(《注定的爱之歌》,见《流亡诗集》)。与此同时,他又告诫心儿不要垮掉,以爱来鼓舞斗志,并一再表白他的诗源于爱。

> 我的心可别倒下
> 我们面前有伟大的爱
> 我爱孩子爱人民
> 爱绿色的字母
> 别倒下,在我们面前
> 有伟大的爱。(《我的人民》,见《不死的话》)

> 生命的鲜血
> 在我脉搏中流淌
> 我决不背叛
> 人的事业,决不背叛
> 诗神啊,让谎话见鬼去
> 我的诗得于伟大爱的启示。(《生命的艺术》)

　　虽然,这世道"爱的光芒在消退",他的"爱之舟被撞碎",他必须在遥远的流亡地孤寂地过活。白雅梯感到在混乱和恐惧的时代更须"燃起爱之火""爱苏醒时黑暗世界的冰雪／覆盖着森林,我的心孤寂悲凄／我只拥有火和绿茵／以火造出我的存在／火是粮食武器和翅膀"(《火与话》),他也把他心中的爱比作"穷人的宴席"。与此同时,他对爱的折磨的残酷性体会得越来越深,从而更增强了他对爱的寻觅。诗集《写在泥上》(1970)中的《拜火教徒》一诗,道出他似拜火教徒般地渴望光明。他询问这爱失落的原因,"这个世界充满死亡和别离／我的心如乞丐般乞求着爱","为什么在我面前关上大门／白天死去时／为什么爱的夜莺飞离?"。在另一首诗《给伊什塔尔的情歌》中,他曾抱怨爱的饥渴和爱的道路抛弃他,让他爱不成。

> 在这重负鲜花、爱和各种果实世界的园圃里
> 我饥饿难耐
> 于一切等待的时代里饥饿至死
> 我一天天被慢慢撕碎
> ……
> 爱的大道抛弃了我
> 过去的路令我厌倦
> ……
> 伊什塔尔,你何时洒下甘露
> 似爱之王于那夜来临
> 为死人安抚灵魂
> 以你仁慈之手抚摩我的脸和痛苦的生活。

在那远离祖国的日子里,在陷于重重包围和追逐之中。白雅梯感到他已一无所有,只拥有爱。爱是他力量的新源泉。他自喻为一个悲伤的骑士,到处寻觅爱,在人心中唤起人性,唤起爱,在自己生活的黑夜里燃起火把。"我依然独自地寻找她／在雨中哭泣／爱是唯一最普遍的存在"(《生吧,我于爱中自焚》,见诗集《设拉子的月亮》(1975))。他坚信爱不

会死去,"她(指伊什塔尔)生于海的泡沫和不朽的太阳光中／每死于一个时代,便又复生／从死中站起来,再生为／文明不死鸟的女儿／所有时代的盗火者"(《给伊什塔尔的情歌》)。无论处于何种情况,他都不减轻爱的分量。

白雅梯对爱的体验和感受渐渐由感性上升为理性。他在《我的诗歌经验》里专设一节来阐述他的观点和经验。他认为"爱和被爱的精神是世界整体的精神"。爱也是诗人、艺术家关注的根本问题之一,因为爱是"存在和生命不被侵犯的事业的一部分"。他引用印度诗人泰戈尔《采果集》[①]里的诗句,说明爱的永恒。云彩将蒸腾,黑夜于黎明中消失,痛苦保持着沉默,生命在完美中死亡,大地之光亲吻着你的思想,爱随着日月的流逝等待着你,死亡引导着你生命的小舟漂洋过海。白雅梯以为树木不可能常绿。那青春好似火山岩一样生于大地阵痛的最初时刻,熔岩凝固,为的是充当最初的见证。所以,爱的伟大并不存在于它无垠的沙漠,而存在于它的死与复生中。死与复生,在这里"并不意味着多元,只意味通过反复的死与复生更新自己的一元"。

在阐述爱的存在主义的辩证法时,诗人强调矛盾的存在。爱将爱人放在同样的状态中,让他永远面对不幸的危险。他将爱的似明若暗,比作着魔的云笼罩在爱人头顶上。时间的精神降于爱中,赋予爱无限性。然后,他又以伊斯兰传说中的有高柱的城市——爱的城市的隐现,说明爱的无限魅力。"有高柱的城市于海中沉没了几千次,又浮现出来。它一远去,爱者就放慢脚步;它一临近,他们便飞速向它奔去"[②]。"爱降临人间。在其或近或远中,证明伟大的爱的存在。它莅临生命,并战胜死亡;它莅临一切事物,赋予其生命。有限的实在——爱者——若没有无限的到来,会很快在爱的城墙下死去,像片片黄叶或腐烂的果实。有限的实在于寻求安拉和爱中,为死亡、事物的变化及其存在的可能所打垮消灭。他穿

---

① 《采果集》,选自《歌之花环》《歌曲集》《孩童》,英国麦克米伦图书公司,1916。
② 白雅梯:《我的诗歌经验》(1969),《诗集》(卷二),第10页

过圆的弧或是覆盖生活的薄薄的冰层,俯视苏哈拉瓦迪①所跪拜的神光。被爱者成为到达精神彼岸的中介、极或轴心(即古特卜,al-Qutb)②,或是魔术师的弟子、诗人和革命者。这精神的彼岸即是历史创造的最深处。在被爱者的眼里,在孩子、烈士、圣徒和贤人的眼里,闪烁着那种在荒野生起的光,以便使他们见证人类最初文明的兴起。"

这里,白雅梯援引了存在主义哲学的内容,说明爱是一种有着更为深刻渊源的"存在联系"。人必须为这种联系做准备,也就是说他需发展自己的情感,使之能与他人发生真正的、发自个人存在深处的联系。由此,他人对我来说就是这另一个。我和他的自我之间便建立起一种相互创造的关系。两者便通过这个称之为"自由的深刻事物"联系在一起。联系是自由的、无偿的,独立于理性的。它是"绝对的起始",我在其中便朝向完全的崇高,成为我的被爱者的创造者。所以,"存在的联系"只有在崇高中才能被说明白,它在本质上是"孤立的他与另一个的联系"(克尔恺郭尔语)。那是一个个人的社会。这种存在的联系是与爱连接在一起的。"爱在这里不仅意味着联系,而且意味着具有更为深刻渊源的联系。事实上,爱是统一者。在经验的存在中,它将分散的'我'和'你'合一于崇高之中。爱的奇迹是它完成了两个完全个性化的朋友在统一中实现自我。我们可以说,真正爱的存在都与他人发生联系。爱与联系共同进退。"③

20世纪70年代开始,白雅梯赋予爱的主题以苏菲色彩,突出爱的牺牲和爱的不可战胜。到了80年代,爱几乎成了他诗歌的主旋律。他完全站在历史和文明的高度谈论爱和人生。诗集《设拉子的月亮》(1975)在哀叹爱已成为痛苦和折磨的同时,又一再表示愿与哈拉智为伴,甘愿忍受这痛苦和折磨。

---

① 苏哈拉瓦迪(1154—1191),伊斯兰苏菲主义者,照明派长老。著有《照明智慧》《光谱》等。萨拉丁视其为异端学说而遭杀害。
② 古特卜指苏菲圣徒的等级或最接近安拉者。
③ 白雅梯引自里金斯·朱利费厄:《存在主义哲学:从克尔恺郭尔到萨特》。

我把痛苦藏于话语的面具下

对伤痛说：别表白，对悲哀说：别着凉

自言道：以我血为爱人洗尘。(《设拉子的月亮》)

在我爱的童年森林里

哈拉智是我每一旅程的伴侣

在世界暴君的华表下

时间的灰烬下

从铁窗后面

于大陆之夜，我高呼：把我的爱

作为守在每扇门边的野兽的献祭。(《读〈塔辛书〉》)

极地的魔法，先知的哭声

地上爱的时代里爆发出的雷声

创作的火啊，为何神话王国的樵夫

抛下森林，任大火吞噬

诗人何以离开战场，国家的宝刀掉头逃跑？

罗马人在身前身后，我倚剑自残

于塔旁的冰雪中，于北极星

生起之前。我高喊：来吧

把我的语言变为安拉门前的灯盏

我的生命从双手逸出，变为

另一种形式的存在

……

我的书是我的死亡

我的声音将留下

变为安拉门前的灯盏。(《死亡和灯盏》)

> 我的爱是沉默时刻的绞架,登上去自缢
> 但我的根扎在这给予的大地
> 她割断我与污浊思想的联系,唤醒心中被泯灭的遗产
> 它似灰烬中的火星,我从绞架上站起,沐浴于光中
> 光来自诗的王国和历史流亡地外的阿拉伯人民
> 我变成上升的祖国天穹上的光点和雨。(《变化的石头》)

白雅梯在历史创造的深处不断思考这稳定和变化的爱的实质。他居于革命和变化的宇宙的力量之中,制造过去和现在人存在的记忆。他的灵魂向内向外寻找着。他发现诗人以白色恐怖对抗白色恐怖。他在爱的痛苦中醒来,伸出给予的双手。从此,他不会被睡梦所骗,或摘下荆冠——他的十字架。他要从空中向贝都因石油国王扔出炸弹,然后升天。"诗人是疯狂的恐怖分子,居于革命的理性中,居于变化的力量里。"(《沉思爱的另一面》)[1]

在《读鲁米的诗集》[2]一诗中,他将诗人被杀与其通过永恒的爱火成为自由人等同起来。鲁米沉溺于爱的陶醉。他也疯狂于其中,他们是两个疯狂的陶醉者。鲁米在诗集中闪耀,给了他爱人与被爱者的火山。"被爱者是活生生的一切,爱者/则是面纱,是灰烬下的死人",他企盼在陶醉中被砍头。因为"它(爱)夺走我的心/俘获了我这人/拿去了我那/逝去的世界/只留下殷切的希望和干涸的心"。这时候,白雅梯已完全被爱所俘获,"我的爱大于我"。他把创作、爱、死亡与生命完全联系在一起,等同起来。"创作是爱/爱是死亡/创作、爱、死亡意味出生"(《出生》)[3]。

《退回自我》[4]一诗概括了他对爱的追求,充分展示出他后期向内转的神秘主义的倾向。

---

[1] 白雅梯:《麦穗王国》,埃及图书总署,开罗,1984,第75页。
[2] 同上书,第101页。
[3] 白雅梯:《阿伊莎的园圃》,苏鲁戈出版社,开罗,第41页。
[4] 同上书,第115页。

我的殉难始于
世界创造的第三天
音乐发自我心里
物质的黑夜向我发起攻击
激起我灵魂回归永恒的渴望
于是我独自在节奏的天地里旋转
合一于寰宇之音和焦灼的心跳里

我超越这世界的红线时
于心中的暗处瞥见光明
听到生者与死者
死者与生者的对话
我的灵魂居于言语中
寰宇的象征崇拜这条光河
它变为世界的另一面
于一片光芒中
现出爱那不朽的脸

创作胜利了
理性的城市因着艺术而矗立起来
诗人在其中为了
人的解脱而战
我超越这世界的红线时
穿透我无声爱的存在
开始我的殉难和解脱。

综观白雅梯后期的创作,他几乎是将倾向鲜明的诗篇寓于对宇宙间不可分割的爱的理解之中。对他来说爱就是生活,是对人最全面最终的阐释，也是三维空间中的历史。爱不仅是诗，而且是人类的事业。在爱的深处体现了人的真谛，爱是一切事物发展的动力。难怪1985年西班牙出版白雅梯的第三本诗集时，用他的话"我的爱大于我"作为书名。这句话证明：爱拥有了白雅梯，拥有者是爱而不是他，他完全融合于爱中。

四、寻找理性的苏菲

从以上三节可以清晰看到，白雅梯诗作中暗合苏菲神秘主义的思维方式或思想观念以及向内求的苏菲倾向，而这一切都以他个人的亲身体验为依据的。他一向重视理性，重视诗人对现实的真实体验，由此引导自己的思路去把握生活。因而，他反感一度风行于阿拉伯文坛的、充斥虚伪的苏菲体验及言论，又自视高深的诗作，视其为唯心的反理性、反科学和反现实的作品。甚至，对纪伯伦的作品也看不上眼，形容他为"一个身着黑袍面对死尸空洒热泪的老祭司"①。这有些极端的看法，自然与他所处的阿拉伯争取民族独立解放的革命年代以及个人的反叛不无关系。

白雅梯对苏菲的态度一向极为谨慎，颇具代表性。他极力避免在一般宗教层面上谈论它，以免引起误会。不过，这一态度并不意味着他讨厌苏菲。从他一系列言谈中可以知道，他始终视苏菲为一种文化遗产、精神的源泉，对它很有感情。他从小生长在苏菲长老的墓地旁，按照穆斯林的习俗拜谒墓地。流亡国外时，也经常拜谒大苏菲的陵墓，围着它转圈，从中得到启示和慰藉。他曾向采访他的伊拉克评论家马吉德·萨姆拉伊承认苏菲给了他精神力量，"作为一个诗人，于个人发展的几个阶段都面对关闭的大门，苏菲经验给了我巨大的力量。那是一种慰藉，不是绝望时的慰藉，而是不断继续旅行的慰藉。若没有这源泉的净化，他很可能停止前进。"②

---

① 白雅梯：《我的诗歌经验》(1969)，《白雅梯诗集》(卷二)，第10页。
② 马吉德·萨姆拉伊1980年7月采访录，伊拉克《笔》杂志，1987年年底阿拉伯现代诗歌专号，第209—223页。

白雅梯认同苏菲的一些思想观念，并对它做出现代解释。1975年，他对采访的穆罕默德·穆巴拉克表示他信仰苏菲的神灵潜入人体说(al-Hulul)，称它是苏菲最高的学说。这学说原是伊斯兰早期的教义，信仰安拉的精神或本体可以降入或潜入人体。后来，经哈拉智进一步阐发为人神说。哈拉智认为，人本质上是神性的；安拉以自身的形象造人，并注入他的灵气；人是安拉永恒爱的对象；人是安拉最高的和最完美的造化；是其自显与外化，即人作为安拉的具象而存在，安拉的灵气以人的形象体现。白雅梯将安拉精神或灵气的降入放在革命的理解事物和现象的基础上来解释。他以为"现代伊拉克人可以与曾生活在此的巴比伦及阿拉伯人交流，与他们在精神上合一。通过描绘和把握他们所生活的时代，使他们降入现代人身上，从而使他们的价值观和理想留存，在革命者的立场和抱负中体现出来"[1]。

与此同时，白雅梯也把苏菲经验视为一种人生的体验和认知方式或手段。他为自己能有丰富的生存体验而自豪。他说，"我经历了阿拉伯社会的一切状态：爱与苏菲的、革命的、反叛的、浪漫的、疯狂的、理性的、智慧的等。这些状态对诗人来说非常必要，证明诗人的确真实地活着，不仅通过阅读，而且通过人类真实的存在体验着生活。"他虽然饱经风霜，但对他所生活的时代和环境毫无忌恨，态度平和，甚至心怀感激。他说："他和他的民族所生活的环境给予他很多，帮助他发展了自己。为此，他感谢苏菲、感谢革命和政治思想以及纯艺术。"这一态度证明，他确实把吃苦视为解脱的必由之路。他表示"苏菲不是他生活的目的。只是关注的一个方面，一种达到伟大真理的辅助手段"。"对我来说，苏菲不是目的，只是人研究认知的方式，于我的诗歌创作有极大的补益"[2]。

白雅梯漫长的人生体验伴随着他渐悟的过程。他描绘说，那"漫长的可怕的个人体验充满了危险。经常的旅行使之渐渐摸到了世界的脉搏

---

[1] 穆罕默德·穆巴拉克采访录，伊拉克《笔》杂志，1975年11月号。
[2] 马吉德·萨姆拉伊1980年7月采访录，伊拉克《笔》杂志，第209—223页，1987年年底阿拉伯现代诗歌专号。

和事物的脉搏，就像苏菲教徒寂灭于安拉自我之中一样。作为一个诗人，他好像就处于这样一种状态：通过受苦、阅读、与大人物和诗人交往，他便与世界的精神合一，与事物的精神合一"①。这些体验好像不经意地写在他心中的黑板上，慢慢形成雷电和乌云，充斥在他磨炼、教育和充实自我的实践中。创作初期他还没有察觉，后来自然而然从他的诗中流泻出来，就好像贝都因人和吉卜赛人在沙漠或森林里的即兴歌唱一样。

　　谈及他的体验时，白雅梯还提到他所感受到的一种呼唤。事情发生于20世纪70年代初，他回到巴格达的几年里。他连续写出《盗火者的自述》《海之书》《设拉子的月亮》《麦穗王国》四部诗集，实现了他多年的艺术追求。他这样解释当时的感受："我处于一种朦胧的状态，并试图跟随着它。那是表面的象征意义上的生与死的状态，出去与返回的状态。我觉得它与我的创作过程紧密联系着。我常常有一种微妙的感觉，它呼唤我去旅行，不是短期的，而是长达几年的。那旅行不是为旅行而旅行，而是为了寻求启示的新源泉，正如我在诗里说的'沐浴于太阳的源泉之中'。""每当生活临近一个新的发展阶段，我就有一种模糊的感觉。它呼唤我常存于静默或孤独或非常遥远的旅行中。这种活动与我的写作有直接的关系，是一种自我更新的努力。我总在不断地自我更新。为此，我的行旅不是为娱乐。""一种模糊的命运似朦胧的呼唤，召唤我去旅行或停下来等待。就好像沙漠上的人等待落雨一样。那雨可能在某一天下到了别的地方。雨不下来，我们就到别处去。就这样，一种莫名的力量与我的写作过程联系上。它让我不辞辛劳地顺从着，而不听命于自己。正如我的诗所说：折磨人的字母啊／你去哪里我去哪里。"②

　　白雅梯的旅行有着外在的世界旅行和内在的心灵旅行两层含义，两者相辅相成。他的这种人生旅行已与苏菲的说法相类似。苏菲就是把人

---

① 马吉德·萨姆拉伊1986年11月28日采访录，伊拉克《笔》杂志，第224—229页，1987年年底阿拉伯现代诗歌专号。
② 马吉德·萨姆伊1980年7月采访录，伊拉克《笔》杂志，第209—223页，1987年年底阿拉伯现代诗歌专号。

生和灵修比作旅行，一种精神的旅行。白雅梯生活在两种世界之中，内在世界又与其外在世界进行不间断的对话。他在世界旅行时常常不是用眼睛，而是用全部身心去欣赏美景，融入其间，被其打动，于不知不觉中热泪盈眶或落下泪来。

随着对世界精神的认知和把握，白雅梯的诗渐渐向内转，趋向内在的自我。他心造一个独立的精神王国，从社会的种种不幸和烦恼中超脱出来，追求一种哲学的智慧的解脱。他分析自己向内转是与阿拉伯军事上的失败有关。他不愿归罪于失败造成的失望，而是期望从阿拉伯的自我中，从诗人的自我中寻求失败的原因。不从现实中寻找是因为现实已经倒空、衰败、完结。所以，他的诗与现实分离。或者说是让现实不以显见的方式出现在诗里。他寻找自我，寻找另一个我——整体的我。这样，他便在更高的视点观看现实和理解现实。这现实与他对时间的思考是联系在一起的。

他对时间的感受是独特的。他说："在《麦穗王国》诗集里，我把人描绘为悬浮于光和空气中的微粒。时间对它来说类似于天穹。巨大的蓝色的天穹，我们人遨游其间。因此，我感觉不到过去、现在和将来的区别，只感到我漂浮于整体时间的海洋里。""人盘旋或漂浮在一个圆里。也许不是一个封闭的圆，但是圆形的。我无法想象时间的过去、现在和未来。因为，人好像是地平线或星球。"① 于是，他设法追寻覆盖一切时间里的古人的生活和存在。试图让他的诗不属于他生活的时代。把天空的云图变为永恒的东西，正像苏美尔和巴比伦人把现实变为神话，生活于一切时代里一样。白雅梯推崇那种超越自我的诗，认为那才是真正的诗。人能于任何时间在镜中（指诗）看见自己。他还把生活比作"装有许多镜子的大厅"，人在其中。从镜子里，可以看到一切，过去、现在将来，也可以从自己身上发现许多东西。基于这种认识，他在诗中实现了三个统一：三维时间的统一、感觉和意识的统一以及个人与整体的统一。

---

① 马吉德·萨姆拉伊1986年11月28日采访录，伊拉克《笔》杂志，第224—229页，1987年年底阿拉伯现代诗歌专号。

白雅梯充分利用他所认同的苏菲思想观念为他的创作服务。前两节谈到的"面具"就是他运用苏菲思想的最好例证。为了戏剧性地表现生活和存在，他认为必须创造一种独立的存在，也就是说离开自我走向客观。"革命的神灵潜入人体说"，正好可以通过他所选择的苏菲人物或历史人物作为面具，提供出最完美的独立存在的典型。他选择那些人物是为了与他们合一，透过他们来表达他想表达的东西。同时，也赋予他超越历史时间和获得一种现代性的能力，而这一切只有透过面具的表现才能做得到。他认为，"文学艺术需要文化的和历史的意识，需要在即时给出时间的广度，并于绝对时间中实现它。也就是说，让我们同一时代的真实人物转生。时间的、文化的广度，给了面具人物无尽的表现力。"① 那些苏菲人物如伊本·阿拉比、哈拉智、鲁米、苏哈拉瓦迪等，在他的诗中不仅是历史上的人物，而且被赋予了人的冒险的、革命的、反叛的和漂泊的特性。但这一切绝不超出历史的限度。

　　苏菲灵修中的"心见"指修炼过程中所出现的类似梦幻的境界。它是灵修者用智慧眼于不同阶段所能观看到的景象，包括圣贤、古人的显灵或合一的辉煌。白雅梯运用"心见"营造了一个梦幻般的神话氛围，打破时空的界限，将历史、现实和理想重合起来，使之获得天马行空任其驰骋的表现力。"心见"也成了他结构诗歌的重要因素。这里以《哈拉智的受难》一诗的第一节为例，加以说明：

求道者

你跌进黑暗和虚无
精神被污染
你从他们的井里饮水
头晕目眩

---

① 穆罕默德·穆巴拉克采访录，伊拉克《笔》杂志，1975年11月号。

墨迹和尘土弄脏了你的手

我见你俯身于灰烬

你的沉默是蜘蛛网，仙人掌是你的头冠

为邻居屠宰母驼的人啊

竖琴砸碎了

歌手已睡去。你来敲我的门

你在我面前显现、我在哪儿

你是终结的开始

我结束于何处

我们的约会在清算日。别拆开风儿

写在水面上的信

别触动母羊生疮的乳房

事物的内在

即外在

按你的本真去想

我在哪儿、他们的火焰

在沙漠恒久中跳跃熄灭

我看见你哭着恳求

沉浸在光中

默默与夜晚交谈。①

  这段诗描述了哈拉智内在的精神活动。读它的时候，不要拘泥于字句，而要从给出的意象整体地直觉地领悟其中的意思。哈拉智于沉思中，不知不觉进入合一的状态。说话人（本我）和听话人（我）在心见的瞬间不分彼此，好像是一种内在的对话或发现。合一的瞬间即是"我"了悟真理的瞬间。开头那轻轻责备的口吻是哈拉智与本我合一时对自我的批

---

① 白雅梯：《求道者》，《白雅梯诗集》（卷二），第145页。

评，他意识到自己的生活远离了本意。因为他试图从书本和自然（墨水和尘土）中寻求真理，向外求（向别人的井）而不是向内求（向自己清净的井）。结果非但没能净化，反而被污染。说话人是一种幻影，也是神性的降临或真我的显现。诗中哈拉智心见说话人俯身于灰烬，来敲他的门。它显现的时刻，即是哈拉智为爱受苦，为爱燃烧成灰烬，无欲（竖琴砸碎）无我（诗人已睡去），达到像本我一样，为邻人屠宰母驼的极为慷慨的无我境界。合一中，哈拉智不知自己身处何处，也不知道自己的未来，只知道他与说话人有约为清算日。本我好像对他说话，回答他内在与外在的问题。其实这是哈拉智自己领悟到的内在与外在的关系。别拆开、别触动的都是外在的事物，按本真去想，即按苏菲的观念，从内在可以了解外在。诗的最后几句又是他的心见，带有预言的性质，交代了他可能的结局。他会不停地乞求人间圣火的恒久留存，也会不断乞求一次次的合一，沉浸在神光之中，默默地离去。

白雅梯十分欣赏苏菲语言的揭示力和表现力。它是一种形象化、象征化和隐喻化为其重要特征的语言形式。这正是白雅梯所寻找的非口号的、非直露的语言，为读者提供最大限度的想象空间的语言。它具有一定的模糊性和限定性，只能意会不能言传，说得太明白反而害意。也就是说，只能透过苏菲的思维方式和观念来破译语言的内涵。白雅梯运用苏菲语言有几种方法：(1) 直接运用苏菲的术语描述个人体验；(2) 透过心见来描述感悟；(3) 和某位苏菲大师的诗句，达到暗喻的效果。

总之，白雅梯对苏菲的态度是科学的、理性的，经过深思熟虑和体证的。诗集《七重门前的爱》中的《致伊玛目沙斐仪》[①]一诗可以说意味深长，充分体现出他的理性。这首诗表面上描绘了伊斯兰四大伊玛目之一伊玛目沙斐仪的一生，揣摩他与伊本·阿拉比境界的区别，实际上是对苏菲理性的思考。该诗以充满不幸的道路上有爱的城市出现，点明沙斐仪最初的信仰。然后描绘了他的历程。起初，伊玛目沙斐仪在生活的门前

---

① 白雅梯：《致沙斐仪长老》，《白雅梯诗集》（卷三），第59页。

却步。导师让他拿着钥匙（爱的玫瑰），打开生活重重大门，获取沉睡世界的白天秘密，但不得泄露天机。导师在最后一道门前等他。年轻的他，战胜外在的身体，冲出一切阻隔，苦修精进，享受甘甜并萌生出宇宙之爱。以下的诗句描绘了他所达到的境界：

> 内心响起了一声呼唤
> 你在宴席前来到
> 他的心止于一切
> 止于花之体和鲜嫩的肉
> 止于死亡
> 大海和夜之魂
> 止于黎明的奇迹
>
> 伴着爱于漫长等待后心见景物
> 光柱和绿洲显现在眼前
> 绿洲深处闪出鹿影
> 举剑欲射时那光影
> 绿洲和鹿消失逃遁
> 光芒升上天
> 黑暗笼罩了我
> 为了死而等待死亡。

沙斐仪来的不是时候，在开宴前来到，所以又被送回现实中等待。光影对修道者来说并非究竟。头脑欲辨别那光影，反而破坏了他的定境。实际上，修道者不是为死而求死，而是为求生而修死（指涅槃）。沙斐仪不断精进，但是总把握不好时机，不是早来抑或晚到，总不见爱人显现。他虽与阿拉比有相似之处，都见到"蓝色的蝴蝶"，但是他呼唤阿伊莎（爱与生命的更新）时却得不到应答。旅行结束，到了终点。导师的一番话

道出失败的原因。导师并不直陈评说,而从亚历山大大帝的命运引申:

> (他)攻占波斯和印度
> 不过没有找到源泉
> 高烧回到巴比伦等死
> 于着魔的世界中着魔。

白雅梯最后一句诗指出了问题的所在。沙斐仪心不净,达不到无我的境界,始终在我中挣扎,如同着魔一般。终究找不到真我的家园。这首诗从揣摩这位谢赫与苏菲大师的不同中,逐渐领悟到苏菲的真谛。由此可以看出,白雅梯趋向苏菲正是其不断寻求理性苏菲的结果。

第八章　以神秘主义阐释诗艺的沙布尔

萨拉哈·阿卜杜·沙布尔（1931—1981）是埃及新诗运动的旗手和代表人物，被称为埃及当代五位最著名的诗人之一。1957年他的诗集《我的家乡人》问世，标志着埃及新诗运动的开端。他的一生创作了包括《我对你们说》（1961）、《老骑士的梦》（1964）、《受伤时刻的沉思》（1970）、《夜的树》（1972）、《记忆海洋中的航行》（1979）等六部诗集。他的诗作具有鲜明的人道主义精神和时代特色，优雅含蓄，充满了五彩缤纷的意象，形象生动地表达了诗人的心声。他的诗剧《公主在等待》《哈拉智的悲剧》《夜行者》《莱伊拉和痴情汉》发展了阿拉伯的诗剧艺术，得到评论界的一致赞誉。

除了诗歌创作外，沙布尔还有文学评论多种，如《时代的声音》《他们为历史留下什么》《在爱与智慧中》《语言犹存》等等。然而，最能体现他的诗歌理论的是他的《我的诗歌生涯》（1981）。由于死神的降临，这部作品没能在他生前得到应有的重视。沙布尔在书中系统地谈及了他的创作经验，以及诗与社会、与人、与生活的关系，并对诗歌创作过程做了神秘主义的阐释，很有新意，可以说是对阿拉伯诗歌理论的一个贡献或突破。阿拉伯现代诗歌理论多吸收或引用西方的诗歌理论，创作实践也多效仿西方现代派的经验。像沙布尔这样，既精通西方文论，又能用阿拉伯—伊斯兰固有文化——苏菲文化来阐释诗歌艺术,并身体力行,使其诗作和诗歌理论既具有深厚的文化底蕴,又富于现代性。尤其值得重视和研究的是,他的诗歌理论揭示了诗歌的创作与神秘主义者的灵修感悟的共通之处,进而揭示了文学、宗教和哲学三者的内在联系。这在阿拉伯文学界是首屈一指的创造性发现。

一、人与诗歌

评论界有人称沙布尔为苏菲诗人。仔细想来这一称号对他来说并不十分确切。因为,沙布尔并非如努埃曼那样有明确的信仰,并身体力行,在作品中对他的信仰做出深入的阐释;也不像纪伯伦那样以先知的使命将所悟到的真理昭示于世。然而,他的确认同苏菲神秘主义的基本思想,把神秘主义的精髓"人主合一"作为理想和终极追求,并将其融入他的世界观和诗歌理论之中,比如对人的关注、对爱的推崇、积极救世的理想,以及将苏菲灵修的过程和体会用来解释诗歌的创作过程等。所以,我们只能说沙布尔具有神秘主义的倾向。沙布尔的神秘主义倾向与他的人生道路有着密切的联系。

诗人出生在 20 世纪 30 年代的殷实之家,自幼受到良好的教育。父亲的鼓励和他过目不忘的记忆力保证他始终处于优秀的地位。小学期间,有一件事令他终生难忘。他曾盲目听命于老师,打了未完成作业的同学一记耳光,遭到那位同学的反击。从此,他再也不愿做违背个人意志的事。沙布尔从小就对宗教抱有虔诚的情感。14 岁时曾通宵达旦地祈祷,企盼像虔诚者那样忘记自我,心中只有安拉。果然,当他专心默念《古兰经》的段落时,眼前出现了光环,令他吃惊不小。过后他有意识地想重复这一经验,却一无所获,这又令他不安。他信仰的虔诚引导他在大学期间参加了穆斯林兄弟会,并积极参与该会的宗教及反帝爱国的活动。之后,埃及文学家塔哈·侯赛因、阿卡德、思想家萨拉麦·穆萨以及哲学家尼采促使他离开宗教,趋向社会主义。然而,50 年代末埃及的社会进程和以后的社会主义阵营的分歧，又使其再次修正了自己的方向，朝向人道主义。促使他走向人道主义的是宗教、哲学和艺术三样东西。他崇尚爱、自由和公正，认为爱和自由彼此相连，不可或缺。他认为在缺乏民主，知识分子落到鹦鹉学舌地步的社会里，他们最好做一个观察者、评论家、民主的倡导者，说出自己的话。对人的全面思考是诗人重新审视宗教，最终将诗人带回到安拉身旁的主要原因。他的思维集中到人从无真理、无生气、令人厌倦的世界里的解脱，以及人精神的建设之上。1961年，他在有关人的文章中表示，"人的解脱可以赋予生活意义，而生命的意义在于人精神的崇高。"①

沙布尔的诗歌理论正是建立在对人的极大关注之上的。《我的诗歌生涯》开篇就引用了希腊哲学家苏格拉底的话"认识你自己吧"。他把这句话视作改变人类进程的一句话。因为这位哲学家将宇宙最大的原子——人，分解为社会、历史和艺术；人在其中是能意识到自我的唯一存在，他把宇宙视为盲目的力量，而人才是它的理性和意识；人的尊严就在于他有能力面对自己；人的自我意识是批评自我的出发点，也是人类前进的第一步。沙布尔还认同柏拉图对"认识你自己"的解释，不将自己归结于个人——个体的人，而是人类——整体的人，突出人的尊严、地位、存在的意义和价值。由此寻求人的自由和公正，实现人的幸福和理想。

表面上看，埃及诗人沙布尔的认识来源于希腊哲学，带有人文主义的特征。如若追索一下苏格拉底这句话的来源，便可知道此话与神秘主义有关。因为这句话并非苏格拉底的发明，而是他借用希腊德尔斐神庙的古老神喻。苏格拉底懂得这一神喻，明了它的内涵，将其昭示于世，提醒世人去履行实践这一神喻。他不要人们盲目地服从神喻，而要建立在知识的基础之上。他把美德、知识、智慧等同起来，强调德行和知识的统一，说和做的统一，美与善的统一。他认为美不在于人的外表而在于人的行为。人为了获得美德，必须要有真知。真知的前提是要认识人自

---

① 转引自奈沙特·米斯里《萨拉哈·阿卜杜·沙布尔——人与诗人》中纳·法拉治1969年的采访记，埃及图书总署，开罗，第41页。

我的无知。真善美存在于人清醒的思维之中。灵魂中的善和知识则来自一种"灵异",这种灵异从他儿时便进入他的心灵,指导他的行动。除此之外,沙布尔对人的重视也符合各类神秘主义对"人神"的认识。所以他的"认识你自己""做自己的主人",从骨子里就带有神秘主义的特征。

苏格拉底本人就是知与行统一的楷模。他一生都服从神喻,永不停止哲学的实践和教诲,劝勉他所遇到的任何人注意心灵的最大程度的改善。为此,他被控入狱,饮鸩而亡。苏格拉底没有留下什么著作,其思想大多由其弟子柏拉图转述出来。他的命运也就如同众多行道的大师一样为世俗所不容。也许正是他的神秘性和他直面死亡的勇敢精神,吸引了阿拉伯的思想家和文学家,使他们联想起伊斯兰的殉道者侯赛因和哈拉智,因而对他推崇备至。埃及诗人沙布尔也不例外。苏格拉底的思想引起了诗人沙布尔的共鸣,是因为它暗合了他的精神倾向。

沙布尔对人类的关注表现在两个方面:一是关于人的本身,即存在状态、人性、人的责任、人的爱;二是艺术与人的关系。

沙布尔认为,存在无疑是造物主给人的第一馈赠。每一种存在都在寻求本源,然而生存的需要常迫使人放下这一问题,而去询问存在的意义。人渐渐意识到每个人都需面对死亡,等待死亡,存在与虚无不过是一种实在的两面。这时,他才感到人的自由太少了,太有限了。人类拥有一切,本来可以将大地变成乐园,可是他们却如同生活在火狱一般。科学创造给人带来方便,但是并没有给人类带来幸福,反而带来侵略和屠杀的灾难。沙布尔把人类最大的麻烦——贫穷的原因归结为"人性的分配不均",而不是财富的分配不均。因为贫困已超出个人的范畴,涵盖了各个民族。现在的争斗也不局限于一个国家的阶级之间,而扩大到国际间富国与穷国的斗争。这就是说,阶级的掠夺和剥削以及国与国之间的掠夺和剥削,充分展现了人性的堕落和丧失。沙布尔的这一看法突出了诗人对人性的独特认识和关注。他以为,人的责任本应使自己在大地上的短暂生活更美好,用良好的愿望去消除混乱和矛盾,并为生活增添深层的意义和更加理性的光辉。然而,这一切只有当人变成一个堂堂正正的人时才能实现。

诗人认定，宗教、哲学和艺术是人为实现超越自我的人道主义而做出的三种努力。请注意，沙布尔在人道主义前加上了"超越自我"的定语，以区别被一般人说烂了的人道主义。他一再强调艺术对人认识自我的重要作用，若没有但丁、麦治侬①等爱情诗人，人便不知何为爱；若没有苏菲的沉思，人无法知道何谓神爱；没有奥塞罗怎知何谓忌妒；没有哈姆雷特又何以知疯狂。沙布尔分析艺术的目的有三："艺术的人道主义目的是人而不是社会；艺术的道德目的是道德而不是美德；艺术的宗教目的是信仰而不是宗教。"②由此可以看出沙布尔把人放在宇宙的中心位置，关心的是人的信仰与道德等精神方面的建设，他要使人成为一个真正的人，一个有道德的有信仰的人，而不是一个动物性的人。沙布尔信仰"存在的目的是要让善经过长期艰苦的斗争战胜邪恶，以便返回到他的纯洁无邪。这纯洁已非来自安拉的原初的纯洁，而是经历了考验的，类似冶炼之后的金子。人的责任是建设寰宇，净化寰宇，将理智渗透于物质之中，实现均衡协调，最终将他的成绩交到安拉的手中，作为人有权生活在大地上的证明。"③

对人来说，如何面对邪恶的普遍存在，这是一个不可回避的问题。对此，思想家、宗教家的解释是多种多样的。沙布尔不同意原始宗教和某些浪漫主义诗人把自然界的恶解释为自然中一种存在对另一种存在的侵略；也不同意恶来自人类，或认为恶是同一机体的内在运动而为人的错误辩解的说法，甚至还不同意恶是前定的，以及由此产生的存在单一的各种派别的观点。他认为"生活中善恶并存，善给生活以最起码的意义，以及全部建设和净化的意义。邪恶则是伤害建设和净化生活因素的东西"④。为此，沙布尔推崇真诚、自由、公正的价值观，认为这些价值观的缺乏意味着世界的毁灭。沙布尔的真诚指人对自己的真

---

① 麦治侬是阿拉伯—伊斯兰前的著名悬诗诗人。
② 沙布尔：《我的诗歌生涯》，读书出版社，贝鲁特，1983，第97—98页。
③ 同上书，第110页。
④ 同上书，第121页。

诚，意思是人要认识自己的存在，意识到他在生活中的地位，和他应承担的责任，不论这责任多么沉重艰难。人对自己的真诚将保佑他免于平庸和肤浅。沙布尔把自由和爱放在一个突出的地位。他视"爱为人发现自我的手段和动机，没有不自由的爱，也没有无爱的自由"[①]。这个把爱和人对自我的认识联系起来的看法，又一次证明沙布尔对人的重视。人成为他思考的出发点，也是他思考的中心。公正对个人来说意味着正确认识事物和做出客观判断的能力。它对社会而言是社会进步的里程碑。沙布尔的诗作便是他推崇这些价值观念的艺术表现。他把这些价值观比作他的心肝、伤痛和刀剑，为了这些价值的不能实践而痛心疾首，心儿流血。他在诗中反复描述他的心境：心儿充满悲哀，说不出高兴的话（《悲哀》）；他的悲哀极其沉重，有些变态，甚至极为凄凉（《给安拉的歌》）；悲哀不死，他也沉默不言（《反思往事》）；人成为行尸走肉，这才是我悲哀的秘密（《承认来迟》）。他写道：

　　这是一个厌倦的时代
　　痛苦没有深度
　　人徒有一副形骸
　　不为胜利而活
　　也不为失败而活
　　这时代的人是生活的主人
　　厌烦与他同生
　　与他通奸
　　这是一个丧失真理的时代
　　被害者不知谁是杀手何时被害
　　人头落在牲口的尸体上
　　牲口的头混在人的尸首中

---

① 沙布尔：《我的诗歌生涯》，读书出版社，贝鲁特，1983，第122页。

当心你的脑袋

当心你的脑袋。(《影子与十字架》)

而这个世道是个只见动物不见人的世道。他在《苏菲白希尔·哈斐扎记》里描绘了市场上的情景。那里，这些动物和人互相厮打，决不相容，让旁观者心寒，他不由自主地惊呼"人在哪里，人在哪里？"沙布尔把他的悲哀解释为"一种积极的动力，它是一种责任感"。他感觉"不是悲哀俘获了他，而是他俘获了悲哀，将其作为超越自我更新自我，更加自觉地、清醒地走向更广阔的天地"[①]。触及爱的主题的诗篇，在沙布尔的诗集中占据了不少的篇幅，如《情歌》《恋歌》《那是爱吗？》《爱》《比眼珠更珍贵》等。诗人把爱视为眼珠般珍贵，歌颂它呼唤它。甚至把爱比作悲伤，爱只生活在哭泣的时刻(《这时代的爱》)。因为

这世道是病态的
孤寂的夜生出恐惧
爱的语言也因之患病
在软弱的人的路上
只能遇见病态的爱
绝得不到一点点真情。(《啊，我的星星》)

正是对爱的渴望促使诗人去改造社会，而沙布尔把改造社会的欲愿视为"哲人、先知、诗人生活的原动力"。

沙布尔给予宇宙中最伟大的造物——人类以极大的关怀。即使是谈论诗，他也是从诗歌的主体——诗人说起。他肯定诗人首先是一个人，他们在不同水准中生活，其思想、工作和感受不同，因而形成了不同的个性。进行创作是人从自我中看到宇宙和万物，其内在的感受似血液

---

① 沙布尔：《我的诗歌生涯》，读书出版社，贝鲁特，1983，第123页。

在血管里流淌，只有写在纸上才能使其他人看到。因此，诗人应该把他那独特的思想转换为梦和图画，形象艺术地表现出来，如同植物在阳光下，将阳光合成为鲜艳的绿荫。他反对评论界常把诗分成自我的和客观的，又把客观的诗作为好诗的唯一标准，认为这种主客观的分离如同把花的颜色与香味分开一样。诗人的任务不仅要表现社会，而且要创造与之相对应的另一种生活，比它更真实更美。诗人如若仅仅停留在表现生活，这说明他缺乏见解；如若仅仅停留在表现自己，说明诗人的情感有些病态。他说，从艺术的标准来看，自我的语言意味着诗人还没有达到艺术成熟的阶段，客观的语言意味着诗人满足于直接的表达生活，而不能创造形象。自我与客观在这种意义上变成为艺术个性分离的两种表象，是艺术落后的两种极端。

关于诗歌的表现对象，沙布尔认为诗首先应该表现人的心灵，正如苏格拉底所说，"应该去掉一切繁饰而去描写人的心灵"。因为诗人肩负着道德的义务和责任，以美丑而不是以对错作为衡量的准绳。沙布尔的诗歌都是在展示自我或人的心灵，因而具有鲜明的人道主义特征。

二、诗歌创作的神秘主义阐释

沙布尔的诗歌完全建立在对人的认识之上。他在解释诗是什么时，也没有离开人对自我的认识。诗人叶芝曾说："你与自己争论产生诗。"沙布尔则认为诗是人与自我对话的产物，不仅是双方对话，而且是三方对话的结果。人认识自我需先观察自我，沉思自我。这样人便是观者，与此同时人又是被观者。这里，自我变成寰宇图像及其事物的中心和焦点。人在观察自我的过程中检验着他与周围事物的关系。诗歌便是观者的我，被观的我与外界事物三者之间的一种对话，并于对话中发现真理。沙布尔援引苏格拉底的话说，真理不能植入人心，必须通过辩论才能获得。真理始于"观者的我"开始思想，然后在"被观的我"身上以怀疑和沉思面对所看到的事实（或称为事物），并加以检验。沙布尔由此引申到人类的历史,认为历史可以说是人沉思自我的历史。或者说是"观者的我""被观的我"和外界事物三方对话的记录。

在分析诗歌的创作过程时,沙布尔揭示出艺术创作过程的苏菲精神模式。他的思路与荣格的理论有所不同。虽然,他们都承认艺术实践是一种有生命的活动,荣格称它为"自主情结",它类似于植物的生长,"植物并不仅仅是土壤的产物,它是一个有生命的、自身包含着自身的过程"。"它把人仅仅用作一种营养媒介,按照自身的法则雇用人的才能,自我形成直到它自身的创造性目的得以完全实现"[1]。其次是承认一种"神秘参与""神秘共享"在艺术活动中的作用。这种无意识的神秘参与,使文艺家"有可能找到一条得以返回生命的最深的源泉"。荣格在心理层面上使用了现代心理学的术语,而沙布尔是在苏菲神秘主义的精神层面上,用的是苏菲的语言。

沙布尔在分析诗歌的创作过程时,揭示出的艺术创作过程中苏菲直觉的精神模式。他把诗歌创作分为涌来、变化达到和返回三个阶段。

第一阶段是诗的涌来(wārid,瓦立德)。据《苏菲术语辞典》的解释,"瓦立德"一词是动词"来、到"的主动名词。伊斯兰苏菲大师在解释这个词时都用近义词来描述。大苏菲左奴·密斯里认为"真实的涌来,心儿有所动"。苏菲派长老库萨伊里用了"闪现、闪光、光亮"三个词来限定它。这三个词代表了苏菲灵修最初阶段的状态。"闪现"是灵修者在心灵的黑暗里看见一丝稍纵即逝的亮光。"闪光"说明闪烁的亮光消失得不那么快,可能还会出现几次。"光亮"又进了一步,闪光消失时留下一抹光亮。[2]

沙布尔援引库萨伊里的这三个阶段来描述诗在诗人头脑中涌出的最初状态。出现在诗人脑海里的是诗的一些意念、开头或段落,它模糊无序,杂乱无章,诗人自己也说不清楚。这些涌来的东西在诗人头脑中闪现,既没有闪现的前兆,也没有闪现的固定时间和地点,诗人当时可能独处,也可能在人群中,可能在工作,也可能在休息。也许这些东西还会反复涌来,

---

[1] 荣格:《心理学与文学》,三联书店,1987,第114,122页。
[2] 阿·穆·侯夫尼:《苏菲术语辞典》,麦希拉出版社,贝鲁特,1980,第263页。

像闪现的光亮一样，慢慢留下较为清晰的图像或思路。诗人回想起它，就会发现它为即将写作的诗开辟了道路。于是诗人便进入创作的阶段。

第二阶段是变化和达到的阶段 (al-Tlwīn wa at-Tamkīn)。《苏菲术语辞典指出，"变化"是灵修者能力的显现。状态的变化、心灵的变化与认识安拉秘密的增多，合起来就是获得真理的标志。苏菲杰尔加尼认为，"变化"指灵修者寻求和审视的等级。阿拉伯思想家伊本·阿拉比指出，"变化对多数导师来说是欠缺的等级，但是对我们来说是完美的。因为，在变化的状态中安拉说出他的事，灵修者每天都在安拉的事里"①。

沙布尔在书中提及了库萨伊里的看法。库萨伊里认为，修道者不断提升自己，经历一个个境界和状态，从出发地到达了牧场——也就是春天和放牧的地方。这意味着他已达到。变化着的修道者处于提升之中，到达的修道者即与安拉同在。

沙布尔巧妙地把这些苏菲用语转换成艺术语言，描述了诗人酝酿诗作的过程。他写道，当诗人处于艺术创作中时，他便让自己开始一次痛苦艰难的旅行。"从一个状态上升到另一个状态"这句话足以证明诗人创作的艰辛。诗人回忆这第一闪念启示他的东西，从那里可以捕捉到诗的源泉，成功的诗人有能力迈向那个源泉，与之联系。一旦联系上，诗人便与自我分裂或自我与诗人分离。然后，诗人在自我中将自我显现。也就是说"被观的我"迅速变为"反映的我"（镜子），将寰宇图像及其事物显现出来。诗人达到的标志是他整个人都废掉，失去了作用。诗人在镜子里见到闪念所启示的东西，若换成中国佛禅的语言，就是修道者在"智慧眼"中观看到了幻象和光。

那么，诗人在第二阶段是如何"变化到达"的呢？沙布尔写道，诗人"从日常生活中会汲取成千上万个映象和材料，在头脑中形成许许多多的闪念、直觉和念头，它们停留在脑海里的某个部位，可称为潜在的理性"②。这些奇特的因素即是自我的话语，它是"被观的我"与"观者的我"进行

---

① 阿·穆·侯夫尼：《苏菲术语辞典》，麦希拉出版社，贝鲁特，1980，第48页。
② 沙布尔：《我的诗歌生涯》，读书出版社，贝鲁特，1983，第14页。

艺术对话，形成诗篇的话语。事实上，区别艺术家自我的最重要的东西是自我在自我中展现的强烈愿望，或者可以称其为"潜在理性展现的渴望"。一旦光亮出现，自我迅速陷于沉思，尽快完成自我分离为"观者的我"与"被观的我"的过程，以便凝神注视这光亮（即那些直觉和闪念）。那些东西看起来僵死不动，实际上似"蚕茧一样，具有潜在的生命力。反复的审视会再现它的存在，并使之复活。"诗人为了描绘这突然出现的新世界，必然求助于语言的象征。沙布尔认为，诗歌不是对一个每日面对世界和宇宙的沉默朋友自我的直接表现。然而，多数诗人只满足于这直接的表现。成功的诗人则必须凝神注视那另一个自我，它是一个"充满梦境、知识和念头的火药库"。当诗人用以表达的材料是话语的象征图画时，他便进入了对话的第三方，他即是事物。区分诗人、梦者、疯人的重要尺度。就在于这对话第三方的进入。

　　第三阶段是返回阶段，即恢复到诗人的正常状态。诗人经过了前两个阶段，看到出现在眼前的新世界并找到表达新世界的象征图画后，便中断对话，开始做判断，运用他批评的敏感性，以把握正确与错误。这时，第一自我（观者的我）以他全部的意识，注视着能从对话的另两方获取的东西，对它进行肯定、删除、提前、退后、更换词句、调整诗行等加工润色。

　　沙布尔在谈及诗的涌来时，没有直接用"灵感"一词，而用了"念头"一词。他认为，这念头是由远离人类的源泉降下，但未明确指为神灵。与此同时，他提到，希腊人和阿拉伯人是把诗的源头与神灵联系在一起的。希腊人称之为灵感，与祭司的预言同源；阿拉伯人则称之为启示，是精灵所为。正如伊斯兰大诗人马默鲁·盖斯所说："精灵为我选择了诗句／从中我挑出自己喜爱的。"沙布尔认为，念头的涌来是模糊的、无序的，有时是强烈的。它似闪电一般骤然出现。这时，宁静的自我渴望捕捉到它。为此，他需独处，静静地等待它一次次地出现，从而把握它的存在。自我的孤独是为了意识到自我，经由同一而认识自我。因此，伟大的艺术都产生于同一（at-Tawahhud）之中。同一在这里指"自我趋向沉思自我的高级阶段"。①

之后,沙布尔又援引库萨伊里的见解来解释诗人不成功的原因。库萨伊里说,修道者发不发生变化取决于瓦立德的力量够不够大或者人是否太软弱,而修道者能否保持虚静也取决于修道者的力量或瓦立德对他的影响力。由此,沙布尔认为,诗人写作失败可能是自我情感过于炽热强烈,或是由于自我的抗拒(挣扎)使之不能与自我脱离,让闪念控制自己;另一个原因是诗人对"涌来"的闪念缺乏强有力的感受。在分析自我的强大或抗拒或缺乏感受力的原因时,沙布尔认为归根结底与人心灵净化的程度有关。也就是说修道者经过一系列的变化之后,必须最终战胜自己的心,才能达到幸福的终点。正像他引用一位佚名苏菲所说的:"求道者的旅行终止于战胜自我。一旦战胜自我,他便达到目的。"② 这就是说,诗人成败的关键就在于能否达到无我,保持绝对的虚静,身心完全放松舒展,于自然而然中接受造物主的馈赠或者打开自我的火药库。

沙布尔对诗歌创作的神秘主义解释并非从理论到理论,而是以个人的苏菲体验为依据的。14岁时,他有过虔诚者那样忘记自我,心中只有安拉的体验。15岁开始写诗时,那种感受令他激动发狂。他越发内向和孤独,寻找着真正诗人的感觉。

在叙述诗歌创作过程中,他也结合自己的创作经验加以说明。他引用了《旅行》(1952)一诗,描绘了他对意义旅行的向往和渴望。这首早期未发表的诗,已经运用苏菲的语言将诗歌创作过程称为"意义的旅行"。

> 美丽如画的静夜,
> 我漫不经心瞥见一丝微笑
> 习惯听着恩主的回响
> 薄雾中传出轻轻乐曲

---

① 沙布尔:《我的诗歌生涯》,读书出版社,贝鲁特,1983,第20页。
② 同上书,第17页。

我摘取清新的梦幻

收集起来驱散阴沉

梦中的新娘亭亭玉立

小鼓和笛声喧闹不息

花冠微笑令我呆立不动

心火窜动用手掌抚平

玩偶木然的感觉令我心痛

至高拒绝她向我走来

和那随后的万丈辉煌

啊，心中的意义旅行

居于荒漠拥抱着虚无

夜那迷人的气息逝去

黎明现出了她的笑脸

啊，沉睡的兄弟，在睡意

和思想天真的怀抱里多惬意。①

这里，心火和木然的感觉说明心儿不虚不静，没有"涌来"发生。它只有像孩子般纯洁、安宁，灵性之光才能闪现。

在《亲和之歌》一诗中，他通过描述失败的经历，强调爱于合一中的重要。没有爱便不能牺牲自我，达到无我的境界。诗中表示，他在自我分离、获得物象以及自我对诗的亲和上取得了新的进展，但是诗意并未来临。于是诗人从自我中剥下一切生活的标志，像一个朝觐者奔向至圣。诗人为诗歌筑起圣坛，可是他亲爱的造访者还是没来。诗神不来让他恼火，他推倒神坛，丢掉所有的东西，像出生时一丝不挂，不穿受戒的外袍。在漆黑的夜晚向山谷，询问先驱欲生者是否以爱的殉道者的名义死去。

---

① 沙布尔：《沙布尔诗歌集》，奥达出版社，贝鲁特，1972，第103—104页。

他曾在想象中埋葬过温柔的心和僵死的体。他呼唤着：

> 爱人啊，折磨我的人儿
> 难道你那儿没有追随的礼物
> 我是顺从听话的仆人
> 若允许，我是你奥秘中的朋友
> 我的故事空前绝后
> 性情似杯中酒般柔和
> 能否赐予眷恋的凝视
> 我以爱来证实友情的亲密
> 在你深邃的心里可有我的位置
> 为爱你，我打碎了
> 人的本性，不再返回。①

沙布尔的失败在于他欲念过强，没有战胜自我，处于自然而然之中。20世纪50年代初沙布尔正进行意义旅行的时候，远在美国的法国当代著名哲学家、文论家和美学家雅克·马利坦（1882—1973）已写就了他的代表作《艺术与诗中的创造性直觉》（1953）一书。这部书详尽地论述了作为一种精神现象的人类艺术活动的制作过程。马利坦对诗歌创作的解释与沙布尔的解释非常相像，都具有神秘主义的特征。为了更深刻地理解沙布尔对诗歌艺术的神秘主义阐释，这里将马利坦的理论做一简要介绍，然后对比他们理论的异同，从中可以发现沙布尔的理论揭示了人类共通的精神文化现象，其意义是深远的。

马利坦的理论建立在以下认识之上：艺术存在于灵魂之中，它是灵魂的某种完善；智性是精神的、天生的、沉思的，它远远超出概念和逻辑，在想象和情绪的重要联系中活动。艺术是一种智性的创造；同一性的原

---

① 沙布尔：《我的诗歌生涯》，读书出版社，贝鲁特，1983，第18—20页。

则是关于存在的最初的规律。经由同一性的认识在人的生活中起着巨大的作用。

马利坦的论述具有明显的神秘主义特征。这神秘主义特征,首先表现在他对智性的推崇和解释上。他认为,"智性是纯精神的","在智性和欲望之前有一个广泛而原始的前意识的存在"。它是认识和创造力之源,是隐藏在灵魂那原始半透明黑夜中的爱欲,以及超感觉的欲望之源。意识的种种产物和行动,思想观念以及概念逻辑理性推理等,都是在智性和欲望中形成的。在这种形成中,智性活动采取了确定的形式和外形。这种有生命的智性活动是"在一个半透明而富于想象力的黑夜中发展",这黑夜与在上帝产生之前最先被创造出来的那种原始扩散之光的黑夜类似。"这种启发性智性以其纯而又纯的活化的精神之光渗入意象之中,驱动或唤醒包含在它们中的可理解性。"马利坦把启发性智性描绘为"不断放射出光芒的太阳",这太阳之光是马利坦借自神秘主义者在修炼中的体验。他们在灵魂黑夜中,"心见"上帝之光,其亮度几倍于太阳的光。马利坦充分肯定了这光的价值,认为"它的光使得我们所有的观念在我们心中产生","从启发性智性之光对意象世界的影响中生出斑状的云彩。它是微不足道而抖动不定的初兆,然而它是无价的,朝向可被把握的概念的内涵"[①]。

其二,表现在马利坦对同一性的认同上。同一性的概念也是马利坦从神秘主义借用来的。他认为,"智性认识的形成过程是一个极其复杂的渐进性精神化的过程。因为智性想象力的活动,只有通过智力与在活动中被带入精神状态的客体的同一才能完成。"这里,马利坦指出阿奎那以前的学者,以至阿拉伯的哲学家都认为这种智性与神的智性同一,是超然的。只有圣托马斯认为是与生俱来的,因为人本体上是完美的。一种参与了创造神之光的内在精神之光,它通过不断移动的纯精神性而存在于每一个人中,成为每一个认定全部智性活动的原始活跃之源。马利坦

---

① 雅克·马利坦:《艺术与诗中的创造性直觉》,三联书店,1991,第183页。

解释说，"概念是在启发性智性的驱动下，被智性以概念的胚芽的形式自意象中得到的。智性来自概念的胚芽，它通过最重要的发展过程在自身之中生出他自己的生命之果，即它的概念和观念"。

其三，表现在他运用这种非概念的智性活动，这种非理性的理性活动解释诗的起源及其在诗性灵感中起的作用。马利坦叙述诗歌创作的全过程时，运用了"诗性直觉""诗性认识""诗性经验"几个重要的概念。他认为，"诗性直觉本质上是一种智性的闪现"，"是智性的非概念生命幽深中的一种创造冲动"，所以它既是认识性的又是创造性的。这种创造性的直觉"是一种在认识中通过契合或通过（产生自精神的无意识中的）同一性对它的自我和事物的隐约把握"。"诗性认识是一种经由倾向和同一性的特定认识，是一种经由表达情感的同一性的认识。这种表达情感的同一性，本质上与精神的创造性有关，他倾向于在作品中表达自身"。它"以一种无意识或潜意识的方式自诗人的思想中产生，然后以一种几乎感觉不到然而是强制性的和不可违背的方式出现在意识中，提示自己的存在，并不表达它的存在"。而"诗性经验"则是"浮现在精神前意识界限上的一种隐约的、无法表达而动人的认识状态"。"在智性中，来自灵魂的灵感成为来自概念的理性灵感，即诗性经验"。

马利坦对比了诗性经验与神秘经验的异同。他肯定这两种经验都在精神的前概念或超概念的、具有活力的神秘之源中诞生，彼此接近并都靠近灵魂的中心，通过无数方式彼此交叉和互相交换。但是诗性经验较之神秘经验所涉及的范围不同。诗性经验涉及创造性的世界，以及高深莫测、不可胜数的相互依存关系；而神秘经验则涉及他超然物外的个体中的事物的原理。两者获得的隐约认识在程度上是有所区别的，神秘经验所获得的隐约认识较之诗性经验所获得的隐约知识来得更隐约，更具决定性和稳定性。它们所依赖的同一在产生的方式上有所不同。诗性经验通过它特有的同一，并借助激起人的奥秘的幽深处的主观性而产生。神秘经验则有自然的和恩赐的（即有神的）两种。这两种神秘经验所特有的同一是一致的，但方式不同，前者通过自我的不可言喻地被触动的虚空智性的透视而发生；后者通过博爱——一种连接灵魂与神的，不但超越情感而且超越人幽深处的主观性而发生。[①] 若依佛家的解释，马利坦所说的诗性经验与神秘经验都来自于定法，属于不同修炼者的共法即世间法。而神秘修炼所得到的定境是超世间定，达到出世间定。两者的差别在于般若、见地和行愿上。

在论及诗性经验时，马利坦将其分为诗性经验的产生和表达两个部分。两者合起来完整地描述了艺术创作的全过程。

诗性经验的产生分为收缩和统一的宁静阶段和舒张的给出阶段。马利坦认为，诗性经验涉及灵魂的某种状态，即"在平静中聚集在一起的灵魂的全部力量处于一种实质性状态和休眠的活力状态"，"这是一种对灵魂的所有活力的专心，平静而镇定的专心，毫无紧张感"。人从灵魂的所有力量的单一驱动中退回到它们的根本生命力之中。这时，诗性经验进入第二阶段。一种单一的运动产生了。它似在沉默积聚之后由灵魂中心发出的喘息，给出了人"宁静的神秘的幽深处"隐藏的一切事物。

诗性体验的表达也分为想象和情感的第一阶段和创造性智力选择的第二阶段。第一阶段是短暂的和有倾向性的，它朝向语言表达的目标。这表达首先是通过自然符号（它们是想象和情感的推进）的瞬间表达，然后过渡到以语言表现出来的社会符号。创造性智力的首要任务是对自发地涌现出来的词语进行选择。

沙布尔和马利坦在阐释诗歌的创作过程时，都使用了神秘主义的语言，但是他们两个谁也不是神秘主义者，只是借助或认同它的基本观念。确切地说，他们都曾信仰宗教，与神秘主义有直接的关连。马利坦从小受到宗教的熏陶，后来经由新教改宗罗马天主教。曾潜心研读中世纪哲学家托马斯·阿奎那（即圣徒托马斯）的著作，对托马斯主义做出重要贡献。他于20世纪40年代中与教皇过往甚密，晚年隐居法国图鲁兹修道院。40年代末，研究伊斯兰神秘主义，写出《自然的神秘性和伊斯兰文化中

[①] 雅克·马利坦：《艺术与诗中的创造性直觉》，三联书店，1991，第182—183页。

超自然的神秘性》一文，收入马利坦的《宗教科学研究》(1950) 中。

这两位在各自的实践中，都非常强调理性，重视希腊哲学家苏格拉底、柏拉图、亚里士多德等著名思想家的论述，借鉴各国诗人的实践，能够兼收并蓄。由此，他们都发现了宗教、哲学和文学的相通之处。沙布尔坚持认为，"宗教、哲学和艺术是人为实现超越自我的人道主义而做出的三种努力"，并一再强调艺术对人认识自我存在和责任的重要作用。马利坦则在他的前言中说明，他把理性和智性作为同义词使用。而理性的意义并非只是逻辑意义上的理性，它包含一种更为深奥的——同时更为晦涩的——生命；当我们越是力图揭示诗的活动的幽微之处时，这生命便越是显现在我们面前。诗迫使他考虑智性在人类灵魂中的神秘源泉，考虑它以一种非理性（不是反理性）或非逻辑的方式起作用，他认为离开但丁的宗教观点，《神曲》就不可能写出来。"神学信仰，这个最神圣的信仰本身，已经通过创造性情感和诗性认识的媒介进入作品，并通过了创造性天真的超然无执的湖面。"①

虽然这两位都使用神秘主义的语言，认同在灵魂的幽深之处存在着一种前意识的活动，认为那是一种闪烁着创造性生命光芒的存在。但是，他们确也不约而同地放弃柏拉图式的"灵感"，但在具体的解释上又有许多不同之处。马利坦明确指出，这种广泛而原始的前意识生命的隐蔽作用，先于智性和欲望。沙布尔的解释则较为含混。他把这前意识称为"潜在的理性"，把灵感称为"念头"，从远离人类的源泉降下，但又没有明确指为神灵。

他们两人的不同还体现在关于诗歌创作的三阶段的论述上。马利坦的诗性经验收缩阶段表达了沙布尔涌出阶段所必需的心灵的宁静状态。按照马利坦的说法：收缩和统一的宁静阶段指人在平静中聚集在一起的灵魂的全部力量处于休眠的状态，人从灵魂力量的单一驱动中退回到它的根本的生命力当中。这单一短暂的运动，即是来自灵魂中心的在沉默

---

① 雅克·马利坦：《艺术与诗中的创造性直觉》，三联书店，1991，第281页。

凝聚之后的一个"喘息"。喘息有时是感觉不到的，但却是强劲有力的，通过这喘息的一切事物是在从容和愉快的舒张中被给出的。马利坦所说的这一种短暂的运动——喘息，即是沙布尔所指出的"心灵有所动"，闪现的光亮留下清晰的图像或思路，为诗开辟了道路。

沙布尔的变化和达到阶段则等同于马利坦的诗性体验的表达的第一阶段。在这个阶段，沙布尔认为心灵在不断提升，对安拉秘密的认识不断增多，并实现诗人与自我的分离。马利坦则详尽地解释为：在舒张状态下，诗性体验在启发性智性之光的照耀下被唤醒，它不断伸展，不断运动，将灵魂所获得的所有的昔日的体验和记忆的珍品呈现出来，并释放出一种含义或一种旋律，一种源泉状态中的最初的旋律。马利坦把这种既是想象性的，又是情感性的诗性直觉称为"直觉的推进"或"动力的突发"。舒张阶段给出的，有时是一阵风暴般的事物；有时是旋律般的东西；有时是言辞的迸发。

沙布尔的第三阶段"返回"，大抵与马利坦的诗性体验的第二阶段"智力选择"相同，都是智性发挥的阶段。马利坦在其中加进了音乐的因素，认为这时智力既倾听诗性直觉，又倾听直觉推进的音乐。马利坦对人类在音乐性的揭示，是与众不同的，说明他的悟性很高。灵修者认为，人作为宇宙存在的一部分，与其他存在的构成一样在不停地运动，发出不同频率的震动和旋律，形成人内在的音乐。灵修者依着各自的灵修等级能听到不同的音响，如经典上所说的雷声、钟声、海潮声、梵音等。马利坦以为，创造性智力的首要任务是对自发地涌现出来的词语进行选择，考虑词语的组合、估价和衡量一切。它包容所有的耐性和准确以及所有技巧的功效。①

他们在叙述过程中都提到了神光。神光也是灵修者的体验，在三大宗教的经书中都有记述。沙布尔描述的"闪光、光亮"属灵修者最初阶段出现的光现象。马利坦描绘的似"一轮不断放射出光芒的精神太阳"

---

① 雅克·马利坦：《艺术与诗中的创造性直觉》，三联书店，1991，第219—220页。

的"智性之光",则属于较高阶段的光现象。至于见主时的光,则几倍,甚至几十倍于太阳光。马利坦确认,这个光能使所有的观念在人的心中产生。他们也都强调"冥思的宁静"必不可少。马利坦将这宁静比作一股洪水,"它使得沐浴其间的思想得以更新、恢复活力和净化"。而"诗人特性的发展也取决于那个瞬间的喘息和每一个诗人的气质、自然倾向,以及他对精神宁静的接受力和忠实程度"。

沙布尔虽然不像马利坦那样强调智性的认识过程(指诗性认识)是一个极其复杂的渐进性精神化的过程,但他们都重视同一过程中自我的丧失和那另一个自我的出现。马利坦认为"诗歌的我是实体的关于生命的爱的主观的深奥,它是创造性自我。一种作为行动的主体,表示精神作用特有的透明度和达观性。""诗中的自我是具有献身精神的主体""似圣人的我","诗人的自我消失在创作性自我之中"。"创造性自我既不断地展现自身,又不断地牺牲自身"①,它是超然的。沙布尔强调自我净化的重要,指出,诗人一旦战胜自我便达到目的。如若自我抗拒便不能自我脱离。他们都提出诗人要顺从,于自然而然中接受造物主的馈赠。马利坦还提出了一个"创造性天真"的概念,以表达注视事物时全然的单纯和信任,既相信种种事物给予他的每一次赞许和启示,也相信他的感情,以及他对难以言传的自我的真实的表达欲望。与此同时,天真也意味着原始未凿的纯洁。这种创造性天真不是道德的纯真,而是属于本体性质的。马利坦还以此来解释诗人的道德与本体诚一纯净的错位。因为诗人处于创作中的本体诚一和纯净中时,他的"灵魂的全部力量在通常的状态中得到统一,这种永恒的状态是诗性经验所特有的"②。诗人作品中纯洁的赐予能使人在美的体验和人类灵魂方面有所发现,从而让时间冲刷掉诗人的一切罪过。

不论马利坦还是沙布尔,他们都把诗歌视为人类精神的创造性活动。它的产生过程揭示出事物的内部存在与人类自身的内部存在之间的相互

---

① 雅克·马利坦:《艺术与诗中的创造性直觉》,三联书店,1991,第118页。
② 同上书,第277页。

联系。马利坦用 300 多页篇幅详尽系统地阐述他的理论，用了许多专业术语，比较费解；苏布尔只在其诗歌经验中作为一节来叙述，线条较粗，但通俗易懂。他们两人，一为诗人，一为学者，在不同地域、不同时间、不同文化背景下的共同发现，确实有着不容忽视的启发意义。

三、话语与救世

在本章开头已经提到沙布尔苏菲倾向的三种表现。它首先表现在诗人对人的关注和推崇，突出人的主观能动作用，认识自我和认识世界的能力。用神秘主义的话说就是自我解脱或是自我救赎，靠自己的力量不要中介地与安拉沟通，实现人主合一。其次，表现在他对诗艺的神秘主义的阐释。这个解释揭示了诗歌的创作性直觉与神秘主义的修炼过程中的直觉感悟的相通之处，触及存在于一切人的灵魂最高级地带的纯精神性活动以及诗性经验由产生到释放的全过程。最后，表现在他的救世思想。前两种已在第一节和第二节论及，本节着重于他的救世思想，即话语与救世的理想。这一思想集中体现在他的诗剧创作之中。

沙布尔一向把人的救世或者说是把大地变乐园作为人的义不容辞的责任，也是"人向神交出的有能力生活在大地上的合格证书"。沙布尔与阿拉伯的大作家和诗人一样都摈弃苏菲神秘主义的遁世，而主张积极的入世和救世，正像纪伯伦那样，把个人静默沉思与改变世界结合起来。这与大乘佛教的主张有相通的地方。大乘佛教主张培养慈悲心，以净化自我提升自我，达到渐悟成佛。但是，成佛只是修炼的高级阶段，还不是最终的目的，最终的目的是普度众生，救人救世。当沙布尔把他的思想与处于激烈动荡和变革的埃及，乃至世界的现实联系起来后，他感到世界的不自由不民主。在知识分子落到鹦鹉学舌的社会里，他们最好做一个观察者、评论家、民主的倡导者，说出自己的话。这样沙布尔就把救世与知识分子的话语联系在一起，强调了话语的重要作用。沙布尔的救世思想充分体现在他的诗剧《哈拉智的悲剧》（1965）中。他的救世思想既包含阿拉伯英雄主义的救世，也包含苏菲的救世，是将两者融合在一起的。他的思想让人联想到埃及作家马哈福兹在20世纪60年代的作品，尤其是他的中篇小说《尼罗河上的絮语》(1965)，它也涉及社会变革中知识分子的态度。马哈福兹反对他们因被革命的进程抛在一边而消极遁世，启发他们走出个人的小圈子，勇敢地承担起推进社会进步的责任。从这个意义上说，沙布尔对知识分子话语的强调意味着突出作为一个人的知识分子所应尽到的社会责任，不论这责任会给个人带来什么样的后果。

沙布尔为什么要选择苏菲大师伊斯兰殉道者哈拉智这个人物作为诗剧的表现对象和象征呢？这还要从哈拉智这个人说起。

哈拉智原名艾布·穆依姆·侯赛因·本·曼苏尔，公元858年生于波斯法尔斯地区，祖上为拜火教徒，后改信伊斯兰哈奈菲教派。哈拉智12岁学习阿拉伯语，背诵《古兰经》。14岁开始，先后拜在三位苏菲大师的门下。苦行苏菲圣徒、教义学家赛海勒·库斯塔里(818—896)使其有了很好的灵修体验；跟随巴士拉的大苏菲欧姆鲁·法尔玛基(？—998)时，他正式穿上苏菲的白色粗毛大袍；20岁追随巴格达的大苏菲祝奈德(？—910)，一年后他已在某些方面超过老师。他一生中三次朝觐两次云游的经历增长了他的见识，提高了个人的等级，从而形成他的苏菲哲学。《塔辛书》是他的传世之作，集中概括了他的思想。这本书是为了匡正有关安拉独一教义在宣教中正确与错误的混淆，其哲学思想是建立在对全知的独一无二的安拉的信仰之上。安拉是"单一""唯一""统一"的，一切在安拉的创造和把握之中。爱是存在的最高形式和存在的原因。人是安拉的自显与外化，人即神。他的"人神说"，即安拉的神性降入人性之中，人变为神，但又不是神本身，而是"人神"。最后发展到否定身体在崇拜中的作用，主张精神朝觐。进而又主张摧毁天房和消灭肉体的寺庙，与神的意志结合。

他于9世纪末10世纪初，继比斯塔米之后将苏菲神秘主义哲学推向极端。他不仅在理论上走向极端，而且在行动上也违背苏菲遁世苦修的传统。他在第一次云游中就渐渐偏离遁世的修行，为自己规划出一条走向社会，布道劝诫的道路。因教徒的忌妒，他干脆脱下那标志苏菲信仰的粗毛衣袍。他曾向伊斯兰医生、哲学家艾布·拉齐（865—925）学习希腊哲学和化学，在印度学习印度教、瑜伽以及佛教的修炼和咒语。曾与被当权者视为反叛的卡尔马特派的领袖会面，甚至在市场上发表癫狂之言。他的极端学说、疯狂举止，甚至他所具有的神通都为阿拔斯王朝后期的当权者以及宗教正统所不容。922年被判磔刑殉难。他的死震动了伊斯兰世界。他的追随者逃离巴格达，但未被吓退，很快又涌现出一批有影响的继承人。他的死揭示了背离伊斯兰正统的极限，由此引发了将其教义与伊斯兰正统融合的种种努力。最后由安萨里完成此项任务，使伊斯兰走上发展之路。

后来的穆斯林将哈拉智的殉难及救赎理论转化为一种为众人而牺牲的号召，形成伊斯兰统一所需要的凝聚力。尽管伊斯兰内部历来断定哈拉智为不信教，但是舆论一般都倾向于他，推崇他缅怀他，并把他神化。不过，他的"人神说"却被当成"不可分享的不朽营养"和"不可泄露的秘密"珍藏起来。阿拉伯、土耳其、伊朗的现代作家和诗人把他作为一种文学形象和象征创作了一批以哈拉智为主题的作品。沙布尔的诗剧也包括在内。哈拉智被描绘为一个为民众的利益而献身的英雄，与普罗米修斯、耶稣等相提并论。

沙布尔在他的《哈拉智的悲剧》里既把哈拉智视为为信仰而献身的勇士、圣徒，也把他看作救世的英雄，他为世上的人而受苦，并为他们而献身。该剧共分两幕五场，采用倒叙的方式展开剧情。第一幕题为"话语"，表现哈拉智的信仰和为人。从哈拉智死后各种人（包括普通民众、工匠、苏菲教徒、哈拉智的朋友和追随者）都异口同声地说"他们杀死了他"，引起一位商人、一位农民、一位劝诫者的好奇，从而勾勒出哈拉智这个人物的基本面貌。第二场、第三场从哈拉智与好友希布里谈论合一的渴望，解释脱下白色粗毛袍的原因，以及他在广场布道的情景进一步展现哈拉智为了信仰和救人救世甘愿赴死的决心。第二幕题为"死亡"，突现了哈拉智在狱中的表现，对两个同监人的积极影响以及他在法庭上为自己做的辩护。

沙布尔通过哈拉智在不同场合的各种言论突出他话语的力量，从不同侧面揭示哈拉智为真理而斗争的英雄本色。哈拉智对他的好友希布里谈起民众的状况：贫穷让穷人怀疑安拉的存在，而恶的无处不在促使大家共同寻求解脱之路。面对百姓的疾苦，他的心儿作痛，他不能视而不见。他必须救他们，甘愿为他们去死。他脱下粗毛袍是因为"粗毛袍已成为束缚、成为卑躬屈膝的徽记或是个人主义的遮羞布"，弃之并不可惜。在广场上，哈拉智公开宣讲他的信仰：安拉欲显现他的美和光明，创造了人。人是安拉的镜子，从中安拉照见自我的美。人是安拉的造物，也应像安拉那样把美显现出来。爱是爱人之间的秘密。与主合一时，人和神愉快相处，一起发现和被发现，黎明时他们分开，相约保守秘密直至归主。①

在法庭上，哈拉智利用为自己辩护的机会，讲述了他个人的修炼体会。当他感到自己好像跪拜恐惧而非安拉，是向安拉出卖祈祷以换取乐园时，他为去除恐惧寻求心安而走上苏菲之路。他渐渐明白导师说的"爱是获救的秘密"，"求道者在爱人的自我中寂灭，他就是真正的祈祷者，或者就是祈祷、宗教、主或清真寺"②。他爱着并被爱，时时想念直至见到他的爱人。于是，他被恩赐得到完美的美和爱的美，并寂灭于其中。哈拉智否认对他反政府的指控。他辩护说，他在信中告诉人们的事实是，人在安拉的世道里受苦和被轻贱。因为他看见贫穷无孔不入，摧毁了人的精神，但是他不愿以恶对恶，只能大声疾呼，制止压迫暴虐。也许他的话能打开封闭的心。他认为，贫穷并非指无衣无食，贫穷指的是它所造成的压迫。"贫穷是利用贫穷摧毁精神，贫穷是利用贫穷扼杀爱，传播仇恨"，贫穷要富人厌恶穷人，要穷人憎恶一切。这与安拉要我们成为爱人的人相悖。③

哈拉智以上的话可以视为沙布尔对当今世界所要说的话。它揭示了

---

① 沙布尔：《哈拉智的悲剧》，《阅读丛书》，贝鲁特，第45—47页。
② 同上书，第102页。
③ 同上书，第106页。

贫富对立，扼杀了人性，摧毁了人的精神追求，使世界陷于仇恨之中。人类不能再以恶对恶，必须以一种新的思路，新的方式，即以爱和善来平衡恨和恶，让世界充满爱和善。

沙布尔除了正面表现哈拉智的信仰和行为，也采用对比的手法来深化主题，揭示哈拉智悲剧的实质。沙布尔改变了历史事实，把对希布里的审判推后到审判哈拉智之时，其实希布里的审判在哈拉智之前。希布里装疯卖傻，拒绝说出合一的秘密而保全了性命。他目睹了哈拉智的惨死，之后变得沉默不语，疯癫而亡。哈拉智虽然一再表明与安拉的秘密不可泄露，但为了说明真理、坚持真理，他还是无所畏惧。希布里的生反衬出哈拉智死的悲壮。

虽然沙布尔以话语来突出知识分子对社会的责任。但面对当权者权力的话语和赤裸裸的暴力，他又不能把他们话语的力量和作用绝对化。因为，人的愚昧或者称之为无明是普遍存在的。于是，勇敢者的牺牲已经转换为一种醒世的话语。这种牺牲常常被一些人误解为无能或软弱，确是事实。但是，其在历史长河中起到的作用也是有目共睹的，如苏格拉底、耶稣、哈拉智等人的死对后世的深远影响是无法抹杀的。

在第二幕第一场里，沙布尔的确表现了哈拉智人格的魅力。他以仁爱之心善待两个同监人，对他们的诬陷、耍弄泰然视之并代之受过。两人渐渐从心底佩服他，承认他是个好人，进而受其影响。一个在越狱后，为营救哈拉智而奔走；另一个认同监狱内外一个样，人都是囚徒的说法，不愿离开他。这两个人的变化充分证明哈拉智人格的魅力。正直的人格也是一种对抗邪恶的力量。哈拉智不愿以恶对恶。认为不使用武器或暴力也同样可以征服人。这是一个方面，另一方面沙布尔又在哈拉智与希布里的谈话中以及在法庭上，对他的话能否打开人闭锁的心不存非分之想，并做了必死的准备。法官也正是利用民众的愚昧，达到消灭哈拉智的目的。在这里，沙布尔改动判决是由法官做出的事实，而由法官询问挤到庭上看热闹的穷人。他们不懂哈拉智所说的安拉显灵给他，并降临到他身上的含义，一致指责他不信安拉。于是不信安拉变成了处死哈拉智的罪证。

哈拉智死了，这些穷人才恍然大悟，明白他们成了杀人犯，他们的愚昧杀死了爱他们、保护他们利益的人。

沙布尔的这一思想在其后的两部诗剧中又得到进一步的发挥。《夜行者》（1970）是一部关于抽象人性的黑色幽默剧。人物只有三位：列车员、旅客和旁观者（即旁白）。剧情也不复杂。列车员来查票，胆小怕事的旅客对他百般奉承。列车员不但验票，而且还要旅客出示身份证，验明正身。列车员莫名其妙地没收了他的车票，最后竟把他的身份证藏了起来。旅客不断索要，他非但不给，还利用这位旅客的同情心花言巧语诱骗他，使其行凶杀死旅客顺理成章。旁观者目睹这一切，对此茫然不知所措，甚至对眼前发生的一切都不知如何思考是好，旁观者不断发表评论，起到画龙点睛的作用。面对列车员命令他一起抬尸体，他愕然不知所措，心想："列车员手里有刀，我孤立无援，我只会评论，我该如何是好。"作为一个旁观者和评论者，他已身不由己地卷进这场凶杀。但他必须做出选择，是当帮凶还是为维护正义而死？沙布尔在剧中只提出问题，并未做出回答。沙布尔的思索让笔者想起苏丹著名诗人穆·费突里在他的诗剧《太阳的东方和月亮的西方》（1988）所表达的类似思想：阿拉伯必须在当帮凶、做伪证或为真理而牺牲之间做出抉择。看起来，这个问题的确困扰着阿拉伯人。具有使命感的作家和诗人必须做出回答。

诗剧《莱伊拉与痴情汉》（1970）[①]，对这个问题做出了另一种回答。这是一出现代剧，以50年代开罗大火为背景，写的是一个年轻的知识群体，他们想改变生活，为祖国的未来做些事情。在编辑工作之余，每周聚在一起编写爱情剧排练。然而，现实生活常常让他们争论不休，怀疑在这个可恶的时代，精神已消失在现实与梦想之中。爱在痛苦地呻吟，被暴力的火焰所锻造。人们渴望爱和幸福，但并不懂得爱的真谛，却把性看作是"永恒的语言"。赛义德爱着莱伊拉，可莱伊拉却投入哈沙姆的怀抱。她虽然把赛义德视为心上人，但又不后悔从哈沙姆处得到的人生快乐。可是，

---

① 沙布尔：《莱伊拉和痴情汉》（1970），《诗集》，第363页。

哈沙姆欺骗了她和朋友们，隐瞒了他入狱不久就经受不住皮肉之苦而与当权者合作。出狱后，他还诬陷别人。当朋友了解真相，找他算账并大打出手时，哈沙姆死去，赛义德被投入监狱。杂志社散伙，两位女士回家；赛勒娃坚信从宗教或者说是从内心深处获取力量，走向修道院；齐亚黛与哈楠一起回乡教书。狱中的赛义德认为自己是因为憧憬未来而被控告。他已失去耐心，绝望向他走来，于是只想着拿起武器去复仇。这个知识群体浓缩了一代阿拉伯人的心态和命运。它揭示了一代年轻人走向极端的原因。有些评论家认为，这部戏说明沙布尔对爱和话语信念的动摇。我以为，两个年轻人不与叛徒同流合污，也不愿拿起武器或回归宗教，最后选择回乡教书，教育下一代。正代表了沙布尔的真意。知识分子的话语不意味着清谈，或指手画脚地评论，而在于认明方向，脚踏实地地做力所能及的实事。为他人的行动才是他们最好的话语。

第九章　运用苏菲神话的法格海

20世纪60年代进入阿拉伯文坛的作家有着共同的特点,最突出的便是作品的反思性和作家重视发掘民族文化遗产,在此基础上进行的创新。利比亚作家艾哈迈德·易卜拉欣·法格海(1942—　)就属于这一代作家。他的文学创作始于60年代中期,以写短篇小说为主,至今出版了五个短篇集。70年代开始他不仅涉足戏剧,而且撰写评论,连续出了八本评论。80年代,他才转向中长篇小说的创作。他的小说以心理描写见长,着重揭示利比亚人进入现代社会的内心冲突,以及向往友爱和谐的内心世界。

从中篇小说《荒芜的田野》(1986)到《我将献给你另一座城池》《这是我的疆域》《一个女人照亮的隧道》三部曲(1991),法格海实现了一次飞越,鲜明地体现了一代作家的独特个性。法格海的文学思考已超越了国界,升华为阿拉伯人面对时代挑战的心理分析,甚至上升到人与时代的冲突和出路。他已不满足于对人物、事件及其意义的描绘。而如作家所说:是"深入到生活在现实中经受时间考验的人之本质的揭示,揭示隐藏在事物和人物后面的看不见听不到的东西"。"我把精力集中在想象的世界,我的小说不是科幻的,也不是写实的,但都不脱离现实"[①]。为此,法格海巧妙地运用了阿拉伯的文化遗产,将神话《一千零一夜》、苏菲神秘主义

[①] 法格海采访录,《阿拉伯周刊》,1992年8月24日。

及其灵修体验作为传统、理想的象征和途径,以及一种结构方式或营造氛围的手段,令小说呈现出斑斓的色彩。在神话与现实的不断转化中完成对现代人之本质的揭示,给人以别开生面的感觉,显示出作者对现实和世界的把握和见识。

一、沙漠边陲小镇走出的作家

艾哈迈德·易卜拉欣·法格海生于利比亚的黎波里以南的马德兹。它是利比亚沙漠边缘的重镇,这个地方集合了沙漠边陲小镇和现代城市的特点。他的祖父是镇上的私塾老师,人们称他为谢赫或伊玛目。"法格海"(阿拉伯文为 al-Faqīh)意为教法学家或教员。这就是法格海姓氏的来源。他的家庭并非来自沙漠的贝都因部族。他的叔父继承祖父的职业,父亲则是这个沙漠重镇的商店老板。他的商店供应小镇居民日常生活所需的一切物品。所以,他的家庭更接近都市的文明。

法格海自幼在私塾接受启蒙教育,喜欢阿拉伯麦卡姆韵文故事的戏剧性和它语言的地道。1957年,他到首都的黎波里,就读于联合国科教文组织建立的新学校——艺术商务中心,以后又在戏剧学院学习过。在那里,他接受了完全脱离传统的现代教育。于是,法格海经历了传统与现代两种价值观的激烈碰撞。至今,他都无法摆脱现代价值观念与贝都因古风和民间苏菲教徒带给他的淳朴和智慧之间的激烈冲突,他徘徊于两种道德的境地。内心的冲突和他对人生的把握很自然地成为他写作的源泉。

20世纪60年代,法格海结束在首都的学习,由科教文组织派遣至埃及留学,就读于塞里塞·里亚恩社会发展学院,学习视听艺术。60年代正值埃及在阿拉伯民族上升期起着主导作用的时期。这对憧憬美好未来的法格海来说,无疑是极大的鼓舞和推动,形成了他实现民族前景的美好蓝图。他越发坚信阿拉伯民族的国家个性。在开罗,他得以浏览众多阿拉伯名家的创作。埃及作家优素福·伊德里斯强烈地吸引着他,成为他学习的楷模。他喜欢伊德里斯的文学，因为它贴近老百姓，能够触摸到百姓最细微的特点，到他们心灵深处去探幽。伊德里斯的文学正与他本人内心潜在的愿望发生了共鸣。与此同时，法格海也发现了他们两人的共同点：他们都在新闻界供职，跟踪社会生活的节奏，而非居于象牙塔中。在埃及的学习和经历促使法格海在思想和艺术上逐渐成熟，为其日后的创作打下坚实的基础。

学成归国后，法格海就职于利比亚报界，并开始写小说。他的五个短篇集《无水的大海》（1965）、《系上安全带》（1968）、《星星隐去，你在哪儿》（1974）、《光彩夺目的淑女》（1985）、《威尼斯之梦》（1997），几乎是10年左右发表一部集子，一步一个脚印地稳健地向前发展。他的小说以心理分析见长，构思精巧，通过人物的内心感受表达了对这狭小和堕落的世界的批判、对利比亚社会封建壁垒的反抗、对爱情和自由的渴望、对人与人和谐交往的向往以及对美好理想的追求。他的作品从某种意义上说代表了利比亚小说的发展阶段：从浪漫主义、写实主义、到神话与现实相结合的神话现实主义。第一部小说集当年就获得利比亚文学艺术最高委员会颁发的小说竞赛头奖。1982年他当选为利比亚作家协会主席，1991年被评为利比亚"文坛风云人物"。

短篇小说《无水的大海》[①]描绘了"我"与一希腊女性的沟通，表达了他对现世的不满，以及对人本质的认识。他与她在轮船甲板上相遇，语言的差异阻隔了他们的交往。然而，他却发现了人所共通的方面：眼神的功能、对钢琴表现力的理解，以及人面对大自然壮丽美景的激动心情。他们一言不发，却能从捕捉海鸟，与之嬉戏中获得交流。于是，他感到好似"轮船拉着地平线前进，并带动太阳、云彩同步运行"。令人感伤的汽笛声变得豪迈，因为它在向"一个因语言、宗教、种族和肤色等墙壁隔绝，以至导致战火纷飞的狭小、堕落的旧世界告别，去迎接一个灿烂的新世界"。然而，这种会心的交流很快被到达终点的汽笛声打破，他不得

[①] 李荣建：《利比亚现代短篇小说选》，武汉大学出版社，1993，第20页。

不面对这严酷的世界。他把这世界比作干涸无水的大海，使人挣扎在海底的泥沼之中，不得解脱。

第三部短篇集中的《爱在今夜》①是一篇描写了阿拉伯封建王朝的成员，独自在夜总会的经历和感受。艾哈迈德隐瞒了王室成员的身份，离开代表团驻地，到夜总会畅饮。酒过几巡，醉眼蒙眬，备受压抑的情感得到松弛。出于与"来自非洲中心的鼓韵进行倾心交谈和对话"的潜在要求，他和着鼓点疯狂地旋转起来，直至瘫软在舞池里。恍惚中，他为侍者的发笑所激怒，脑子里仿佛有两个判官在相互指责，相互辩论。辩论围绕着阿拉伯和西方不同婚姻制度，男女公开交往等问题。他身旁一对情侣四目相对诉说心曲，让他浮想联翩。他是一个不知情书为何物，没谈过恋爱的人。他觉得，"我们没有爱情，只有美德！一个将人类正常爱情生活视为淫乱的国度多么愚昧"。鼓声道出他心中的凄凉、孤独和渴望。鼓声没有了古老神话的内涵，更不能传递部落对儿子的召唤，儿子无法挽回地投入虎口，永远不会回来。短篇集的结尾预示了历史发展的不可逆转，阿拉伯社会必然要挣脱封建礼教的束缚，走向明天。

《光彩照人的淑女》②写的是一位少年与他儿时心目中的情人阿伊莎，在异国他乡邂逅相遇的故事。在他沉醉于相逢和回忆时，她再次撇下他，他心中的太阳再一次沉没。主人公孩提时代对心目中情人的爱恋以及她的结婚带给他的失落，妨碍了他与任何女人建立家庭。她的到来驱散了他在异乡浓浓的乡情，燃起封尘已久的恋情。他忘不了阿伊莎所具有的"淡雅和天香"，忘不了童年的初恋。30年来的情思常常在他心底回响，"固执而强烈地要求他将两者合二为一，成为一个永不分离的整体"。这个短篇写于1984年的巴黎。也许，它是作者的真实故事。但是，结尾处所表达的情感让人体会出阿伊莎具有象征意义。她是一个具体的人，也是一种价值观的象征。她所代表的"淡雅和天香"的美感，是西方女性或现代女性的魅力所不及的，因而使之无法靠近她们。他所眷恋的东方之美

---

① 李荣建：《利比亚现代短篇小说选》，武汉大学出版社，1993，第42页。
② 同上书，第7页。

使之难以忘怀，这种情思要求他与这美合一，永不分离。因此，他的情思不单单是情爱，而且是一种乡情，一种对固有价值观念的怀恋。

在这个集子里的《女人与狗》①描绘了一个天真而又好冲动的利比亚人。他相信友情的纽带正把他与其他人联系起来。他还相信城里人都是好人，诚实而善良。即便犯有前科也是一时冲动干的傻事，如今已经后悔，不再伤害他人。于是，他选择一位牵狗的漂亮小姐，想与之共度异乡之夜。他引着女士来到公园，费尽心机与之搭话。可是她的狗与另一条公狗围攻一条母狗，遭女士训斥，破坏了刚刚形成的和谐气氛。于是，他打消原有的念头。潜意识中被人捉弄指责的委屈突现出来，驱走了为她建造的高贵神殿，并生出恶念。他掏枪杀死她的狗，丢下惊呆的她，吹着口哨扬长而去。这是一个具有荒诞意义的短篇小说。在表面故事之下，讲的是阿拉伯人或者是乡下人来到西方或城市后的感受。他们天性纯真善良，然而西方人或城里人的高傲和难于沟通，刺伤了他们的自尊心，触动了他们传统的好斗和复仇的潜在心理，于是便以恶作剧来结束这场游戏。主人公还不了解，也不适应现代的社会生活，一时冲动犯下罪行。当他仰望天空时，似有一条大狗般的浮云怒视着他，驱赶他并想伤害他。这个结尾足以表达主人公在异乡扭曲的心态。作者给这位都市小姐的狗起了一个中国名字"孔子"，大概以此寓意道德的虚伪。这实在是对孔子的一种误解。

从以上四个短篇小说可以看到法格海的人物似乎都是他自己或者是小镇走出来的利比亚人。他们像是怀着阿拉伯骑士之梦的青年，用那难以忘怀的与安拉和自然相互和谐的目光注视着现代文明。旧日的梦不时涌上心头。他们渴望和周围的一切融为一体，友好相处，但总与现实碰撞发出不和谐的音响。

法格海是一位具有强烈创新意识的作家。他从不满足于已取得的成就，总想创作出"无愧于时代的作品"来，为此，他注意深入生活，认真了解本国和本地区的历史和现状，努力勾画出地方特色，从特定地域的

---

① 李荣建：《利比亚现代短篇小说选》，武汉大学出版社，1993，第74页。

人的生活和情感出发,描绘人类共有的精神生活和喜怒哀乐,也就是描绘出个性中的共性来。

20世纪80年代发表的中篇小说《荒芜的田野》(又译《昔日恋人》),就是他不断努力的结晶。这个中篇小说从利比亚的现实出发,描绘了利比亚游牧社会逐渐向现代社会转变过程中,如何在内外的压力下选择了一种扭曲的生活形态。他们既丧失了游牧人的宽容大度,又没有达到现代人自由交往的程度,于是生活在一种失衡的状态下。这个村庄既面临着反专治统治、反封建礼教和反愚昧的斗争,又面临着反对当权者与外国人勾结掠夺土地,非法修建军事基地的斗争。

贫穷和愚昧造成了人性的扭曲。它表现在人们对丑恶的容忍和对美好的挑剔和排斥。主人公吉米拉是这个贫瘠黑土地上开出的一朵美丽的鲜花。她小学毕业后,有机会和县长的女儿一起上了师范班。她会唱歌会跳舞,又有文化。她的父亲叶提姆因为女儿而由更夫提升为监工,又得到国家资助修建住房,甚至就要当上县议员。吉米拉的美貌让女人忌妒,她们都往她脸上抹黑。村里的女人还说她有魔法,能指挥小鸡、猫等动物,会勾引男人。那些年老或年少的男人都对她垂涎三尺。哑巴戴尔维希竟在街上追赶吉米拉,撕扯她的衣服,甚至赤身裸体爬上她的房顶,摔死在她门前。清真寺的教长谢赫奈萨尔丁也被她所迷惑。为了得到她,不顾一切,胡说自己与她通奸,使之有孕,害得吉米拉被迫去医院验明正身。县长不喜欢他那个"女仆"一样的顺从妻子,一心想娶一个可心的人儿,把她当一棵"玫瑰树"保护起来。他看上吉米拉,并去求婚。叶提姆既不敢违抗,也巴不得与权贵攀亲,撑起一把保护伞,避免灾难。

可是,吉米拉已经看中村里的青年伊德,他的勤奋和诚实早已赢得包括她父亲在内的村民的赞扬和喜爱。伊德也爱上吉米拉,曾上门求亲,不成。两人在吉米拉的教母乌姆·萨阿德的支持下,在她家会面,商讨私奔之事。面对接二连三的打击,吉米拉开始明白父权社会将父亲变成了恶魔,亲手扼杀女婴,或断送女儿的幸福。她生活在一个假仁假义的世界里,一直不敢陈述自己的意愿。今天,她要跳出藩篱,跨越乡村的旧习俗。伊德也在这一系列的事件中感受到他们依旧生活在"石器时代"。不过，他不明白"村庄怎么仿佛患了热病。过去淳朴、正直的人如今浑浑噩噩，简直像变了一个人"。

虽然，政府宣布该村作为一个商业中心的历史结束，因生活资源枯竭，决定迁移该村。原来传说是要建玻璃厂，实际上是建立美军训练基地。村民一致联名反对。县长趁机要求与吉米拉完婚，遭到叶提姆的反对。于是，叶提姆又被贬为平民。县里派来大批警察逼村民就范。村长不予合作，县长以"煽动民众造反"的罪名将他投入监狱。在为教长送葬后，抵抗过意大利侵略的老战士海来利发出怒吼："男子汉都死光了吗？难道我们像寡妇一样号丧吗？我们任凭他们监禁我们的村长，鞭打村民，将我们的村庄出卖？"他要求大家同仇敌忾，一起迎击黑暗的挑战。这时，有人出来转移目标，把教长蒙难归罪于吉米拉，也有人借吉米拉一家迁离村庄而把吉米拉当成一切厄运的罪魁祸首，为县长开脱。至此，村民才省悟过来，把斗争的矛头指向县长和政府。

法格海在这个中篇小说里运用了苏菲的出神，也就是灵魂出窍的观念，作为一种艺术手法。作者用它不仅治愈了吉米拉遭受精神打击后的身心交瘁，也完成吉米拉人生的转折。那天，她无力地躺在床上，眼皮发涩，怔怔地望着天花板。突然，她看见自己灵魂出窍，飘浮到天花板，而她的身体则直挺挺地横在床上。她的目光穿透墙壁，看见母亲返回家，弟弟在家门前玩耍。她自己已从沉闷中解脱出来，自由自在地飞翔。她感受到前所未有的安宁，仿佛与宇宙精神融为一体，成为她的一部分。母亲的哭喊破坏了安全宁静的气氛，她的灵魂又返回到身体中。这次奇特的经历使她目睹了自己的死去活来的过程，使她走出沉默，面对生活。同时，她也发现这体验对她来说变得可以重复，以为这是死亡的征兆。法格海以这一小小的情节完成了吉米拉的人生转折，使她明白死亡并不可怕，死亡是那么平静安详。死过一回的她看穿一切，对什么都不在意，也不想把幸福寄托在他人身上。她清醒地动员伊德回城去读书，用宝贵的时间——生命的一部分构筑他的生活和未来。

二、苏菲神话：理想世界的象征

法格海的反思在他的短篇和中篇小说里，表现为揭示人的处境和本质、批判利比亚人的丑恶以及披露自我内心的渴望。这渴望体现了传统在现代人心中的积淀，代表了对人类与自然、人类与世界和谐相处的潜在期待。

20世纪90年代，法格海的三部曲《我将献给你另一座城池》《这是我的疆域》《一个女人照亮的隧道》问世后获得评论界一致的好评。其主题涉及利比亚人在现代化的进程中，背负传统的重负，步履艰难力不从心。难就难在无力超越传统，实现现代化的转变，因而造成人悬在半空中，成了梁上君子。他既不属于过去也不属于将来；既不属于东方也不属于西方，其处境之尴尬可想而知。这一主题的确揭示了现代利比亚人的困境，从某种意义上说它也概括了现代阿拉伯人或其他有着古老文明的第三世界人民的困境。法格海在其中不仅展示了人之困境，同时他也从主人公正反两个方面的体验中揭示走出困境的途径。

主人公赫利利是一个成长于利比亚传统家庭的青年。在他家庭的血液中还流淌着贝都因人的血液。[①] 他的祖父是位伊斯兰学者，父亲是个劳动者，父亲把恢复宗教世家荣耀的希望寄托在儿子身上。然而，赫利利和他哥哥都拒绝做宗教学者，逼得父亲把女儿嫁给一位谢赫，让赫利利每天给他读一段《古兰经》作为心里补偿。赫利利不肯屈就父亲的愿望，只身前往英国留学。三部曲的第一部写的是赫利利到英国的经历；第二

---

① 据希提的《阿拉伯通史》第24—31页的介绍：游牧的贝都因人、骆驼、椰枣和沙子构成沙漠的四大主角。坚韧和耐劳，慷慨待客和男子气概是他们高贵的美德。好战是一种习惯的心理状态，劫掠是一种民族游戏。他们重视出身，视高贵的宗谱为无限的骄傲。他们生来就是民主主义者，以平等的地位与他们的长老和谢赫见面。他们遇到机会就会汲取他人的文化，使自己潜在的才能爆发出来。因此，哈里发欧麦尔说："贝都因人以原料供给伊斯兰教。"

部描绘了他为治病在苏菲长老的指导下,进入璎珞国的经历;第三部写他经历了在两世界后的失败生活,从中揭示了人之软弱和克服软弱的途径。

赫利利在欧洲做英国文学与阿拉伯文学的比较研究。他将《一千零一夜》的引子故事大加发挥,把山鲁亚尔报复王后的不忠而每夜换一个妃子清晨杀掉,总结为性与暴力,并将"性与暴力"作为论文题目,从这个角度对两国的文学进行比较。性与暴力既是主人公文学研究的对象,又是他生活其中的欧洲社会的现实,也是东方传统在他身上的积淀。

起初,赫利利只把它作为研究对象,想按导师的要求,做成为阿拉伯想象的范本。当他的欧洲女友得知他做这么一个怪题时很不理解。他告诉女友,西方的性解放被视为新的社会现象,其实东方社会在中世纪初就已经出现了。主人公以平淡的语气说出的重要发现,本人并没有意识到它的意义。实际上,他揭示了东方古老的性观念与现代西方的性解放在本质上的一致性。受这种传统观念的影响,他自己在欧洲能轻松地接收西方的性观念。他与房东太太兰达成了一对情人,与房东杜纳拉德共享一个女人。但是,他不知道造成这一状况的原因不完全出于爱。杜纳拉德婚后丧失性能力,又不愿失去妻子,只得默许妻子与他人私通。后来他学佛修瑜珈,经历了痛苦的心理危机,终于放弃了家庭生活和工作,四处为家,过上无拘无束的生活。兰达虽然爱着赫利利,有意与之结婚,但她没有如实讲出自己已怀上他的孩子的事实。她见赫利利与一同排戏的桑德拉在她外出时同居,便悻悻离去,不和他纠缠。因为,她与主人公交往的最终目的是想要一个孩子。当赫利利得知她怀了自己的孩子时,才去找她表达结婚的愿望,但为时已晚。赫利利感到自己是一个大傻瓜,被别人耍了,成了西方女人的性工具,失去了男子汉的尊严。

他与桑德拉的关系完全出于偶然。他们一起排戏,他扮演奥赛罗,桑德拉扮演他的妻子。在练习最后一场杀妻的戏中相互接近。庆祝演出成功之夜,他们借助酒精的作用发生了关系。他离开兰达搬进公寓,恰巧与桑德拉住楼上楼下。她是一个独立开放的女性,与兰达分属两种类型。她闯进赫利利的生活与他同居,与此同时又不时与偶遇的男人做爱,她始终掌握着性关系的主动权，给赫利利全新的感受。她带他一起去冒险，带他参加美国小乐队的夜生活，那是毒品与性的大联欢，是对一切观念和规范的彻底反叛。甚至，她还把自己的同性恋伙伴强加给赫利利。桑德拉的桀骜不驯让赫利利难以接受，但她所具有的独立思想又吸引着赫利利。她反对赫利利把自己当临时过路人的观点，批评他说"人活在世上都是暂时的，正如法国人所说没有什么能长久，都是暂时的"。① 她也能从他的行为举止读出他的内心活动。就是这么一位让赫利利又爱又无法驾驭的女人，直到她被流氓团伙绑架强暴，逃回来由他送进医院后，他才知道桑德拉是一位亿万富翁的独女，财产的唯一继承人。报界并不关心事件本身，而格外关心她的出身和其父亲的政治影响。赫利利从她的经历看清了西方社会的实质。桑德拉其实就是西方性与暴力的牺牲品。

《一千零一夜》所反映出的性观念与桑德拉所代表的西方现代女性的性观念都不是建立在两性发自内心的纯净的爱，而是建立在一方对另一方的占有，或相互利用之上的。作者在此揭示了这两种性关系的悲剧性的实质。与此同时，他又在第二部小说中描绘了另一种建立在真诚、平等基础上的全新的社会和两性关系，并以此作为理想的象征。

赫利利学成回国后，在大学英语系任教，娶妻结婚，完成了人生的两件大事。他的婚姻完全是传统的无爱的。压抑的心理让他难于承受，于是患了重病。他夜不成寐，总梦见自己行走在烈日之下，一只黑色的大鸟展翅盘旋在他的头顶之上，他拼命奔跑企图躲进大鸟的阴影中。噩梦困扰着他，使其身心不得安宁。病情严重到幻听幻觉，夜游跳进海里险些被淹死的地步。家人多方求医，不得。赫利利嫁到绿洲的姐姐回来看他，勾起他对童年生活的怀念。于是，重访儿时的故居，竟然见到死去30年的苏菲长老萨迪格。在他的指导下，去到一个大同世界珊瑚璎珞国——阿拉伯的"桃花源"，治愈了疾病，对人与世界有了进一步的认识。然而，好景不长，赫利利犯了不可饶恕的错误，亲手毁了那座城市，返回到人间。

---

① 法格海：《我将献给你另一座城池》，利舍出版社，伦敦，1991，第94页。

三部曲之二《这是我的疆域》全面运用苏菲神秘主义的观念、修炼方法和境界，营造了一个亦真亦幻的国度——珊瑚璎珞国。这个国度不是什么人都可以去的。它是一个经过修炼，心灵得到净化的人之乐园，是一个世外桃源，一个人类世代渴望的理想社会。赫利利在长老萨迪格的指导下，才得以到达那里。到达后，赫利利被等待他的璎珞国人请进城中，做了埃米尔。

加冕仪式上，贤人杰拉勒丁扑朔迷离的致辞道出城市的秘密。他谈到："人来自天国，在那里被造，并将返回到那里……人活在世上应该关注人之本质、思考宇宙的规律，从自然界获取智慧。人的本质包含存在的意义、自然的奥秘、神的光辉和天地的荣耀。人应不断完善内在的美，以不辜负人的属性。"① 这番话道出了苏菲的观念和思想，是该国的立国之本。

璎珞国原本是一个信仰月亮神的地方。一天，从沙漠里来了一位贫病交加的苏菲教徒。他被其国王赶了出来，在沙漠上流落了一年才来到这个地方。他起初拒绝王位，知道王位并不影响其信仰才答应下来。他指导居民信奉独一的安拉，说明它无身无相无本无形，只有见到真我的人才能瞥见他的光芒。人可以从它的存在中抽出智慧，找出自我的神光。

珊瑚璎珞国处于大山和沙漠之间，相对孤立。那里的人不分埃米尔和普通百姓，都以劳动为乐，从事力所能及的劳动，以劳动所得换取所需，不为生存发愁。那里没有军队、警察和监狱，由长老会处理民事纠纷。从儿童起接受一种特殊的爱的教育。那里没有货币，没有法定的节假日，每天晚上都以各种名义举行游乐活动。居民崇尚自然，视死亡为升天，与宇宙精神合一，与星辰生活在一起。所以，他们并不害怕死亡，也不为死者举行盛大的葬礼，只用鲜花覆盖尸体，静静地埋葬它。那里的人已从物质需求中解放出来，心中没有憎恨和贪婪，只有人与人之间的爱。男女之间的爱只是人间爱情的一部分。两性爱情真挚自然的流露产生了性关系，它超出感官的享受，源于由纯洁、精神修炼、内在充盈所造就的

---

① 法格海:《这是我的疆域》，利舍出版社，伦敦，1991，第29页。

第六感官。于是，性成了渴望爱恋，对生活意义和存在秘密的拥抱。这里的人都进行灵修，不重外表而重内在美的培养。

作者精心设计这样一个阿拉伯的"桃花源"，绝不是为了卖弄或满足读者的猎奇心理，而是作为他心目中的理想世界展现在读者面前。他还将苏菲的理想世界与现实世界进行对比，将苏菲的思维作为一种参照系与现世思维相对照，以利于对现实和现代人的反思。

赫利利加冕后，为显示他的仁慈，效法《一千零一夜》里哈里发或历代统治者的做法准备大赦、放假和发奖金。他用世俗的头脑想出的这些奖励办法与该国的价值观背道而驰，令手下目瞪口呆。公主娜尔姬斯只好不断地向他悄声解释大家沉默的原因。他对辅佐他的贤人以及成了他妻子的公主讲述了人类世界发生的事情，特别是人类制造的各式各样的武器、先进的电子通信设备、大大小小的残酷战争等。公主以为这是他身体不适或受到了惊吓而说出的胡话，忙给他服草药镇静汤。贤人则以为他有预见能力，讲出这些预言以警世。赫利利从他们离奇的反映中明白了人类举动的疯狂。由此赫利利意识到他与璎珞国人价值和思维方式的不同。而后，他又发现自己的心理状态也与他们不一样。公主怀孕，他高兴不起来。因为他从种种迹象中知道自己已返回到1000年前的时代，他实在无法接受儿子早他出生的事实。他在英国给了他与兰达生的孩子一个不是自己祖国的国籍，这回又给了他与公主生的孩子一个不是他生活的时代。他在那个国家巡游时爱上一个村女布杜尔。第一次与之交谈就问她黑夜回家害不害怕，热恋中又因不相信永恒的爱而问她会不会离他而去。他爱清纯的布杜尔，可是内心总有一种罪恶感。原因是他不知道此地的少女婚前有自由交往的权力；女人有权要求与埃米尔生一个继承了他神通的孩子。他在自己的国家里常常处于惶恐不安的状态，没有安全感。他对异性总是克制感情，处于感情的饥渴之中。他感到自己如同罪恶的渊薮，充满一千多年的积淀，难于从积习中解放出来。

赫利利不情愿地当上珊瑚璎珞城的埃米尔。但是，这里的生活的确让他感到安全舒心，他的精神在这里得到净化，自己像孩子般的纯净透明。

从公主陪他出游时开始，他就有一种奇怪的感觉，好像他认识这座城市，上辈子见过这里的一切，可又解释不清楚。之后，他认识到这个城市源于他的梦境，他是这城市的主人。这座城市是由人类渴望浇灌心之源泉建造出来的。他遇到了日思月想的人，就近看到这些人已从恐惧中解脱，揭示出个人的潜能，并唤醒了内在的神灵，从而与宇宙的精神联系在一起，避免了地球上社会造成的病痛。赫利利依照璎珞国的习惯，每天清晨在宫中进行修炼。他的病痛也不治自愈。与此同时，他还发现自己更适合民间的俭朴生活，无拘无束。他更爱布杜尔的纯洁自然奔放的天性。他迷上这个城市，因为这里的民风极为淳朴。乡民所玩的虎豹游戏也是以驱散人潜意识中的原始野性，令身心复归纯净为目的的。

布杜尔在赫利利的生活中有双重意义：一是他的情人；二是象征着宇宙和自然精神，即安拉。"布杜尔"一词原意为满月、圆月，即圆满、完美的意思。与她在一起，赫利利发现了自己的本性。他出身贫寒，没受过正规教育，自由惯了。他非常习惯与布杜尔在一起的生活。在他看来，布杜尔就体现了这城市的奔放、洒脱、热爱生活、崇尚自然的精神。她的生活更符合赫利利的本性和后天的成长。赫利利对她的爱发自内心，是情感的自然流露，他渐渐离不开她。可是，布杜尔却在这个时候消失了，令他百思不得其解。在这里，她的消失寓意是深远的。小说由此突现出布杜尔的象征意义。

赫利利经由诗人雅古特的指点才明白，自己有眼力见到主，是主的恩典，应该高兴才是。他离不开布杜尔，说明他已见主。然而，他尚未使主永驻心中，仍执着于主的外在形象。布杜尔的消失就是考验他对主的爱，训练他从内心中寻找主。她的消失意味着她将赫利利从我执中解放出来，告诫他不能再迷恋于她的外在美，还给他因此被剥夺的自由意志。此外，她隐去女身为的是让他专注于她真实的美，使他对主的爱发自内心，自然而然。这样不仅调整了他与主的关系，也使主成为他安宁和和平的根源。不断听到布杜尔的歌声，预示着他实现了更高层次的精神联系后，还会再次见到她。

果然，赫利利在白天或夜晚都能听到布杜尔的歌声，歌声随时随地与之相伴。于是，歌声成了赫利利生活和存在的一部分。布杜尔是否出现对他已无所谓。赫利利习惯并满足于这种日常的喜乐和深刻的联系，因为它不会引起不安，也不会造成责任与本心的冲突，而将两者合二为一。歌声与存在的表象和内涵相融合，成为他快乐与美的源泉。于是，赫利利达到一个更高的精神境界。

然而，好景不长。由于该城贤人渴望求知和创造奇迹，便与匠人一起模仿造出赫利利所描绘的杀伤武器。这件事着实让赫利利痛苦不堪，破坏了他内心的宁静与和谐。为解脱痛苦，他疯狂地循着布杜尔的歌声去寻找她，忘记了他与布杜尔的内在联系，而从外部去寻找。他像无头苍蝇乱撞，闯进宫中紧锁着的、公主不准他开启的神秘房间。禁闭在房间里的黄色飓风被释放出来，席卷了宫廷和城市。赫利利亲手毁了他渴望的令他自在和快乐的理想王国。

三、苏菲修炼：实现理想的途径

法格海将苏菲当成一种神话、一种艺术手法，在三部曲之二描绘出一个理想王国——珊瑚璎珞国。在那里，主人公如鱼得水，找到了他的心上人——神或本我，感受到身心的和谐，实现了与宇宙、自然精神的合一。与此同时，在这个理想神话的参照下，赫利利看到人世间的疯狂，以及人生存环境的病态。他认为璎珞国源于梦境，是由人类的渴望浇灌心之源泉建造的。从这个意义上说，璎珞国是他潜在渴望的回响，也是他儿时种下的理想的回声。

欧洲的经历让赫利利认识了西方社会的本质和他的自我。璎珞国的生活体验又让他重温了在心中积淀的传统。然而在此后的现实生活中，他没能从这两次体验里吸取教训，变得聪明而有智慧。他仍然处于人的分裂之中，无法实现人与自我的和谐统一。于是，作者进一步从人的软弱引出苏菲灵修对自我净化的重要作用，并视苏菲灵修为实现人理想境界的途径。

赫利利的确是一个非常矛盾的人物。三部曲每部开头都有一段大同小异的描写，预示了主人公无力面对现实，总想借助什么来摆脱困境的心理状态。"一个时间过去了，另一个时间还没有到来。在逃逸的时间与拒绝来到的时间之间是第三种时间，那是一片沙漠，烈日当空，天是铅灰色的。我睡在床上，黑暗包围着我。我瞥见自己在旷野间奔跑，追赶着头顶上飞过的黑色大鸟的阴影。想以此遮蔽当空烈日的灼烧……"

赫利利人格的软弱表现在多方面。在欧洲，赫利利与兰达的分手就显示出他的软弱和肤浅。与桑德拉的关系也掩饰不住他的被动和无奈。桑德拉已经看到了赫利利的弱点。她说过，他选择《一千零一夜》为论文题目就透露出他的软弱，"但凡不能适应现实的人都趋向选择神话和神话学"，"你很聪明地选择了一个大题目，并以此来掩饰其后怕人看出的东西"，"你是一个为自己软弱而脸红的人，所以你摆出一副坚强的样子，使人察觉不出你的软弱。也许在你童年生活里缺乏爱，没有享受过足够的爱以确立自信。其实，人人都有软弱之处，你脸红什么？"[1] 桑德拉这段话道出了神话的功能，其内涵和外延极为丰富生动。她对赫利利的不敢面对自我内心活动的揭露，可谓一针见血。与此同时，她的话也可以视为对阿拉伯民族心态的揭示。

回国后。赫利利与一位传统型的女性结了婚，过着无爱的生活。由于他身体不佳，院方免去了他的教学任务，他热衷于组织教工的旅游活动。一次游玩，偶遇他心目中的情人——药学系的讲师塞娜。他们同在一所大学，却从未谋面。她是一位现代女性，美丽端庄，自强自立，敢于面对挑战而不屈不挠。她还有一副科学的头脑，不迷信，不盲从，善于独立思考，怀着以个人的聪明才智，为社会服务的理想。赫利利执着地相信他们前世有缘。他像骑士一样保护塞娜不受男性教师的诽谤和侮辱，不惜与同事大打出手，被对方控告到院部。他那真挚的情感打动了塞娜，

---

[1] 法格海：《我将献给你另一座城池》，利舍出版社，伦敦，1991，第100—101页。

赢得了她的芳心。他们真诚相爱,不顾闲言碎语,克服了重重阻碍,正式订婚。然而,赫利利在参加夏季乡间娱乐中,经不住妓女的挑逗,与之鬼混,背叛了未婚妻。后来,内心强烈的占有欲又使之急不可耐地与塞娜做爱,不顾塞娜的反抗,从而破坏了他们的幸福。他的失败清楚地说明,他依然处于传统的性与暴力的阴影之中,处于传统占支配地位的思维之中。

赫利利的软弱也反映在他始终生活在神话与幻想当中,不能面对现实。布杜尔是他的情人,这是事实。然而,作者在许多地方都暗示她的非存在。因为只有赫利利能看到她,公主看不到,他们幽会的游猎行宫的看门人也看不到她。可是,赫利利偏要把她当成一个真实的人。在三部曲之三《一个女人照亮的隧道》里,赫利利又把塞娜视为布杜尔的化身,可她确实是一个现实社会的人,是他梦寐以求的情人,一个现代女性的典型。他费尽心机获得她的爱,却为一时难以抑制的潜在的占有欲所破坏,葬送了自己的幸福。他懊悔莫及,从此一蹶不振,走向玩世不恭。赫利利每一次有意识的或无意识的行为和选择都透露出他的软弱。

赫利利为什么会形成如此软弱的性格?对此,作者做了传统的个性的层面的剖析,两者互为因果,由此又引申至人性的层面。

赫利利出身于一个贝都因的游牧部族。虽然他的父辈已进城谋生,但是他身上带有贝都因的基因。贝都因人没有家,家在他们的心里。这就是他习惯在西方经常搬家,过漂泊生活的原因。贝都因人的社会绝对是以男性为中心的社会。这男性社会对主人公的影响是深刻的。他也意识到自己与过去有着千丝万缕的联系。他在思考自己的研究课题时,分析到《一千零一夜》对他意味着什么。他感到《一千零一夜》从小伴随着他逃避现实的不幸,成为他的避风港。山鲁佐德的影子始终笼罩着他,成了他心中女性的原型。写论文的时候,他再次陷入《一千零一夜》的控制之中,把幻想当成现实,是《一千零一夜》选择了他,使之成为那个时代的代表。他研究这部作品是为了从无谓的死亡中解脱,因为生活中充满了异化、死亡和自杀。可是,他的研究却使他的生活带上了故事的色彩——性与暴力，结果反而使他需要摆脱故事的控制，重新获得自由。

在三部曲之三中，赫利利对自己与塞娜关系的分析是中肯的。他对塞娜一见倾心，认定塞娜是布杜尔的化身，他们有前世的姻缘。塞娜的美貌、风度、聪明才智、科学态度、勇敢顽强、富于挑战精神，甚至她的强健体魄，敢于与波涛搏击，都强烈地吸引着他。他爱塞娜爱得发狂。对她的爱使之净化升华，祛除他的疾病。他感到自己的生活不能没有她。然而，在这完美的女人面前，他又有些自惭形秽。她的优点照出了他的不足，他似乎成了她的奴隶，生活在她的影子之中。这一切又激怒了他。于是，他便用男性器官来肯定自我，那是塞娜唯一缺少的东西，也是他在割礼中险些因此丧命的东西。他得了以男性为中心的社会的通病：以为占有女人便能肯定男人的自我，显示男性的力量和优越。然而事与愿违，愈加证实他的软弱和绝望。

赫利利生活在礼教森严的封建社会，生性胆怯。儿时不敢与街上的孩子打架，唯一一次胜利是在玩命的情况下颤抖着挥出拳头而当上的英雄。长大后，他一向安分守己，竭力让自己融于社会之中。可是，他又常常感到与社会格格不入，避而远之。他谨小慎微，很重视周围人对自己的评价，因为他来自一个"闲话淹死人"的国度；他循规蹈矩，按时祈祷，按时完成人生大事，他和非姐妹或妻子的女人在一起既害羞又有一种犯罪感，因为在他的国家男女授受不亲。

赫利利到欧洲留学，为的是将来获得一个稳定的工作。可是，那里的大学教师却为了金钱应聘到校外酒馆当招待，以便从职务的奴役下解放出来。赫利利到酒馆饮酒御寒，老板奇怪地问他，何以远离家乡，从热带到寒带来写那不能赚钱的论文？其实，主人公也在为这两难的选择犯愁。

赫利利到了西方应该说是获得了完全的自由和独立。他经历了从不习惯到习惯的过程。刚到那里时，他穿着民族服装鹤立鸡群，黑皮肤、黑头发格外显眼。为了心理平衡，他让自己变成了一块滚石，不再问应该如何，不应该如何，不再评判自我，并为自己辩护。他不用自己出生地的尺度衡量与兰达的关系，而是用自己的尺度。这个尺度成了两种尺度之间的缓冲地,它不为任何一方的法律所控制,只有个人的。他自然而然地举起了个人主义的旗帜。在他父亲去世后,他认真思考了自己在西方的生活。这时,他才意识到自己无形中又倒在西方以个人为中心的价值观念的大旗之下。他与东方传统的唯一联系是一年一度的把斋。

赫利利自幼从苏菲长老艾布·萨迪格那里继承了追求崇高精神境界的理想,在他心中保持了一块净土。所以生病时,他才下意识地去寻找长老,乞求他的救助,而不是哥哥给他找的教法学家。然而,由于他的肤浅,执着于外在的东西而毁了自己的理想。不论是《一千零一夜》还是苏菲神话,都使赫利利生活在虚幻之中,不能面对现实。然而,这两种传统又代表了有着天壤之别的外在的物质追求与内在的精神追求。两者在他心中发生激烈冲突造成他人格的分裂。

当他将自己的情况与他的同胞阿德南相比时,才明白彼此的区别所在。阿德南并未因妻子离他而去而沉沦。他远离激进的政治团体,关注东方的灵修,从中获得了精神的解脱。以后阿德南又与一位印度女子结婚,生活得很幸福。赫利利则在西方既割断了与民族传统的联系,又不能完全融入西方社会。他无目的、无理想,像折断的树枝在寻找自我的家园。他成了梁上君子,不东不西不在梦中也不在现实之中。回到国内,那种失落感并未逝去,仍然感到自己似乎在等待那拒绝来到的时间,渴望像儿时那样逃至一个喘息的时间中避难。遇到塞娜后,他才又找到生活的意义。

在与塞娜交往过程中,他与儿时的朋友安瓦尔邂逅相遇对其生活起了决定性的作用。安瓦尔原名为杰姆阿,毕业于爱资哈尔大学,在宗教界任职多年,后转为音乐人,过着双重的生活。他以作曲、主办音乐会赚取利润,过着花天酒地的生活,并断章取义。用《古兰经》经文"……今世生活,只是游戏、娱乐……"[1]为自己的堕落开脱。赫利利就是在他的聚会中背叛了塞娜,重温性自由的美梦。他惊奇又佩服那些酒友在双重生活中保持心理平衡的本领。强暴塞娜后,他不思改过,甚至完全接

---

[1] 《古兰经》铁章:20节。

受了安瓦尔的生活哲学。

赫利利的悲剧是现代东方人的悲剧，真实而可信。与此同时，他的悲剧也带有一定的普遍性。作者在描写赫利利亲手毁了他的理想前，曾埋下伏笔，即赫利利对贤人执意仿造杀伤武器的不满。那时他已完全认同珊瑚国的立国之本，为他这次令人激动的经历感到幸福。虽然他与这个国家在时间上相隔1000年，他甚至想到若他有权，一定让时间返回到珊瑚国，向它学习生命的真正意义，以及赞美和庆祝生命的最好方式。赫利利只是不明白"为什么时间朝着与'人神'本质的相反方向发展"。赫利利曾分析贤人的动机，认为他出于人对未知的渴求。之后，他强忍怒火观看了试验的成功。他万般无奈，独自在花园里散心，耳闻布杜尔的歌声。他循声来到锁着的神秘房间，不顾一切禁忌破门而入。门内禁闭的黄色飓风被他释放出来，再次摧毁了城市和文明。

赫利利无颜见公主，逃离时公主不解的问话一直在他耳边回响。他再三思考她呼喊的"为什么"，他为什么要不顾禁忌，执意寻找布杜尔，酿成大祸。最后，他终于找到原因，明白是潜伏在每个人心中的原始破坏力在作祟。他相信人身上既存在善也存在恶；既存在创造力也存在破坏力。这种破坏力是一种"愚昧、原始和盲目的力量。它孕育了屠戮的罪行，挖掘了死亡和毁灭的坟墓，秘密地发明了绞刑架、监狱和行刑室"。它"隐藏休眠于大脑的褶皱之中，只要见到人类实现了一种成就，生活达到了圆满、美好和成熟时，它就以它的丑恶和疯狂蠢蠢欲动，破坏生活，用鲜血和哀鸣玷污她。它像一条毒蛇选择大脑的褶皱作为秘密的洞穴，在里面睡眠。它慢慢蠕动在人体的组织和血管里，播撒死亡的种子"。这就是原初毁灭的存在。赫利利早就知道它，害怕它的背叛和欺骗。它和人一起出生成长。这种破坏力也"存在于珊瑚国举止已近似于先知的居民的血液中，孕育它的细菌"[①]。这就是为什么居民能热衷于观看并庆祝新武器的诞生。他们看见爆炸起火，浓烟滚滚，造成死亡，便忘记心中的善和美，

---

① 法格海：《这是我的疆域》，利舍出版社，伦敦，1991，第143—144页。

奔出去呼唤战斗，吹响战争的号角。

赫利利还认识到，"他不是那个秘密房间的牺牲品，而是深藏于自我洞穴中另一个秘密房间的牺牲品"。这一破坏力"从该隐和亚伯的时代就玷污了人的心灵。不论房间怎么加上锁和铁棍，假装它不存在，我们的生活照样过下去。但是，总有一天我们会发现它那可恶的气味已充斥世界"。珊瑚国给了赫利利生命中最光彩的瞬间。可是，他回报给该国的是沉睡在山洞里和头脑里的黄色风暴。他为此而羞愧和悔恨。他明白"布杜尔的歌声实际上只存在于我的头脑之中。我破门而入是受我的意志和潜藏在我血液中的毁灭意志驱动的。我毁灭了这个城市，也毁灭了我自己"①。人身上这种潜在的欲念，让人难于接受毁灭的警告。因此，人必须发现自我，警惕并自觉地控制自我的破坏力，清除那里的污浊空气。

作者将人的破坏力与人的修炼联系起来，将苏菲的修炼视为人控制自我，作自我真正主人的途径的认识是非常可贵的。他在三部曲之二描绘了赫利利的修炼过程和阶段。他的修炼可以从萨迪格长老给他治病算起。萨迪格指导他打坐静心，观想前方。慢慢他看到自己在沙漠上奔跑，朝向远方那似有若无的城郭。他跑得筋疲力尽，热得脱去所有的衣服，只想快快到达。这象征着他放下一切身外之物，一无所有，没有任何杂念，一心只求解脱的状态。他到达那里说明他经过净化已达到清纯透明的程度，人们视他为一个具有神通的人。他当上了埃米尔，意味着他已具有王者的品格。在珊瑚国，他每天清晨都依着国人的习惯坚持练习。"读完《古兰经》的起始章，他凝神专注于倾听周围的一切，慢慢听力增强，能听到正常状态下不能听到的声音。他观想城外的瀑水、森林后的山峦，静听那里的水声、鸟声、动物声，慢慢将所有的声音集合起来，合为一个旋律。然后放弃这些声音，专注于自己，静听体内血液的流动、呼吸的进出，体会内在的安宁。他运用意念练习手向上举，慢慢调动了潜意识或潜在的意愿，即源于自我深处的潜在愿望。渐渐他感到自己浮上云

---

① 法格海：《这是我的疆域》，利舍出版社，伦敦，1991，第155—157页。

端，失去一切感觉和思想。头脑一片空白，他似一片白纸飘在无垠的天空。下座后，心中一片清明。灵魂的痛苦、内心的恐惧通通消失。心里一片光明。"① 他原有的病痛都消失。这一过程正是他学着控制自己，把握自己，做自己的主人的过程。他与布杜尔相爱结合象征着他已见主。他不再寻找布杜尔的外在美，习惯倾听成为他快乐和美的源泉的歌声说明它的修炼又有了一个进步，步入高级的阶段。但是，他还没有成为自己的主人，达到究竟。所以又犯了错误，酿成大祸。这教训是沉痛的。

　　法格海的三部曲真实地展现出赫利利人格分裂的困境。在亦真亦幻的氛围中，揭示了主人公因背负传统重负及人格缺陷造成无力面对现实，最后采取消极的玩世不恭的人生态度。作家在其中没有对此做直截了当的批判，而是通过两种世界、两种人生的对比以及主人公反复觉悟沉沦的经历，让读者自然地得出结论。

　　应该说，赫利利是一个追求自由自在、渴望人与自然、与社会和谐，以及人与自我和谐的人，他的生活经历了三次解放三次失败。第一次，他不肯屈就父亲做伊斯兰学者，去欧洲留学，摆脱封建家长的统治取得自由；第二次，在长老的指引下去到珊瑚国，获得身心的和谐，医好病痛；第三次，他摆脱了无爱的婚姻，与心爱的姑娘塞娜订婚。然而好景不长。每一次的结局都很悲惨。在西方，他险些倒在西方自由主义的大旗之下，性自由并没有给他带来幸福；他亲手毁掉了珊瑚国，返回现世；他与妓女鬼混背叛了未婚妻，进而强暴了她，彻底毁了他的幸福，进而走向玩世不恭。

　　如果进一步追究其失败的原因，我们会发现他所追求的自由自在和个人幸福中都缺少人类生活所必需的责任感。人不能只享受幸福而应去创造幸福。创造性的劳动或工作需要有责任感使命感的人来完成。因为，创造与责任是紧密相连的。赫利利与其所处社会的格格不入，也只停留在对社会的不满之上，还没想到要去改变它，也没想到自己有责任有义

---

① 　法格海：《这是我的疆域》，利舍出版社，伦敦，1991，第115页。

务去创造新生活。这就是说,他不但软弱而且缺乏责任心和创造的愿望。

这一点在几件事上暴露出来:赫利利在珊瑚国为什么喜欢布杜尔而不喜欢公主?一个很重要的原因就是公主具有使命感。她是前国王的女儿。前国王是位苏菲教徒,是他改变了当地的多神信仰,按苏菲的教义治国安邦,使人民生活在大同世界。他去世后,迎来新国王之前,公主与贤人共同掌管国事。为了国家的利益,她欣然嫁给陌生的赫利利,协助他处理国事。她严格按照父王制定的轨仪行事,不差分毫。她的言行令赫利利感到一种压力和约束。他受不了公主的责任感和牺牲精神。赫利利曾对美国小乐队的夜生活不敢苟同,心生反感。他清醒地意识到这些人"丧失了人的尊严,人形同动物,人类文明成了玩笑"[①]。但是,自从邂逅了儿时伙伴安瓦尔,与其混在一起,慢慢从欣赏他到最终接受他的人生哲学。此事最能说明他是个不愿负责任的人。他强暴塞娜后,自暴自弃,不思痛改前非,反而砸碎了房间里的家具发泄悔恨和愤怒,进而放弃了理想。他不再视塞娜为"深藏于心中的爱,令他想拥抱所有的人以分享他快乐的人",甚至倒打一耙,指责塞娜使之在乐园与火狱间奔跑。他放弃视自己与塞娜是前世姻缘的初衷,而相信那不过是毫无根据的幻想,妓女苏阿德才是真实的存在,一个可触摸可分享肉体快乐的人。苏阿德深知"强暴是生活的法则"[②],迫于生活压力,她表面上心甘情愿地过被男人强暴或强暴男人的生活。但是,她五次自杀未遂的记录充分说明她的无奈,只能苟且偷安。

在赫利利心中有一种强烈的反叛精神,由此产生了他的"世界疯狂日"的狂想,以宣泄备受压抑的情绪。他希望在这一天"人可以犯各种错误,犯那些为廉耻、理性、规范、法律、传统所不容的错误。""人可以打破一切人与人的不公正的关系,打破一切禁忌,让酒神精神大大发扬。""世界疯狂日将是复活已被规范和传统封尘已久的真正理性的节日。理性早已成为玩笑。但是,我们却不知其中所包含的荒诞和嘲讽,不知这一成

---

① 法格海:《我将献给你另一座城池》,利舍出版社,伦敦,1991,第162—163页。
② 法格海:《一个女人照亮的隧道》,利舍出版社,伦敦,1991,第256页。

不变的目的何在。其实，它不过是以各种形式出现的荒诞而已。我们何以赋予它不可小视的神圣感……"① 这一天人可以自由生活，男女可以自由交往、相爱，不受任何条件和契约的束缚，男女的结合完全出于本性的自然流露。由此可以看出，赫利利的反叛带有强烈的反封建的色彩和对理性丧失神圣性的抗议。

这种反叛和抗议正是他认可西方性自由和接受安瓦尔的人生哲学的内在原因。安瓦尔毕业于爱资哈尔大学，任过神职。可他却用《古兰经》的经文"今世生活只是游戏、娱乐……"来表达对这个世界的谴责和蔑视。他从神职转到音乐人并非易事，是经历了生活的磨难才完成的。他内心是痛苦的，只在他为数不多的乐曲中流露出真情。他拒绝回答是否幸福的问题，将其留给学者回答，而他作为一个平民百姓过日子，无须研究复杂的哲学问题。值得提出的是，安瓦尔引用的那段经文是："你们应当知道：今世生活，只是游戏、娱乐、点缀、矜夸，以财产和子孙的富庶相争胜；比如时雨，使田苗滋长，农夫见了非常高兴，嗣后田苗枯槁，你看它变成黄色的，继而零落。在后世，有严厉的刑罚，也有从安拉发出的赦宥和喜悦；今世生活，只是欺骗人的享受。你们应当争取从你们的主发出的赦宥，和与天地一样的广阔的乐园……"② 安瓦尔不会不知道这段经文讲的是人生无常，人不应以物质争胜，而要效法自然。自然有兴有衰、有明有暗。生活也同样有悲有欢，人不能只承认一面。人还要向自然学习，无私奉献自己的一切，努力去寻找精神的家园。安瓦尔断章取义或误读经典，有其反叛的一面，也有为自己无奈而堕落，寻找借口的一面。

不论是以美国小乐队为代表的西方的玩世不恭，还是以安瓦尔为代表的东方的玩世不恭都是由追求绝对的自由，反对一切束缚，走向享乐主义的。他们都把人生如梦、人生如戏、岁月无情、只有感官享受才是人生意义奉为真理。于是，他们放弃了上下求索，也不要寻觅社会公正和自然秩序，既然众人皆醉，个人也无须独醒，索性从恶如流，加入享乐

---

① 法格海：《一个女人照亮的隧道》，利舍出版社，伦敦，1991，第52页。
② 《古兰经》铁章：20—21节。

的队伍。在这一点上,东西方的玩世不恭可以说是殊途同归。

在人类历史上,一些神秘主义虽然在表面上与玩世不恭者对人生的认识几近相同,然而双方所追求的目标却截然相反:一个救世;一个混世。我想这就是许多作家常常以神秘主义寓世或作为救世途径的原因。

第十章　重构苏菲文化的黑托尼

埃及作家杰马勒·黑托尼（1945—2016）是20世纪60年代末登上文坛的作家。处女作《千年前青年手记》（1969）出手不凡，评论界以此预示一位文坛新秀的诞生，将其与埃及著名作家优素福·伊德里斯的崭露头角相提并论。黑托尼果然不负众望，以其带有鲜明时代特征和民族气派的作品成为新一代作家中的佼佼者。先后获得1980年的国家奖、科学艺术一级勋章、1988年法国骑士勋章，一跃为阿拉伯文学的名家，主编阿拉伯唯一的文学报《文学消息》。

他的创作实践是广泛吸收世界文学的成功经验，并在民族富饶土壤中扎根。他没有简单地模仿外国的经验，而是吸收外来的新观念、新思想，将其与民族的文化传统有机地融合起来，形成作家独特的文学世界。他的历史题材作品并不是传统意义上的历史小说，完全忠实于历史史实，而是将历史与现实有机地结合，并融入一个严肃作家对现状、历史的沉思和阿拉伯的智慧。而后，他又将伊斯兰苏菲神秘主义思想和灵修体验引入文学，令其作品更加趋向于展示人生经验和境界，读者可以根据个人的生活体验去理解人物，体味人生。此举给他的作品打上了明显的苏菲印记。

至今，黑托尼已经写出了以《吉尼·巴拉卡特》（1974）、《宰阿法拉尼区奇案》（1975）、《显灵书》（1983—1985）、《明眼人看世界》（1989）、《都市之广》(1990)、《落日的呼唤》(1992)为代表的13部长篇集和8个短篇集。这些作品都给人耳目一新的感觉。新就新在它打破传统的叙述模式,具有超现实主义、散文化、非小说等倾向,非常现代化;与此同时,小说又借鉴阿拉伯史传及苏菲文学的观念、手法、语言,表达他一贯的反思主题,从而形成具有古色古香的伊斯兰风格。他的小说的确引起文学界的震惊。早已熟悉并认可西方现代小说模式的埃及,乃至阿拉伯的评论家、读者,都对他褒贬不一。至今对他多有贬词的大有人在。然而,黑托尼痴心不改,一味在遗产中开掘创新下去,执意要创造一种阿拉伯的小说模式。他的长篇集一部一个样,令评论家目瞪口呆,难于归类,但又不得不钦佩他的想象力和创造力。黑托尼所付出的一切努力,都源于其弥合民族文化断裂的强烈愿望,是其重构民族文化的结果。探索总会有得有失,他的创作经验,无疑给阿拉伯文学提供了新鲜经验,也对第三世界文学的发展具有一定的借鉴意义。

一、弥合文化断裂的愿望

作为20世纪60年代成长起来的埃及作家,黑托尼在初出茅庐之际便胸怀大志,要独辟蹊径,超越前人。经过对传统文化的潜心研究,他终于如愿以偿。他之所以对阿拉伯—伊斯兰文化情有独钟,是和他出生成长的环境、时代、民族灾难造成的心理创伤有着直接的联系的。

1945年5月9日黑托尼出生在上埃及的农村。父亲为逃避族人的迫害,来到开罗谋生,住在杰马耶勒老区。他长期在农业部做杂役,为人正直。虽然生活艰难,但再难他也要送儿子读书。贫穷和好学造就了小黑托尼顽强拼搏的精神。他从小耳濡目染弥漫于杰马耶勒老区阿拉伯—伊斯兰文化的氛围。他就读的工艺美术学校又为他提供了学习民间艺术的机会。毕业后从事的地毯设计,更加深了他对民族艺术的理解。家境贫寒并没能阻止黑托尼对知识的渴求。他经常流连于爱资哈尔清真寺附近的大小书摊,如饥似渴地阅读到掌灯之后。他也从不放过周末的文学讲座,以吸取营养陶冶情操。

应该说，黑托尼这一代人是纳赛尔领导的民族民主革命的获益者。纳赛尔推行的义务教育使贫苦百姓的子女得到受教育的机会。纳赛尔的梦想——独立、解放、社会公正成了埃及人的梦想和历史。正如·马哈福兹所说："否定纳赛尔，就是否定我们的梦想和历史。""他的原则是伟大的，但实现的方式导致了悲剧。开始很好，然后专制使事情变糟。"① 一代埃及人成了纳赛尔的拥护者。与此同时，这代人又在当时国内和国际共产主义运动的影响下接受了社会主义思想，政治上走向左倾。于是他们又成为纳赛尔的阶下囚。1966年黑托尼因"共产党"罪入狱半年。次年，埃及在对以色列的战争中遭到惨败。这一事件粉碎了阿拉伯民族不可战胜的神话，极大地伤害了阿拉伯民族的情感。个人、国家、民族的灾难迫使黑托尼沉思。他的思考集中在如何吸取历史的教训，找到一条适合埃及或阿拉伯的道路，将祖国和民族引向繁荣富强。于是，反思即成为贯串黑托尼文学创作的红线。

1985年黑托尼在开罗与我长谈时，就谈到他当年的思想状况。那时，他已渐渐明白，"离开对埃及社会本质和埃及精神的理解，就不可能真正明了和实践马克思主义。""要弄清埃及社会的特殊性非得对民族的遗产有个清醒的认识。""我把宗教视为阿拉伯文化遗产的一部分，并试图从更广泛的方面受益。"② 于是，他开始潜心研究法老文化和阿拉伯—伊斯兰文化遗产，其中包括史传典籍、苏菲文学、民间文学和口头文学、建筑艺术等。随着研究的深入，他渐渐摆脱民族虚无主义的情绪，感受到阿拉伯文化遗产的灿烂辉煌。然而，由于殖民主义帝国主义长期的文化掠夺、渗透和垄断，优秀的民族文化遗产遭到了破坏，甚至被忽略遗忘了，他为之惋惜。弥合断裂的文化传统的愿望便在他的心中萌发壮大。

黑托尼清醒地意识到自己的责任，明白文学"没有独特性就不可能

---

① 《马哈福兹谈纳赛尔》，《文学消息》，埃及，1995年10月6日。
② 摘自1985年笔者在开罗对黑托尼的录音采访。

有世界性",为此"只能回归遗产,发掘其表现力"。而"发掘文化遗产并有所发现是需要觉悟和品味的"。① 他必须从遗产中寻觅艺术之根,找到创作的根基,从而形成自己独特的风格。他认为,阿拉伯文学应该为世界提供新鲜的经验。这新鲜经验的产生,则"有赖于阿拉伯摆脱文化的依附心理,不要把眼睛只盯着西方,而对本民族的遗产视而不见;另一方面也不能只用西方人的眼睛看,还要用自己的眼睛看,用自己的头脑做出判断。"

不断地发现着实让他惊叹不已。人们常说阿拉伯没有小说传统,他却从《一千零一夜》、阿拉伯史传、苏菲诗文、圣徒奇迹故事中找到形形色色的小说胚胎,其奔放不羁的想象力、独特的叙述方式、启示性的语言都极富艺术魅力,都为阿拉伯现代文学提供了可资借鉴的经验。在诸多文学遗产中,黑托尼慧眼识珠,深谙苏菲文化遗产的珍贵。他表示:"虽然苏菲文学有些朦胧费解,但是苏菲的经验更接近艺术家的经验。我借鉴苏菲文学,不是为了标新立异引人注目。苏菲文学表达了内在的不安,是一种现成的形式,从中我找到了表达的自由。由此可以创造一种非同一般的艺术风格。""苏菲文学家吉利、哈拉智、古萨里、伊本·哈彦·陶希迪②、伊本·阿拉比都是语言大师。语言对苏菲大师来说是一种寂灭、是存在的真实。虽然他们的语言几乎参差不齐,但它是一种暗示不是直白;是一种启示不是说明。"③ 他欣赏陶希迪表达直觉和灵性体验的能力,注意吸收伊本·阿拉比的表述方式,摈弃他对宇宙形而上的解释。

埃及史学家伊本·伊亚斯的《马穆鲁克史》曾引起黑托尼的注意。他感到自己周围的环境、街名、景物似乎说明那个时代并没有消亡,伊亚斯记述的种种事件还活生生地展示在他眼前。马穆鲁克时代的社会生活

---

① 黑托尼谈阿拉伯小说的世界性,《未来》杂志,第 5 期,1985,第 148 页。
② 艾布·哈彦·陶希迪(?—1023),10 世纪阿拉伯著名文学家哲学家。对后世影响深远,作品有《延寿与慰藉书》《见识与宝物》等。
③ 摘自 1985 年笔者在开罗对黑托尼的录音采访。

和统治方式一直延续至今!"六·五"埃及在对以色列战争失利后,黑托尼重读这部史书,其痛苦的心情与伊亚斯因奥斯曼入侵、王朝覆灭所产生的沉痛发生共鸣,进一步体味出这位史学家的凝重和冷峻。

在潜心研究民族遗产的时候,黑托尼心中也装着世界文学的成功经验。他站在弘扬全人类共同财富的高度去挖掘传统,超越传统。他没有简单地模仿重复,而是从文学观念、思维方式、感受方式等更广阔的角度借鉴传统,写出具有深刻思想内涵和无尽意蕴的作品。第一部长篇集《吉尼·巴拉卡特》取得的巨大成功坚定了黑托尼自己选择的道路。

这部小说叙述了1517年马穆鲁克王朝时期一个小人物的发迹和争权夺利的故事。以这个成为当权者的巴拉卡特和秘密警察头子宰克里亚的阴险毒辣、尔虞我诈,以及百姓的战战兢兢,揭露强权政治与特务统治的残暴与罪恶。小说摘录意大利旅行家琼迪于16世纪多次访问开罗的见闻录作为引子及结尾,前后呼应,串联故事,还引用史学家伊亚斯的记述来增强历史的真实性。同时又根据社会现实,虚构了重重叠叠的特务网和特工会议文件,使历史和现实在带有普遍性的强权政治中重合。这种重合让人产生一种似曾相识的感觉,引发联想。于是,小说所展现的介乎两个时代的人生经验,就为寻找不同时代内在的规律提供了条件。

《宰阿法拉尼区奇案》则是一个阿拉伯的荒诞故事,描绘了人生事态和众生相。故事发生在一个近乎封闭的街区。一位著名的苏菲长老经七年闭门修炼后出世,为拯救混乱堕落的街区先后宣布了几项规定:男人在一段时间内将丧失性功能;街区将被咒语控制;居民不得吵架,要友爱宽容;统一早饭时间和内容。当然,街区的反应非常激烈,甚至引起国家和国际社会的关注。黑托尼着意渲染的气氛和环境产生一种间离的效果,使人能从那近乎闹剧的故事中,看到与现实近似的人生,由此引发联想和思考。从这部作品,黑托尼开始引入苏菲人物和思想,使他的小说向神话寓言的方向发展,成为他小说的一种过渡形式。

二、《显灵书》与苏菲的生死观

黑托尼借鉴民族文化遗产经历了几个阶段。《吉尼·巴拉卡特》是他第一阶段借鉴史传的表达方式和语言风格写出的作品。《显灵书》则是黑托尼在第二阶段开掘苏菲文学,得到启示后的成果,也是他创作的又一里程碑。

在阿拉伯小说史上,《显灵书》可以说是一部奇书。奇就奇在它背离了现代小说的模式,违背了人们的阅读习惯,淡化了故事情节,走向小说的散文化;运用了神秘主义的显灵观念突破三维时空界限,让人的思维按正常的生理状态,自由地跳跃,有利于人物的回顾和展望;运用苏菲的语言营造神秘的氛围,制造间离的效果,以扩大思考的空间,为其反思的主题服务。

这部作品创作的契机源于黑托尼父亲的病故。那是1980年黑托尼在欧洲出差时发生的事情。回家后惊闻父亲病故的噩耗,他极度悲伤。亲人的亡故又勾起他于1969—1976年作为战地记者,面对死亡威胁的回忆。生的可贵、死的恐惧、历史的教训、现实的困惑、未来的迷惘都交织挤压在他心头。苏菲的生死哲学吸引了他,他感觉死亡是一种僵硬的东西。面对父亲的亡故,他十分悲伤,因为生命对人只有一次,死去不再生还。想想父辈,为生活奔忙,苦熬了一生;他们这一代,经历了20世纪50年代的社会进步,也经历了70年代的倒退和价值观念的急剧变化。他个人也亲身经历了埃以战争的惨败、十月战争的胜利、戴维营的和谈等历史事件。面对几次战争中死难的烈士及其家属,他百感交集。他觉得自己属于不幸的一代,但是,他们又是不甘沉沦的一代,还没有失去阿拉伯男子汉的责任感。他有强烈的奋起愿望,要做些事情来改变现状,使过去的痛苦变成前进的动力,不让历史白白付出惨痛的代价。他渴望再生,渴望永恒。于是，他创作了《显灵书》，按照他的心路历程，抒发了拥塞在心中的情愫和沉思。其中不乏真知灼见和人生哲理。

这部作品的结构新颖奇崛，表现在它是用苏菲的观念来结构作品。(1) 显灵观念。神秘主义认为，显灵是人死后思念亲友或亲友思念他，因念力极强烈使他的灵魂回到人间，显现于他们的眼前或梦中。作者利用这一观念打破时空界限，并为他的这本小说取名。(2) 人必然回归本源的观念。人生如梦，现世是人回归本源的必经之路，人的修炼即为回归。所以人生的过程和修炼都是一种旅行，人即旅人或异乡人。作者就是利用这旅行的观念结构小说，把他的思绪编排其中。(3) 上界及其主宰的观念。伊斯兰教和佛教的宇宙观大同小异，都把人生活的世界视为宇宙极小的一部分。在此之外，还有更广阔的空间。伊斯兰教认为世界有七重天，每重天都有一位或几位先知。穆罕默德升霄传说里，有关七重天的记载最具代表性。天使吉卜利勒用闪电将穆罕默德带上了七重天。第一重天属银，先知是伊萨；第二重天属铁，先知是阿丹；第三重天属铜，先知是达乌德和苏莱曼；第四重天属黄玉，先知是伊德里斯；第五重天属金，先知为哈伦；第六重天属宝石，先知是穆萨、叶哈雅和宰克里亚；第七重天属红宝石，先知为易卜拉欣、伊斯玛仪、伊斯哈格和叶尔孤白。天使停在七重天，穆罕默德则继续向前直至安拉的宝座。完成升霄之旅后，他返回麦加。黑托尼没有按照七重天的顺序来写他的旅程，只借用这一概念将他的旅程分为三个层次，先知也是他杜撰的。

严格地说，《显灵书》是一部心理小说，以第一人称"我"——作者为叙述者，讲述了他的心理活动和所思所想。他的思绪围绕着他所崇敬的三个人物——他的父亲、伊斯兰殉道者侯赛因和纳赛尔的人生。小说里，父亲既是生他养他的亲人，又是土生土长的埃及人的象征。侯赛因和纳赛尔在作者心目中都是为穷人谋利益的英雄，前者惨遭杀害，后者死后遭人诽谤。然而，人民忘不了他们。阿里之子侯赛因成了民众在苦难中乞求的对象，人们随时从他那里得到慰藉；纳赛尔的时代则成为埃及人的梦想。这三个人的经历又与作者的生活交织在一起。这一切并没有按时间顺序叙述，而是切割组装进人生旅程的三个阶段之中。每一个阶段代表苏菲灵修的一个等级，一级一级向上，演示出他渐进的感悟过程。

"我"面对人与社会的变化感到迷惘，渴望找到答案。史学家伊亚斯提醒他"睡者能看到醒者未见的东西"。他静默冥思，使之出神，与冥冥中的一种声音对话，表达他了解过去和未来的愿望。于是，他离开生活的世界，到了第一界，即先知的妻子栽娜卜主管的世界。她有青春之主乐园人侯赛因和他的亲兄弟哈桑作为左右两个助手。栽娜卜答应显现一部分真理给他。他便开始了人生的旅程。

第一次的旅行分为生之旅和存在之旅。他看见了父亲、侯赛因和纳赛尔三位主要人物的出生，然后又见到他们的亡故及对后人的影响。"我感受到万物同一体，自己只是存在链中的一环和连接点。连接与割断是相对的，连接是生，割断是死。存在则建筑在生息不断的连接之上，它意味着生命的延续。"① 那么，遗忘又从何而生，纪念又从何而来？他分析了人之悲哀、思念、渴望、慰藉等情感，明白"思念是遗忘的第一台阶，慰藉是迈向遗忘的一步"②。前人曾懊悔未曾做过的事情，他也懊悔过。那么他的子孙会不会追寻过去呢？他见埃以战争中死去的朋友，他们已化作星斗，留下光热给后人。艰难的岁月使他身首分开，他感到他需要整合。这里，作者提到的遗忘就是突尼斯作家马斯阿迪在《遗忘的产生》里讲的遗忘，指无我的境界，于理性中走向生命的源头。它是人求得解脱，找到真我所必须走过的路。他的"身首分开"指他与万物的分离和与本我的分离，因此他需要与万物和本我整合为一。

第二阶段的旅行中，他先经历了第一界主宰为他洗心换心。栽娜卜在思念、希望、期待的盆里四次用满足和忍耐洗去他的悲伤，植入怜悯和同情，那是他存在的实质。而后，他知道第二段旅行的导师由伊本·阿拉比接替。他带黑托尼来到了第二界，经过了漂泊、虚弱、亲近、悲

---

① 杰马勒·黑托尼：《显灵书》，卷一，舒鲁格出版社，开罗，1990—1995，第140页。
② 同上书，卷一，第198页。

哀和疼爱的境界，还告诉他，"没有一个人对自己的生存状况满意。这个毛病是人与生俱来的。""人总是抱怨今天，赞扬昨天，这就是人。"[1]他在第二界看到父母的因缘和自己的因缘，知道他这颗存在树上的花蕾是用烦恼、不安、窘困、担心未来所浇灌的。他生为异乡人，终将是个流落人。他看到了他想看和不该看到的事情，心里很难受。回到第一界后，仍然固执地询问为什么会遗忘。侯赛因怜悯地告诉他说，他还只知表象不知实质。栽娜卜预知他将面临又一次的分离，与母亲的分离。

第三次旅行时，黑托尼已不再是过去的他。他是一个陌路人，认识到这个世界是他的流放地，在此他并不感到亲切，明白他迟早要返回家园。导师告诉他，旅行有两种："一种属于身体的感性的，是在时空里漫游；另一种属于心灵的，是从一种属性向另一种属性的提升。"[2]在感觉和绝对世界之间，需要穿越七千个屏障。其中一半是光亮的，一半是黑暗的。每穿越一个光亮的屏障，人就失去一个绝对的属性；每穿越一个黑暗的屏障，便失去一个感觉的属性。正如大师所说，出生时婴儿啼哭，是因其灵魂记起了故乡，当他完全清醒后就失去对过去的记忆，只留下偶尔模糊的思念在心头。

一个声音提醒他继续旅行。于方向不明无路可走时，那个隐而不见的导师便拉着他的手给予指导，必要时才显现出来。他乘彩虹上升，见到母亲生前遭受的苦难及病故、他被捕的前前后后、父亲的为人等。经历了亲善、失去、分离之后，他明白遗忘与物质存在紧密相连。果实成熟脱离树木，但种子深藏于果实之中。由此，他悟出"深藏于心的东西才会发芽。"[3]他还从故人的习惯中认识到，"习惯其实也是一种奴役。人需随遇而安，不为习惯所障。真正的自由源于无欲之心、无为之为。旅行者只需饥食渴饮，以便承受路途的艰辛。"[4]他云游到西方那日

---

[1] 杰马勒·黑托尼：《显灵书》，卷二，舒鲁格出版社，开罗，1990—1995，第290页。
[2] 同上书，卷三，第511页。
[3] 同上书，第656页。
[4] 同上书，第694页。

落方时,母亲病故。由此又悟出:死亡最具权威性。一切都是过眼烟云,不会存留。母亲达到人生的终点,他的旅程也接近终点。他懂得,"终点是圆的完成。起点蜿蜒走向终点,两点相接时终点即是起点。人不必为此惊慌失措。"[①] 分离是为了连接,为了生命的延续。生命会重新开始,开始新的旅程。

这部小说是因黑托尼父亲之死,人突然面对死亡而引起的反思。死亡是其出发点,由死生发出对生命延续的渴望和对生命意义的认识。人的一生表面上看是身体于时空中的漫游过程,实际上人生的目的是在生活中悟道,提高自己的属性以便返回故乡。人生苦短,人更应加紧努力,使生命更加有意义,而不是因害怕死亡而保命。人须记住,真正的自由是源于无欲之心和无为之为。

黑托尼在这部小说里不仅运用几个苏菲观念来结构故事,而且将所有的情节,也就是人生的种种经历,都作为领悟真理的途径,从中悟道。因此,作品采用夹叙夹议,一段情节一段议论的方式。为了清晰,作者还添加了小标题,予以提示。黑托尼在运用这些观念作为一种结构方式时,还不能说是熟练的,在细节处理上显得有些生硬。由于时空跳跃极快,每一旅程都有二三百页的篇幅,读一遍绝对摸不着头绪。加之苏菲神秘主义对绝大多数读者来说毕竟是陌生的,现代人对苏菲的不了解便成为阅读的障碍。与此同时,作者的语言也较为古老,既有史传语言又有苏菲的语言,专业术语很多,更加重了阅读的难度。这一切都成为这部小说难于被人接受的重要原因。尽管如此,《显灵书》仍不失为一次有意义的尝试,它为黑托尼日后的创新打下了坚实的基础。

三、《都市之广》与苏菲的时空观

《显灵书》中,黑托尼利用伊斯兰显灵的超时空打破小说传统的

[①] 杰马勒·黑托尼:《显灵书》,卷三,舒鲁格出版社,开罗,1990—1995,第794页。

时空界限。不过,这仅仅是作者在一般意义上的利用。随着作者对苏菲遗产认识的逐渐加深,苏菲的时空观渐渐成为小说有机的组成部分,既是形式也是内容。苏菲神秘主义的时空观认为,时间和空间是相对的,两者相互渗透而不可分割。时间毕竟是人为的东西,人经过修炼是可以超越时空的局限,走向更广阔的天地。神秘主义超越了知识的领域,原因的解释没有了必要,取而代之的是对所有事物和事件的相互依赖的直接体验。黑托尼在他的作品中对苏菲的时空观做了艺术的阐释,并将其转换为艺术的思维方式,并将它和人生体验与智慧统统糅合在作品之中。

1994年12月开罗第三次国际比较文学研讨会上,黑托尼做了"遗产与历史"的发言。① 他谈及谁来写历史,是小说家还是历史学家? 他说,从儿时开始,他总追问什么是时间,时间流向何处? 他感受到时间是永恒的行动,无法知其起点和终点。时间是相对的,历史也是相对的,人总是处于过去与现在之中。时间的流逝不以人的意志为转移,也不受任何力量的支配,它是不可战胜的。只有人的创作能与之抗衡,留住逝去的时间,把握不断流逝的时间的实质,从中聆听到旅人令人不安的驼铃声。对时间的关注带他进入历史的海洋,进入遗产的海洋。他认为,史学家与记者一样都不能讲出全部的事实。为此,他更倾向于文学作品,相信人类经验的一致性。

1995年7月黑托尼为《落日的呼唤》中译本写的序言《面对死亡》②,又进一步阐释了时间与空间的关系。他从古代智者的记述中明白"时间是流逝的空间,空间是凝固的时间","时空是同一事物的两个方面。我们可以称这一事物为世界或存在"。"时间流逝,现在的一刻正与人擦肩而过,烟消云散,生死的两重性便包容其间"。黑托尼记述了他在开罗博物馆见到11位法老的干尸的样子。拉美西斯二世的最后表情依旧存在凝固于他的脸上。抗击希克索斯入侵的塞格奈拉阿法老死前的痛苦表情依在。他

---

① 埃及《文学消息》,1994年12月25日,研讨会的主题为《文学中的历史》。
② 由于阿拉伯小说单独出版困难,中译本至今未能付梓。

张着嘴露出牙齿，一手抱着头，保持遭受致命一击时做出本能反应的姿势。那一瞬间载负着或者重现了当时所发生的事情。这正是黑托尼试图做到的，也是他所认为的艺术之作用、文学之作用。为此，他只面对时间，而非面对历史。他所关注的是时间形式，于其中找到已经消逝的瞬间的面貌和状态，试图重现它，以把握过去。所以他认为整体上感受历史比理解历史对他更为重要。

在这篇尚未发表的序言中，黑托尼把人只知时间的表象而不知其实质，比喻为照镜子。人不是看镜子，而是看镜中的自己，看时间作用于人所产生的面部变化，生命的征象和演变，如生、死、记忆、遗忘、凝聚、消散、存在、虚无等。他意识到人生苦短。希望生活为所有人提供可能性，这可能性起码能满足人精神和物质的需要。这个世界的确缺少公正。不过，每当人意识到生命的短暂以及人生旅程很快结束，人就愈加有必要为生活充满可能而工作，变世界为一个美丽的地方，适合人类居住和创造。黑托尼以写作来增加对虚无的感觉。在写作中，他找到了表达自我的存在和对抗他也必然走向死亡的力量。

鉴于此种认识，黑托尼的创作便是表述历史与现实在某个空间的契合。也是表达凝固时间中流逝的时间里发生过的事情，从中领悟人生真谛，探究永恒。

《都市之广》（1990）便是这样一部被评论家称之为"空间小说"的作品。它篇幅不长，总共156页。黑托尼在这部作品里一改《显灵书》那散文化和淡化情节的倾向，恢复了说故事的模式，不过又添加了《宰阿法拉尼奇案》式的荒诞性。主人公是位代替同事出国参加某大学900年庆典的教授。黑托尼以第一人称和第三人称，叙述了主人公在异国他乡的见闻和奇特经历。这些见闻和经历都与大学所在的城市及其建筑有关。据官方介绍，此城最早的建筑是大学校舍。大学创建的第一个系是神学系，它早于城市的出现。近两个世纪以来，出现了城市与大学哪个在先的争论。传说大学所在地，原是远方被国王贬黜的40位贤人开拓的。他们在此与神女通婚，繁衍了后代。但后人只发现了39个贤人墓，第40个墓地在哪里成了一个谜。该城在17世纪前是一个小王国,后被武力统一,成了中央集权国家里的一座城市。主人公逐一参观了城里重要的建筑,如四座外城门、七座内城门、神秘的高塔、有螺旋楼梯的古堡、阿拉伯饭店、安全部的三层现代化建筑,等等。

在这个城市发生的一切都那么扑朔迷离神神秘秘,令人难以捉摸。七座内城门门相望,神秘的高塔则位于每两门之间的连线上。古堡远远地构成大学的核心。每个建筑的功能都很奇特。高塔具有神秘力量,在特定时间登塔能治病、帮人解开难题。安全部的三层建筑是高科技的监测保安系统,地上建筑掩盖着地下的建筑。建筑看似稳固,其实它在作缓慢运动,50年转一周,每年从地面消失一次。

发生在那些建筑中的故事可以和《天方夜谭》的故事媲美。从高塔上曾莫名其妙地跳下一个非洲人和一位英国公主,使之成了自杀的场所。甚至还有一位中国太子来到此地,登上塔后失踪,引起其后人来此寻踪。传说,古堡是一位参与开拓的40位贤人之一治病养老的地方。他并没有死去,而是进入贤人子孙锁定的时间。他们向众人宣布他要隐退一定的时间,返回时将是健壮的。由此才设置了隐退代理人的职务。代理人专管地方水的净化和分配。主人公从种种迹象得出古堡即是第40位贤人墓地的结论。

此外,曾主动邀请主人公在城中观光的摩洛哥人和导游小姐也是神秘人物。他们为何主动与主人公交往,主动介绍该城,又为什么于主人公丢失护照,无法证明身份回不了国时,两人同时消失,使主人公找不到证明人而陷入了绝境,都不得而知,像一个无法解开的谜。也许,这正说明生活常常就是无法认识的,带有许多的偶然性。

一般来说,作者描述的过去故事都是神秘莫测的。有关大学的变化、大学与地方的矛盾、庆典中的讨论等现实故事则具有一定的象征意义。大学与地方的矛盾代表了传统与现代化或新与旧的斗争。大学在维护传统方面起了极为重要的作用。它保留着传统的饮食文化(包括餐具、菜肴制作、摆盘方式、特殊的服饰和管理方式等)。虽然,近半个世纪宗教势力减弱政教分离，但从仪式上的座次排列仍可以看到它地位的显赫。大学有力量否决为建工厂而拆除城墙的计划。然而时代的潮流不可阻挡，大学也发生由表及里的变化：校服的式样及制作改变了，大学的权力只局限于校内，大学必须遵守地方法令，毕业生离校到地方工作后过不了几年就不再效忠大学。大学与地方分权导致了办理庆典手续的烦琐，也导致主人公会后陷入了绝境。

主人公丢失护照后，大学与地方互相推诿，使他失去真实身份，无法从旅馆取出行李，回不了家，也无处投宿，甚至连被对方扣留、有个地方过夜的权力也失去。主人公的感觉是死到临头，欲哭无泪。他被双方的推诿逼入绝境。突然，他有了一种绝处逢生的感觉，好似重新发现了必然。他看到从未看到的东西，末路不就是前进的起点。[①]他尴尬的处境让人想到现代人面对传统与现代化所处的进退两难的境地。黑托尼此处笔锋突然一转，的确是神来之笔。他描写的绝路逢生正是给困惑的现代人提示了出路。这突如其来的结尾好似在黑暗的山洞中，忽而见到前方的光亮，紧张沉闷中舒出的一口气。否极泰来，看似进入绝境，实则末路即是生路和起点，人大可不必为此悲观失望。这由绝路向生路的转换就是东方的智慧，也是佛经所言的"心能转物"的表现。

四、《落日的呼唤》与苏菲的灵修

1990年黑托尼在《显灵书》《都市之广》的基础上，又开始写作另一部关于苏菲的小说《落日的呼唤》（1992），将其开掘苏菲遗产的努力推向高潮。

这是一部关于苏菲灵修的作品。苏菲灵修既是它的结构形式也是它的内容。它与班扬的《天路历程》、努埃曼的《最后一天》有相似之处，

---

① 黑托尼：《都市之广》，新月出版社，开罗，1990，第155页。

但又不尽相同。在把人生视为旅程这一点上，小说与前者是一致的。但又不像前者那样直截了当地演绎，它写得更为虚幻神秘。旅行的起因与后者一样，受冥冥之中呼唤的驱使，不过内容比后者更加广阔深刻。它不是泛泛地描述净化心灵以达到人主合一，获得神性的历程，而是侧重于渐悟过程，以及描述达到寂灭之体验和感受。它的构思又与中国的《西游记》有类似之处，都是一种向西的旅行，并以游记方式表现出来。两者的旅程都分为表层的一般故事，以及深层的象征意义等两个层次。虽然旅行的目的各不相同，前者受冥冥呼唤的驱使，被动向西完成人生之旅，后者是受大唐派遣去西天取经，但都是借旅行来以表现人之灵修的过程和体验。表现方式上，前者按时间顺序叙述途中所经历的艰险，后者则以倒叙的方式，以第三人称或第一人称来叙述故事。

《落日的呼唤》最大的特点在于其形式与内容的一致和融合。小说以倒叙的方式记述了主人公在冥冥中呼唤的驱使下，踏上朝向落日方向的旅程。记述人是摩洛哥的书记官，他是奉国王的命令行事。记录过程中，他也记下了个人的感受作为点评，同时还与本人的灵修经历相比较。因此，游记构成了小说的外在形式。小说既是地理意义上的游历，又是精神意义上的游历，它既是形式也是内容。由于小说运用了苏菲的种种观念，糅进了许多神奇的故事，使人物的游历带有神话传说的色彩，因而可以说这部小说是一种阿拉伯现代神话小说。主人公是居住在开罗老区的一个贫民，名叫艾哈迈德·阿卜杜拉。

"离开吧，朝向落日的方向！"这一发自四面八方，源于主人公内心，又不为其所知的声音具有不可抗拒的力量。它总是在夜深人静主人公似醒非醒的时候，或主人公精神放松处于虚静状态下不期而至。这一呼唤在小说里出现了五次。

第一次呼唤，他被动地离开出生的开罗。"正当他处于似睡非睡的时候，生命似乎苏醒，时间正在交错，眼前显出朦胧的景象，心中升起了对未来的期待和向往，萌生出决心和意愿，甚至还阐释了对不知何日所犯罪孽的悔恨"的时候，在两个时间联结和分离的时刻，响起了"离开吧"

的呼唤声。主人公惊醒,寻找声音来源,并试着询问去哪,怎么个走法。回答是"去太阳落山的地方","跟着太阳走"。待他清醒过来,摸着床上的余热,确认一切是真时,明白自己已别无选择。他恋恋不舍地告别出生时的破屋、熟悉的城市、清真寺和熟睡的街区,过了木桥,走向沙漠。

第二次呼唤,他离开混熟了的驼队。主人公走过木桥,便见一字排开的驼队正等待出发。领驼人泰尼斯人似乎知道他的来临,等着他一起上路。一路上,他受到大家的关照,平安地渡过各种艰难险阻。向导哈达拉毛人与他为伴,教会他许多沙漠生活的知识和经验,使之受益匪浅,为其日后独自的旅行打下基础。一天,他听着哈达拉毛人讲述过去的事情时,感到他的思想转换为互不联系的协调画面,渐渐变小连成一片暗色,中间还掺有幻想,随着人的清醒渐渐消失。在他即将超越那难于确定的时间时,响起那莫名的呼唤声"离开吧!"他的心在发抖。哈达拉毛人似乎看出他心里的变化,对他说:"这次旅行会一切平安的。"他不明白哈达拉毛人怎么知道的。他接过哈达拉毛人送给他的书,眼泪不由自主地滴落下来。夜里,他离开了驼队。

第三次呼唤,他离开绿洲,与妻儿不辞而别。他离开驼队独自走了8个星期,到达一片绿洲。那是一片与世隔绝了200多年,生死始终保持平衡,人口一成不变的地方。绿洲居民友好地接待了他,他在那里成了家。就在他的孩子出生前两个月,他躺在妻子身边,想着他们若在开罗,肯定会拜谒圣贤的墓地,并做着回乡的美梦时,"起来,离开吧!"的呼唤又响起来。他别无选择只能顺从。因为,只有他离开,他的孩子才能诞生,而不至于造成他人的死亡。

第四次呼唤,他离开鸟王国的王位。主人公是怀着有朝一日与妻子和未出生的孩子相见的愿望,从绿洲朝向落日的方向。这次的旅行比到绿洲时还远,走了多久,他无法计算。在白天已经运行到不可确定的某一时刻,远方出现了一群人。这些人已等待了三个世纪,从这个方向的来人将按古老的规矩被封为国王。主人公顺从了他们,在监理人的辅佐下治理国家。在他声望日渐强大,欲杀害监理人摆脱他时,那呼唤再次响起。

他只带了行囊和书离开了王国。若不是呼唤声,他会朝向东方,回到出生的故土。

经过54个日落,途经拄杖人的营地。那些拄杖人因相信末日的来临而离家,抛弃一切价值观,尽情享受生活。主人公无法与之苟同,内心一种莫名的力量推动他主动离开他们,继续朝向落日的方向。最后来到了陆地最西边的摩洛哥。

第五次呼唤是从他内心发出的。他离开了那个给他宁静,得以回顾过去的摩洛哥露台,明白摩洛哥也不是永久的歇息地。呼唤的出现与其内心无法达到的渴望相互呼应,推动他继续朝向落日的地方。

为什么朝向西方?这里有两层意思:西方指太阳落山的方向。东方是太阳升起的方向。东方为生气方,代表生命之机。西方代表生命的尽头。从东方走向西方意味着人生的开始与终结。这是其一。其二,苏菲神秘主义者认为西方为极乐世界,代表人最终的家园。与佛教的"念念西方回家去"是一个意思。朝向西方的旅程意味着寻找精神家园的旅程。而这两种旅程是融合一致的。它说明人来到世上,其最终目的就是寻找真我的家园,别无其他。

阿卜杜拉朝向西方的旅程是十分艰难的,甚至是十分痛苦的。难就难在他要独自出行,朝向未知的世界,前途未卜。他必须独自面对茫茫沙漠潜伏着的各种危险,孤独、寂寞、恐惧无时无刻不伴随着他。幸好主人公第一段旅程,离开开罗后就遇到泰尼斯人的驼队,好像一切都已安排好似的。他还结识了向导哈达拉毛人。他与阿卜杜拉为伴,教会他星象学,以识别时间和方位,以及有关沙漠的各种知识,从物质到精神两个方面帮助支持他,使他顺利走过以后的路程。说旅程是痛苦的,因为主人公不仅要忍受身体的劳累,使人的潜能发挥到极限,而且还要忍受精神上的压力和痛苦,割舍一切身外之物。每次的离去都要割舍他已得到的东西,引起切肤之痛。离开出生地开罗割舍了故乡情;离开驼队和哈达拉毛人割舍了友情和类似的父子之情;离开绿洲割舍了妻子和未出生的儿子的亲情;离开鸟王国割舍了至高无上的王权和令人向往的人生享受,成为一贫如洗的穷人；离开拄杖人的群体主动割舍了无拘无束的绝对自由，达到了无欲；离开面对大洋的摩洛哥露台割舍了已经得到的平静，继续走向人所未知的不能联络的地方。在其中的四次里，主人公都想留住已获得的一切，不想离开，离开的滋味痛彻心田。他想抗拒呼唤，但那是不可能的。当他获得王位后，一方面想返回绿洲，另一方面又生怕突然听到那会降低他身份的冥冥之声。监理人一再说明"他来自太阳出升的东方。谁离开了东方便不会返回，永远朝向日落的方向。谁见过太阳的光轮回到它升起的地方！"① 于是，他放下了绿洲，进而又生出放弃一切，来换取已获取的现有地位。他把这痛苦形容为"跨越黑暗与光明界限的迁移所引起的切肤之痛"②。多少次他脑子里闪过停下来，不再前进的念头，但想到哈达拉毛人几次穿越沙漠的经历，强打起精神继续前进。离开拄杖人的营地是他主动割舍的。这是因为他已发生质的变化，他变为穷人，放下了一切，对那绝对的无拘无束没有了兴趣，内心生出一种力量推动他离开。离开摩洛哥是他内心呼唤使然，为了"心安"连那一丝的平静心也舍弃，最后走向无限。

这一次次的离去使主人公的精神境界逐级提升。他渐渐从旅途的见闻和经历体悟到人生如梦如幻。他每离开一地到达另一地，都觉得像凭空而降，非常神奇。到达后，来处便成为不存在，好似从未到过、一切都没发生。经历的事仿佛同幻影一般，回想起来如在梦中。他到达鸟王国后，非常想念妻子和未出生的孩子，便要去寻找他们。监理人反复向他申明，在他来的方向，方圆一个月的路程中都没有人烟，不可能存在一片绿洲。他生活过的绿洲就这样消失得无影无踪。这一切象征着人生如梦、往事如烟，过去的都已无法追回。此外，这经历也暗示：他现在的生活和所到之处也非真实，而是他所达到境界的象征。

他置身大沙漠时，初次感受到何谓虚无。他一个人面对无边无际的空旷和地域的不确定性，那是永恒的空虚，他实在不知该怎么走法。但是，

---

① 杰马勒·黑托尼：《落日的呼唤》，新月出版社，开罗，1992，第174页。
② 同上书，第173页。

他相信独自的旅程总会有个结束。在绿洲，他与后来成为他妻子的女子的幽会是他初次体会到合一的欢快。那是老天的馈赠。绿洲女子为了这一刻准备了多年，为的是不要匆匆了事，以免不能满足她渴望的精神提升。欢畅满足使他们心心相通，从那一刻起他们已经互相拥有。在合一的状态下，他明白"自己不再是单独的他，而与另一个存在同行。那个存在是个女身。""他生活于她的存在之中。通过思念她可以再现。"① 她的身体散发出幽香。他说不清她如何进入他的体内，也形容不出他们合和时所产生的快乐。在鸟王国里，他虽与不可胜数的女人做爱，但内心仍渴望着那散发"郁金香般幽香"的女子，每次寻找总是白费力气。这寻找意味着主人公对合一的渴望。

阿卜杜拉在他在旅行中所遇到的突发事件和难于理解的事情，让他学会了全神贯注的思考。在鸟王国，这种独立思考的能力得到进一步的强化。他变得多听少说，惯于沉思。因而得了"沉思者"的美名。到了摩洛哥，他几乎随时随地处于静默之中。思考对于旅行者来说是必不可少的，没有这深刻的思与悟是无法明道的。

主人公在鸟王国获得王位，开始有些手足无措。经历了永恒微笑的手术，有了超越痛苦的经历；他画像的无处不在、语录的普及使之明白并习惯了王者的尊贵。他意识到了我是谁："我对自己的境况愈加清楚，知道东西方天空中隐蔽的东西都与我有关系。我是根源，是识别的标准。未来与我有关，一切从我开始，至我结束。"② 他不再是一介草民，而是尊贵的王者。这里，王者的象征意义是他这个普通人也具备了至高美德，具有了神性。与此同时，他那陌生人的感受不期而至，伴随他一路。他在绿洲、鸟王国、朝向太阳翻越沙漠时都有这一感觉，不知它在哪一刻降临，也挥之不去。陌生人意味着他已明白旅行的目的。这个世界并非他久留的家园，他需向西寻找他真正的家园。

从驼队开始，主人公已经达到了初步的定境。不过，这种状态偶

---

① 杰马勒·黑托尼：《落日的呼唤》，新月出版社，开罗，1992，第298页。
② 同上书，第245页。

尔有之，不期而至，控制不了。到达摩洛哥城时，他的境界发生了根本的变化。在绿洲，他有过梦境，但那是暂时的。到摩洛哥的城下，他梦见了父母，也见到了他多次的前世。他渴望见到的，他都见到了。不过，他并不能真实地到达那里。他与想见的人似隔着一层透明的膜。他意识到自己整个人都是可以再现，即使他转换成另一个，"他只不过是过去隐蔽在某处的本我的影子……一切仿佛都是回声。哪一种回声都停留不住，都似掠过的朵朵云彩、落下的水滴，停留的时间不超过一浪赶过一浪的间歇。"① 其实他所说的梦也不是梦，而是修炼中的心见，是一种定境中能力的显现。

进入城里时，"他感到自己从头到脚都笼罩在一层透明薄膜里。他的物质存在已经消失。他像一种液体在流动，完全不同于过去"。他明白自己达到了无我，进入一个"完完全全由醒入睡的过程中"，"可以不用肉眼做事的阶段"②。他把这描绘为"人在梦中见自己飞上天、游于水"的境界。这里，黑托尼所描绘的透明薄膜是指时空和因果律的阻隔。第一章提到的F.卡普拉《物理学之道》里就曾引用了神秘主义者辨喜(svami vivekanannda)有关的描述："时间、空间和因果关系就和玻璃一样，透过它们可以看到绝对……在这种绝对里既没有时间、空间也没有因果性。"③ 据此，可以说主人公的体验已经达到超越时空和因果的绝对境界。

在摩洛哥，他习惯于坐在大洋边，静观落日的运动，回忆过去，思考自己是否发展了。他凝视大海久久不动，令其能看到想见到的东西。在那里，他获得了绝对的平静、善良和自在。明白了人生是一个圆形的轨迹：从一点开始沿着斜线行进，直到圆形变得清晰，最后起点与终点重合于落日之点。

黑托尼在小说里穿插了许多的故事，如七兄弟的故事、泰尼斯爱鸟

---

① 杰马勒·黑托尼：《落日的呼唤》，新月出版社，开罗，1992，第300页。
② 同上书，第294—295页。
③ 杰马勒·黑托尼：《现代物理学与东方神秘主义》，第154页。

人的故事、书记官与印度姑娘的爱情故事等。这些故事看似彼此毫无关系，其实在杂乱无章中还是能找到彼此的因果关系，象征着宇宙间的因果律。主人公实际上是七兄弟之一，他的事情只有摩洛哥大苏菲心里明白，只是天机不能泄露。所以，摩洛哥大苏菲在街上一见到他就问候他们兄弟几个，他也对此会见并不感到惊奇，之后还向大苏菲征询如何向国王讲述旅途见闻的事。爱鸟人有四个儿子。领驼人泰尼斯汉子是其中的一个，哈达拉毛人受上天之命为其领路，皆因他善待了他爱鸟的父亲。那个留下许多奇怪建筑的埃及建筑师是爱鸟人的小儿子。摩洛哥的书记官与主人公阿卜杜拉的关系更为奇特。书记官和主人公年龄相仿，许多感受相同。书记官和主人公就是人生起点和终点的重合，主人公来到世上正是书记官逝世的那一刻。他们唯一的不同是主人公出行以响应呼唤声，书记官则原地不动地回应了冥冥中的呼唤。

有关主人公与后来成为他妻子的绿洲姑娘的爱情，以及书记官与印度姑娘的爱情描写是苏菲文学以情爱象征合一的典型范例。他们的姻缘和爱情都是命中注定。作为印度使团书记官的女儿，印度姑娘是按照预言家的预言，于"接近黄昏的时分，在白头翁的床榻上破身"。摩洛哥书记官一辈子都忘不掉他们在王宫花园尽头白头翁花丛中那惊心动魄的一幕。她回国后，他渴望与远在天边的姑娘相见，险些发疯。他的腿疾令其瘫痪，才使他于原地寻找心上人，完成了他的精神之旅。

在这部作品中，作者十分注重细节的描写，如有关陆地、沙漠、星象的知识、说踪迹者的经历、鸟儿的知识、人类体能的极限等。这些细节一方面增加了小说的生动性和神秘感；另一方面也提供了人在特定环境中的存在状态、与自然的关系，供读者去思考人生。主人公阿卜杜拉就是从他生活的方方面面了解人生的。黑托尼在其中描绘了一种独特的鸟，它在空中交配生产，归宿也在空中，来去无踪。这种鸟，在现实里并不存在，估计伊斯兰经典中也无记载，它好像源于佛教故事。南怀瑾在其《金刚经说些什么》中解释修佛人应如何降服其心时，作第七偈颂说："巢空鸟迹水波纹，偶尔成文似锦云，得失往来都不是，有无俱遣息纷纷。"讲得就是要无所住而生其心。再如绿洲上的人口有定数，一个新生命诞生必然伴随一个人的死亡。它形象地道出了生命现象的演变，生即死，死即生，人的生活就是生生死死无限循环的过程。

"悟"在小说里是主人公认知的方式。他从亲身体验中渐渐悟出他是谁、家在何处、人生如梦如幻、最后明白向西是为了"心安"。与此同时，"悟"也是作者文学运思的方式。他所描绘的种种细节都是为读者准备下的材料，更深层的意思需要读者自己去了悟。作者不再充当全知全能的叙述者，而将自己隐去，结尾是开放的，让读者主动参与创作。读者需借助苏菲的观念去领悟作者的真意。结尾处，作者提出我们"如如不动的清净在哪里？"循着书记官的发现和体会，读者可以找到答案。"落日的方向在我心里，我前面、后面、上方和下方。我原地不动能追赶上落日，阿卜杜拉经过长久的旅行才接近它。""大洋翻天覆地的动作是我心潮澎湃的结果。海浪在我的岸边渐渐消退。阿卜杜拉本可在那里顺应自然。可是，他走了。这旅行既是他的也是我的。""太阳不过是个标志。永不停息的行程才是不可少的。太阳升起落下不过在他心里，在我心里。每个人都会走向定数，都要对那不回答的呼唤声做出反应，都会坐到那看得见或看不见的露台上。在那里，一切寂静无声，心旷神怡。海边的毛毛细雨令人心中充满爱意和同情。"[1] 主人公是否得到心安？书记官记述道："从他身上，我只看到绝对的清静、松弛和善良。他的语调与他讲述的最后阶段和最终结局相一致。""只有对不可企及的渴望令他憔悴。"[2] 于是他又起程，奔向未知。但是这时的他已不是原来的他。站在大洋岸边的书记官，望着蔚蓝色波涛上的落日余晖向四面八方伸展，相信阿卜杜拉已达到他目光所及的地方，完全到达那里意味着自己的和他的圆满。眼前的落日既是他们的落日，也是即将显露出的未知。于是，他问，"我们如如不动的清静在哪儿？"这结尾的问话，其实是向读者提出来的。读者随着主人公做了这一人生旅行，了解了他的人生感悟后，

---

[1] 杰马勒·黑托尼：《落日的呼唤》，新月出版社，开罗，1992，第212页。
[2] 同上书，第301—304页。

自己该做何种打算呢？是继续浑浑噩噩地活着，还是幡然醒悟，去追求真实的人生，为获得人的彻底解放而走向无限？这的确是摆在每一个人面前必须回答的问题。

后　记

　　这本书终于完稿。回想这段时间，既有欣喜，又有苦恼，过得并不轻松。值得庆幸的是，自己终于坚持了下来，按个人的意愿完成了自己想干的事。

　　涉世之初，我当了十几年外语教员，学校语种取消后才调入研究机构，走进学者圈。对我这个从未想当学者的人来说，内心总有一种闯入别人家里的感觉。我从不敢存非分之想，只希望老老实实地学，用自己的眼睛看，用全身心去细细体味，在自己的研究领域里能有所发现。倘若我的研究成果还能给他人一点点启发，那就是天助我。

　　本书是一个既涉及哲学、又涉及宗教，不少人都绕着走的课题。有人也曾好心劝我别自找麻烦。奇怪的是，一向把哲学看得很深奥、害怕纯理论和晦涩语言，一向远离宗教、将其混同于迷信的我，居然被神秘主义所吸引，以至将其列为自己的研究课题；又从不怀疑自己能否胜任，只是一门心思地干，居然把许多过去不敢碰的书都读懂了。我发现，哲学和宗教并不是我以前想象的那样，其实它既深奥又朴素。它原初所揭示的真知已成为人类共同的精神财富，世代相传；我也发现了宗教、哲学和文学之间存在的奥秘和内在联系。这一切让我激动不已。如果说这一切原本存在，历代圣贤和学者都有著述，并不新鲜；那么，我在自己选择的这个课题中再次验证了它，真是幸运。它足以补偿我已付出的一切。

　　自立项以来，遇到了始料不及的困难和无形压力，诸如年迈父母的多病，周围一些人对此课题的不理解，有关资料的不足和该学科基础的薄弱，个人学养的欠缺等。我的求知欲及对课题的爱好和信心始终支撑着我，把别的统统抛之脑后，专心干自己的事。我把写作视为个人求知的过程和对自己诚心的考验。我别无他求，只求借此解开我心中的谜——人怎么了？那捉摸不透的人，东西方的人。同时也为了不枉此生，从无知走向真知，活得清醒，活得实在，活得高尚。

我不敢说我达到了目的，但起码找到了门路，心有所得。

在别人不理解我的时候，黄宝生对该课题的看法鼓舞了我，此后又给了我分享他藏书的机会。在与宗教所伊斯兰室同志合作研究一些课题时，他们给了我许多帮助和启发。金宜久把他的文章和著作送给我作为参考。该所的沙秋真、哲学所的刘一虹、武汉大学的李荣建都无私地把他们的阿拉伯文图书借给我，甚至帮我在国外买书、找资料。在这里，我对他们的支持表示真诚的谢意。

我相信：要做成一件事单纯靠个人的努力是不能成功的，其中总有他人计名和不计名的襄助。所以当我怀着一片感激之情，将这本书献给读者时，但愿大家都能从中体会到那一片爱意。

李　琛

主要参考书目

一、中文书目

杰·帕林德尔：《世界宗教中的神秘主义》，今日中国出版社，1992。

F. 卡普拉：《现代物理学与东方神秘主义》，四川人民出版社，1984。

南怀瑾：《密宗、道家与神秘主义》，北京燕山出版社，1992；《圆觉经略说》，远方出版社，1998；《老子他说》，复旦大学出版社，1996；《禅宗与道家》，复旦大学出版社，1991。

《佛教十三经》，国际文化出版公司，1993。

《古兰经》，法赫德国王古兰经印制厂，伊历1407。

《圣经》，香港圣经公会出版，1992。

《南华真经今释》，中国社会科学出版社，1996。

《薄伽梵歌》，中国社会科学出版社，1989。

陈鼓应：《老子注释及评介》，中华书局，1984。

郭良宜：《原始佛教思想》，中国社会科学出版社，1997。

罗伯特·M. 塞尔茨：《犹太思想》，上海三联书店，1994。

阿巴·埃班：《犹太史》，中国社会科学出版社，1992。

罗素：《西方哲学史》，商务印书馆，1980。

米·库克：《穆罕默德》，中国社会科学出版社，1990。

H. 奥特：《不可言说的言说》，三联书店，1994。

W. 蒙哥马利：《奥古斯丁》，中国社会科学出版社，1992。

叶秀山：《前苏格拉底哲学研究》，人民出版社，1997；《苏格拉底及其哲学思想》，人民出版社，1986。

阎国忠：《古希腊罗马美学》，北京大学出版社，1983。

汪子嵩等：《希腊哲学史》，人民出版社，1997。

欧文·辛格：《超越的爱》，中国社会科学出版社，1992。

M. 舍勒：《爱的秩序》，三联书店，1995。

海德格尔：《形而上学导论》，商务印书馆，1996。

F. W. 尼采：《哲学与真理》，上海社科院出版社，1993。

荣格：《心理学与文学》，三联书店，1987。

萨特：《存在主义是一种人道主义》，上海译文出版社，1988。

雅克·马利坦：《艺术与诗中的创造性直觉》，三联书店，1991。

《科学与智慧》，上海社科院出版社，1991。

阿尔贝特·史怀泽：《敬畏生命》，上海社科院出版社，1991。

E. 云格尔：《死论》，三联书店，1995。

季羡林：《学术文化随笔》，中国青年出版社，1996。

阿部正雄：《禅与西方思想》，上海译文出版社，1989。

今道友信：《存在主义美学》，辽宁人民出版社，1987。

《文学与宗教》论文集，辅仁大学外语学院，1987。

罗丹：《罗丹艺术论》，人民美术出版社，1987。

《湖畔诗魂》，人民文学出版社，1990。

班扬：《天路历程》（1676—1684），上海译文出版社，1983。

纪伯伦：《纪伯伦全集》（3卷），甘肃人民出版社，1994；《先知·沙与沫》，河北教育出版社，1994。

米哈依尔·努埃曼：《七十述怀》（1959），甘肃人民出版社，1993。

陶菲格·哈基姆：《灵魂归来》，湖南人民出版社，1985。

纳吉布·马哈福兹：《世代寻梦记》，花城出版社，1990。

易卜拉欣·法格海：《昔日恋人》，上海译文出版社，1995。

《利比亚现代短篇小说选》，武汉大学出版社，1993。

二、阿拉伯文书目

伊·纳巴哈尼：《圣徒凯拉玛特集成》，文化书局，贝鲁特，1988。

尤罕纳·戈麦尔：《伊本·法里德》，天主教出版社，贝鲁特，1955。

麦哈穆德·姆努费：《纯伊斯兰苏菲》，复兴出版社，开罗，1979。

焦达·纳苏尔：《伊本·法里德——苏菲诗艺研究》，安德鲁斯出版社，贝鲁特，1982。

阿卜杜·拉赫曼·巴达维：《苏菲的沙塔哈特》及附录《比斯塔米的品格》，科威特出版社，1978，三版；《伊斯兰苏菲史》，科威特出版公司，1978，二版。

马逊、穆斯塔法·拉兹格：《苏菲派》，黎巴嫩图书出版社，贝鲁特，1984。

穆斯塔法·侯勒米：《伊斯兰的精神生活》，埃及图书总署，开罗，1984。

阿·哈·麦哈穆德：《沙兹里——苏菲派》，知识出版社，开罗，1985。

艾哈迈德·爱敏：《阿拉伯—伊斯兰文化史：近午时期》，阿拉伯图书出版社，1962。

麦哈穆德丁·舍利夫：《古兰经中的爱》，新月出版社，贝鲁特，1983。

安萨里：《哲学的贫困》，知识出版社，开罗，1958。《摆脱谬误》，萨巴赫出版社，大马士革，1992；《光龛》，民族出版社，开罗，1964。

阿卜杜·卡迪尔·麦哈穆德：《苏菲哲学》，阿拉伯思想出版社，开罗，1966。

宰基·穆巴拉克：《文学与道德中的伊斯兰苏菲》，现代出版社，开罗—萨那，年代不详。

阿·伊萨·奥斯曼：《伊斯兰哲学中的人》，文学出版社，贝鲁特，1986。

阿·穆·侯夫尼：《苏菲术语词典》，麦希拉出版社，贝鲁特，1980。

奈基尔·阿兹玛：《升霄传说与苏菲象征》，巴黑斯出版社，贝鲁特，1982。

沙米·基米里：《苏哈拉瓦迪》，知识出版社，贝鲁特，1955。

维达德·高迪：《阿拉伯散文选》，阿拉伯研究出版公司，贝鲁特，1980。

《努埃曼著作全集》（2、4、5、6卷），大众科学出版社，贝鲁特，1993。

努埃曼：《麻子日记》，努费勒出版社，贝鲁特，1971。

舍·塞义德：《米哈依尔·努埃曼》，图书世界，开罗，1972。

陶菲格·哈基姆：《星球的谈话》，黎巴嫩图书社，贝鲁特，1986。《山鲁佐德》，黎巴嫩图书社，贝鲁特，1973。《贤明的苏莱曼》，文学出版社，开罗，1948，二版；《均衡论》，文学出版社，开罗，1955；《消磨时光集》，金字塔出版社，开罗，1987。

叶哈雅·哈基：《埃及小说的黎明》，埃及图书总署，开罗，1975。

马哈茂德·马斯阿迪：《艾布·胡莱赖如是说》，南方出版社，突尼斯，1979；《坝》，突尼斯出版社，1974；《遗忘的产生》，突尼斯出版社，1984，二版。

穆哈辛·塔哈·巴德尔：《马哈福兹的见解与手法》，知识出版社，开罗，1984。

穆·哈·阿卜杜拉：《马哈福兹文学中的伊斯兰主义和理想》，埃及出版社，开罗，1978。

乔·托拉比希：《马哈福兹旅程中的安拉》，泰利阿出版社，贝鲁特，1978。

纳吉布·马哈福兹：《我和你们谈》，奥达出版社，贝鲁特，1977；《伊本·法蒂玛游记》，埃及图书社，开罗，1983；《尼罗河上的絮语》，埃及图书社，开罗，1973三版；《我们街区的孩子们》，文学出版社，贝鲁特，1978；《平民史诗），埃及图书社，开罗，1977；《我们街区的故事》，埃及图书社，开罗，1975；《小偷与狗》，埃及图书社，开罗，1980九版；《千夜之夜》，埃及图书社，开罗，1982；《甘露街》，埃及图书社，开罗，1962四版；《安拉的世道》，埃及图书社，开罗，1962；《自传的回声》，埃及《文学消息》报，1996。

阿·沃哈布·白雅梯：《白雅梯诗集》（1—3卷），奥达出版社，贝鲁特，1972；《在尼沙布尔的审判》，塞哈法出版社，贝鲁特，1963；《麦穗王国》，埃及图书总署，开罗，1984；《阿以莎的园圃》，舒鲁格出版社，开罗，1989。

萨拉哈·沙布尔：《沙布尔诗集》，奥达出版社，贝鲁特，1972；《我的诗歌生涯》，读书出版社，贝鲁特，1983；《哈拉智的悲剧》，贝鲁特阅读丛书，年代不详。

奈沙特·米斯里：《萨拉哈·阿卜杜·沙布尔——人与诗歌》，埃及图书总署，开罗，1983。

易卜拉欣·法格海：《我将献给你另一座城池》《这是我的疆域》《一个女人照亮的隧道》，利舍出版社，伦敦，1991。

杰马勒·黑托尼：《吉尼·巴拉卡特》，未来出版社，开罗，1985，三版；《宰阿法拉尼区奇案》，麦德布利出版社，开罗，1985，二版；《显灵书》（1—3卷），苏鲁格出版社，开罗，1990—1996；《都市之广》，新月出版社，开罗，1990；《落日的呼唤》，新月出版社，开罗，1992。

图书在版编目（CIP）数据

阿拉伯现代文学与神秘主义 / 李琛著；-- 北京：华文出版社, 2017.6

ISBN 978-7-5075-4713-9

Ⅰ.①阿… Ⅱ.①李… Ⅲ.①现代文学 – 文学研究 – 阿拉伯半岛地区 Ⅳ.①I371.065

中国版本图书馆CIP数据核字（2017）第148281号

阿拉伯现代文学与神秘主义

作　　者：	李　琛
策　　划：	杨　平
责任编辑：	杨　宁
特邀编辑：	李志花
出版发行：	华文出版社
社　　址：	北京市西城区广外大街305号8区2号楼
邮政编码：	100055
网　　址：	http://www.hwcbs.com.cn
电子信箱：	sinoculturepress@yahoo.com
电　　话：	总编室 010-58336239　　发行部 010-58336270
	责任编辑 010-58336258
经　　销：	新华书店
印　　刷：	北京联兴盛业印刷股份有限公司
开　　本：	710×1000　　1/16
印　　张：	19.25
字　　数：	260 千字
版　　次：	2017 年 7 月第 1 版
印　　次：	2017 年 7 月第 1 次印刷
标准书号：	ISBN 978-7-5075-4713-9
定　　价：	48.00 元

版权所有，侵权必究